D1619099

ZWEI IN EINS GEGEBEN

DER GEMEINSAME WEG

ZWEI IN EINS GEGEBEN

DER GEMEINSAME WEG

Neu bearbeitet und herausgegeben
von Gerda Röder

STEYLER VERLAG · NETTETAL

CIP-Titelaufnahme der Deutschen Bibliothek

Zwei in eins gegeben: der gemeinsame Weg / neu bearb. und
hrsg. von Gerda Röder. – 1. Aufl. der Neubearb., 1.–10. Tsd. –
Nettetal: Steyler-Verl., 1991
  ISBN 3-8050-0248-3
NE: Röder, Gerda [Hrsg.]

FOTONACHWEIS
Nahler, Lothar/Hillesheim, Seite: 21, 28, 63, 145, 240
Pressehuset/Kopenhavn DK, Seite: 46, 172
Foto-present/Essen, Seite: 66, 137, 199, 206, 330, 347, 356
Burbeck, Gertie/Düsseldorf, Seite: 74, 86, 276
Reinthal-Priebe, Sylvia/West Vancouver, Seite: 77 Dreifaltigkeit-Mosaik v. Leo Mol in der
  Dreifaltigkeitskirche in Winnipeg, USA
Talke, Ina/Regensburg, Seite: 100
Adidas-Pressestelle/Herzogenaurach, Seite: 105
Bundesdienste für Heimatfragen/Wiesbaden, Seite: 109
Anthony-Verlag/Starnberg, Seite: 121, 308
Bundesbahn-Pressestelle/Mainz, Seite: 155
IDM-Informationszentrale Deutsches Mineralwasser/München, Seite: 169
Rodenstock-Pressestelle/München, Seite: 192
Holder, Presse-Foto-Verlag/Bad Urach, Seite: 213 Taufkapelle in Fessenheim
Gass, Barbara/München, Seite: 219, 342
Pressebüro: U. K. Schröder/Hamburg, Seite: 262
Holder, Presse-Foto-Verlag/Bad Urach, Seite: 283
v. Hebenstreit, Barbara/München, Seite: 303
PRS-Bilderdienst/Schmitten, Seite: 321
KNA, Frankfurt, Seite: 334
Melters, Karl-Heinz/Aachen, Seite: 336 Der Auferstandene. Kirchenfenster/Madagaskar
Lohe, Maria/Freiburg, Seite: 364

© Steyler Verlag, 4054 Nettetal 2, Bahnhofstraße 9
Alle Rechte vorbehalten.
Nachdruck, auch auszugsweise, nur mit Genehmigung des Verlages.
Zeichnungen: Marek Mann, Köln
ISBN 3-8050-0248-3
1991: 1.–10. Tausend (1. Auflage der Neubearbeitung)
bisher verkaufte Exemplare: 625 Tausend
Druck und Herstellung: Druckerei Steyl b.v., NL
Das Bild des Umschlages zeigt Ausschnitte aus dem Portal des Hildesheimer Domes.
Foto: Hermann Wehmeyer

Zu diesem Buch

„Die Ehe ist kein Fertighaus", heißt es, „sondern ein Bau, an dem immer wieder renoviert, angebaut und umgebaut wird." Dieser Bau braucht eine gute Grundlage, damit er bei aller Veränderlichkeit stabil bleibt. Er braucht Fachkenntnisse beim Aufrichten, Phantasie beim Einrichten, Einfühlsamkeit beim Umbauen. Sicher, jedes Paar muß seine Baustelle selbst bearbeiten. Aber Informationen und Ratschläge aus Sachkenntnis und Lebenserfahrung können helfen, Baumängel zu vermeiden, Fehler zu korrigieren und das Haus nicht herunterkommen zu lassen, sondern immer wieder zu erneuern und schöner auszugestalten.

Für Menschen, die heiraten wollen oder die gerade die Ehe geschlossen haben, ist dieses Buch geschrieben. Seit es 1963 zum erstenmal erschien, hat es eine Auflage von 625 000 Exemplaren erreicht. Die Mitarbeiterinnen und Mitarbeiter konnten also über Jahrzehnte vielen Eheleuten wertvolle Hilfen anbieten. Das Wesen der Ehe mag, wie die bisherige Herausgeberin Margret Huda schrieb, „als Lebens- und Liebesgemeinschaft auf Lebenszeit immer dasselbe bleiben, ihre vitale Ausgestaltung muß sich an Erfordernissen und Einsichten, Entwicklungen und Fortschritten jeder Zeit neu orientieren".

Deshalb wurde der Band wieder völlig überarbeitet. Bewährte Autorinnen und Autoren haben die Erfahrungen weiterer Jahre und Jahrzehnte eingebracht. Andere kamen neu hinzu.

Von der Geburt bis zum Tod, von der Aussteuer bis zum Testament, von der Taufe bis zur Krankensalbung spannt sich der Themenbogen.

So soll dieses Buch auch weiterhin seinen Zweck erfüllen: anregender, hilfreicher Begleiter zu sein auf dem gemeinsamen Weg.

Gerda Röder

Wir wollen heiraten

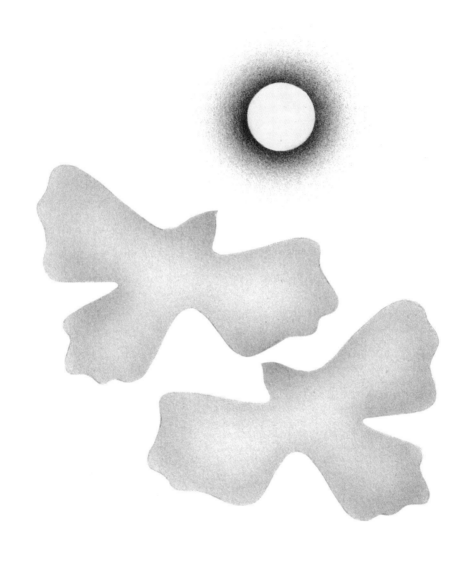

BEFLÜGELUNG

MIT DIR
BIN ICH
DOPPELT
WACHSE ICH
ÜBER MICH
HINAUS

MIT VIER
HÄNDEN
WILL ICH
MEHREN
DAS GLÜCK
FÜR UNS

MIT ZWEI
STIMMEN
SINGEN
VON LIEBE
UND TREUE
LEBENSLANG

MIT DIR
DOPPELT
GLAUBEN
DOPPELT
HOFFEN
DOPPELT
LIEBEN

MARIA GRÜNWALD

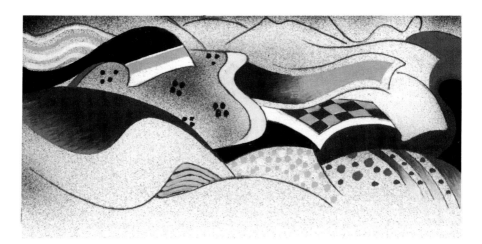

Aussteuer –
ist das denn noch ein Thema?

Auweia, sagt Vater zu Töchterchen und lächelt verschmitzt.

Es steht doch schon im Lexikon: . . . Durch das Gleichberechtigungsgesetz vom 18. 06. 57 sind die §§ 1620–1623 BGB, die der Tochter unter bestimmten Voraussetzungen einen Anspruch auf Aussteuer einräumten, ersatzlos gestrichen worden. Warum denn das? Weil Töchter heutzutage eine Berufsausbildung erhalten, die sie in die Lage versetzt, ihren Lebensunterhalt selbst zu verdienen und auch all die schönen, praktischen Dinge einer Aussteuer selbst anzuschaffen. Und das macht Spaß! Lust auf Haushalt kommt auf, Lust aufs eigene selbstgestaltete Heim, Lust auf Verwirklichung eigener Ideen.

No problem, sagt Töchterchen zu Vater.

Nun ist die Anschaffung einer Aussteuer nicht ganz unabhängig davon, ob man rechtzeitig den Pferdefuß im Wort Aussteuer entdeckt hat, der in den letzten fünf Buchstaben kräftig ausschlagen kann. Wie teuer die Ausstattung tatsächlich wird, hängt nicht nur vom Geld ab, das Sie zur Verfügung haben, sondern auch davon
– welche Warenkenntnis Sie haben;
– in welchem Maß Sie über das Warenangebot informiert sind;

Wenn man sein Geld nicht verplempert hat, sagt Mutter zu Töchterchen.

– wie preisgünstig Sie einkaufen können;
– welche handwerklichen Fähigkeiten Sie und Ihr Liebster haben;
– welche Ansprüche Sie stellen;
– welche Vorlieben und Abneigungen Sie haben und auch
– wieviel Zeit Sie sich für die Planung nehmen.

10

Interessante Auflistungen mit verschiedenen Preisklassen und vielen Informationen über eine Haushaltsgrundausstattung können Sie erhalten von der

Zentralstelle für rationelles Haushalten
Beratungsdienst der Sparkassen
Postfach 25 80,   5300 Bonn 1

Sie werden sich eines Tages über die Vorteile freuen, sich im Spiegel anlachen und auf die Schulter klopfen können, wenn Sie die Anschaffung der Aussteuer in Ruhe durchdacht hatten und sich Ihre schriftlichen Überlegungen als wertvolle Einkaufshilfen bewährt haben.

Papilein, die könnten wir uns doch einmal durchsehen, nicht wahr, sagt Töchterchen zu Vater.

Ein Mensch ist nicht das, was er hat

Die Freude wird nicht kleiner, sondern größer, je mehr inneren Abstand Sie zum eigenen Besitz haben, je leichter Sie ihn wieder lassen könnten. Dies ist eine der paradoxen Wahrheiten des Christentums. „Sie besitzen, als besäßen sie nicht." Es ist dieses Verhaftetsein an die Dinge, das einer seelischen Haft, also einer Beengung, gleichkommt.

Du bist auch ein pfiffiges Kerlchen, sagt Töchterchen zum Spiegelbild.

Erich Fromm hat dies in seinem vielgelesenen Büchlein „Haben oder Sein" so einleuchtend beschrieben. Ein Mensch ist nicht das, was er hat, sondern das, was er schöpfend aus dem überfließenden Reichtum seines Herzens hervorbringt. Aus seinem Inneren bereichert er immer von neuem die anderen und fühlt sich durch dieses „Vermögen" selbst reich. Dem Käfig des Ständig-Haben-Wollens, diesem kindlichen Egoismus, ist er entkommen zur Freiheit und Mündigkeit des Ständig-Geben-Wollens.

Eine Absage an den Materialismus, meint Vater.

Entsprang nicht auch die fröhliche Bedürfnislosigkeit eines Franziskus von Assisi der strömenden Überfülle seines Herzens?

Weniger ist oft mehr! Erst wenn Sie viele, viele Dinge um sich angehäuft haben, die immer wieder von neuem nach Waschen, Bügeln, Flicken, Putzen und Staubwischen schreien, wird Ihnen vielleicht eines Tages klar, daß Ihr materieller Wohlstand Ihnen kein echter Wohl-Stand sein kann. Sie erleiden vielleicht einen Erstickungsanfall am Zuvielen. Dann steigt Sehnsucht in Ihnen auf – nach Wenigem, nach Befreiung vom Ballast, nach der edlen Schönheit des Einfachen, nach Stille, nach Ruhen im Wesentlichen. Was für ein großer Tag, an dem Sie plötzlich klar erkennen: Die Lösung liegt im Sich-Lösen von all dem Brimborium. Großzügig wie nie, verschenken Sie das Zuviel.

Da geht es um die innere Aussteuer, sagt Mutter zu Töchterchen.

Sehr richtig, seufzt Mutter.

11

Tips für das Einrichten und das Einkaufen

Im folgenden eine bunte Mischung von Tips, die Ihnen hoffentlich eine Hilfe sein können.

1. Gehen Sie Ihrer Kaufmotivation auf den Grund. Schaffen Sie nichts an, nur um anderen Leuten zu imponieren. Sie würden damit nur zeigen, daß Sie nicht selbst- sondern fremdbestimmt sind. Das ist alles. Punkt.

2. Was die Qualität anbelangt, so sollten Sie zwischen Gebrauchs- und Verbrauchsgütern unterscheiden lernen. Ist ein Danebentappen in der Qualität bei Verbrauchsgütern noch kein Beinbruch, so kaufen Sie sich dagegen bei einem Gebrauchsgut minderer Qualität den jahrelangen Ärger gleich mit. Zum Beispiel ist eine Nähmaschine, die sich ständig bei dicken Stoffen „verschluckt", niemals „günstig". Bei der Aussteuer sollte man QUALITÄT großschreiben.

3. Lassen Sie sich in besten Geschäften beraten, aber kaufen Sie nicht sofort, sondern gönnen Sie Ihren Entschlüssen gute Reifezeit.

4. Trainieren Sie Ihre Wahrnehmungsfähigkeit. Der sogenannte gute Geschmack beruht nicht zuletzt auf der sensiblen Wahrnehmung von Schönheit. Schauen Sie, was die Wimper hält, und verweilen Sie bei den Dingen, bis sie anfangen, zu Ihnen zu „sprechen".

5. Schöne Dinge brauchen „Frei-Raum" um sich, um zu wirken. Lassen Sie ihnen viel Platz.

6. Vorsicht Muster! Es gibt hinreißend schöne Heimtextilien und auch Tapeten mit Mustern. Die meisten von ihnen sind aber ausgesprochen egoistisch, herrisch und unverträglich. Sie lassen nichts neben sich gelten und bringen Disharmonie in Verbindung mit anderen Mustern. Sollten Sie sich aber doch in ein herrliches Muster verliebt haben, so lassen Sie sich ruhig hinreißen. Der Preis dieser Liebe ist, daß Sie alles Weitere im Raum dem Farb- und Formenspiel dieses Musters unterordnen.

7. Helle Farben schaffen weite Räume. Dunkle Farben schaffen enge Räume. So einfach ist das. Sie spiegeln die beiden Ursehnsüchte der Menschen nach Freiheit und Geborgenheit.

8. Vielleicht geht Ihnen jetzt ein Licht auf: Deckenbeleuchtung in der Mitte des Raumes halbiert ihn optisch, läßt ihn also schmaler erscheinen. Enge Räume können durch seitliche Beleuchtung optisch verbreitert werden.

Überhaupt wird die sogenannte „gute Stimmung" eines Raumes ganz wesentlich von der bestmöglichen Anbringung der Beleuchtungskörper und der Warmton-Auswahl der Birnen bestimmt. Diese großartigen Gestaltungsmittel sind noch immer nur wenigen Menschen bewußt.

9. Verwöhnen Sie Ihre Haut mit Naturtextilien. Gönnen Sie ihr Bettwäsche aus reiner Baumwolle. Kaufen Sie gerade eben genug, aber nicht viel davon. Ihr Geschmack wird sich ändern. Und können Sie mir verraten, was über die Qualität echter Daunen- oder Wolldecken geht?

Nicht viel find' ich gut, sagt Vater zu Töchterchen. Sonst reicht vielleicht die Aussteuerversicherung nicht.

10. Achten Sie bei der Anschaffung von Kochgeschirr darauf, daß die Speisen schonend gegart werden können. Für viele Jahre haben Sie und Ihr Liebster dadurch „Mehrwertnahrung". Das wirkt sich auf Ihr Wohlbefinden aus.

11. Fragen Sie beim Einkauf von Tafel- und Kaffeeservice nach der Nachkaufgarantie. Gibt es keine, sollten Sie gleich die doppelte Anzahl an Teilen kaufen.

12. Das gleiche gilt für Bestecke.

13. Sie können Geld sparen, indem Sie sich für schöne, praktische Mehrzweckgläser entscheiden. Aber wer kann es Ihnen verdenken, wenn Sie sich für Glasträume begeistern, die Sie immer handspülen müssen, deren Schönheit Ihnen und Ihren Gästen aber so viel Freude schenkt.

Du hast eine Aussteuerversicherung für mich abgeschlossen? fragt Töchterchen mit strahlenden Augen und fliegt Vater an den Hals.

14. Und vergessen Sie nicht die freundlichen Heinzelmännchen für die Küche: den Mixstab, den Meßbecher, den Küchenpinsel, den Teigschaber, den Kartoffelschäler, das Buntmesser, den Kirschentsteiner und die vielen anderen praktischen Helfer, nicht zu vergessen: das Holzstäbchen, um zu prüfen, ob der Kuchen fertig ist.

Lassen Sie Bedürfnislosigkeit Wurzeln in Ihrem Herzen schlagen. Dieses kleine, zarte Pflänzchen wächst im Lauf der Jahre – bei guter Pflege – vielleicht zu einem großen Baum, in dessen Zweigen die bunten Vögel Ihrer schöpferischen Ideen viele Nester bauen können.

Freudentränen kommen auf. Mutter holt Taschentücher. Übrigens: Aussteuerware!

Aber nun bauen Sie sich zuerst einmal mit Schwung und Freude Ihr eigenes Nest, nach dem Motto

SCHÖN und GUT und WENIG.

Machen Sie's dem Glück gemütlich.

Lotti Fesser

13

Die erste gemeinsame Wohnung

Es mußte ja so kommen: Am Tag nach der Hochzeit, als im Familienkreis mit viel Oh und Ah die Geschenke ausgepackt wurden, da tauchten sie auf, die Doubletten: zwei Kristallvasen, zwei Eierkocher, zwei Thermoskannen, zwei Küchenwaagen, vier Kochbücher und dazu eine größere Stückzahl Badehandtücher. Der Hochzeits-Wunschzettel und die verwandtschaftlichen Geschenkabsprachen waren also nur teilweise erfolgreich gewesen. Das tat der Freude über soviel Schönes und Praktisches aber keinen Abbruch.

14

Ein Loblied den „praktischen" Hochzeitsgeschenken

Gott sei Dank hatten sich nicht alle Freunde und Bekannte an die Bitte des Brautpaares gehalten, etwas möglichst Persönliches, sprich: keine Konsumgüter, zu schenken. Erfahrene Onkel und Tanten griffen zu Altbewährtem aus dem Haushaltswarengeschäft oder dem Möbelhaus und lagen damit, wie sich später herausstellte, ganz richtig. Hochzeitsgeschenke füllen für viele Paare die größten „Lücken" im ersten gemeinsamen Haushalt. Und die Verwandtschaft, der man das gar nicht zugetraut hatte, weiß genau, was junge Eheleute gebrauchen können, beispielsweise einen Schaukelstuhl zum Entspannen oder warme Wolldecken für kalte Winterabende oder Bademäntel.

Wer über solche Geschenke milde lächelt, wird meist nach wenigen Wochen feststellen: Ganz schön praktisch. Und die Doubletten, die scheinbar ärgerlichen, sind oft besonders sinnvoll: Mit großer Zufriedenheit kramt nämlich der Ehemann den Satz Gläser, der bei der Hochzeit doppelt geschenkt wurde, aus dem Umzugskarton im Keller, wenn der Nachwuchs das erste Dutzend endgültig ausgelöscht hat. Und das zweite Bügeleisen kommt schon nach wenigen Ehemonaten zum Einsatz, weil das erste den Absturz vom Bügeltisch nicht überstand.

Zusammenwerfen, was beide mitbringen

Nach Auskunft vieler Jungverheirateter ist es derzeit nicht „in", die Braut nach der Eheschließung über die Schwelle einer komplett neu eingerichteten Drei-Zimmer-Wohnung zu tragen. Mancher hat überhaupt Schwierigkeiten, eine geeignete Bleibe für zwei zu finden, und muß sich mit wenig Platz und kaum Luxus bescheiden, zumal wenn die Finanzen noch nicht so richtig stimmen. Also wird erst einmal zusammengeworfen, was beide mitbringen. Im Vorteil ist, wer schon einmal eine eigene Bude gehabt hat, etwa während der Ausbildung oder im Studium. Dann ist schon einiges an Einrichtungsgegenständen vorhanden. Aber schade: Das preisgünstige Metallrohrbett aus dem Möbeldiscount ist nicht groß genug, das Jugendzimmer im Elternhaus soll auch nicht demontiert werden, die Lagerkapazität in dem bescheidenen Kleiderschrank aus der Junggesellenbude erweist sich schnell als zu gering – und überhaupt, woher soll jetzt eine Couch fürs Wohnzimmer, der Vorleger für den kalten Boden im Badezimmer und eine

Garderobe für mindestens zwei Leute kommen; der Nagel in der Wand tut's ja nicht mehr?

Das Problem, wie die erste gemeinsame Wohnung eingerichtet werden soll, stellt sich ja schon vor der Hochzeit. Zwei Lösungen sind möglich: Sollte sich auf den Sparbüchern der Heiratsaspiranten das Geld in erheblichem Umfang türmen, etwa weil sie das Sprichwort „Spare in der Zeit, dann hast du in der Not" beherzigt haben und die Eltern großzügig Zuschüsse gewähren können, dann auf ins Möbelhaus. Wer gute Ratgeber hat, wird sich trotzdem keine Komplettausstattung in deutscher Eiche aufschwatzen lassen. Perfekte Einbauküche und Stilmöbel-Wohnzimmer lassen sich nicht so leicht wiederverwenden, wenn ein Umzug fällig ist und sich damit der Wohnungsgrundriß ändert.

Wer soll das bezahlen?

Herrscht aber Ebbe auf den Konten, dann ist Improvisation gefragt. Manches muß ganz einfach angeschafft werden: beispielsweise die Waschmaschine, die Mütter und Schwiegermütter vom Los der Wochenendwascherei für ihre Sprößlinge befreit und dieses Schicksal den Frischvermählten aufbürdet. Ferner die Küche, die Zentrale zur Stärkung des Leibes. Ein Herd muß her und ein Kühlschrank; die Liste des „Allernotwendigsten" wird immer länger: Küchentisch und -schränke, Stühle, Schreibtisch, Kleiderschrank, ein Bett, hier ein Regal für die zur Hochzeit geschenkten Bücher, dort eine Vitrine für das edle Porzellan. Wer bringt den Staubsauger, den unersetzlichen, mit in die Ehe, wer Teppich und Fußabstreifer für den Flur, und woher sollen die Lampen kommen?

Das ist der Moment, in dem das Paar die Keller und Dachböden der Verwandtschaft schätzen lernt. Dort findet sich so mancherlei, was sich etwas aufpoliert in der neuen Wohnung ganz vortrefflich machen würde. Eltern und Verwandte geben gern, wenn sie können. Sie wissen doch selbst, daß der Anfang nicht immer leicht ist, und sind oft froh, wenn sie um Hilfe gebeten werden. Ein alter Küchenschrank beispielsweise, zur Aussteuer der Mutter vor 30 Jahren gehörig und jetzt an den Sohn weitergegeben, ist nicht nur ungemein praktisch, weil geräumig: Das gute Stück hat auch so etwas wie Symbolcharakter, ruft Erinnerungen wach und verbindet die Generationen.

Vielleicht ist eine auf diese Art eingerichtete Wohnung nicht sehr repräsentativ. Auf jeden Fall aber kann man sich in ihr wohl fühlen. Natürlich setzt jedes Paar durch Neuanschaffungen oder auch Selbstgebautes eigene Akzente, natürlich entwickelt sich der Lebensstil weiter, die Ansprüche an die eigene Umgebung wachsen, damit auch die Ausstattung des Haushaltes. Es ist schön, eine solche Weiterentwicklung zu erleben. Spannend wird es, wenn die Grundsatzdebatten über die Anschaffung von Geschirrspülmaschine, Wäschetrockner, Gefriertruhe oder Mikrowellenherd anfangen.

„Prüft alles und behaltet das Gute"

Gute oder gutgemeinte Ratschläge begleiten jedes junge Ehepaar, auch wenn es um die erste gemeinsame Wohnung geht. In der Praxis hat sich eine Empfehlung des heiligen Paulus bewährt: „Prüfet alles und behaltet das Gute" (der Apostel hat dies aber auf die Verkündigung in den christlichen Urgemeinden bezogen). Eine kleine Auswahl aus der Liste nützlicher Ratschläge: „Pflanzen, ob groß oder klein, sind die schönsten Möbelstücke." Oder: „Bestellt euch die Lokalzeitung in der neuen Stadt, dann wißt ihr wenigstens, was um euch herum los ist", oder noch ein Medientip „In ein katholisches Haus gehört die Kirchenzeitung", oder: „Daß ihr mir ja ein Telefon anschafft, damit ich euch erreichen kann" (Spruch einer Mutter), oder: „Alle wichtigen Papiere, Urkunden, Sparbücher und die Liebesbriefe gehören in einen Dokumentensafe – falls die Bude einmal abbrennt", oder: „Versicherungen müssen sein – aber Vorsicht vor Vertretern, nicht unter Zeitdruck und ungeprüft unterschreiben", oder: „Kauft euch eine abschließbare Hausapotheke, wegen der Kinder."

Gastfreundschaft: Viel Spaß für wenig Mühe

Endlich ist die Wohnung eingerichtet, im Alltag zu zweit hat sich schon etwas Routine eingespielt – jetzt rollt die Besucherwelle an. Jungverheiratete ziehen magisch Gäste an und erleben oft, daß Gastfreundschaft eine der schönsten Seiten des gemeinsamen Lebens eröffnet. Die Phase, in der man als Pärchen möglichst ganz für sich allein sein wollte und seine Freunde vergraulte, gehört ja schon lange der eigenen Teenager-Vergangenheit an. Gespräche und etwas gemeinsam erleben sind jetzt gefragt. In der eigenen Wohnung sitzt man ungestört zusammen, der Besuch kann bei Bedarf auch übernachten (was ein paar alte Reservematratzen sowie Decken oder Schlafsäcke erheblich erleichtern). Gäste zu haben, ist mit Arbeit verbunden, aber es macht viel Spaß.

Zur Gastfreundschaft gehört das gemeinsame Essen, vielleicht aus einem (Fondue-)Topf oder vom großen Pizzablech, das Zusammensitzen und Plaudern, Debattieren, Gedanken austauschen und Quatsch machen. Keine Chance für denjenigen, der erwartet, daß die „Hausfrau" in der Küche über aufwendigen Menüfolgen schwitzt, während Mann und Gäste im Salon plaudern. Dann schon besser nach dem Motto handeln: „Drei war'n geladen, fünf sind gekommen – schütt' Wasser zur Suppen, heiße alle willkommen."

Gastfreundschaft bewahrt davor, in die Kleinstfamilien-Isolation zu geraten, weil Freunde und Bekannte meinen, das junge Paar in seinem Glück nicht stören zu dürfen. Ein „offenes Haus" zahlt sich bei allem mit Besuch verbundenen Streß immer aus. Und wenn sich christliche Eheleute fragen, was sie denn tun sollen, um mit ihrem Leben ihren Glauben zu verkünden, dann lautet die Antwort: Nehmt einander, eure Freunde und auch fremde Menschen an, wie Christus uns, die Menschen, angenommen hat. (Frei nach Röm 15, 7)

Es tut sich was in der Zukunft

Nun ist mit dem Einzug in das gemeinsame Domizil nicht alles gelaufen. Heutzutage muß ein mehrmaliger Wohnungswechsel eingeplant werden, bis man das Richtige – sprich: ein billiges, aber großes Haus mit Garten und freundlichen Nachbarn, ruhig und verkehrsgünstig gelegen – gefunden hat.

In den ersten Jahren reicht vielleicht noch die Zwei-Zimmer-Wohnung. Wenn sich aber Kinder einstellen, wird der Platz sehr schnell knapp. Dann fragt man sich: Wohin mit all den Spielsachen, den Kleidern, den Segnungen der modernen Haushaltstechnik? Ist ein Hobbyraum, eine kleine Werkstatt oder ein Bügelzimmer sinnvoll? Kann man sich ein Gästezimmer leisten? Muß wegen Fortbildung, Studium oder Nebentätigkeit ein Arbeitszimmer her? Die Ansprüche einer wachsenden Familie an ihren Lebensraum, an Qualität und Ausstattung der Wohnung werden mit zunehmendem Alter immer größer. Die Kunst ist nur, die Balance zwischen den eigene Wünschen und den dafür notwendigen finanziellen Möglichkeiten zu halten und bei diesem Drahtseilakt nicht unzufrieden zu werden.

Jörg Hammann

19

Christliche Zeichen

Was ist ein Zeichen?

Im sichtbaren Bereich symbolisiert ein echtes und gültiges Zeichen etwas Wesentliches. Es muß uns in den Tiefen unseres Unterbewußtseins treffen und uns eine Wahrheit übermitteln können. Es muß unsere Intuition anregen und uns zum Nachdenken über den Sinn des Lebens, des Glaubens, der Liebe und des Todes führen, ja herausfordern.

Seit frühesten Zeiten bediente sich der Mensch der Zeichen und symbolischen Bilder nicht nur zum Zweck der Verständigung. Er gebrauchte das durch Stilisierung zum Symbol gewordene Bild zu magischen Praktiken, um Macht über Sichtbares und Unsichtbares zu erhalten, um gute und böse Mächte zu beeinflussen, kurz: um Herr über Leben und Tod zu werden – aus Angst! Dies gelang ihm meist mehr schlecht als recht. Als die Erkenntnisse der Wissenschaft vieles durchsichtiger und erklärbarer werden ließen, verlor sich für den sogenannten aufgeklärten Menschen das Wissen von den Zeichen und symbolischen Bildern. Gleichzeitig verlor sich auch die vorbehaltlose Gläubigkeit der Menschen. Sie wurden kritischer und mißtrauten allem, was nicht wissenschaftlich bewiesen werden konnte.

Die christliche Tradition aber konnte an alten Symbolen festhalten, da diese nicht als Mittel zur Magie angesehen werden durften, sondern nur als Hilfsmittel zur Bewußtmachung einer höheren Wirklichkeit. In unserem Jahrhundert konnte die Psychologie Wirkungsweise und Bedeutung der Symbole herausfinden und, was zu denken geben sollte, vielfach die christliche Tradition bestätigen.

20

ALLES
Sonderange
bote

Zeichen im persönlichen Bereich

Aus allen Symbolen erfährt man vieles über die Grundwahrheiten der Religion und Wesentliches über sich selbst. So ist es auch heute sinnvoll, sich mit Zeichen und Symbolen zu befassen und sie besonders in unserer „persönlichen Welt", im Wohnbereich, einzusetzen. Es ist nicht nur für Besucher wichtig, an diesen Zeichen zu erkennen, „wes Geistes Kind" hier wohnt. Viel tiefgreifender sind die Auswirkungen auf die Bewohner. Wenn man sich mit der Bedeutung der Symbole befaßt, die zur ständigen Erinnerung an die göttliche Gegenwart in unserem Leben herausfordern, können sie zum Vermittler des Glaubens werden.

Symbole im christlichen Haus

Das hervorragendste Zeichen ist das Kreuz. Das „griechische Kreuz" besitzt vier gleiche Schenkel, die das Zentrum markieren, den Mittelpunkt, aus dem alles Göttliche fließt. Demgegenüber signalisiert das „lateinische Kreuz" die Erlösung von Schuld. Dieses mit einem verlängerten unteren Balken versehene Kreuz ist häufig mit dem Korpus des leidenden Jesus ausgestattet, um die Erinnerung an die Heilstat des Gottessohnes zu wecken. In der Romanik hatte sich der Typus des Auferstandenen am Kreuz und in der Gotik der des leidenden Jesus am Kreuz entwickelt.

Es liegt in der Entscheidung jedes einzelnen, welche Art Kreuz er sich als Erinnerung und Meditationsbrücke zu eigen macht. Doch sollte man bedenken, daß die Betrachtung der Darstellung des Gekreuzigten große Sensibilität verlangt, da sie, bewußt wahrgenommen, zu tiefer Erschütterung führen muß. Es ist falsch, diese Art der Darstellung Jesu als Schmuckstück oder nur „weil's halt der Brauch ist", anzubringen.

Hat ein Brauch in einem Haus Tradition, wie in vielen Bauernfamilien der Herrgottswinkel oder der Hausaltar, so sollte auch dieser immer wieder neu überdacht werden und der Bezug zur persönlichen Einstellung hergestellt werden. Meist wird das Zentrum dieses besonderen Platzes vom Kreuz gebildet, welches von Bildern der Namenspatrone der Familienmitglieder umgeben ist. Auch Andachtsbilder von Maria oder von den Schutzheiligen Florian und Leonhard zieren oft den besonderen Platz. Zweige von Palmbuschen und die Osterkerze, mit der das Osterlicht nach Hause getragen wurde, finden hier ebenso ihren Platz wie Bilder verstorbener Familienmitglieder, die auf diese Art in das Leben einbezogen werden.

Der Kerze, also dem Licht, ist ein besonderes Gewicht beizumessen. Als Symbol des Lichtes der Welt, also Jesus Christus, bringt es eine Ahnung vom Licht des Glaubens und der Hoffnung auf das Leben in Ewigkeit.

Auch der Hausaltar sollte nicht zum Dekorationsobjekt herabgewürdigt werden.

Die alte Tradition des Herrgottswinkels kann natürlich durch andere Gestaltungsformen im Wohnbereich ersetzt werden. So kann man einen Haussegen in Form einer Tafel oder eines Tüchleins, welches mit einem Kreuz versehen ist, mit einem Jesusmonogramm oder mit einem Gebet oder Segenswunsch an einem zentralen Punkt in der Wohnung oder im Haus anbringen. Viele kennen die mit C + M + B beschriebenen Haustüren – ein alter Dreikönigsbrauch. Das „Christus mansionem benedicat", („Christus segne dieses Haus") ist einer der gebräuchlichsten Haussegen und signalisiert auch dem Besucher: hier wohnt ein Christ!

Geschrieben, gemalt, gestickt oder geschnitzt ist der Haussegen in vielen Formen, passend zur Wohnung, möglich. Er sollte jedoch schlicht gestaltet sein.

Vorrang für segnende Zeichen im Haus hat nicht nur der Eingang, sondern auch der Eßplatz, also der Familientisch – das Herz des Hauses. Ebenso ist der Schlafbereich ein Ort für Segenszeichen, die jeden Morgen und jeden Abend an die Gegenwart Gottes erinnern.

Einen schönen Brauch pflegte man früher in Bauernhäusern. Hier wurde zu den Mahlzeiten das Speisetuch auf den Tisch gelegt, welches in der Mitte mit einem kleinen rot gestickten Kreuz versehen war. Dies verlieh der Mahlzeit eine Aufwertung durch die Erinnerung an den Schöpfer und Spender der Nahrung, wie dies auch im Gebet geschieht. Beides hat eine positive Wirkung auf die Tischgemeinschaft.

Das gestickte oder gedruckte Zeichen des Kreuzes auf dem Brotkorbdeckchen oder dem Brotsack gehört zu den sinnvollsten Zeichensetzungen überhaupt. Es erinnert an die Worte Jesu „Ich bin das Brot des Lebens".

Auch mit dem Anfertigen und Aufhängen von Bildern, Wandbehängen oder Tüchern zu den Festen im Jahreslauf läßt sich im Familienbereich christliche Überzeugung manifestieren. So kann der Advents- und Weihnachtsfestkreis besonders schön ausgestaltet werden, wobei man sich allerdings vor Übertreibungen und Verkitschung hüten muß. Den Adventskranz mit seinen vier Lichtern kennt schon jedes Kind. Leider verschwindet sein Sinngehalt oft ebenso unter zu viel Flitter, Glitter und Schnörkeln wie der allerorts beliebte Weihnachts- baum. Schlichtheit ist angesagt! Vorteilhaft ist die Kenntnis der Sym- bole des Weihnachtsfestes: der achtzackige Bethlehemstern als Licht der Welt, der Lebensbaum für ewiges Leben, der Vogel als Bote Gottes, das in Bänder gewickelte Jesuskind als das in die Welt gekommene Wort Gottes, die Rose als Sonnenzeichen und die Krippe, die das Weihnachtsgeschehen veranschaulicht.

Zur Fastenzeit kann ein schlichtes Fastentuch mit der Darstellung der „Arma Christi" (Leidenswerkzeuge) oder der „Pieta" (Maria mit dem toten Jesus auf den Knien) oder anderen auf das Osterfest hinfüh- renden Motiven auf Stoff oder Papier als Meditationsbild dienen.

Das Ostereierbemalen wird auch heute noch in jeder Familie prak- tiziert. Leider wird oft vergessen, daß das Osterei für den Christen das sich öffnende Grab darstellt und deshalb seine Zerbrechlichkeit behal- ten sollte. Das Zukleistern und In-Stoff-Packen der Eier dient lediglich der Dekorationswut und hat mit Ostern nichts zu tun. Den am Oster-

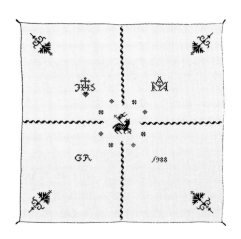

sonntag in die Kirche zu tragen- den „Speisekorb" für die Spei- senweihe kann man mit einem schön gesticktem Weihtüchlein versehen. Das Hauptsymbol des Osterfestes ist wohl das Lamm mit der Siegesfahne.

Aber auch Lebensbäume, der Ostervogel und das Sonnenrad sind Symbole der Auferstehung und des neuen Lebens in Gott. Die Tüchlein sind auch sehr schön als Wandbehang für die

österliche Zeit und erinnern uns an das österliche Geschehen, das uns die Hoffnung auf das ewige Leben gibt.

Als Jahresfest könnte man auch noch den Erntedank mit einem be- sonderen Raumschmuck betonen. Eine Erntekrone oder ein Erntestrauß, stehend auf einer besonders für das Fest angefertigten Erntedankdecke, ist wie ein Gestalt gewordenes Dankgebet.

Der Lebensfestkreis, dem in alten Zeiten besonders viel Aufwand galt, sollte mit sinnvoll verarbeiteten Symbolzeichen zum Nachdenken und Überdenken des jeweiligen Ereignisses einladen.

So bietet die Hochzeit die Möglichkeit zur Anfertigung eines Tuches oder Kissens, auf dem die Vereinigung der Liebenden für das ganze Leben mit dem Segen Gottes verbunden dargestellt werden kann. Die Symbole hierfür sind vielfältig. So gibt es wunderschöne Zeichen der verschlungenen Herzen, einen Zauberknoten, der auch ein Anagramm des Namens Jesu beinhaltet, oder das Bild der zueinanderschauenden Täubchen, auf dem Herzen sitzend und mit einer Krone als Symbol der Ewigkeit ausgestattet. Auch der verschlungene achtzackige Stern, ein altes Heilszeichen, ist ein Symbol für die Ehe.

Ebenso bietet die Taufe viele schöne Möglichkeiten, sich der Zeichen und christlichen Symbole zu bedienen. Als Tauftuch, Taufkissen oder Taufbildchen kann der Pate dem Täufling in Form ganz persönlicher Zeichensetzung eine Information für das spätere Leben übermitteln. Die christliche Botschaft in Bildern und Zeichen ist immer gültig und wird zu allen Zeiten verstanden werden.

Nicht nur Schmuck allein!

Die Möglichkeiten, christliche Grundhaltungen in Haus und Wohnung auszudrücken, sind vielfältig. Wichtig ist, daß bei allem Bedürfnis zum Gestalten und Schmücken das Wesentliche nicht Opfer des Dekors wird und man sich nicht von Modetrends überrollen läßt. Hier wird oft Unechtes produziert und der Sinngehalt von ursprünglich Echtem erstickt.

Der Geist, der in den Räumen der Wohnung lebt, drückt sich fast immer in äußeren Zeichen aus. Andererseits beeinflussen uns die Zeichen, da sie unsere Gedanken und Erinnerungen wecken, – oft im Unbewußten.

Zeichen sind Mittler zwischen der sichtbaren und der unsichtbaren, geistigen Welt. Machen wir uns ihre Bedeutung bewußt und leben wir mit ihnen.

Heide Sondermaier

Gottes Segen für das neue Heim

Es ist sinnvoll, für die neue Wohnung, ein neues Haus den Segen Gottes zu erbitten. Ein Priester kann die Hausweihe vornehmen. Sie kann etwa so ablaufen:

Das geweihte Wasser, ein Licht, das Kreuz, die Familie – alles ist zur Stelle. Es gibt gut gedruckte Texte, aber sie sind auch frei zu formulieren. Der Priester erklärt zunächst in einigen Sätzen den Sinn eines christlichen Heims. Meist beginnt man im Hausflur bzw. in der Diele, erwähnt die Wichtigkeit einer Schwelle im Haus und die Bedeutung des ersten guten Wortes an der Haustüre, begleitet von einem freundlichen Lächeln, einer aufmunternden Frage. Man macht darauf aufmerksam, wie wichtig es ist, daß ungutes Gerede, zerstörerische Kritik, bewußte Falschmeldungen nicht über die Schwelle gehen mögen. Dann kommt es darauf an, in welchen Raum die Familie zuerst führt. Im Wohnzimmer sei erinnert an den Sinn von Aufnahme und Zusammensein, die Wohltat eines gastlichen Hauses, wo alle offenen Fragen ausgesprochen werden dürfen, wo alles auszutragen ist. In der Küche wird die häusliche Arbeit beachtet, die Kraft des unerschütterlichen Vertrauens, des behutsamen Einteilens und der erratenden Liebe, nicht zu vergessen ein Wort für die Stunden des Zweifelns. Es empfiehlt sich, dabei immer vom konkreten Leben Jesu in Nazareth und darüber hinaus auszugehen. Im Schlafraum liegt nahe, an das letzte gute Wort der Vergebung nach einem Tagesstreit zu denken, an das erste ermunternde Wort am Morgen und natürlich an alles, wofür die diskrete Zärtlichkeit und Liebe hier ihren eigenen Raum hat. Keller und Speicher gehören mit in den Segen um die rechte Sorge, um das rechte Teilen und Zuteilen. Die Kinderzimmer bedürfen, je nach Vorhandensein und dem Alter der Kinder, einer besonders herzlichen Aufmerksamkeit. Der Segensgang schließt im Flur mit einem Gedenken, daß alle, die über diese Schwelle hinausgehen und Herzlichkeiten und Frieden erfahren haben, diese weitertragen mögen.

Lasset uns beten.
Himmlischer Vater, du läßt uns schon in diesem Leben
deine Güte erfahren und deine Größe preisen.
Mache uns dankbar für das, was du an uns wirkst.
Blicke in Liebe auf alle, die auf dich hoffen.
Segne dieses Heim und schütze seine Bewohner.
Gib ihnen deinen Frieden, bewahre sie vor Schuld,
und erlöse sie von dem Bösen.
Schenke ihnen Anteil an den Gütern des Lebens,
und öffne ihr Herz für die Not des Nächsten.
Laß uns nicht vergessen,
daß unsere irdische Wohnung einst abgebrochen wird
und daß wir berufen sind zur ewigen Gemeinschaft mit dir.
Darum bitten wir durch Christus, unseren Herrn.   Amen.

Wir beten zu unserem Herrn und Gott:
Himmlischer Vater, schenke den Gliedern dieser Familie (allen, die
hier wohnen), Gesundheit und Lebensfreude.
– Wir bitten dich, erhöre uns.
Mache sie zu Zeugen deines Wortes, und erfülle sie mit dem Geist der
Nächstenliebe und Hilfsbereitschaft.
– Wir bitten dich, erhöre uns.
Erbarme dich der Kranken und lindere die Not der Armen.
– Wir bitten dich, erhöre uns.
Schenke allen Obdachlosen ein Zuhause.
– Wir bitten dich, erhöre uns.
Führe unsere Verstorbenen in dein ewiges Reich.
– Wir bitten dich, erhöre uns.   (Aus den kirchlichen Texten zur Hausweihe)

Je nach Ehepaar oder Familie wird die Hausweihe am festlich gedeck-
ten Tisch in anderer Weise fortgesetzt.
   Am wichtigsten aber scheint mir, daß hinter einer Wohnungs- und
Hausweihe eine gründlich bedachte Entscheidung steht, die dann
auch selbstverständlich vor anderen Menschen vertreten werden
kann, wie Paulus meint: „Euer liebender Charme werde allen Menschen kund."

Manfred Hörhammer

Auf gute Nachbarschaft!

Uta und Klaus Müller wohnten mitten in der Stadt. Obschon Freunde vor mangelndem menschlichen Kontakt, dünnen Wänden und dem Versagen technischer Gemeinschaftsanlagen gewarnt hatten, waren sie optimistisch in ein Hochhaus gezogen. Garantierte es nicht die Abgeschlossenheit von der Umwelt, die sich viele junge Eheleute wünschen, um neben der Berufstätigkeit genug Zeit für sich und die Ausgestaltung des eigenen Heimes zu haben? Aber so unabhängig, wie sie glaubten, wurde das Leben dann doch nicht.

Den ersten Hinweis lieferte ein Etagennachbar, Student im achten Semester, beim Bekanntmachen auf dem Flur: „Der Hausbesitzer ist so sehr auf die Instandhaltung seines Baus bedacht, daß er sich selbst in Abwesenheit der Wohnungsmieter über den Zustand der Räume orientiert." Durfte er das laut Mietvertrag? Sollte man sich gegebenenfalls energisch zur Wehr setzen oder ihn zu einem Glas Wein bitten und davon überzeugen, daß sein Mißtrauen unangebracht sei und störend wirke?

Während einer feucht-fröhlichen Einstandsparty mit Freunden und Kollegen machten sich die Mieter der über und unter ihnen liegenden Wohnung bemerkbar. Ihr Klopfen gegen die Decke bzw. den Fußboden dämpfte die gute Laune von Gastgebern und Gästen so deutlich, daß sich Uta Müller für kurze Zeit bei ihrer Gesellschaft entschuldigte. Mit einem kleinen Blumenstrauß stellte sie sich zunächst den ‚Klopfern' über ihrer Wohnung vor und fand freundliches Verständnis: „Hätten Sie uns vorher gesagt, daß Sie feiern würden, hätten wir unsere Kleine in ein anderes Zimmer gelegt . . ." In der tieferliegenden Wohnung stieß sie dagegen trotz der Blumen auf den ärgerlichen Vorwurf zweier alter Leute, so rücksichtslos benähmen sich heute eben die ‚Jungen'. Aber die Aussicht, in den nächsten Tagen einmal bei Müllers zum Abendimbiß eingeladen zu werden, stimmte sie zusehends versöhnlicher. Und schließlich meinten sie sogar, wenn man vorher wisse, daß es etwas lauter werden würde, sei man nicht so leicht erregt.

Konnte Klaus Müller auf Anhieb auch nicht einsehen, warum Uta fremde alte Leute zu einem Abendimbiß einlud, so hielt er es rückblickend doch für eine gute Idee. Die beiden waren übrigens gar nicht

so alt, wie sie in ihrer ärgerlichen Erregung ausgesehen hatten. Sie verfolgten aufmerksam politische und kirchliche Entwicklungen, und wenn sie urteilten, entsprach das einer großen Erfahrung. Vielleicht ging davon eine Faszination auf das junge Paar aus. Jedenfalls folgte der ersten Einladung eine zweite und eine dritte. Und als Müllers ihr erstes Kind erwarteten, fanden sie hier verständnisvolle Hilfe. Die alte

Dame brachte sogar von sich aus ins Gespräch, wenn die junge Frau noch weiter in ihrem Beruf arbeiten wolle, sei sie bereit, halbtags für das Baby zu sorgen. Bis zur Geburt des zweiten Kindes konnte Uta daher, relativ entlastet, mitverdienen. Daß sie dann als Voll-Hausfrau mit zwei kleinen Kindern nicht auf einen entspannenden Stadtbummel verzichten mußte und mit ihrem Mann ziemlich regelmäßig tanzen gehen konnte, dankte sie auch dem alten Herrn. „Man freut sich doch über eine Aufgabe", hatte er einmal ihre Anerkennung abgewehrt.

Müllers dagegen ersparten es dem älterwerdenden Ehepaar, bei Wind und Wetter seine Besorgungen machen zu müssen. Übernahm Klaus Müller selbstverständlich einen Weg zur Behörde, kaufte Uta Lebensmittel und Artikel des täglichen Bedarfs nach dem Wunschzettel ein. Und war ein Arztbesuch notwendig, benutzte der junge Mann den Bus und überließ seiner Frau den Wagen, damit sie fahren könne. Am wichtigsten jedoch schienen die Augenblicke des Gesprächs, der Austausch von Eindrücken und Überlegungen, in denen sich gegenseitiger Respekt ausdrückte. Natürlich stimmte alt und jung nicht in allem überein, aber die resignierende Bemerkung aus der ersten Begegnung tauchte kein zweites Mal auf. Der Abschied schmerzte, als die alten Leute wegen gesundheitlicher Gründe aus Hochhaus und Großstadt ausziehen mußten zu weit entfernt wohnenden Angehörigen.

Bei den folgenden Wohnungsinhabern machte Uta Müller gleich vorsorglich einen Besuch mit der Absicht, Verständnis für ihre beiden lebhaften Sprößlinge zu wecken. Glücklicherweise lief sie hier offene Türen ein. Weil das einzige Kind der Familie bereits in die Schule ging, hatte sich die Frau zu einer Ausbildung als Kindergärtnerin entschlossen. Ihre Unterrichtsstunden fielen praktisch mit der Schulzeit ihres Sohnes zusammen. Nur für den selteneren Fall, daß sie einmal später heimkommen und ihr siebenjähriger Ulrich sich verlassen fühlen würde, suchte sie jemanden, zu dem er dann gehen könnte. Wo bereits zwei Kinder waren, würde da nicht auch ein drittes stundenweise Aufnahme finden?

Gegenseitiges Helfen war für beide Frauen kein Problem. Und wenn sie mal an einem Abend über Erziehungsfragen und das Spielen, Erzählen, Werken, Beten mit Kindern sprachen, diskutierten ihre Männer interessiert mit.

Natürlich gab es auch Menschen im Hochhaus mit anderen Problemen, als sie Müllers beschäftigten. Alleinstehende und Verlassene, solche, die mit distanzierter Höflichkeit ihre Ruhe zu sichern suchten, und andere, deren neugierige Freundlichkeit auf die Nerven gehen konnte. Aber es war kein Kunststück, aneinander vorbei- oder miteinander auszukommen. Kleine Dienste leistete man sich unkompliziert, vor üblem Geschwätz ließen sich Ohren und Türen leicht verschließen.

In der gewachsenen Nachbarschaft ihres kleinen Heimatortes hatten Müllers früher anderes erlebt. Die Menschen kannten sich sozusagen aus Urgroßvaters Zeiten. Am Stammtisch und beim Einkaufen gab es für Männer und Frauen reichlich Gelegenheit, sich über den Stand aller Ereignisse auf dem laufenden zu halten. So wurde Freude und Leid miteinander geteilt, allerdings manchmal auch auf eine merkwürdige Weise. Müllers erinnerten sich der wohltuenden Fürsorge, wenn ein kleiner Erdenbürger geboren wurde oder der Tod zugegriffen hatte. Sie dachten aber auch an hochnäsige Urteile über Familien, deren Kind ein Klassenziel nicht erreichte oder aus der herkömmlichen Gewohnheit ausgebrochen war. Damals, als sie beide zur beruflichen Weiterbildung von zu Hause fortmußten, riskierte eine junge Mutter noch nicht, sich nachmittags im Liegestuhl draußen zu erholen, ohne der verständnislosen Kritik arbeitender Mitbürger zum Opfer zu fallen. Achtung, so schien ihnen rückblickend, besaß der einzelne häufig mehr durch seinen Stand und Besitz als auf Grund persönlicher Redlichkeit. Es war gar nicht so einfach, christliches Leben und Hilfsbereitschaft durch Indiskretion, Prestigestreben und Intoleranz hindurch zu verwirklichen. Junge Leute neigten zunehmend dazu, die anonyme Freiheit des städtischen Lebens höher einzuschätzen als die Verbundenheit mit ihrer kleinen Heimatgemeinde.
Aber kein Mensch ist eine Insel. Und das Leben als Robinson gehört zu den Träumen, die dem Erwachsenen nicht genügen. Er braucht Gespräche, Anregungen, Hilfen, Mitmenschlichkeit, besonders dort, wo er zu Hause sein möchte. Das Bemühen um eine gute Nachbarschaft ist daher sinnvoll und eine bleibende Aufgabe.

Margret Huda

Richtige Ernährung: Voraussetzung für Gesundheit und Wohlbefinden

Der Mensch braucht zur Erhaltung seiner Gesundheit Nährstoffe. Das sind Eiweiß, Fett, Kohlenhydrate, Vitamine, Mineralstoffe und Wasser. Diese Nährstoffe werden von den Lebensmitteln in unterschiedlicher Menge und Zusammensetzung geliefert. Leider gibt es kein einziges Lebensmittel, in dem *alle* Nährstoffe entsprechend dem Bedarf enthalten wären. Mit Ausnahme der Muttermilch für die ersten Monate ist auch kein Lebensmittel von der Natur als solches vorgesehen.

Eine ausreichende Ernährung mit allen Nährstoffen ist daher nur dann sichergestellt, wenn vielseitig und abwechslungsreich gegessen wird. Jede Einseitigkeit schadet auf Dauer und schmälert den Genuß.

Gemüse, Obst, Getreide, Brot, Milch, Milchprodukte, Fleisch, Fisch und Eier – die Auswahl ist groß genug, und für jeden Geldbeutel ist etwas dabei. Eine optimale Ernährung hängt weniger vom hohen Einkommen ab, sondern davon, wie gut man über Nährstoffe und Nährstoffbedarf, Zusammensetzung und Qualität der Lebensmittel Bescheid weiß.

Die Energiezufuhr muß stimmen

Nahrung liefert Energie in Form von Fett, Kohlenhydraten (Stärke, Zucker) und Eiweiß, die in Kalorien bzw. Joule gemessen wird. Am energiereichsten ist Fett. Es liefert je Gramm 38 kJ bzw. 9 kcal. Eiweiß und Kohlenhydrate liefern je Gramm rund 17 kJ bzw. 4 kcal. Nicht zu unterschätzen ist der Alkohol, er liefert je Gramm 30 kJ bzw. 7 kcal.

Energie braucht unser Körper zum Denken, um die Muskulatur arbeitsfähig zu machen, die Körpertemperatur zu regulieren, um Herzschlag und Atmung in Gang zu halten – kurz gesagt: um zu *leben*.

Je nach Alter, Geschlecht, Arbeitsbelastung und Freizeitaktivitäten braucht der Mensch unterschiedlich viel Energie. Wird zu wenig Energie geliefert, greift der Körper seine Reserven an, und man verliert an Gewicht. Wird zu viel Energie aus der Nahrung zugeführt, kommt es zum Übergewicht.

Zur Berechnung des richtigen Gewichtes gibt es eine einfache Faustregel: Körpergröße in Zentimeter minus 100 ergibt die Kilogramm, die man als *Normalgewicht* (nach Broca) bezeichnet.
Beispiel: Frau 167 cm minus 100 = 67 kg.

Wird dieses Gewicht bis zu zehn bis 15 Prozent unterschritten, spricht man vom Idealgewicht. Aber auch die gleiche Prozentzahl über dem Normalgewicht wird als „normal" betrachtet und muß gesundheitlich noch nicht bedenklich sein. Wird diese Grenze jedoch überschritten, sollte eine Gewichtsreduktion in Erwägung gezogen werden.

Erkrankungen wie Gicht, Diabetes, Herzstörungen und Bluthochdruck sind in den meisten Fällen auf Überernährung bzw. Fehlernährung zurückzuführen.

„Ein voller Bauch studiert nicht gern"

heißt ein altes Sprichwort, und es trifft auch zu. Große Portionen belasten die Verdauungsorgane, verursachen Völlegefühl und machen müde. Vor allem abends sind üppige und hochkalorische Mahlzeiten ungünstig, da beim Schlafen sehr wenig Energie verbraucht wird. Man sollte sich angewöhnen, öfter kleine Mahlzeiten zu sich zu nehmen, damit der Verdauungsapparat nicht zu sehr belastet wird. Neben den Hauptmahlzeiten – Frühstück, Mittag- und Abendessen – sollten kleine Zwischenmahlzeiten eingenommen werden. Ideal sind dafür Obst und Obstspeisen, Milchprodukte, Milchmixgetränke oder Rohkost. Hier muß jeder seine individuelle Lösung finden, die seinen Arbeits- und Freizeitgewohnheiten entspricht.

Ein Übel unserer Zeit ist, daß sich viele Menschen zum Essen keine Zeit nehmen und alles hastig verschlingen. Wer jedoch langsam ißt und die Speisen gut kaut, wird schneller satt, und das Essen ist bekömmlicher.

Ohne Eiweiß kein Leben

Eiweiß (Protein) braucht unser Körper zum Aufbau aller Körperzellen und Organe. Es wird für den Ablauf aller Lebensvorgänge benötigt. Wir bekommen Eiweiß sowohl von tierischen als auch von pflanzlichen Lebensmitteln. Tierisches Eiweiß ist reichlich vorhanden in Milch und Milchprodukten, Fleisch, Fisch und Eiern.

Mit Milch und Milchprodukten decken wir auch unseren Bedarf an Calcium. Calcium ist notwendig zum Aufbau der Knochen, des Skelettes und der Zähne.

Pflanzliches Eiweiß erhalten wir von Kartoffeln, Hülsenfrüchten, Getreide und Soja. Besonders günstig ist es, den Eiweißbedarf sowohl mit tierischen als auch pflanzlichem Eiweiß zu decken.

In der Regel ist heute die Zufuhr mit tierischem Eiweiß in unserer Ernährung zu hoch und sollte zugunsten von pflanzlichen Eiweißträgern reduziert werden. In der Praxis heißt dies, daß der hohe Fleischkonsum eingeschränkt werden sollte. In der Vollwerternährung wird empfohlen, daß zwei bis drei Fleischmahlzeiten pro Woche ausreichend sind.

Fett macht (nicht) fett

Es kommt auf die Menge an. In der Bundesrepublik Deutschland werden derzeit täglich im Durchschnitt 140 Gramm Fett pro Kopf der Bevölkerung verzehrt. Die Empfehlung der deutschen Gesellschaft für Ernährung (DGE) liegt bei durchschnittlich 60–70 Gramm pro Tag. Fettreiche Lebensmittel sind zwar oft besonders schmackhaft, liefern aber sehr viel Energie. Bei körperlich wenig anstrengender Tätigkeit in Beruf und Freizeit kann es dann leicht zu Fettpölsterchen auf den Hüften kommen.

Vor allem die „unsichtbaren" Fette in Wurst, Käse, Schokolade, Kuchen, Nüssen machen es oft schwer, die Höhe der Fettmenge zu beurteilen. Beim Einkauf sollten daher fettarme Fleischsorten (Geflügel, Pute, Rind), fettarme Wurst, Käse und Milchprodukte bevorzugt werden.

Bei den „sichtbaren" Fetten wie Butter, Margarine, Öl, Schmalz und Speck ist es relativ einfach, die Menge zu reduzieren. Niemand will einem die Butter fürs Frühstücksbrötchen oder für ein zartes Gemüse streitig machen, es kommt hier eben sehr auf die Menge an. (Fettarme Garmachungsarten siehe unter „Tips für die Küchenpraxis"). Tierische Fette (Butter, Schmalz, Talg, Speck) sollten wegen des hohen Cholesteringehaltes mäßig verzehrt werden. Zu hohe Cholesterinwerte im Blut begünstigen die Entstehung der Arteriosklerose. Auch von diesem Gesichtspunkt aus gesehen sollten heute die Fleischmahlzeiten reduziert und die Fleischportionen kleiner werden. Die Empfehlung lautet heute: Nicht mehr „Fleisch mit Beilagen", sondern „Beilagen mit Fleisch".

Bei erhöhten Cholesterinwerten muß zudem auf Innereien und Eigelb verzichtet werden. Eiweiß ist cholesterinfrei.

In der täglichen Ernährung sollten deshalb auch hochwertige pflanzliche Fette mit einem hohen Anteil an mehrfachungesättigten Fettsäuren (Linolsäure) ihren Platz haben. Linolsäure kann in Verbindung mit einer entsprechenden Diät zur Cholesterinspiegelsenkung beitragen. Linolsäurereich sind Distelöl, Sonnenblumenöl, Maiskeimöl und Sojaöl.

Vollkorn und viel Frisches auf den Tisch

Viel Brot, Getreidespeisen, Obst und Gemüse bieten die beste Gewähr für eine ausreichende Versorgung mit Vitaminen, Mineralstoffen und Ballaststoffen. Ballaststoffe sind Stütz- und Struktursubstanzen der Pflanzenzellen, die als Bestandteile pflanzlicher Nahrungsmittel unverdaulich sind und keine Energie liefern. Das Getreidekorn ist der wichtigste Ballaststofflieferant in unserer Ernährung.

Vor allem der Wert des Vollgetreides in der Ernährung wurde wiederentdeckt. Wer hätte bis vor einigen Jahren gedacht, daß Gerichte wie Grünkernbratlinge, Hirseauflauf oder Buchweizenpfannkuchen unseren Speiseplan bereichern werden? Oder daß sich Haushalte eine Getreidemühle anschaffen, um Mehl für Brot und Backwaren wieder selbst zu mahlen? Vollgetreide enthält wertvolle Inhaltsstoffe, die bei der müllereitechnischen Verarbeitung größtenteils verlorengehen.

Das steckt im Getreidekorn:

Mehlkörper: macht etwa 80 Prozent der Kornmasse aus, enthält das
für das Backen wichtige Klebereiweiß.

Keimling: aus ihm entsteht die neue Pflanze, enthält reichlich Fett,
Eiweiß und fettlösliche Vitamine und Mineralstoffe.

Randschichten: Hier sind die so wichtigen Ballaststoffe eingelagert.
Der Wert der Ballaststoffe für den Menschen wurde lange Zeit unter-
schätzt, da sie keinen Nährwert haben und somit als überflüssig betrachtet wurden. Die wichtigste Wirkung der Ballaststoffe ist ihr Einfluß auf den Darm. Sie binden im Dickdarm Wasser, quellen dadurch
stark auf und vergrößern so die Darmfüllung. Die Tätigkeit des Dick-
darms wird angeregt; dies verhindert Darmträgheit und Verstopfung.
Da in Getreide, Getreideerzeugnissen und Vollkornbrot ein hoher
Anteil an Ballaststoffen enthalten ist, sollten diese Lebensmittel auf
keinen Fall in unserer Ernährung fehlen. Getreidespeisen haben
zudem einen hohen Sättigungseffckt.

Jede Mahlzeit sollte durch Roh- und Frischkost ergänzt werden.
Rohkost ist nicht nur reich an Vitaminen, Mineralstoffen und Ballaststoffen, sondern hat auch die Vorzüge, appetitanregend, wohlschmek-
kend und erfrischend zu sein.

Auch Obst – möglichst in roher From – sollte vor allem wegen des
hohen Vitamin- und Mineralstoffgehaltes sowie der Ballaststoffe
wegen täglich gegessen werden.

In der Vollwerternährung wird empfohlen, daß die Hälfte der täglichen Nahrung aus erhitzter Kost, ein Viertel aus Milch, Milchprodukten, Getreide und Nüssen und das restliche Viertel aus rohem Obst
und Gemüse zusammengesetzt sein soll.

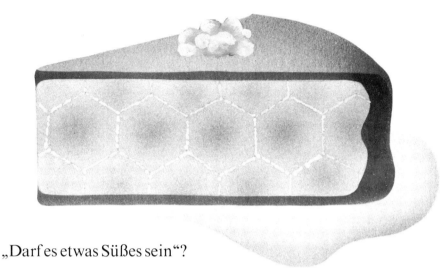

„Darf es etwas Süßes sein"?

Gerne. Aber bitte nicht zuviel!

Niemand kann gegen ein gelegentliches Stückchen Schokolade, eine Praline, ein Stück Torte oder anderes süßes Naschwerk etwas einwenden.

Wird jedoch zuviel des „Süßen" getan, überwiegen die Nachteile: Zuckerhaltige Erzeugnisse sind meist sehr energiereich, was wiederum zu Übergewicht führt. Sie begünstigen die Karies und verderben – wenn sie kurz vor einer Mahlzeit gegessen werden – den Appetit. Beachten sollte man auch den hohen Zuckergehalt vieler Getränke, wie zum Beispiel bei Cola oder Limonade. So enthalten im Durchschnitt 200 ml Colagetränk 22 g Zucker, das entspricht sieben Stück Würfelzucker.

Auch im Haushalt sollte versucht werden, den Zuckerverbrauch zu beschränken. In vielen Kuchenrezepten kann der Zuckeranteil bis zu einem Drittel reduziert werden, ohne daß das Ergebnis beeinträchtigt wird.

In der Vollwerternährung wird raffinierter Haushaltszucker gänzlich abgelehnt. Zum Süßen von Speisen, Kuchen und Gebäcken wird vorwiegend Honig empfohlen. Honig ist ein natürliches, aromatisches Süßungsmittel, das aber nur einen sehr geringen Anteil an Vitaminen und Mineralstoffen aufweist. Auch Honig ist „Zucker" und sollte deshalb mäßig verzehrt werden. Generell sollte man versuchen, das überhöhte Geschmacksbedürfnis „süß" auf ein vernünftiges Maß zu reduzieren.

Versalzen wir uns nicht das Leben

Man kann immer wieder Menschen beobachten, deren erster Griff bei Tisch dem Salzstreuer gilt, ohne vorher gekostet zu haben.

Rund 15 bis 20g Gramm Kochsalz nimmt jeder Bundesbürger täglich zu sich. Dabei wären 5 bis 10 Gramm pro Tag ausreichend. Zu viel Salz in der Nahrung kann den Blutdruck erhöhen und somit krank machen.

In vielen Lebensmitteln ist bereits Kochsalz enthalten, zum Beispiel in Brot, Wurst, Fleisch- und Fischerzeugnissen und Käse. In der Küche heißt es deshalb mit Salz sparsam umgehen.

Übrigens: Geschmack kann auch anerzogen sein. Babys haben zum Beispiel kein Verlangen nach gesalzenen Speisen. Sie werden erst auf den Salzgeschmack gebracht. Bei Baby- und Kleinkindernahrung ist deshalb eine Salzzugabe überflüssig.

Da bei uns die meisten Menschen einen Jodmangel haben, sollte zum Salzen jodiertes Speisesalz verwendet werden. Jodmangel begünstigt die Kropfbildung.

Beim Kochen ist Phantasie gefragt: Duft, Aroma und Geschmack einer Speise hängen weniger vom kräftigen Würzen mit Salz ab als vielmehr von der entsprechenden Zubereitung und vom richtigen Abschmecken mit Gewürzen oder Kräutern.

Küchenkräuter und Gewürze „lockern" die Verdauungssäfte, regen den Appetit an und machen Speisen bekömmlicher. Küchenkräuter sind oft sehr vitamin- und mineralstoffreich, und es können Gerichte damit aufgewertet werden.

Die Kunst des Würzens kann man erlernen. Da heißt es ausprobieren, um das richtige „Fingerspitzengefühl" zu bekommen.

Während trockene Gewürze das ganze Jahr über problemlos im Handel erhältlich sind, ist die Verfügbarkeit von Küchenkräutern, vor allem in den Wintermonaten, schon schwieriger. Küchenkräuter gedeihen aber auch sehr gut auf der Fensterbank. Für Kästen oder Blumentöpfe eignen sich folgende Kräuter besonders gut: Basilikum, Dill, Estragon, Blattpetersilie, Schnittlauch, Thymian, Rosmarin und Zitronenmelisse. Was man nicht braucht, kann man trocknen oder tiefgefrieren.

Die prickelnde Frische: Wasser

Ob Mensch, Tier oder Pflanze – Wasser zum Leben brauchen alle. Wasser ist an allen Lebensvorgängen des Körpers beteiligt: als Lösungsmittel aller bei der Verdauung entstehenden Nährstoffe, als deren Transporteur in jede Zelle, als Wärmeregulator usw. Unser Körper besteht zu rund 50 bis 70 Prozent aus Wasser. Die relativ große Differenz hängt mit Geschlecht und Alter zusammen. Ein Säugling bringt es auf einen Wasseranteil von 75 Prozent. Weil Frauen mehr wasserarmes Fettgewebe haben als Männer, ist ihr Wasseranteil geringer.

Unseren täglichen Wasserbedarf von 1,5 Litern decken wir mit Getränken und der Nahrung. Gemüse und Obst haben einen sehr hohen Wassergehalt, er kann bis zu 95 Prozent betragen. Aber auch trockene Lebensmittel wie Brot enthalten Wasser.

Ideale Durstlöscher sind Mineralwasser, Kräuter- und Früchtetees. Der Pro-Kopf-Verbrauch bei natürlichen Wässern liegt derzeit bei 67 Litern im Jahr. Obstsäfte sollten mit Wasser verdünnt werden. Colagetränke und Limonaden sollten wegen des hohen Zuckeranteils nicht so häufig getrunken werden. Milch wird aufgrund ihrer Nährstoffzusammensetzung weniger als Getränk, sondern als Nahrungsmittel gesehen. Milch und Milchmixgetränke sind daher eher als Zwischenmahlzeit geeignet.

Und was ist mit dem Alkohol? Im Grunde braucht unser Körper keinen Alkohol. Wer dennoch nicht auf dieses Genußmittel verzichten will, sollte daran denken, daß ein bis zwei Glas Bier oder Wein am Tag für den gesunden Erwachsenen im allgemeinen harmlos sind. Bei höherem Alkoholkonsum kann es jedoch auf die Dauer für die Leber und andere Körperorgane gefährlich werden. Nicht zu unterschätzen ist, daß Alkohol ganz erhebliche Energiemengen liefert, was wiederum der schlanken Linie schadet.

Tips für die Küchenpraxis

Um Nährwert, Genußwert und appetitliches Aussehen von Speisen zu sichern, sollte man einige Regeln beachten:
– Licht, Luft, Wasser und Hitze sind ausgesprochen vitaminfeindlich. Diesen Vier sollte daher für ihr Zerstörungswerk wenig Zeit gegeben werden.
– Gemüse stets gründlich, aber so kurz wie möglich unter fließendem Wasser waschen.
– Gemüse erst kurz vor dem Garen zerkleinern und mit einem Teller abdecken.
– Ausreichende, aber möglichst kurze Garzeiten wählen. Je länger etwas gekocht wird, um so höher sind die Verluste. Die Garzeit wird verkürzt, wenn das Gargut in wenig kochende Flüssigkeit gegeben wird.
– Gemüse in wenig Brühe oder Fett dünsten.
– Auf die richtige Temperatur achten! Gemüse, Kompotte, Reis und Nudeln möchten bei sanfter Hitze gegart werden. Das Ankochen erfolgt bei hoher Stufe, das Weitergaren bei niedriger Temperatur. Bei Apfelkompott zum Beispiel kann die Herdplatte gleich nach dem Ankochen ausgeschaltet werden, bei gedünstetem Reis etwa nach zehn Minuten.
– Getreidespeisen müssen gut ausquellen, da sie sonst schwer verdaulich sind und Blähungen verursachen können.
– Während des Garens sollte der Topfdeckel möglichst wenig geöffnet werden.
– Für fettarmes Braten und Dünsten eignen sich besonders gut kunststoffbeschichtete Pfannen, ebenso Alufolie (Fisch, Gemüse), Grill, Bratschlauch, Tontopf und Mikrowelle.
– Der Einsatz des Dampfdrucktopfes bringt vor allem Zeitvorteile.
– Rohkostsalate erst unmittelbar vor dem Essen anrichten und sofort verzehren.
– Gegarte Speisen nicht warmhalten. Es ist besser, sie abzukühlen und bei Bedarf wieder aufzuwärmen. Ideal: Erwärmen in der Mikrowelle. Ein Tellergericht ist in etwa 3 Minuten verzehrfertig.

Schnell ein Essen auf den Tisch

Abends, wenn man müde von der Arbeit nach Hause kommt, bleibt oft wenig Zeit (und auch Lust), sich noch lange mit dem Kochen zu befassen. Aber müssen es immer nur belegte Brote, ein aufgewärmtes Dosengericht oder ein Fertigmenü sein, das noch schnell im Backofen oder in der Mikrowelle heiß gemacht wird? – Mit einer guten und zweckmäßigen Ausstattung des Haushalts, mit Liebe zum Kochen, mit gezieltem Einkauf sowie zweckmäßiger Vorratshaltung kann auch ohne große Mühe etwas „Vernünftiges" auf den Tisch gebracht werden. Nach dem Motto „Einmal kochen, zweimal essen" kann man viel Zeit und Energie sparen, ohne daß zweimal das gleiche Essen auf den Tisch kommt. Vor allem für Lebensmittel, die eine längere Garzeit haben, wie Reis, Nudeln oder Kartoffeln, lohnt es sich, eine größere Menge zu kochen und den Rest am nächsten Tag für ein neues Gericht weiterzuverwenden.

Folgende Geräte sollten in einem Haushalt unbedingt vorhanden sein: Kühlschrank mit 3-Sterne-Gefrierfach oder Gefrierschrank, Gas- oder Elektroherd, Rührgerät, Universalzerkleinerer, Dampfdrucktopf.

Sehr empfehlenswert: Mikrowellenherd. Bedingt notwendig: kleine Küchenmaschine mit Schnitzelwerk, Getreidemühle.

Küchentips für zwei

Nudeln kochen: 500 g Nudeln brauchen genauso viel Zeit und nicht viel mehr Energie, als wenn nur die Hälfte gekocht wird. Restliche Teigwaren können weiterverwendet werden, zum Beispiel für Nudelsalat oder -auflauf. Gekochte Nudeln lassen sich auch sehr gut tiefgefrieren. In der Mikrowelle ist eine Portion Nudeln in etwa zwei Minuten aufgetaut und erwärmt.

Kartoffeln garen: Für größere Mengen Kartoffeln eignet sich am besten das Dämpfen im Dampfdrucktopf. Restliche Kartoffeln schmecken am nächsten Tag als Röstkartoffeln oder Kartoffelauflauf.

Lasagne und Sauce Bolognese: Beides kann man sehr gut tiefgefrieren. Die erkaltete Lasagne portionieren, in Klarsichtfolie einpacken und in einen Gefrierbeutel geben. Die Stücke können bequem einzeln entnommen werden.

Sauce Bolognese in Kunststoffbehälter oder in Schraubgläser einfüllen (letztere nicht ganz voll machen) und tiefgefrieren.

Blattsalate vorbereiten: Kopf-, Endivien- oder andere Blattsalate sind in der Vorbereitung sehr zeitaufwendig. Man kann die doppelte Menge putzen und waschen. Restlichen Salat gut abtropfen lassen oder ausschleudern und in einem Kunststoffbehälter im Kühlschrank für den nächsten Tag aufbewahren.

Reis: Restlicher Reis findet Weiterverwendung als Reissalat.

Pfannkuchen: Pfannkuchen in Streifen schneiden, portionsweise verpacken und tiefgefrieren. Weiterverwendung als Suppeneinlage.

Kuchen: In kleinen Haushalten wird selten – außer man hat Besuch – ein ganzer Kuchen auf einmal gegessen. Den Kuchen in Stücke teilen, einzeln in Pergamentpapier oder in Klarsichtfolie verpacken, in einen Gefrierbeutel geben und tiefgefrieren. Die Stücke können einzeln bequem entnommen werden. Auftauen je nach Art des Kuchens entweder bei Zimmertemperatur, im Backofen oder in der Mikrowelle.

Brot, Semmeln: Obwohl es Brot stets frisch zu kaufen gibt, ist ein kleiner Vorrat von Vorteil. Frische Brotwaren sollen zum Tiefgefrieren noch etwas warm sein, denn nur dann schmecken sie nach dem Auftauen frisch und knusprig. Das Auftauen erfolgt bei Zimmertemperatur, im Backofen, kleine Teile wie Brezeln auch auf dem Toaster oder in der Mikrowelle.

Fleisch einfrieren: Auch Frischfleisch ist stets zu haben, aber auch hier ist ein kleiner Vorrat von Vorteil. Kleine Haushalte bevorzugen meist kleine Fleischteile wie Schnitzel, Kotelett oder Filet. Die Fleischteile einzeln in Klarsichtfolie einwickeln und in einen Gefrierbeutel geben. Sie können im gefrorenen Zustand bequem einzeln aus dem Beutel entnommen werden.

Erni Sandtner

Literaturhinweise

„Koche und lebe gesund" von Waltraud Berghammer/Anna Schimmel. Für den hauswirtschaftlichen Unterricht der Sekundarstufe I. R. Oldenbourg Verlag, München.

„Kochen und backen lernen" von Ulrike Arens-Azevedo/Elisabeth Peschke. Schroedel-Schulbuchverlag, München.

Auswertungs- und Informationsdienst vom Ministerium für Ernährung, Landwirtschaft und Forsten (AID), Postfach 20 01 53, 5300 Bonn 2.
Vom AID gibt es viele Broschüren über Ernährung, Warenkunde, alternative Ernährung und vieles andere. Die Liste kann angefordert werden.

Deutsche Gesellschaft für Ernährung (DGE), Feldbergstraße 28, 6000 Frankfurt/Main. Auch hier gibt es umfangreiches Broschürenmaterial zum Thema „Ernährung".

Auch religiöses Leben braucht Nahrung

Die Trauung war vorüber, die anschließende Hochzeitsfeier – nach anfänglichen Problemen mit der Tischordnung – doch noch ein großer Erfolg geworden, die Wohnung näherte sich immer mehr ihrer Wunschvorstellung. Eines Tages fanden sich dann die ersten Dias von der Hochzeitsreise im Briefkasten: ein untrügliches Zeichen, daß die Zeit des Feierns vorbei war. Die Ehe konnte also beginnen – mit allen Forderungen und Freuden des Alltags. Beide hatten sich sorgfältig auf diesen Augenblick vorbereitet: Brautleutetage besucht, Versicherungen abgeschlossen, Finanzen geplant. Nächstes Frühjahr würden sie die ererbte Kücheneinrichtung der frühen 60er Jahre sogar durch eine moderne Einbauküche, Kiefer natur, ersetzen können.

Und religiös? Würde die kirchliche Ehevorbereitung für den unabsehbaren Zeitraum einer Ehe ausreichen? Wohl kaum!

Genau so wie Liebe – so tief und innig sie auch sein mag – durch die Ehe nicht zum Besitz wird, in dem sich der einzelne behaglich einrichten kann, ist auch das religiöse Leben zu zweit auf persönlichen Einsatz, lebendigen Austausch, ständige Nahrung angewiesen. Denn Religion existiert nicht neben der Ehe als exklusiver Bereich für festliche Stunden, Religion ist vielmehr das Fundament, das allein ein christliches Paar befähigt, ein lebenslanges Treueversprechen abzulegen und zu halten. Denn wie könnten zwei Menschen ein solch mutiges Versprechen in das Dunkel der Zukunft hinein wagen, wenn sie nicht darauf vertrauen würden, daß sie nicht allein sind, sondern Gott der tragende Grund ihres Zusammenseins ist – ein Grund, der stärker und beständiger ist als die schwankende Macht menschlicher Gefühle und wohlüberlegter Planungen. Damit stellt sich jedoch die Gretchenfrage, wie sie diesem tragenden Grund fortan im Ehealltag begegnen können.

Damit der Glaube nicht verdorrt

Es bleibt, bei aller Hilfestellung von außen, eine unaufhebbare „Einsamkeit zu zweit" bestehen, in die hinein das religiöse Leben gestaltet werden soll – der unverwechselbaren Eigenart eines jeden Paares gemäß. Wie aber kann dies geschehen? Auf keinen Fall anhand billiger Rezepte, die die Einmaligkeit eines jeden Paares ausblenden und gleichzeitig die Intimität des religiösen Lebens verletzen. So ist es vielleicht am besten, zunächst einmal über die Gefahren nachzudenken, die dem religiösen Leben zu zweit drohen.

Die größte Gefahr stellt dabei die gemütliche Illusion dar, der persönliche Glaube entfalte sich im Laufe einer Ehe von selbst. Vielmehr gilt: *Religiöses Leben stirbt, wenn ich nichts dafür tue; es hungert aus, wenn ich ihm keine Nahrung gebe; es versiegt, wenn ich meine Sehnsucht nach Gott nicht wachhalte.* Und diese Gefahr ist heute größer denn je. Denn Religion – bis zur Neuzeit die Klammer, die gesellschaftliches und privates Leben miteinander verband – stellt heute nur noch ein Angebot unter vielen dar und ist damit weitgehend dem Privatbereich, der ganz persönlichen Verantwortung des einzelnen überantwortet.

Dies aber bedeutet zugleich eine Chance: In keiner anderen Epoche nämlich hatte ein Ehepaar die Möglichkeit, in solcher Freiheit von „gesellschaftlichen Zwängen", ohne jegliche Bevormundung, seinen unverwechselbaren Glaubensweg zu gehen. Dies ist freilich keine leichte Aufgabe in einer Welt, in der das religiöse Leben unter dem Überangebot unserer westlichen Zivilisation zu ersticken droht, in der es verdrängt wird durch das Angebot an Konsumgütern, durch die Angebote der Medien und der Freizeitindustrie – angefangen beim Shopping am „langen Samstag", dem Wochenendstreß auf der Autobahn bis hin zum durchgestylten Cluburlaub, in dem Einsamkeit zum Tabu wird.

Wenn sich ein junges Paar kritiklos all diesen Möglichkeiten der modernen Welt überläßt, ohne durch gezielte Auswahl seinen persönlichen Freiraum zu verteidigen, dann wird es möglicherweise eines Tages mit Ernüchterung feststellen, daß Religion in seinem Alltagsleben überhaupt nicht mehr vorkommt.

Das Schweigen der Öffentlichkeit

Diese Gefahr ist heute um so größer, als die Öffentlichkeit in weiten Bereichen über Gott schweigt. Gott wird auf diese Weise immer mehr zu einem Gott der Spezialisten, der Fachleute, der Wissenschaftler –

und zu einem Gott der alten Menschen und der kleinen Kinder. Dazwischen aber klafft eine verhängnisvolle Lücke. Dieses Schweigen der Öffentlichkeit erschwert es einem jungen Paar zusätzlich, den Sprung vom Kinderglauben zum verantworteten Erwachsenenglauben zu tun. Denn dieser – unverzichtbare – Sprung wird von der Gesellschaft nicht vorbereitet, nicht unterstützt, nicht getragen. Deshalb kann er nur dann gelingen, wenn ein Paar konsequent an seinem Glauben arbeitet, gezielt die Auseinandersetzung mit ihm sucht. Das aber ist leider die Ausnahme.

Viele Menschen, die mit größter Selbstverständlichkeit an beruflichen oder privaten Weiterbildungen teilnehmen, bleiben zeitlebens in den Kinderschuhen des Glaubens stecken. Kein Wunder, daß sie sich schwertun, diesen auf Kindermaß zurechtgestutzten Gott ernst zu nehmen, ihn als tragenden Grund ihres Erwachsenenlebens zu begreifen. Auf diese Weise verabschiedet sich so manches Paar vom Gott seiner Kindheit, ohne jemals den Weg zu einem mündigen Christsein gefunden oder auch nur gesucht zu haben.

Ehe – Ernstfall gelebten Glaubens

Zu diesem wortlosen Abschied muß es aber nicht kommen. Niemand muß die Barrieren auf dem Weg des Glaubens wachsen lassen, bis sie unüberwindlich scheinen. Deshalb ist es entscheidend, daß ein Paar das Gespräch über den Glauben noch vor Beginn der Ehe sucht – und nicht etwa erst bei der anstehenden Taufe des ersten Kindes. Denn, so paradox es klingt: Nähe kann das Gespräch über Wesentliches erschweren. Und je länger und selbstverständlicher ein Ehepaar den Alltag gemeinsam gestaltet, je eingefahrener die Geleise der Zweisamkeit sind, um so schwerer ist es, nachträglich noch Raum für das religiöse Miteinander zu finden, um so mehr Mut braucht es, nach gemeinsamen Wurzeln des Glaubens zu suchen.

Aus diesem Grunde ist es keine bloße Äußerlichkeit, wenn ein junges Ehepaar seinen religiösen Tages- und Jahresablauf von Anfang an bewußt selbst gestaltet. In jedem Falle gehören dazu feste Zeiten für das gemeinsame Gebet – zum Beispiel: Morgengebet, Tischgebet –, die Mitfeier der christlichen Feste und der Sonntage und Freiräume zu Gespräch und religiöser Weiterbildung.

Ehe als Spannung zwischen Selbstsein und Mitsein

Bei aller Bedeutung des „Miteinander-Glaubens" darf man jedoch nicht übersehen, daß jede Ehe aus der natürlichen Spannung zwischen Distanz und Nähe, zwischen „Selbstsein" und „Mitsein" lebt. Wird diese Spannung durch den unausgesprochenen Anspruch geleugnet, alles nur noch gemeinsam tun, denken und empfinden zu dürfen, kann Angst, Aggression, Abhängigkeit bis hin zur Depression die Folge sein. Denn Liebe heißt immer auch: den anderen sich selbst sein lassen. Und noch eins: Auch die beste Ehe kann und darf nicht darüber hinwegtäuschen, daß es eine Einsamkeit des Geschöpfs Mensch gibt, die letztlich in seiner Sterblichkeit und Vergänglichkeit wurzelt und die kein liebender Ehepartner, sondern nur Gott vollständig zu überwinden vermag.

Gebet – Einsamkeit vor Gott

Damit sind wir in das Zentrum gelebten Glaubens vorgedrungen, das Gebet. Das gemeinsame Gebet – so wünschenswert es ist – kann die persönliche Zuwendung des einzelnen zu Gott nicht ersetzen, sondern lediglich ergänzen. Wer es hingegen für religiöse Eheführung hält, als Paar nur noch gemeinsam zu beten, der mißachtet die Einmaligkeit des andern, den Gott bei seinem Namen gerufen hat und der auf diesen persönlichen Anruf Gottes auch eine persönliche Antwort finden muß. So schreibt der Apostel Paulus – mit Blick auf die menschliche Sexualität – im 1. Korintherbrief:

> „Entzieht euch einander nicht, außer im gegenseitigen Einverständnis und nur eine Zeitlang, um für das Gebet frei zu sein. Dann kommt wieder zusammen". (1 Kor 7, 5)

Freisein für das Gebet – das aber heißt: einen Ausgleich suchen zwischen dem gemeinsamen Leben als Glaubende und der Zuwen-

dung zu Gott in der Einsamkeit menschlicher Existenz. Beides sollte seinen Platz in der Ehe finden, beides sollte zur Struktur christlichen Alltags gehören.

„Sein Leben vor Gott zur Sprache bringen": dies ist vielleicht die einfachste und zugleich treffendste Bezeichnung für das Gebet. Damit aber wird deutlich, daß das Gebet immer den ganzen Menschen meint: den Menschen in seinen Beziehungen zum Ehepartner, zur Familie, zu den Mitmenschen, zu seiner Arbeit. Gebet als Dialog mit Gott heißt jedoch auch: hinter dem gesprochenen Wort, hinter meinem Dank, meiner Bitte, meiner Klage, den Willen Gottes zu erspüren suchen. Dies kann etwa dadurch geschehen, daß ich morgens meinen geplanten Tagesablauf, die zu erwartenden Aufgaben, Schwierigkeiten, Freuden und Ängste, aber auch meine Vorsätze und Pläne, mit Gott bespreche, um abends ein Resümee des Tages zu ziehen – im Vertrauen darauf, daß Gott mich erfahren läßt, wo ich seinen Willen verwirklicht und wo ich ihn verfehlt habe.

Oft genug gelingt es dem Betenden allerdings nicht, sich von sich selbst zu lösen und sich auf sein göttliches Du zu beziehen. Dann kann ein vorformuliertes Gebet helfen, die Verhaftung an das eigene Ich durch die überlieferten Worte eines anderen Christen oder durch die Worte Jesu selbst zu überwinden. Hier ist auch der Ort für das gemeinsame Gebet eines Ehepaares, das aber letztlich für sich selbst entscheiden muß, wo gemeinsames Beten hilfreich und wo die Grenze gemeinschaftlichen Sprechens zu Gott erreicht ist.

Lesend den Glauben bedenken

Es klingt banal, ist es aber nicht: Glaube kann nur dann wachsen, wenn ich meine eigenen Fragen und Zweifel ernst nehme, wenn ich mich informiere, lese, das Gespräch mit anderen suche. Weiterbildung ist also angesagt. Ein erster Schritt kann dazu die *gezielt* ausgewählte Information aus den Massenmedien sein: Rundfunk, Fernsehen, kirchliche Presse. Um eine gewisse Unabhängigkeit von „Modethemen" zu bekommen und eigene Schwerpunkte zu setzen, bietet sich das Buch als einfachste und zugleich eigenständigste Form der Weiterbildung an. Lesen muß keine isolierte Tätigkeit sein: Sie können sich gemeinsam mit ihrem Ehepartner in ein Buch vertiefen, sich bestimmte Passagen vorlesen, sich darüber unterhalten und auf diese Weise auch ihre eigene Lebenssituation in neuem Licht betrachten.

Bücher kaufen (oder ausleihen) ist allerdings nicht ganz einfach. Es gibt heute eine unübersehbare Fülle zum Teil sehr guter religiöser Bücher, von leicht verständlichen Bibelkommentaren bis hin zu Beiträgen zur christlichen Lebensbewältigung, zum Gebet, zur religiösen Kindererziehung, zur verantworteten Sexualität. Da es unter Büchern aber auch „schwarze Schafe" gibt, ist es hilfreich, seine Literatur in einer guten Bibliothek oder Buchhandlung – vielleicht sogar mit einer eigenen theologischen Abteilung – zu besorgen. Hier können Sie sich mit ihren Fragen an Leute wenden, die sich auskennen.

Noch ein Tip: Kaufen Sie religiöse Bücher niemals allein nach dem Titel, sondern achten Sie darauf, wer das Buch geschrieben hat und ob es von einem anerkannten katholischen oder evangelischen Verlag stammt. Dies sollte in Ihre Entscheidung mit einfließen.

Das Buch der Bücher

Bei der Einübung in ein christliches Leben zu zweit spielt die Bibel eine besondere Rolle. Nur keine Angst: Die Bibel ist ein Buch, das weder von Wissenschaftlern noch für Wissenschaftler geschrieben wurde, sondern für Menschen, die ihr persönliches Leben nach dem Vorbild Jesu ausrichten wollen. So kommt es beim gemeinsamen Bibellesen denn auch nicht primär darauf an, ob Sie etwa das Wort Jesu über eine stadtbekannte Sünderin: „Ihr sind ihre vielen Sünden vergeben, weil sie so viel Liebe gezeigt hat" (Lk 7, 47), wissenschaftlich korrekt analysieren können.

Für Ihr gemeinsames Leben als Christen ist es nicht entscheidend zu wissen, welcher literarischen Gattung ein Text angehört, ob er bearbeitet ist und auf welche Traditionen er sich stützt. Entscheidend ist vielmehr die Umsetzung ins persönliche Leben: Wo haben wir in der Vergangenheit Vergebung erfahren oder geübt? Sind wir auch in unserer Ehe dazu bereit, und wo stoßen wir an unüberwindliche Grenzen? Gewähre ich meinem Ehepartner einen Neuanfang, wenn er gescheitert ist, oder bringe ich seine Fehler bei jeder Gelegenheit wieder aufs Tapet? Auf diese Weise kann sich ein Paar beim Lesen eines Bibeltextes selbst zur Sprache bringen, behutsam Schwachstellen und Defizite der eigenen Ehe ansprechen, persönliche Grenzen und Ängste eingestehen und versuchen, miteinander eine christliche Antwort darauf zu finden.

Lebendiger Austausch

„Sie alle verharrten einmütig im Gebet, zusammen mit den Frauen und mit Maria, der Mutter Jesu, und mit seinen Brüdern." (Apg 1, 14) Diese Worte aus der Apostelgeschichte machen deutlich: Das Christentum war von Anfang an keine reine Privatsache, die man auf den Kreis von Ehe und Familie hätte einengen dürfen. Nicht ängstliches Festhalten, sondern Weitergabe des Glaubens, Öffnung nach außen bis hin zur Weltmission bestimmten das Bild der jungen Christen. Diese Öffnung nach außen wird heute immer mehr zu einer Überlebensfrage des Glaubens – und dies gilt keineswegs allein für die „Amtskirche". Gerade im Zeitalter wachsender Mobilität, die Verwandte immer weiter auseinanderreißt, im Zeitalter der Kleinfamilien und Singles, im Zeitalter eines immer stärkeren Rückzugs ins Private kann sich der Glaube nur dann im Alltag eines jungen Ehepaares bewähren, wenn es den beständigen Austausch mit anderen Christen sucht – einen Austausch, der sich nicht allein auf Sonntagsgottesdienst und Mitfeier des Kirchenjahres beschränken kann.

In welcher Weise dieser Austausch geschehen soll, ist natürlich in die freie Entscheidung eines jeden Paares gestellt. Vielleicht existieren in der Gemeinde Familienkreise; vielleicht besteht die Möglichkeit, selbst einen Bibelkreis oder eine regelmäßige Gesprächsrunde ins Leben zu rufen.

Eine besondere Bedeutung für die Weiterentwicklung des Glaubens haben Begegnungen, die außerhalb des alltäglichen Umfelds stattfinden: in einem Kloster, einer Bildungsstätte, einem Exerzitienhaus. Die Anzahl und Vielfalt solcher Veranstaltungen – die ausnahmslos so preisgünstig sind, daß sie sich wirklich jedes Paar „leisten" kann – hat in den letzten Jahren erstaunlich zugenommen. Warum aber zusätzlich zum Gemeindealltag noch eigene Besinnungstage oder Exerzitien? Dahinter verbirgt sich die jahrhundertealte Erfahrung, daß die Macht des Alltags immer wieder unseren Glauben zu ersticken droht, wenn wir nicht bereit sind, in regelmäßigen Abständen diesen Alltag zu durchbrechen, um die zurückgelegte Wegstrecke kritisch zu betrachten.

Ähnliches gilt auch für „Orientierungstage" und „Aufbauwochenenden", die an die kirchliche Ehevorbereitung anknüpfen und jedes

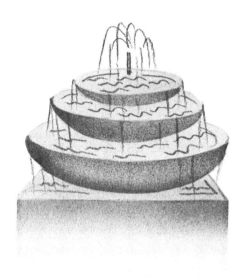

Ehepaar ermutigen möchten, im Austausch mit Fachleuten und anderen Paaren tragfähige Perspektiven für die Zukunft zu entwickeln. Dabei kommt – mit Rücksicht auf die jeweilige Lebenssituation – vor allem die Frage nach dem persönlichen Standort in der Ehe zur Sprache: Wer bin ich eigentlich? Wie kann ich mich und meinen Ehepartner besser verstehen lernen? Wo kommt Gott in unserem Zusammenleben vor? Der große Vorteil solcher Veranstaltungen liegt darin, daß sich ein Ehepaar fernab vom Alltag – im Austausch mit interessanten Menschen – neuen Fragen und Inhalten offener zuwenden kann als in seiner gewohnten Umgebung mit ihren beständigen Anforderungen. Auf dieser Grundlage kann es denn auch mit Gottes Hilfe gelingen, einen neuen Bezug zum Ehepartner zu finden, ihn mit „neuen" Augen zu sehen – und das heißt: „ihn so zu sehen, wie Gott ihn ursprünglich gemeint hat".   *Silvia Becker*

Wenn Sie an einem der angesprochenen Kurse teilnehmen möchten, wenden Sie sich bitte an das Seelsorgereferat im Bischöflichen Ordinariat bzw. Generalvikariat Ihrer Diözese, das Ihnen gerne Programme zuschickt.

Wer eine persönliche Eheberatung in Anspruch nehmen möchte, kann die nächstgelegene Ehe-, Familien- und Lebensberatungsstelle erfragen bei:
Katholische Bundesarbeitsgemeinschaft der Träger von Ehe-, Familien- und Lebensberatungsstellen, Kaiserstraße 163, 5300 Bonn, Tel. 0228/103309.

Wir feiern Hochzeit

VOR DER HOCHZEIT

MORGEN
BEGINNT
DIE ZEITRECHNUNG
NEU

MORGEN
SCHLIESST SICH
SEIN SEGEN
UM UNS

MORGEN
BEKUNDEN
WIR IHM
UNSERE LIEBE

MORGEN
BEGINNT
IHRE
EWIGKEIT

MORGEN
KOMMEN WIR
GOTT AM NÄCHSTEN
WEIL ER SELBST
DIE LIEBE IST

MARIA GRÜNWALD

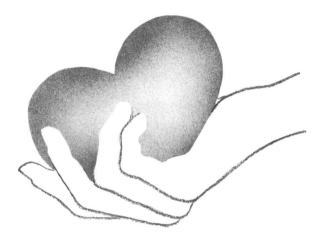

Ist die Ehe ersetzbar?

Ich würde den Historikern der Zukunft empfehlen, unsere Zeitepoche als das Zeitalter des kritischen Fragens zu bezeichnen; denn es gibt keine traditionelle Gepflogenheit, die heute nicht auf ihren Sinn und ihre Berechtigung für unser Leben abgeklopft wird. Freilich ist dieses kritische Überprüfen heute oft nur allzu oberflächlich, und der Nachdenkliche spürt mit Unbehagen, daß es nicht wirklich objektiv vollzogen wird, sondern mit der bereits vorher feststehenden Absicht, Argumente für die Abschaffung der übernommenen Spielregeln zu sammeln, den Bruch mit der Tradition radikal zu vollziehen aufgrund der Vorstellung, daß unser Leben in der Industriegesellschaft so einmalig anders sei als das unserer Vorfahren, daß nichts Altes in ihr noch Bestand haben könnte.

Dieses Phänomen zeigt sich auch in der Diskussion über die Ehe. Es läßt sich aufzeigen, daß sie bereits in der Vergangenheit viele Negativposten zu verzeichnen hatte: die Versklavung der Frau, die Repression der Kinder, die doppelte Moral des Mannes. Und es läßt sich darüber reden, wie sehr sich die negativen Gewichte in der Gegenwart verstärkt haben: durch die Isolation der Kleinfamilie, durch die längere Lebenserwartung und geringere Kinderzahl, durch die Flexibilität und das steigende Bedürfnis nach Abwechslung in der Psyche des modernen Menschen.

Hat die Ehe mit den fundamentalen Veränderungen in unserem Leben nicht ihre Aufgabe verloren und hat sie eigentlich als Institution noch eine Funktion?

Antworten auf solche Fragen können ja grundsätzlich nicht am Schreibtisch gefunden werden. Ob die Ehe in unserem Kulturkreis noch eine Funktion hat, ist allein dort nachprüfbar, wo man sie mehr und mehr auflöst und an ihre Stelle andere Formen des Zusammenlebens stellt.

Avantgardistisch ist in dieser Hinsicht in den letzten Jahrzehnten vor allem Schweden gewesen. Schweden hat eine außerordentlich hohe Scheidungsquote und eine Gesetzgebung, die die Scheidbarkeit der Ehe sehr viel leichter macht als die der BRD. Es gibt darüber hinaus ein Heer von ledigen Müttern, die aufgrund der Ablehnung von institutionalisierter Zweisamkeit keine Ehe eingingen und für deren Kinder „Vater Staat" willig eine finanzielle Versorgung erwirkte. Es häufen sich in letzter Zeit die Berichte über die wachsende Unzufriedenheit aller Beteiligten über diesen Stand der Dinge.

Frauen, die scheinbar in eigener Verantwortung, in Wirklichkeit aber mitläuferisch diesen Weg der Ehelosigkeit gegangen sind, werden zunehmend unzufriedener und drängen neuerdings dahin, nach festen Ehepartnern Ausschau zu halten, obgleich dieser Wunsch sich häufig als nicht mehr erfüllbar erweist; denn sie sind mittlerweile nicht mehr die Jüngsten! Die Männer ihres Jahrganges, die das freie Leben satt haben, suchen Dauerbindungen eben unter den jüngeren Frauen.

Schwedens Ärzte klagen, daß Depressionen und psychosomatische Leiden unter diesen Frauen besonders stark zunehmen.

Aufgrund solcher Experimente läßt sich der Schluß ziehen, daß auch für uns die Ehe als Institution noch eine tragende Funktion hat. Worin sie besteht, läßt sich an den negativen Auswirkungen bei ihrer Auflösung durchaus ablesen. Sie soll im folgenden kurz skizziert werden:

1. Auch heute noch hat die Einehe die Funktion, ein Nest für die Kinder zu gewährleisten.

Scheidungswaisenschicksal ist in hohen Prozentsätzen beeinträchtigend, so hat die Forschung der USA die Erfahrungen der psychotherapeutischen Praxis bestätigt. Eine gute Elternehe hat sich hingegen in bezug auf die Charakterprägung der Kinder als festigend erwiesen. Im Erwachsenenalter scheiden sie sich seltener als einstige Scheidungswaisen.

2. Neben dieser auf die Kinder bezogenen Aufgabe hat aber die Ehe darüber hinaus die Funktion, durch die Gemeinschaft eines Paares in gesteigertem Maße Lebenserfüllungen zu verwirklichen. Unter der Voraussetzung, daß die beiden Partner einen Status echter seelisch-geistiger Mündigkeit erreicht haben, kann die Liebesbeziehung eines Paares, das durch die Eheschließung den Willen zur Dauerhaftigkeit der Bindung bekundet, wie keine andere geeignet sein, zu einer Steigerung der seelischen Kraft und zu einer Stärkung der Belastbarkeit in Zeiten der Not zu führen. Sich als eine Einheit zu erleben, als ein Sich-gegenseitig-Ergänzen und sich damit mit der Möglichkeit zu beschenken, effektiv zu handeln, ist unvergleichbar in der Dauerbeziehung eines verschiedengeschlechtlichen Paares zu verwirklichen.

3. Nicht zuletzt aber bietet die Einehe auf Lebenszeit die hohe Chance einer gemeinsamen Verwandlung und seelischen Fortent-

wicklung. Kein Mensch ist fertig im wahrsten Sinne des Wortes, wenn er im jungen Erwachsenenalter eine Ehe eingeht. Jeder Mensch trägt aus seiner Kindheit eine Fülle von Komplexen, Fehlprägungen, seelisch-geistigen Rückständen in einzelnen Teilbereichen mit sich herum. Im besten Sinne eine Ehe zu führen bedeutet, voneinander zu lernen, sich in Behutsamkeit und Rücksicht gegenseitig auf Schwierigkeiten und inadäquate Reaktionen aufmerksam zu machen. Eine Ehe zu führen bedeutet heute bei der langen Lebenserwartung des Menschen mehr denn je eine Erziehung zu Vergebungsbereitschaft; denn es gibt keine Lebensgemeinschaft, in der nicht der eine den anderen unbedacht verletzt. In diesem Bereich, dem einer echten, fairen Partnerschaft, haben wir noch unendlich viel zu lernen und nachzuholen; denn in den vergangenen Zeiten ist diese Funktion der Ehe in unserem Kulturkreis nur selten zur Verwirklichung gekommen. Solange wir es aber kollektiv noch nicht geschafft haben, bei einer großen Zahl von Paaren diese Weisen durchhaltender und sich steigernder Gemeinschaft zu erreichen, haben wir wenig Aussichten, daß wir so etwas in Kommunen und Großfamilien in verpflichtender Dauerbeziehung zustande bringen.

Es ist außerordentlich schwer, allen diesen Funktionen der Ehe durchhaltend gerecht zu werden, wenn sie allein um ihrer selbst willen vollzogen werden. Als Nest für die Kinder würde die Ehe eigentlich nur zeitweilig Berechtigung haben, finanzielle Geborgenheit – so haben jedenfalls manche Schwedinnen gemeint – kann auch der Sozialstaat übernehmen, Selbsterziehungsweisen ließen sich auch über den Beruf, durch die Lebenserfahrung, durch gute Freunde anstreben. Die zentralste Funktion der Ehe ist es nämlich – und deshalb hat die katholische Kirche sie auch zum Sakrament erhoben –, sich im gleichen Joch zu wissen angesichts der Aufgabe, durch alle Etappen des Lebens hindurch und auf alle Weisen gemeinsam daran mitzuwirken, daß Gottes Wille, sein Liebesgebot, zum Tragen kommt. Steht das Leben zweier Eheleute unter dieser Einstellung, so wird es ihnen leichtfallen, alle einzelnen Funktionen der Ehe in durchhaltender Treue zu verwirklichen und die Früchte dieser Arbeit als Glück zu ernten.

Christa Meves

Lieben, weil Gott uns liebt

Läßt sich in wenigen Worten sagen, was das ist: christliche Ehe; was Ehe als Sakrament bedeutet? Ich will es versuchen.

Wir Menschen können nur lieben, weil Gott uns schon zuvor geliebt und uns zur Liebe befreit hat. In Jesus Christus ist diese befreiende Liebe in unüberbietbarer Weise sichtbar geworden und uns nahe gekommen. Und er hat die Kirche, die sein Leib ist, gesandt, die Welt dem Willen Gottes entsprechend zu gestalten und zu verändern und damit Zeichen und Werkzeug seiner Liebe zu sein.

Christliche Eheleute bezeugen in ihrer gegenseitigen Liebe diese ursprüngliche, alles tragende Liebe Gottes. Indem sie aus ihrem Glauben heraus füreinander einstehen, für ihre Kinder sorgen und sich in verschiedenen Bereichen für Menschen einsetzen, sind sie genau das, was das Wesen der Kirchen ausmacht: Zeichen und Werkzeug der Liebe Gottes. Sie sind Sakrament seiner Liebe.

Aber lieben nichtchristliche Eheleute sich denn nicht auch? Ja, Gottes Liebe wirkt auch außerhalb der Kirche. Das Besondere an der christlichen Ehe ist nicht, daß nur hier Gott wirkt, sondern liegt darin, daß Gott den Eheleuten in Jesus Christus seine Liebe geoffenbart und sie ausdrücklich berufen hat, sich auf seine Liebe einzulassen und aus ihr heraus zu leben.

Das ist ein hohes Bild von Ehe: Zeichen und Werkzeug der Liebe Gottes, und es fällt meist nicht schwer, dieses Bild anzunehmen in den schönen, bereichernden Erfahrungen von Ehe, wenn beide glücklich sind. Aber es gibt auch in jeder Ehe viel Alltag und Gleichförmigkeit, Unverständnis und Streit, Zeiten innerer Leere und Durststrecken. Sind auch diese unerfreulichen, so gar nicht erhebenden Seiten noch Sakrament der Liebe Gottes?

Ja – auch das ist Sakrament: die vielen Kleinigkeiten und Wiederholungen des Alltags annehmen, Mut haben, Konflikte auszutragen, Unverständnis und Einsamkeit aushalten, Zeiten innerer Leere durchstehen in der Kraft dessen, der auch im Alltag bei uns ist.

Partner werden

Wenn Menschen heiraten, stellen sie ihre Liebe in einen größeren Zusammenhang, in eine größere Ordnung, sie geben damit ihrer Liebe einen tragfähigen Boden und einen festeren Halt, sie geben ihr eine Heimat. Die Institution Ehe kann das Gelingen der Beziehung zwar nicht garantieren, aber den Eheleuten wachsen hier Kräfte zu, die sie zur Entfaltung und Vertiefung ihrer Liebe dringend brauchen.

Eheleute wollen heute ihre Ehe partnerschaftlich leben. Partnerschaft bedeutet für sie, daß Mann und Frau in der Ehe gleichwertig und ebenbürtig sind, daß wichtige Entscheidungen gemeinsam getroffen werden, daß dabei Wünsche und Anliegen beider Partner berücksichtigt und daß Konflikte ohne Gewinner und Verlierer ausgetragen werden. Beide tragen in gleichem Maße Verantwortung für ihre Ehe und die Familie.

Die Verwirklichung von Partnerschaft fällt vielen in der Ehe nicht leicht. Zu sehr sind wir noch von einer autoritären Erziehung geprägt, zu stark sind auch gesellschaftliche Strukturen noch von männlicher Dominanz bestimmt. Männer und Frauen sind da oft noch auf dem Weg.

Die Heilige Schrift unterstützt Eheleute auf ihrem Weg der Partnerschaft. Bereits in der Schöpfungserzählung werden die Würde und Gleichwertigkeit von Mann und Frau ausgedrückt: „Gott schuf aber den Menschen als sein Abbild; als Abbild Gottes schuf er ihn. Als Mann und Frau schuf er sie" (Gen 1, 27).

Auf diesem Fundament ruht die Aussage der Kirche, daß Mann und Frau von gleicher Würde, einander ebenbürtig, sind. Wenn sich in der Kirche in den letzten Jahren auch vieles in der Zusammenarbeit von Frauen und Männern erfreulich positiv entwickelt hat, so bedarf es doch auch weiterhin noch vieler Anstrengungen, damit der partnerschaftliche Umgang von Männern und Frauen überall angenommen und gefördert wird.

Josef Homeyer, Bischof von Hildesheim

Die kathogelische Trauung

Gespräch mit einem konfessionsverschiedenen Paar

Brautmesse. Die ersten Bänke auf der rechten Seite des Kirchenschiffes sind gut gefüllt. Die Angehörigen der Braut beten, singen, knien eifrig mit. Links hingegen bleiben die ersten Reihen leer. In den mittleren Bänken verlieren sich die wenigen Verwandten und Freunde des Bräutigams. Sie stehen oder sitzen unentwegt und stumm. Bei der Kommunionausteilung bleiben sie auf ihren Plätzen, während die Leute von der rechten Seite ausnahmslos nach vorne strömen.

Der Priester reicht zur Kommunion der frisch Vermählten in der Kniebank vor dem Altar Brot und Wein; ihren evangelischen Angetrauten übergeht er. Der sucht irritiert den Blick seiner Frau; sie weicht ihm aus, senkt den Kopf.

Später, bei der Feier im Gasthaus, geht es fröhlicher zu. Ausgelassen sind Sigrid und Bertram, das Brautpaar. Prima Stimmung, die Angehörigen haben sich „vermischt".

Heike indes, Sigrids Freundin, findet, das passe nicht zusammen: „In der Kirche ist die Atmosphäre doch frostig und öde gewesen." Und ihr Verlobter Ralf gibt zu: „Wir sind, ehrlich gesagt, ziemlich betroffen." Die beiden wollen bald heiraten. Und sie sind, wie Sigrid und Bertram, ein „bekenntnisverschiedenes Paar", evangelisch er, katholisch sie. „Eins ist klar", darin sind sie sich einig, „bei uns wird das nicht so ablaufen wie bei Sigi und Bert. Mit uns nicht!"

Was die jungen Leute stört: daß die Angehörigen des Bräutigams den Gottesdienst als notwendiges Übel in Kauf genommen haben, daß Bertram, vor allem bei der Kommunion, „links liegengelassen" worden ist.

„Das ist das typische Problem, an dem sich immer wieder die Geister scheiden", sagt Walter Henk, katholischer Pfarrer und Mitarbeiter bei den Seminaren zur Ehevorbereitung in seinem Dekanat. Zu ihm sind Heike und Ralf gegangen; sie wollen sich von ihm informieren, beraten lassen. Und sie sind damit einverstanden, daß über ihr Gespräch „Buch geführt" wird.

Pfarrer Henk erinnert sich an einen Zeitschriftenbeitrag über konfessionsverschiedene Ehen: „Die Überschrift hieß treffend ‚Eine

Liebe, zwei Kirchen'. Sie kennzeichnet genau die Schwierigkeit: Da sind zwei Menschen durch ihre Liebe verbunden, wollen heiraten, und die beiden Kirchen, so scheint es zumindest, legen ihnen zunächst Steine in den Weg. Offiziell gibt es keine ökumenische Trauung, und ein gemeinsames Abendmahl der Brautleute ist nicht möglich. Schon vor der Hochzeit erfahren die Liebenden schmerzhaft die Unterschiede der Konfessionen. Oder sie verwischen, verdrängen sie."

„Was heißt das nun für uns", fragt Heike gereizt. „Ralf oder ich, einer von uns beiden wird doch bei einer kirchlichen Trauung regelrecht vergewaltigt, bloß weil sich die Kirchen nicht einig sind!"

Walter Henk sieht das anders: „Die sind sich sogar sehr einig. Darin nämlich, daß sie sich noch nicht einig sind . . ." Die beiden Verlobten können darüber gar nicht lachen. Weshalb der Pfarrer sofort wieder ernst und konkret wird: „Bei uns zum Beispiel machen der evangelische Pastor und ich solche Trauungen gemeinsam."

„Das geht also doch?" hakt Ralf nach.

„Na ja", weicht Henk aus, „offiziell darf der Geistliche der anderen Konfession nur assistieren . . ."

„Schon gebongt!" unterbricht Heike, sichtlich erleichtert. „und können wir beide dann auch kommunizieren?"

Der Geistliche winkt ab. „Moment, Moment! So einfach geht das nun doch nicht. Der gemeinsame Abendmahlsempfang ist aus der Sicht unserer Kirche" – er sieht Ralf an und ergänzt – „also aus Sicht der katholischen Kirche, nicht drin." Pfarrer Henk kramt auf seinem Schreibtisch, zieht unter einem Stoß Akten ein kleines Heft hervor: „Gemeinsame kirchliche Empfehlungen für die Seelsorge an konfessionsverschiedenen Ehen und Familien". Er blättert kurz und zitiert dann: „. . . ist eine allgemeine Abendmahlsgemeinschaft beim derzeitigen Stand der ökumenischen Entwicklung nicht möglich . . ."

Der Priester blickt auf und lächelt. „Und dann steht hier noch, daß ich als Seelsorger Ihnen das ‚in einer verständnisvollen Weise zu verdeutlichen' habe."

„Das ist doch Vereinsmeierei", wiegelt Ralf ab.

„Na, nicht ganz. Es hat sich doch manches geändert gegenüber früher, als noch das alte Kirchenrecht galt", kontert Walter Henk. „Heute darf ein Geistlicher der anderen Konfession mitwirken bei der Trauung. Die früher vorgeschriebene Pflicht, Kinder katholisch zu taufen und zu erziehen, wird jetzt letztlich von der Gewissensentscheidung der Eltern abhängig gemacht. Und wenn auch der Pfarrer heute der Form halber eine Dispens, eine Erlaubnis zur Eheschließung zwischen Partnern verschiedener Bekenntnisse geben muß, so ist doch längst nicht mehr von einem Ehehindernis die Rede."

„Und was haben wir beide davon, daß früher alles noch strenger war?" Heike ist ungehalten.

„Nun, zumindest habe ich etwas davon, nämlich daß Sie sich Gedanken machen." Henk schmunzelt. „Sehen Sie, so manche Paare nehmen Unstimmigkeiten einfach in Kauf. Oder sie suchen sich einen sogenannten liberalen Pfarrer, der die Trauung nach ihren Wünschen vornimmt. Und erst später, etwa bei der Taufe des ersten Kindes, treten ihnen die Probleme deutlich vor Augen. Wer seinen Glauben und seine Kirchenzugehörigkeit aber ernst nimmt, wird eine entsprechende Einstellung mit in die Ehe bringen. Bei Ihnen weiß ich, daß Sie es sich nicht zu leicht machen."

Ralf ist hellhörig geworden: „Ja, die Sache mit so einem liberalen oder fortschrittlichen Pfarrer habe ich mir auch schon überlegt, das sage ich ganz offen. Mein Bruder geht zum Beispiel mit seiner katholischen Freundin in die Studentengemeinde, und er geht dort auch zur Kommunion. Das sieht dort niemand so verkniffen. Warum sollen wir es uns schwerer machen? Ob der liebe Gott unbedingt darauf pocht?"

Pfarrer Henk schweigt eine Zeitlang, zögert. Dann sagt er: „Eigentlich geht es ja um mehr als um das Abendmahl, die Kommunion bei der Trauung. Aber ich gebe zu, für viele ist das eine entscheidende Frage. Auch mein Bischof weiß um die Schwierigkeit: verweigere ich als Seelsorger einem anderen Christen die Kommunion, selbst wenn er daran glaubt, daß Christus im Brot gegenwärtig ist, nehme ich in Kauf, daß vielleicht eine kirchliche Eheschließung, ein Sakrament also, nicht zustande kommt oder nicht ernstgenommen wird. Andererseits . . ."

Henk denkt weiter nach, auch Heike und Ralf schweigen. Dann fährt er fort: „Nun, grundsätzlich gilt für mich als Priester natürlich nicht: Was wollen die Leute? Wie mache ich es ihnen recht? Sondern: Was ist angemessen? Welche Einstellung hat das Brautpaar zum Glauben und zur Kirche? Wollen sie ernsthaft eine Gewissensentscheidung fällen? Alles andere wäre reines Anspruchs- und Servicedenken, das lehne ich ab. Und, wie gesagt, es geht um mehr als um die Hochzeit und ihre Form. Entscheidend ist, welche Vorstellung Sie vom christlichen Eheleben haben, wie Sie aus ihrem Glauben heraus Ihre Partnerschaft gestalten wollen."

„Das ist mir zu hochgestochen, und, entschuldigen Sie, ehrlich gesagt, auch viel zu theoretisch", blockt Ralf ab. „Verstehe ich ja", beschwichtigt der Geistliche. „Sie dürfen das auch nicht allein mit mir besprechen. Sie müssen sich untereinander klar werden. Es spielt auch eine Rolle, wie Ihre Familien, die Verwandten dazu stehen. Wohnten Sie auf dem Land oder in der Diaspora – man müßte das sogenannte soziale Umfeld mit berücksichtigen."

Bevor die beiden antworten können, redet Henk weiter. „Ich will jetzt keine Predigt halten, aber lassen Sie mich doch etwas weiter ausholen. Was Sie vorhin, Ralf, mit der Vereinsmeierei sagten, nun, ich gebe zu, das kann manchmal so wirken . . ." „Allerdings", wirft Ralf ein.

„Trotzdem. Es heißt immer, die Ehe zwischen einem katholischen und einem evangelischen Partner sei ein Prüfstein der Ökumene. Alle gemeinsamen Erklärungen, Gebetstreffen und Aktionen etwa zum Thema Frieden blieben nur bloße Theorie, wenn es die Kirchen nicht einmal schafften, für die intimste menschliche Gemeinschaft, die Ehe, eine wirklich einheitliche Grundlage zu schaffen."

Diesmal unterbricht Heike: „Seh' ich ganz genau so!", während Ralf still nachdenkt.

„Und ich sehe das genau anders herum", setzt der Priester seine Ausführungen fort. „Wie soll denn die Ökumene im großen funktionieren, wenn nicht einmal zwei liebende Menschen Trennendes und Unterschiede aushalten? Gerade sie müßten doch zeigen können: Unsere kleine christliche Gemeinschaft beschämt alle, die sagen, all die Unterschiede seien zu groß, es gebe kein Miteinander. Von da, von der Basis muß der ökumenische Anstoß kommen, damit die Kirchen hier Wege ebnen können. Solch eine Ehe kann so befruchtend wirken!"

„Nun mal stopp, Herr Henk!" wird Heike unwirsch. „Das sind doch nichts als schöne Predigtworte: Befruchtend! Sie sind doch schließlich nicht verheiratet, wie wollen Sie beurteilen, wie das Zusammenleben mit einem Ehepartner ist, der einer anderen christlichen Kirche angehört?"

Henk bleibt gelassen. „Ich will auch gar nicht als Ehemann sprechen, sondern als Theologe und Seelsorger. Und ich habe viele evangelische Freunde, kenne etliche kathogelische oder evangolische Paare, wie ich schon mal scherzhaft sage, die ein gutes Beispiel geben.

70

Sie zeigen sich interessiert und offen für das Bekenntnis des anderen, sie beten und diskutieren miteinander, ja sie streiten auch – über kirchliche Morallehre oder politische Theologie; sie lernen so sich und den anderen auch im Glauben besser kennen. Zwei solcher Paare haben dann ja auch den Anstoß gegeben zu unserem ökumenischen Arbeitskreis hier in der Gemeinde, von dem Sie bestimmt gehört haben. Leider", Henk holt tief Luft, „sind solche Paare die Ausnahme. Allzu viele nehmen den konfessionellen Unterschied zum Anlaß, nicht mehr zu ihrer Kirche zu stehen, nur noch ein oberflächliches Christentum zu praktizieren."

Ralf ergreift als erster wieder das Wort: „Ich verstehe ja Ihr Anliegen, Herr Henk. Aber lassen Sie uns noch einmal über Heike und mich reden. Ich bin nach wie vor verunsichert. Am besten trete ich zum katholischen Glauben über, dann ist alles geregelt."

„Nichts wäre dann geregelt!" entgegnet Walter Henk. „Es sei denn, Sie wollten aus ehrlicher Überzeugung übertreten. Ich kenne ein Paar, bei dem hat die Frau lange mit sich gerungen, ob sie konvertieren soll. Sie hat es nicht getan; und sie sagt heute: So bleibt unser Glaube, unsere konfessionelle Bindung lebendig, weil wir uns stets aufs Neue damit auseinandersetzen."

Ganz unvermittelt schließt der Pfarrer eine Frage an die beiden an: „Wie stellen Sie sich denn nun Ihre Heirat und Ihre Ehe vor?"

Heike antwortet als erste. „Ich möchte katholisch heiraten, keine Frage. Oder, da können Sie ruhig lachen, Herr Henk, katholisch und evangelisch zusammen, wenn das ginge. Und Ralf soll bei der Brautmesse auch kommunizieren dürfen. Du glaubst ja schließlich daran", wendet sie sich ihrem Verlobten zu, „daß Christus wirklich in der Kommunion gegenwärtig ist, nicht wahr?" Ralf nickt, und Heike spricht weiter: „Unsere Kinder, wenn wir welche bekommen, sollen katholisch getauft und erzogen werden. Aber sie sollen auch Ralfs evangelisches Bekenntnis kennenlernen und akzeptieren. Übrigens, wenn ich nicht katholisch heiratete, kriegte meine Mutter einen Föhn."

Ralf schüttelt den Kopf. „Das ist ja nicht ihre Hochzeit, sondern deine oder unsere. Und ich stelle mir das doch ein bißchen anders vor als du, Heike. Ich möchte ökumenisch heiraten, ob das nun offiziell geht oder nur inoffiziell. Oder wie Sie, Herr Henk, sagen, kathogelisch. Wir sollten sonntags abwechselnd mal in deinen und mal in meinen Gottesdienst gehen, Heike. Die Kinder könnten ruhig katholisch getauft werden. Solange sie noch klein sind, spielt das ja noch keine Rolle. Und die Abendgebete und so, die würden wir als Eltern ja doch gemeinsam sprechen mit den Kindern. Bis zur ersten Kommunion, so hoffe ich, sehen die Kirchen das mit dem Abendmahl vielleicht längst nicht mehr so eng."

Heike lacht. „Also so viel anders ist deine Vorstellung ja nun nicht. Da kann ich mich jedenfalls mit anfreunden. Aber Ostern und Weihnachten, da möchte ich schon in meine Kirche gehen."

„Bevor es zum vorehelichen Streit über das Sonntagsgebot kommt, mache ich einen Vorschlag", schaltet sich der Pfarrer ein. „Sie überlegen jeder für sich, dann miteinander und mit Ihren Freunden und Familien. Nächste Woche kommen wir wieder zusammen. Und wir finden gewiß eine Regelung. Am besten bringen Sie Ihre Trauzeugen mit. Und ich frage" – Henk lächelt – „meinen protestantischen Amtsbruder, ob er dazu kommen kann."

Heike und Ralf hatten einen schönen Traugottesdienst, einen guten Start in eine „konfessionsverbindende Ehe" – so der Titel eines Buches. Pfarrer Henk äußert sich dazu nur kurz: „Welche Form der Eheschließung wir gefunden haben – nun, mir wäre es lieb, wenn darüber nichts geschrieben würde. Denn jedes Brautpaar soll sich seine Gedanken machen, wie ich es ,meinen beiden' empfohlen habe: Sich untereinander, in der Familie und mit einem Seelsorger besprechen, herausfinden, was für die eigene Situation angemessen ist, welche liturgische Form sinnvoll ist, welche Möglichkeit die Kirche bietet. Falsch wäre es, einfach zu sagen: Diese Heike und dieser Ralf, die haben's ja auch so gemacht ... Und schließlich möchte ich meine Überlegungen als Priester und die Gewissensentscheidung des jungen Paares nicht öffentlich diskutiert wissen." – Weshalb die Namen der Beteiligten in diesem Beitrag geändert wurden ...

Joachim Burghardt

Empfehlenswerte Literatur

Beate und Jörg Beyer: Konfessionsverbindende Ehe. Impulse für Paare und Seelsorger. Matthias-Grünewald-Verlag, Mainz 1986. 120 Seiten.

Joachim Burghardt: Hier die Lehre – dort das Leben? Kirche und Ehe – eine Bestandsaufnahme. Steyler Verlag – Wort und Werk. Nettetal 1988. 64 Seiten.

Gemeinsame kirchliche Empfehlungen für die Seelsorge an konfessionsverschiedenen Ehen. Reihe Arbeitshilfen Nr. 22. Herausgegeben vom Sekretariat der Deutschen Bischofskonferenz, Kaiserstr. 163, 5300 Bonn 1.

Gemeinsame kirchliche Empfehlungen für die Ehevorbereitung konfessionsverschiedener Partner. Ebenfalls Sekretariat der Bischofskonferenz.

Greeven, Ratzinger, Schnackenburg, Wendland: Theologie der Ehe. Veröffentlichung des Ökumenischen Arbeitskreises. Friedrich Pustet, Regensburg, und Vandenhoeck & Ruprecht, Göttingen 1969. 207 Seiten.

Vom Sakrament der Ehe

Die Ehe ist ein Sakrament: Mit dieser Aussage können viele wenig anfangen, weil sie darin nicht eine Glaubensaussage, sondern so etwas wie eine Garantie für Haltbarkeit und Konfliktlosigkeit sehen und ihre Erfahrungen damit einfach nicht übereinstimmen.

Wer Brautleute fragt, warum sie nach der standesamtlichen Eheschließung auch eine „kirchliche Trauung" wünschen, bekommt die verschiedensten Antworten zu hören:

● „Weil es in unseren Familien so üblich ist",

● „weil es die Eltern halt so wünschen",

● „weil zu einer Hochzeit auch das weiße Brautkleid und eine stimmungsvolle kirchliche Feier mit Ansprache und Orgelklang gehören",

● „weil der Segen der Kirche unserer Ehe größere Sicherheit gibt",

● „weil das Jawort vor dem Altar besser hält als das vor dem Standesbeamten".

Ehe ist mehr als ein juristischer Vertrag

Will man deutlich machen, daß Ehe mehr als ein juristischer Vertrag zwischen zwei Partnern ist, muß man sich fragen, was Jesus dazu gesagt hat. Die wichtigste Aussage des Herrn über die Ehe zeigt sich wohl in seinem Wort über die Ehescheidung. Er lehnt im Gegensatz zu der im Lauf der Jahrhunderte entwickelten großzügigen jüdischen Praxis die Ehescheidung ab. Aber er tut das nicht in Form eines starren Gesetzes, sondern er erinnert an den Plan Gottes mit der Schöpfung, der jetzt im Neuen Bund sich verwirklichen lasse.

„Habt ihr nicht gelesen, daß der Schöpfer die Menschen am Anfang als Mann und Frau geschaffen hat und daß er gesagt hat: Darum wird der Mann Vater und Mutter verlassen und sich an seine Frau binden, und die zwei werden ein Fleisch sein? Sie sind also nicht mehr zwei, sondern eins. Was aber Gott verbunden hat, das darf der Mensch nicht trennen" (Mt 19, 4–6).

Dabei läßt er der Schöpfungsordnung ihr Recht, weist aber auf die neue Seinsweise des ehelichen Lebens in der Heilsordnung hin.

Paulus spricht dann ausdrücklich davon, daß man die Ehe „im Herrn" eingehen solle. Damit sind Ehe und Familie hineingenommen in die neue Seinsordnung, in die der Christ durch Taufe und Firmung hineingewachsen ist. Im Epheserbrief (5, 21–22.25.31) lesen wir den so geheimnisvollen wie wirklichkeitsbeschreibenden Vergleich zwischen dem Bund zwischen zwei Eheleuten und dem Bund zwischen Christus und der Kirche.

Die Ehe ist ein Sakrament und hat daher eine außergewöhnliche Qualität. Aber damit ist das eheliche Leben nicht künstlich aus dem natürlichen Bereich in eine höhere, mysteriöse oder „rein kirchliche" Ebene erhoben. Die Ehe der Christen wird zum Beispiel nicht durch irgendeine kirchliche Segensformel, sondern ausdrücklich durch das Jawort der Brautleute geschlossen. Diese letztgültige Zusage zweier Menschen zueinander kann durch gar nichts anderes ersetzt werden.

Die Ehe ist ein Sakrament, und daher ist sie an die Vorschriften der Kirche, das heißt, an die Forderungen und Bedingungen gebunden, wie sie die Kirche verlangt. Also gehören zu einer christlichen Ehe wesentlich und unverzichtbar die Eigenschaften Einheit, Unauflöslichkeit und Bereitschaft zum Kindersegen.

Die Ehe als Sakrament bleibt, wenn man so sagen will, zu einem Teil „ein weltlich Ding" und ist doch zugleich hineingenommen in die Wirklichkeit, an der Christus uns durch sein Leben, Sterben und Auferstehen Anteil gegeben hat und in die wir durch die Taufe hineingenommen sind.

Dennoch wäre es falsch, vom Sakrament der Ehe zu erwarten, daß es den Brautleuten ein Leben auf einer wohl abgeschirmten Insel ermöglichte und die kirchlich Getrauten gegen alle äußeren und inneren Gefährdungen ihrer Partnerschaft vollkommen geschützt seien. Krisen, Auseinandersetzungen, Konflikte in der Ehe dürfte es nach einer solchen übertriebenen Erwartung in der sakramentalen Ehe nicht geben.

Ja, es gibt sicher viele Eheleute, die unter den ganz normalen Spannungen und Gegensätzlichkeiten gerade deshalb so sehr leiden, weil sie darin ein Versagen des Sakramentes oder ein persönlich schuldhaftes Verhalten erkennen zu müssen meinen.

Gott sagt den Glaubenden seine Hilfe zu

Trotz aller Schwierigkeiten halten wir Christen daran fest, daß die Ehe als Lebensform durch Christus eine neue Qualität erhalten hat. Sakramentale Wirklichkeiten sind Sache des Glaubens – und daher nur dem glaubenden Menschen zugänglich.

Die Liebe und Treue der Eheleute zueinander sind dann nicht nur Abbild und Zeichen der Liebe Gottes zu seiner Kirche, sondern auch der Liebe des Vaters im Himmel zu seinen Geschöpfen. Sakramente bewirken, was sie bezeichnen: Wir Christen glauben daran, daß das sakramentale Zeichen des Ehebundes, das Ja der beiden Menschen zueinander, auch ein Ja Gottes zu diesen Partnern einschließt.

Äußerlich erkennbar wird das durch die Assistenz des Traupriesters. Er nimmt das Ja-Wort im Namen der Kirche entgegen und bekräftigt es durch den Segen der Kirche. Dadurch wird aber zugleich deutlich, daß sich hier nicht nur zwei Menschen „privat" eine Zusage für ein ganzes Leben geben, sondern daß diese Entscheidung von der Liebe und Treue Gottes angenommen und mitgetragen ist. Volle Wirklichkeit wird das bleibende Sakrament der Ehe, das mit dem Treueversprechen der Brautleute beginnt, durch die eheliche Lebensgemeinschaft mit all ihren Höhen und Tiefen, mit ihren schönen und schweren Tagen.

Das Band der Treue

Mit der kirchlichen Trauung sind zwei Elemente eng verbunden, die zwar nicht wesentlich zum Sakrament gehören, aber doch eine starke symbolische Bedeutung für das haben, was nun zwischen den Brautleuten geschieht und was ein Leben lang ihr Miteinander bestimmen soll. Dazu gehört das Austauschen der gesegneten Eheringe und das Zusammenfügen der Hände und Umwinden mit der Stola des Priesters.

„Wie der Ring den Finger ganz umschließt, so umschließe das Band der Treue jene beiden, welche diese Ringe tragen. Darum bitten wir, Herr Jesus, segne die Ringe und schütze die Ehe vor allem, was sie je bedroht."

So kann der Priester bei der Segnung der Ringe und beim Ringtausch beten. Wenn die Hände der Brautleute ineinandergelegt und mit der Stola umwunden werden, spricht der Priester:

„Im Namen Gottes und seiner Kirche bestätige ich den Ehebund, den Sie heute geschlossen haben. Sie aber, die Sie zugegen sind, nehme ich zu Zeugen dieses heiligen Bundes. Was Gott verbunden hat, darf der Mensch nicht trennen."

Das ist ein starkes Zeichen dafür, daß der menschliche Ehebund hineingenommen ist in den größeren Bund Gottes mit den Menschen. Dazu erhalten die Eheleute die Verheißung der unverbrüchlichen Treue Christi. Die Gnade des Ehesakramentes besteht, wie der Katholische Erwachsenen-Katechismus sagt, in einem Dreifachen:

● Durch ihre Liebe und Treue zueinander machen die Eheleute die Liebe und Treue Gottes erinnernd gegenwärtig.

● Sie erhalten sodann daran Anteil; denn ihre eheliche Liebe wird durch die erlösende Kraft Christi und die Heilsvermittlung der Kirche gelenkt und bereichert.

● Und schließlich ist die christliche Ehe die Vorwegnahme der endzeitlichen Hochzeit, das heißt der endgültigen Freude und Erfüllung in Gottes Liebe.

Von daher ist es angebracht, die Hochzeit möglichst festlich zu feiern. „Solcher Glanz hat als hoffnungerweckende Vorfeier der endzeitlichen Hochzeit auch christlich seinen guten Sinn", sagt der genannte Katechismus.

Der Glaube ist eine Kraftreserve

Gläubige Ehepartner leiden nicht weniger als andere unter ihrer Unzulänglichkeit und den Problemen eines lebenslangen Zusammenseins. Sie sehen ihren Bund dennoch als Quelle, aus der ihre Liebe und Treue trotz aller Schwierigkeiten getragen wird. „Aus ihr kann sich", wie die Würzburger Synode formulierte, „der menschlich gesehen so zerbrechliche Bund einer Ehe wieder erneuern. Gläubige Ehepartner leben nicht nur aus den Reserven ihrer eigenen Großmut, sondern aus der unerschöpflichen Versöhnungskraft des Kreuzes".

Erich Strick

Die Feier der Trauung

Sie haben den Tag Ihrer kirchlichen Trauung mit Ihrem zuständigen Pfarrer festgelegt. Wenn Sie die folgenden Hinweise beachten, entfällt bei der Trauungsfeier jeder Grund zur Aufregung. Sie können sich ganz dem religiösen Sinn der Feier widmen, und Ihr Hochzeitstag wird zu einem unvergeßlichen Erlebnis.

Vor dem Hochzeitstag

Auswahl der Trauzeugen

Zusammen mit dem Sie trauenden Geistlichen bezeugen die Trauzeugen durch ihre Unterschrift, daß Sie das Eheversprechen abgelegt haben. Meist sind die Väter die Trauzeugen; doch Sie können auch Verwandte oder Freunde wählen. Informieren Sie Ihre Trauzeugen über ihre Aufgabe:

Die Trauzeugen stehen bei der eigentlichen Trauung hinter Ihnen. Es reicht also, wenn sie nach der Predigt aus den Bänken kommen. Sie unterschreiben auch das Trauungsprotokoll, und zwar entweder unmittelbar nach der Trauung am Altar oder nach dem Trauungsgottesdienst in der Sakristei.

Die innere Vorbereitung

Mit der Trauung beginnt ein ganz neuer Lebensabschnitt. Die weltlichen Hochzeitsvorbereitungen kosten viel Zeit, Kraft und Geld. Genauso wichtig, ja noch wichtiger ist die innere Vorbereitung, die Bereitung des Herzens.

Legen Sie deshalb einige Tage vor der Trauung eine Trauungsbeichte („Brautbeichte") ab. Sagen Sie dem Beichtvater Ihrer Wahl auch, daß Ihre Beichte eine Trauungsbeichte ist.

Setzen Sie sich, wenn Sie ein Beichtgespräch wünschen, also außerhalb des Beichtstuhls beichten wollen, rechtzeitig mit dem Priester Ihrer Wahl in Verbindung.

Anregungen zur Vorbereitung auf die Beichte finden Sie im Gotteslob Nr. 59–64!

Was ist zur Trauung in die Kirche mitzubringen?

– Bescheinigung über die standesamtliche Trauung
– Familienstammbuch (die kirchliche Trauung wird auch eingetragen!)
– Eheringe
– Brautkerze
– evtl. Andachtsgegenstände (Rosenkränze, Gotteslob), die gesegnet werden sollen (vor der Trauung in die Sakristei bringen!)

Der Trauungsgottesdienst

Ihre besonderen Wünsche hinsichtlich der Gestaltung des Gottesdienstes werden nach Möglichkeit berücksichtigt: Musikalische Gestaltung, Auswahl der Lesungen, Blumenschmuck etc.

Alle Ihre Gäste, insbesondere Ihre Eltern und Geschwister, sind eingeladen, aktiv mitzumachen und nach entsprechender Vorbereitung (Beichte!?) die heilige Kommunion zu empfangen.

Empfang und Einzug

Sie und Ihre Gäste versammeln sich etwa fünf Minuten vor Beginn des Gottesdienstes vor der Kirche.

Dort begrüßt Sie der Priester und reicht Ihnen zur Erinnerung an die Taufe Weihwasser.

Dann erfolgt der Einzug in der Reihenfolge: Ministranten, Priester, Kinder (mit Brautkerze und Eheringen), B r a u t p a a r (die Braut geht links!), Angehörige und Gäste.

Sie begeben sich an Ihren Platz zwischen Betschemel und Sitzen und bleiben stehen. Die Gäste nehmen in den vorderen Bänken Platz.

Der Mesner kümmert sich um den Brautstrauß. Brautkerze und Eheringe bleiben bei den Kindern. Am besten beauftragen Sie eine Person, die die Kinder bis zur eigentlichen Trauung mit in die Bänke nimmt.

Wortgottesdienst

Nach einem Lied, Begrüßung, Bitte um Vergebung der Schuld, Gloria und Tagesgebet folgt die

Lesung

Es wäre schön, wenn sie von einer verwandten oder bekannten Person vorgetragen würde!

Zwischengesang, Evangelium und Ansprache folgen.

Trauung

Nach der Ansprache stellen sich die Trauzeugen hinter Sie, die Kinder mit Brautkerze und Eheringen neben Sie. Sie stehen auf, der Priester tritt vor Sie hin und leitet über zu den

Fragen nach der Bereitschaft zu einer christlichen Ehe.

Er stellt zuerst dem Bräutigam drei Fragen, dann der Braut:

● ..., ich frage Sie: Sind Sie hiergekommen, um nach reiflicher Überlegung aus freiem Entschluß mit Ihrer Braut/Ihrem Bräutigam ... den Bund der Ehe zu schließen? – Sie antworten: **Ja.**

● Wollen Sie Ihre Frau/Ihren Mann lieben und achten und ihr/ihm die Treue halten alle Tage Ihres Lebens, bis der Tod Sie scheidet? – Sie antworten: **Ja.**

● Sind Sie bereit, die Kinder, die Gott Ihnen schenken will, anzunehmen und sie im Geiste Christi und seiner Kirche zu erziehen? – Sie antworten: **Ja.**

Der Priester richtet dann an Sie beide gemeinsam die Frage:

● Sind Sie beide bereit, als christliche Eheleute Ihre Aufgaben in Ehe und Familie, in Kirche und Welt zu erfüllen? – Sie antworten: **Ja.**

Die Segnung der Ringe – Anzünden der Brautkerze durch den Priester

Die Vermählung oder die Eheerklärung
Sie entscheiden sich für eine der drei Formen.

A Kleiner Vermählungsspruch

Sie nehmen den Ring der Braut/des Bräutigams und lesen; zuerst der Bräutigam, dann die Braut:
..., vor Gottes Angesicht nehme ich dich an als meine Frau / meinen Mann.

Sie stecken ihr/ihm den Ring an und fahren fort:
Trag diesen Ring als Zeichen der Liebe und Treue. Im Namen des Vaters und des Sohnes und des Heiligen Geistes.

B Großer Vermählungsspruch

Sie nehmen den Ring der Braut/des Bräutigams und lesen, zuerst der Bräutigam, dann die Braut:

. . ., ich nehme dich an als meine Frau/meinen Mann und verspreche dir die Treue in guten und in bösen Tagen, in Gesundheit und in Krankheit. Ich will dich lieben, achten und ehren, solange ich lebe.

Sie stecken ihr/ihm den Ring an und fahren fort:

Trag diesen Ring als Zeichen der Liebe und Treue. Im Namen des Vaters und des Sohnes und des Heiligen Geistes.

C Vermählung durch das Ja-Wort

Der Priester fragt Sie, erst den Bräutigam, dann die Braut:

. . ., nehmen Sie Ihre Braut/Ihren Bräutigam als Ihre Frau/Ihren Mann an und versprechen Sie, ihr/ihm die Treue zu halten in guten und in bösen Tagen, in Gesundheit und Krankheit und sie/ihn zu lieben, zu achten und zu ehren, bis der Tod Sie scheidet?

Sie antworten: **Ja.**

Der Priester fährt fort:

Stecken Sie Ihrer Braut/Ihrem Bräutigam den Ring als Zeichen der Liebe und Treue an und sprechen Sie: Im Namen des Vaters und des Sohnes und des Heiligen Geistes.

Sie stecken ihr/ihm den Ring an und sprechen:

Im Namen des Vaters und des Sohnes und des Heiligen Geistes.

Die Bestätigung der Vermählung

Der Priester bittet Sie: Nun reichen Sie einander die rechte Hand. Er umwindet Ihre ineinandergelegten Hände mit der Stola, legt seine eigene rechte Hand darüber und spricht:

Der Herr, unser Gott, festige den Ehebund, den Sie vor ihm und seiner Kirche geschlossen haben. Im Namen Gottes und seiner Kirche bestätige ich als Priester diesen Bund.

Die Segnung der Neuvermählten – Sie knien.

Nach der „Segnung der Neuvermählten" unterschreiben die Trauzeugen das Trauungsprotokoll, dann gehen sie und auch die Kinder an ihren Platz zurück.

Fürbitten

Sie selber könnten je eine Fürbitte übernehmen.

Die Fürbitte des Priesters könnte auch ein Elternteil übernehmen.

84

Eucharistiefeier

Mit der Gabenbereitung beginnt die Eucharistiefeier. Zu ihr gehören wesentlich Hochgebet (mit Wandlung) und Kommunion.

Nach dem gemeinsam gesungenen oder gebeteten VATERUNSER spricht der Priester einige Worte zum Frieden und entbietet Ihnen dann den FRIEDENSGRUSS, indem er Ihnen die Hand reicht.

Er spricht: Der Friede sei mit dir. – Sie antworten: *Und mit deinem Geiste.*

Dann fordert Sie der Priester auf: Gebt einander ein Zeichen des Friedens!

Sie geben sich nach Wahl die Hand oder auch einen Kuß.

Nach dem „Seht das Lamm Gottes" empfangen Sie die Kommunion unter den Gestalten von Brot und Wein. Zum Zeichen der Einheit in Christus wird für Sie eine große Hostie gebrochen.

Die Hostie reicht der Priester mit den Worten: Der Leib Christi, den Kelch (zuerst der Braut) mit den Worten: Das Blut Christi.

Sie antworten jeweils einzeln: *Amen.*

Abschluß und Auszug

Mit dem feierlichen Schlußsegen endet der Trauungsgottesdienst. Nach dem Schlußlied folgt der Auszug. Die Braut geht nun rechts. Vor Ihnen gehen die Kinder. Der Priester geht nun hinter Ihnen.

Nach der Trauung

Am Portal sammeln die Ministranten mancherorts einem alten Brauch gemäß für die Ministrantenkasse. Gelegentlich wird um eine Spende gebeten.

Lassen Sie mitgebrachte Andachtsgegenstände in der Sakristei abholen! Holen Sie auch Ihr Familienstammbuch bald im Pfarrbüro wieder ab!

NB: Fotografieren oder Filmen soll taktvoll geschehen!

Die Ehe im Kirchenrecht

Wenn Christen eine Ehe eingehen wollen, ist neben der standesamtlichen Trauung auch eine Feier in der Kirche üblich, für katholische Christen sogar verbindlich. Was geschieht bei der kirchlichen Eheschließung? Warum ist die Kirche hier mit im Spiel?

Die Ehe nach katholischem Verständnis

Bei der Eheschließung sagen Mann und Frau ein unbedingtes Ja zueinander, sie nehmen sich gegenseitig an und begründen eine umfassende Lebensgemeinschaft, die auf das Wohl der Ehepartner und auf Nachkommenschaft hingeordnet ist. Wesentliches Merkmal dieser Lebensgemeinschaft ist die unverbrüchliche Treue – Treue zwischen *einem* Mann und *einer* Frau (Einheit bzw. Ausschließlichkeit) und Treue auf Lebenszeit (Unauflöslichkeit).

Die eheliche Treuebindung ist von Christus nachdrücklich herausgestellt worden, indem er sich entschieden gegen die Scheidungspraxis seiner Zeit gewandt hat (vgl. Mk 10, 1–12). Nach dem Epheserbrief (5, 32) ist die christliche Ehe ein Abbild des Bundes zwischen Christus und seiner Kirche. So wird die „irdische" Wirklichkeit der Ehe zur Heilswirklichkeit, d. h. zum Sakrament, wodurch Einheit und Unauflöslichkeit der Ehe gestärkt werden.

Die Treuebindung der Ehepartner wird von der Kirche auch mit rechtlichen Mitteln geschützt; zu diesem Zweck hat sie im Lauf ihrer Geschichte ein eigenes Eherecht entwickelt, das sich im kirchlichen Gesetzbuch findet, dem „Codex Iuris Canonici", der im Jahr 1983 in überarbeiteter Fassung herausgegeben worden ist. Das kirchliche Eherecht gilt für alle Ehen zwischen Katholiken sowie zwischen einem katholischen und einem nichtkatholischen Partner.

Vorbereitung auf die Eheschließung

Das kirchliche Eherecht ruht auf drei Grundpfeilern: Ehewille, Ehefähigkeit und Eheschließungsform. Vor der Eheschließung wird in einem Gespräch festgestellt, ob ein hinreichender Ehewille vorliegt und ob die Ehefähigkeit gegeben ist, d. h. ob keine Ehehindernisse der

Eheschließung entgegenstehen (sogenanntes Brautexamen). Zuständig hierfür ist der Pfarrer des Ortes, an dem Braut und Bräutigam Wohnsitz oder Nebenwohnsitz haben; sollten aufgrund verschiedener Wohnsitze mehrere Pfarrer zuständig sein, können die Brautleute zwischen diesen nach eigenem Ermessen wählen.

Ehehindernisse und Recht auf Ehe

Das kirchliche Gesetzbuch anerkennt das Grundrecht jedes Menschen auf Ehe und Familie. Wie jedes andere Grundrecht kann auch dieses Recht eine Einschränkung erfahren; doch kann dies nur durch rechtlich klar umschriebene Umstände geschehen, die „Ehehindernisse" genannt werden. Das Vorliegen eines solchen Ehehindernisses hat zur Folge, daß in diesem Fall eine gültige Eheschließung nicht möglich ist.

Ehehindernisse sind:

1. solche, die die Natur der Ehe unmittelbar betreffen:
    ▷ *Mangel des erforderlichen Alters;* es ist ein Mindestalter erforderlich, das wegen der weltweiten Geltung des Kirchenrechts sehr niedrig angesetzt ist (vollendetes 16. Lebensjahr beim Mann, vollendetes 14. Lebensjahr bei der Frau);
    ▷ *Impotenz,* d. h. die der Eheschließung vorausgehende und unheilbare Unfähigkeit zur geschlechtlichen Vereinigung (gemeint ist nicht die bloße *Zeugungs*unfähigkeit);
    ▷ *eine bereits bestehende Ehe;* eine Eheschließung ist nicht möglich, wenn auch nur einer der beiden Partner verheiratet ist;
2. solche, die im spezifisch religiösen Bereich begründet sind:
    ▷ *Religionsverschiedenheit,* d. h. die Ehe zwischen einem katholischen Christen und einem Nichtchristen (Ungetauften);
    ▷ *Weihesakrament;* dies Hindernis gilt von der Diakonenweihe an;
    ▷ *Gelübde,* genauer gesagt: das öffentliche und unbefristete Gelübde der Ehelosigkeit in einer Ordensgemeinschaft;
3. solche, die Straftaten im Zusammenhang mit der Eheschließung verhindern sollen:
    ▷ *Freiheitsberaubung;* eine Ehe kann nicht gültig geschlossen werden, wenn die Frau zum Zweck der Eheschließung entführt oder an einem bestimmten Ort gewaltsam festgehalten wird;

▷ *Gattenmord,* sei er gemeinschaftlich begangen worden oder von einem Partner allein zum Zweck der Eheschließung;

4. solche, durch die die Familienmitglieder aus dem Kreis der möglichen Ehepartner ausgeschlossen werden sollen:

▷ *Blutsverwandtschaft* in jedem Grad der geraden Linie (z. B. Vater – Tochter) und bis zum vierten Grad der Seitenlinie (z. B. Vetter – Cousine);

▷ *Schwägerschaft;* diese besteht zwischen einem Ehepartner und den Personen, die mit dem anderen in gerader Linie blutsverwandt sind;

▷ *öffentliche Ehrbarkeit;* dieses Hindernis gilt im gleichen Sinn wie die Schwägerschaft, aber im Hinblick auf eine ungültige Ehe oder ein eheähnliches Verhältnis;

▷ *gesetzliche Verwandtschaft;* diese wird begründet durch ein Adoptionsverhältnis.

Von Ehehindernissen kann im Einzelfall befreit werden, ausgenommen allerdings: bestehendes Eheband, Impotenz, Blutsverwandtschaft in der geraden Linie und im zweiten Grad der Seitenlinie (Bruder – Schwester). Von bestimmten Ehehindernissen wird nur unter erschwerten Umständen befreit.

Von den Ehehindernissen, die die Ehefähigkeit der Partner betreffen, sind die Trauungsverbote zu unterscheiden; diese richten sich an denjenigen, der eine Trauung vornehmen soll, und verbieten, dies ohne besondere Erlaubnis zu tun. Beispielsweise liegt ein solches Trauungsverbot bei der Eheschließung desjenigen vor, der gegenüber einem anderen Partner oder gegenüber Kindern aus einer früheren Verbindung moralisch verpflichtet ist.

Der Ehewille

Allein durch den Ehewillen der Partner kommt eine gültige Ehe zustande. Während von Ehehindernissen befreit werden kann, ist der Ehewille in jedem Fall unverzichtbar; er kann durch keine menschliche Macht ersetzt werden. Inhalt des Ehewillens ist die Zusage der Partner, sich gegenseitig in einem unwiderruflichen Bund zu schenken und anzunehmen; dies umgreift auch alle möglichen Krisensituationen des menschlichen Lebens, „gute und böse Tage, Gesundheit und Krankheit".

Damit eine Ehe zustande kommt, muß die Willenseinigung der Partner in einer bestimmten Form geäußert werden. Es kann aber auch sein, daß die äußere Kundgabe des Ehewillens nicht mit dem tatsächlich vorhandenen Willen übereinstimmt. Solche Mängel im Ehewillen können sowohl den erkenntnismäßigen als auch den eigentlich willentlichen Bereich betreffen und die Ungültigkeit der Ehe zur Folge haben, wie beispielsweise: Simulation (d. h. der Ausschluß der Ehe selbst oder einer Wesenseigenschaft oder eines wesentlichen Elements der Ehe), Furcht und Zwang, arglistige Täuschung, das Fehlen des erforderlichen Mindestwissens und Irrtümer verschiedener Art.

Wer also nach außen hin den Ehewillen kundtut, aber z. B. die Wesenseigenschaft der Unauflöslichkeit oder das Wesenselement der Sakramentalität ausschließt, geht keine gültige Ehe ein; ebenso kann ein von den Eltern ausgeübter psychischer Druck, der zur Eheschließung führt, die Ungültigkeit der Ehe bewirken.

Die kanonische Eheschließungsform

Katholische Christen, sofern sie sich nicht in einem formalen Akt von der Kirche losgesagt haben, sind an eine bestimmte kirchliche Eheschließungsform gebunden. Diese besteht darin, daß die Brautleute vor einem trauungsberechtigten Geistlichen und zwei Zeugen ihren Ehewillen öffentlich erklären; in Ausnahmefällen kann unter bestimmten Bedingungen auch ein Laie beauftragt werden, bei der Eheschließung an die Stelle des trauungsberechtigten Geistlichen zu treten. Ist ein trauungsberechtigter Geistlicher oder ein mit der Eheassistenz beauftragter Laie nicht anwesend oder nicht ohne großen Nachteil zu erreichen, so kann die Ehe ausnahmsweise durch die Erklärung des Ehewillens vor zwei Zeugen geschlossen werden. Hier ist etwa an Eheschließungen in Missionsgebieten zu denken, dies kann aber auch der Fall sein in Ländern, wo die Kirche verfolgt wird.

Die bekenntnisverschiedene Ehe

Unter einer bekenntnisverschiedenen Ehe versteht man die Ehe zwischen einem katholischen und einem nichtkatholischen Christen. Weil die Bekenntnisverschiedenheit einer ganzheitlichen Lebensgemeinschaft der Partner im religiösen Bereich entgegensteht, ist das Eingehen einer solchen Ehe an eine besondere Erlaubnis gebunden, die grundsätzlich der zuständige Pfarrer erteilt. Diese Erlaubnis wird nur erteilt, wenn zumindest folgende Voraussetzungen erfüllt sind:

Der katholische Partner muß aufrichtig versprechen, nach Kräften alles zu tun, daß die Kinder in der katholischen Kirche getauft und im katholischen Glauben erzogen werden; doch hängt es von seiner Gewissensentscheidung ab, inwieweit er dieser Verpflichtung in seiner konkreten Ehe nachkommen kann. Der nichtkatholische Partner muß über die Verpflichtung des katholischen Partners informiert werden, wird aber nicht selbst seitens der katholischen Kirche in Pflicht genommen.

Die kanonische Eheschließungsform gilt grundsätzlich auch für die bekenntnisverschiedene Ehe; doch kann von dieser befreit werden, wenn das Brautpaar nicht zu einer katholischen Trauung bereit ist. In diesem Fall muß die Ehe aber in einer anderen öffentlichen Form geschlossen werden; dabei hat die nichtkatholische religiöse Eheschließung den Vorzug vor der bloß standesamtlichen Trauung. Bei Befreiung von der kanonischen Eheschließungsform kommt auch dann eine gültige und nach katholischem Glaubensverständnis sakramentale Ehe zustande, wenn nur eine standesamtliche Trauung vorgenommen wird.

Insgesamt ergeben sich für das Eingehen einer bekenntnisverschiedenen Ehe folgende Möglichkeiten:

1. unter Wahrung der kanonischen Formpflicht:
   Trauung vor einem katholischen Geistlichen,
   Trauung vor einem katholischen Geistlichen unter Mitwirkung eines nichtkatholischen Geistlichen,
2. mit Befreiung von der Formpflicht:
   Trauung vor einem nichtkatholischen Geistlichen,

Trauung vor einem nichtkatholischen Geistlichen unter Mitwirkung eines katholischen Geistlichen,

Trauung vor dem Standesbeamten.

Die Regelungen für die bekenntnisverschiedene Ehe werden sinngemäß auch auf das Ehehindernis der Religionsverschiedenheit angewandt.

Eheauflösung und Feststellung der Nichtigkeit einer Ehe

Nach dem Glaubensverständnis der katholischen Kirche ist eine sakramentale und geschlechtlich vollzogene Ehe absolut unauflöslich und wird nur durch den Tod eines Ehepartners aufgelöst. Mit anderen Worten: eine nichtsakramentale oder nichtvollzogene Ehe kann von der Kirche grundsätzlich aufgelöst werden.

Davon zu unterscheiden sind die Fälle, in denen eine Ehe von vorneherein nicht gültig zustande gekommen ist, sei es wegen eines Ehehindernisses, sei es wegen eines wesentlichen Mangels im Ehewillen oder in der Eheschließungsform. Eine ungültige Ehe kann, sofern der Grund für die Ungültigkeit zu beheben ist, gültig gemacht werden; die Partner können aber auch (gegebenenfalls auf gerichtlichem Weg) eine Nichtigkeitserklärung anstreben. In jeder Diözese gibt es ein kirchliches Gericht, das für Ehenichtigkeitsprozesse zuständig ist.

Peter Krämer

Das Gespräch mit dem Arzt

Sex ist nicht alles

In der ärztlichen Sprechstunde kommen in zunehmendem Maße Fragen zur Sprache, die auf eine Fehlentwicklung in der Auffassung von Liebe, Sexualität und Ehe hinweisen. Als Beispiel soll die psychische Impotenz bei jungen Männern angeführt werden, die an Häufigkeit zunimmt. Es handelt sich um ein aus seelischer Ursache bedingtes Unvermögen, zur vollen körperlichen Einigung zu gelangen. Die Hauptursache dieser Störung lag früher meist in einer gestörten Partnerbeziehung und in einem falschen Verhalten der Frau.

Bei der neuen Form einer psychischen Impotenz liegt oft eine falsche Erwartungshaltung des Mannes vor. Diese wird von den allenthalben anzutreffenden oberflächlichen Sexdarstellungen genährt, die eine Höchstleistung im Sexuellen verlangen und eine ständige Höchstform angeblich unerschöpflicher Lust erreichen wollen. Da der Mann allein schon körperlich dazu nicht in der Lage ist, stellt sich eine Enttäuschung ein, die zum Versagen führen kann. Besonders Männer, deren Frauen die „Pille" nehmen, können überfordert sein. Hier wird echte Liebe, die den gesamten Lebensweg begleiten soll, mit Sexkonsum verwechselt.

Falsche Erwartungshaltungen im Hinblick auf die Frau werden treffend in einem Zitat einer amerikanischen Frauenärztin zum Ausdruck gebracht: „Die ‚perfekte' Frau wird oft als diejenige dargestellt, welche einen Orgasmus zu jeder Zeit, an jedem Ort, mit einer beliebigen Person erleben und daran Vergnügen haben kann. Dies trifft auf 99 Prozent der Frauen nicht zu. Den Frauen wird ein neues Leitbild aufgezwungen, was als normal zu gelten habe." Die Folgen sind auch hier Angst und Unzufriedenheit infolge einer übertriebenen und an der Wirklichkeit vorbeigehenden Erwartungshaltung. Es ist ein Unrecht an der Frau, wenn ihr höchstes Erlebnis an Lust und Glückseligkeit in einer gleichmacherischen Art beschrieben wird.

Frauen erleben ihr Glücksgefühl in der körperlichen Vereinigung auf unterschiedliche Weise. Der Mann muß allerdings wissen, daß die Frau ihren Gipfel des Erlebens in der Regel langsamer erreicht als der

Mann. Daher nimmt die Zärtlichkeit zur Einstimmung auf das volle Einswerden einen wesentlichen Platz ein.

Wenn ein gewisser Vorwurf an die Adresse der Männer zu richten ist, dann muß auf den Mangel an Zärtlichkeit hingewiesen werden, an dem viele Frauen leiden. Formen der Zärtlichkeit sollten den Alltag des Ehelebens begleiten und Freude schenken. Es zeugt von einem Mangel an Zärtlichkeit, wenn sich eine Frau beklagen muß, daß dann, wenn ihr Mann einmal um acht Uhr abends zärtlich wird, sie genau weiß, was er um neun Uhr von ihr will!

Voraussetzung für ein lust- und freuderfülltes Einswerden im Körper sind nicht sexuelle Vorerfahrungen und sexuelle Techniken, sondern vielmehr eine innere Zuneigung in gegenseitiger Liebe, die bereit ist, sich dem anderen unbefangen und ganz zu öffnen. Wer nur aus sexuellen Motiven und nur wegen einer angeblichen besonderen sexuellen Anziehung heiratet, dessen Ehe ist bereits zum Scheitern verurteilt. Die Grundlage für eine Bindung auf Dauer ist anderswo zu suchen, vor allem in der Bereitschaft, dem anderen Hilfe sein zu wollen, in gemeinsamen Interessen, in einer gemeinsamen Aufgabe, in einer gemeinsamen Weltanschauung. Die Tiefenpsychologie hat Ergebnisse beigebracht, die dafür sprechen, daß in „allen Menschen eine Sehnsucht nach einmaliger, endgültiger, also nie aufhörender umfassender Liebe, folglich nach Liebe zu einem einzigen, einmaligen Partner, besteht".

Weithin besteht noch immer die irrige Ansicht, daß ein junges Ehepaar, das keine sexuellen Vorerfahrungen hat, rein körperlich nicht zueinander passen könnte. Bei äußerlich sichtbarer normaler Entwicklung als Mann oder Frau kann dies aber praktisch nie vorkommen. Eine einfache ärztliche Untersuchung könnte hier alle Zweifel beseitigen. Es ist nicht möglich, vorher auszuprobieren, ob man körperlich zueinander paßt; denn der körperliche Gleichklang ist das Geschenk eines seelischen Zueinanderpassens und die Frucht eines längeren Lernprozesses. Das junge Ehepaar muß wissen, daß dieser Lernprozeß vor ihm liegt und auch Geduld erfordert. Vorherige sexuelle Erfahrungen mit anderen Partnern helfen meist nicht, sondern stören eher durch das notgedrungen damit verbundene Erinnern und Vergleichen.

Dieser Lernprozeß des Ehepaares bereichert das gemeinsame Leben, indem er gerade in der einmaligen gegenseitigen Bindung immer wieder neue persönliche Entdeckungen ermöglicht. Ein Paar, das sich wahrhaft liebt, das innerlich mitvollzogen hat, daß alle Ausdrucksformen der echten körperlichen Liebe, die auch aus Liebe geschehen, in sich gut sind, wird all das von selbst entdecken, was die typische Sexliteratur nur als kalte und ernüchternde Technik vorlegen kann. Wahre Liebe wird dabei dem anderen nichts zumuten, was dieser noch nicht zulassen oder schenken kann. Auch die Gelöstheit und Unbefangenheit im Körperlichen machen einen Reifungsprozeß durch.

Auf dem Weg zu verantwortlicher Elternschaft

Es ist doch überraschend, welch große Schwierigkeiten noch immer das Problem einer einfachen, nebenwirkungsfreien und verläßlichen Regelung der Empfängnis bereitet. Mit Hilfe der „Pille" kann man zwar sehr verläßlich eine Empfängnis verhüten, doch wird dies immer mehr als ein chemischer Eingriff in den Körper der Frau gesehen, den man am liebsten vermeiden möchte. Auch ruht damit die ganze Last der Empfängnisverhütung auf den Schultern der Frau, wie auch bei anderen Verhütungsmitteln. So fühlt sich die Frau bei diesem Problem meist allein gelassen.

Daher findet eine natürliche Vorgangsweise, bei der Mann und Frau gemeinsam vorgehen, immer mehr Anhänger. Über diese natürliche Empfängnisregelung soll im nachfolgenden einiges gesagt werden. Man kann dabei von einer partnerschaftlichen Methode sprechen. Nur hat das Wort „Partnerschaft" in der Alltagssprache einen gewissen Bedeutungswandel durchgemacht, der nicht mehr nur mit der Vorstellung einer unauflöslichen Einehe verbunden wird. Vielleicht kann man von einem gemeinsamen Weg bei der verantwortlichen Regelung der Kinderzahl sprechen, der die Frau und den Mann gemeinsam Verantwortung tragen läßt und zu gemeinsamen Entschlüssen und gemeinsamem Handeln führen soll. Durch diese intensive Zusammenarbeit stellt sich fast immer ein vertieftes gegenseitiges Verständnis und eine in der Liebe wachsende Zuneigung ein. Viele Umstände werden in der heutigen Zeit die Zahl der Kinder, die ein Ehepaar verantworten kann, bestimmen: Gesundheit der Mutter, Erziehungskraft der Eltern, Wohnraum, finanzielle Lage usw. An erster Stelle steht wohl die Frage, wie viele Kinder ein Ehepaar gut erziehen und ihnen auch eine gute Berufsausbildung geben kann. Neben diesen persönli-

chen Überlegungen ist auch zu bedenken, daß bei einem Ein- und Zweikindersystem Volk und Kirche zum Aussterben verurteilt sind. Das entsprechende Urteil über die zu verantwortende Kinderzahl müssen die Eheleute im Angesichte Gottes letztlich selbst fällen. Dieser Satz steht in der Pastoralkonstitution „Die Kirche in der Welt von heute" Nr. 50 des II. Vatikanischen Konzils. Da derzeit sehr viel vom II. Vatikanischen Konzil die Rede ist, sollte man die Texte zu Hause lesen können (eine billige Ausgabe: Rahner/Vorgrimler, Kleines Konzilskompendium, Herderbücherei Band 270).

Es kommt vor, daß ein junges Paar heiratet, aber noch nicht alle Voraussetzungen gegeben sind, daß auch sofort ein Kind verantwortet werden kann. Es könnte die Berufsausbildung noch nicht abgeschlossen sein oder ein entsprechender zumindest minimaler Wohnraum noch nicht zur Verfügung stehen. Man soll aber hier sehr kritisch mit sich selbst sein und nicht über unnötigen Luxus verfügen wollen, bevor das erste Kind kommen dürfte. Man soll sich vor allem kritisch fragen, ob zuerst ein Auto angeschafft werden muß und kostspielige Reisen gemacht werden müssen.

Es ist auch denkbar und zu verantworten, wenn ein junges Paar meint, daß sie als Mann und Frau zuerst im körperlichen Erleben mehr zueinander finden und den Zyklus für eine spätere verantwortliche Empfängnisregelung besser kennenlernen wollen, bevor sie die erste Schwangerschaft anstreben. In diesem Zeitraum mit der notwendigen Beobachtung des gesamten Zyklusgeschehens und bei innerer Bereitschaft, sich auf Grund des Ablaufes des Zyklus im Hinblick auf eine Vermeidung einer Schwangerschaft richtig zu verhalten, kommt das gemeinsame Bemühen um eine rechte Führung der Ehe in gegenseitiger Liebe erst richtig zum Tragen.

Falls ein Kind bereits vorhanden sein sollte, ist ebenfalls die Kenntnis des eigenen Zyklusablaufs wesentlich, damit dann eine weitere Schwangerschaft zu einem günstigen Zeitpunkt bewußt angestrebt werden kann. In allen Situationen dürfen keinesfalls Kinderfeindlichkeit oder die eigene Bequemlichkeit den Ausschlag geben. Wenn einmal der Fall eintritt, daß ein weiteres Kind nicht verantwortet werden kann, muß sich das betreffende Paar klar darüber werden, welcher Weg zur Vermeidung einer Empfängnis zuverlässig und sittlich in Ordnung ist. Um darüber urteilen zu können, muß man unbedingt die Vorgänge im weiblichen Zyklus (Regelmonat) kennen und verstehen.

Verantwortliche Elternschaft und Empfängnisregelung

Weltweit besteht unter den zuständigen Fachleuten Übereinstimmung, daß es in einem Zyklus nur etwa vier bis fünf fruchtbare Tage gibt. Auf Grund neuer Fortschritte wird die persönliche Bestimmung der fruchtbaren Tage zusehends besser durchführbar. Man darf sich aber keinesfalls nur auf reine Kalenderaufschreibungen, die als „Methode Knaus-Ogino" bekannt sind, verlassen. Eine Frau kann nur empfangen, wenn sich im feinen Kanal im Halsteil (Zervix) der Gebärmutter in vermehrtem Ausmaß ein dünnflüssiger Schleim bildet (Zervixschleim). Der Halsteil der Gebärmutter ragt etwas in die Scheide hinein und ist als „äußerer Muttermund" den meisten Frauen bekannt, da sich dort die Krebs-Vorsorgeuntersuchung abspielt. Die Absonderung des vermehrten Zervixschleims der fruchtbaren Tage dauert einige Tage, ergießt sich in das Innere der Scheide und wird äußerlich durch eine vermehrte Absonderung beobachtbar, die immer wieder als (krankhafter) „Ausfluß" fehlgedeutet wird. Es handelt sich um eine eigenartige klebrige oder ausziehbare Absonderung. Zunächst möge sich jede Frau fragen, ob sie nicht an einigen wenigen Tagen des Regelmonats, etwa zwei Wochen vor der nächsten Menstruation, einen vermehrten „Ausfluß" wahrnehmen kann, für den sie bisher keine Erklärung geben konnte. Vielleicht ist es nur ein Gefühl des vermehrten Feuchtwerdens am Scheideneingang, das den ersten Hinweis gibt.

Dann möge man bei jedem Aufsuchen der Toilette zum abschließenden Abtupfen Toilettenpapier verwenden, das man aber nicht unbesehen wegwirft, sondern kurz ansieht. Man wird dann den am Papier haftenden Schleim entdecken, der meist glasig-durchscheinend aussieht. Indem man das Toilettenpapier zusammenfaltet und wieder auseinandergleiten läßt, kann man feststellen, daß dieser Schleim sich etwas dehnbar auseinanderziehen läßt, bzw. auch nur klebrig oder zäh sein kann. Sein Aussehen erinnert immer wieder an das Eiweiß des rohen Eies, das sich ja auch in Fäden dehnbar ausziehen läßt. Der typische „Eiweiß-Schleim" wird zwar nicht von jeder Frau entdeckt werden können, aber eine klebrige und etwas dehnbare Eigenschaft unterscheidet den Zervixschleim auf jeden Fall von jeder Art eines Ausflusses, der an den übrigen Tagen des Regelmonats vorhanden sein kann.

Mit Hilfe der beiden Schlagworte „Feuchtwerden am Scheideneingang" und „Probe mit dem Toilettenpapier" können praktisch 99 Prozent der Frauen diese Selbstbeobachtung erlernen. Es erfolgt dann von selbst ein Lernvorgang, der es der Frau nach einiger Zeit ermöglicht, das Auftreten der ersten Feuchtigkeit eher wahrzunehmen und Unterscheidungen im Zervixschleim vorzunehmen. Am Anfang möge jede Frau versuchen, an jedem Tag auf einem Blatt Papier mit eigenen Worten das Aussehen des vermehrten Zervixschleimes zu beschreiben. Für die weitere Unterrichtung sollte jede Frau ein entsprechendes Buch zur Hand nehmen oder einen Kurs besuchen. Am Ende des Artikels sind eine Buchangabe und auch Adressen, bei denen man erfahren kann, wo Kurse über die natürliche Empfängnisregelung stattfinden.

Für Analphabeten in Entwicklungsländern ist allein mit dieser Selbstbeobachtung eine verläßliche Empfängnisregelung möglich geworden. Bei uns sollte man den Frauen zunächst empfehlen, bei der Intimhygiene äußerlich nicht die normale Seife zu verwenden und jedes Manipulieren in der Scheide zu unterlassen (keine Scheidenspülung, kein Spray).

Beschränkte Empfängnisfähigkeit

Nur an den wenigen Tagen mit dem vermehrten Zervixschleimfluß können die Samenzellen im Körper der Frau etwa drei bis vier Tage befruchtungsfähig bleiben, ansonsten sterben sie in kurzer Zeit in der Scheide ab. Sobald ein Ei aus dem Eierstock freigegeben wird (Eisprung, Ovulation), muß es innerhalb längstens eines Tages befruchtet werden, sonst stirbt es ab. Damit sind die etwa vier bis fünf fruchtbaren Tage umgrenzt. Etwa 12 bis 16 Tage nach dem Ende derselben kommt es zur nächsten Regelblutung. Wenn die Selbstbeobachtung des Zervixschleims mit der Messung der Aufwachtemperatur kombiniert wird, ergibt sich eine Zuverlässigkeit zur Vermeidung einer Empfängnis, welche der Zuverlässigkeit der „Pille" gleichkommt, was auch in jüngst erschienenen medizinischen Arbeiten nachgelesen werden kann.

Von der Unzuverlässigkeit der Methode Knaus-Ogino, welche eine *Kalendermethode* ist, wurde bereits gesprochen. Deshalb muß davon die *Temperaturmethode* (Messung der Aufwachtemperatur) streng unterschieden werden. Leider werfen die Massenmedien und auch Ärzte noch alles wahllos unter dem Namen „Methode Knaus-Ogino" zusammen; damit bringen sie aber indirekt zum Ausdruck, daß sie nicht wissen, welche Weiterentwicklungen inzwischen eingetreten sind. Außerdem werden dadurch zahllose interessierte Frauen um die Möglichkeit gebracht, besser informiert zu werden. Wenn neben der Messung der Aufwachtemperatur zusätzlich das Symptom des Zervixschleims beobachtet wird, spricht man von der *sympto-thermalen Methode.* Manche Frauen können außerdem noch das Symptom des „Mittelschmerzes" als Zeichen der fruchtbaren Tage beobachten, der aber nicht den Tag des Eisprungs angibt! Der „Mittelschmerz" liegt auch nicht unbedingt „in der Mitte des Zyklus", sondern eben irgendwo an den fruchtbaren Tagen. Die alleinige Beobachtung des Zervixschleims wird als *Ovulations-Methode* nach Dr. Billings bezeichnet und hat sich in Entwicklungsländern sehr bewährt. Zur Messung der *Aufwachtemperatur* genügt ein gewöhnliches Fieberthermometer (stets dasselbe Thermometer verwenden!). Die Messung muß täglich

nicht zur selben Uhrzeit erfolgen, sondern der wesentliche Punkt ist, daß sie unmittelbar nach dem Aufwachen vor jeder anderen Handlung vorgenommen wird. Die Uhrzeit des Messens darf von einem Tag zum andern ohne weiteres um etwa eine Stunde verschieden sein. Es stört auch nicht, wenn man in der Nacht aufstehen muß, um zum Beispiel ein Kind zu versorgen. Sobald man etwa eine Stunde entspannt wieder im Bett zumindest im Halbschlaf gelegen ist, kann die Messung durchgeführt werden.

Eine Gruppe der Weltgesundheitsorganisation hat diese Frage in Genf bereits vor mehr als zwanzig Jahren bearbeitet und hierüber 1967 eine Broschüre herausgegeben, daß bei richtiger Meßtechnik 95 Prozent der Frauen verwertbare Temperaturkurven haben. Die genauesten Werte ergeben sich bei der rektalen Messung (Messung im Mastdarm) oder bei der vaginalen Messung (in der Scheide), etwa drei bis fünf Minuten lang. Gute Ergebnisse gibt auch die orale Messung (im Mund), wenn das Thermometer unter der Zunge liegt, die Lippen etwa fünf bis acht Minuten geschlossen bleiben und durch die Nase ein- und ausgeatmet wird. Im selben Zyklus darf die Art und Weise der Messung nicht geändert werden; Messungen in der Achselhöhle sind unbrauchbar.

Die Aufwachtemperatur zeigt um die Zeit der Ovulation einen Anstieg um etwa 0,2 bis 0,4 Grad Celsius; wichtig ist nicht die absolute Höhe, sondern der Unterschied vor und nach dem Anstieg. Die fruchtbaren Tage sind in den sechs oder sieben Tagen vor dem Temperturanstieg bis hinein in die ersten Tage des Anstiegs zu suchen; es fällt dies im allgemeinen mit dem vermehrten Zervixschleim zusammen. Sobald nach dem letzten Tag mit dem besten Zervixschleim drei höhere Messungen vorliegen, die höher sind als die vorausgegangenen sechs niedrigeren Messungen, beginnt die sicher unfruchtbare Zeit, die bis zur nächsten Menstruation andauert. Diese Grundregel gilt für alle Zyklen, wie unregelmäßig sie auch sein mögen. Deshalb soll auch bei unregelmäßigen Zyklen die Aufwachtemperatur gemessen und der Zervixschleim beobachtet werden, da oft allein unter dieser Zyklusbeobachtung die Zyklen von selbst regelmäßiger werden können. Wie der Temperaturverlauf im einzelnen aussehen kann und wie die Beurteilung der drei höheren Messungen zu erfolgen hat, muß unbedingt an Hand entsprechender Beispiele angesehen oder in einem Kurs erlernt werden (Buchhinweis am Ende dieses Artikels).

Im Anschluß an die Menstruation lassen sich in der Regel ebenfalls unfruchtbare Tage noch vor Auftreten des Zervixschleims bestimmen. Fast immer besteht vom 1. Tag einer echten Regelblutung bis einschließlich 6. Tag des Zyklus eine unfruchtbare Zeit. Auch zu dieser Frage und hinsichtlich weiterer unfruchtbarer Tage muß unbedingt ein Buch studiert oder Rat eingeholt werden.

Das Versagen der Empfängnisverhütung

Der vermehrte Zervixschleim erklärt das Versagen von empfängnisverhütenden Maßnahmen an den fruchtbaren Tagen. Als Versagerzahl (Konzeptionsindex) wird die Zahl überraschender Schwangerschaften angegeben, die bei 100 Paaren in einem Jahr zu erwarten sind. Der Konzeptionsindex beträgt bei: Gummischutzmittel des Mannes (Kondom) um 3, Gummischutzmittel bei der Frau (Diaphragma) um 4, chemische Mittel in der Scheide (Salbe usw.) um 6, unterbrochener Verkehr um 10 bis 25, die Scheidenspülung nach dem Verkehr kommt praktisch immer zu spät. Ein in der Ehevorbereitung tätiger erfahrener Frauenarzt hat einmal den boshaften Ausspruch getan, daß die empfängnisverhütenden Maßnahmen nur an den unfruchtbaren Tagen sicher sind ... Der Konzeptionsindex der „Pille" kann mit 0,2 bis 0,8 angenommen werden. Bei den neuesten und sehr niedrig dosierten Pillen ist nicht immer sichergestellt, daß der Eisprung unterdrückt wird. Es könnte sein, daß sich dann das befruchtete Ei in der Gebärmutter nicht einbetten kann, daß also eine Frühestabtreibung vorliegt. Die ernstesten Nebenwirkungen der „Pille" können Gefäßverschlüsse (Thromben) sein, wodurch auch Schlaganfälle bei jungen Frauen auftreten können, die vor dem Einsatz der „Pille" praktisch nicht vorgekommen sind. Im eigenen Beratungsdienst nimmt jetzt die Zahl der ratsuchenden Frauen zu, die nach mehrjähriger Pilleneinnahme (sechs bis zwölf Jahre und mehr) nicht schwanger werden können. Die hauptsächlichste Wirkungsweise von „Spiralen", die in die Gebärmutter eingelegt werden (Intra-Uterin-Pessare neuer Art), besteht darin, daß die Einbettung (Nidation) des befruchteten Eies verhindert wird (Nidationshemmer); der Konzeptionsindex liegt um 1 bis 2. Da das menschliche Leben mit der Befruchtung der Eizelle beginnt, handelt es sich um eine Abtreibung im frühesten Stadium. Dasselbe gilt für die „Pille danach" und vor

102

allem für die bereits berüchtigte Abtreibungspille *RU 486,* die jederzeit nach Ausbleiben der Menstruation eingenommen werden kann und dann zu einer Blutung führt (in den deutschsprachigen Ländern noch nicht im Handel).

Der Umstand, daß es an den fruchtbaren Tagen keine zuverlässige Empfängnisverhütung gibt, müßte eigentlich zum Nachdenken anregen. Im Gegensatz zu den sonstigen Fortschritten des 20. Jahrhunderts sind die in Frage kommenden Methoden reichlich primitiv und unbefriedigend. Im Versagen der Empfängnisverhütung ist auch die Hauptursache für die große Zahl der Abtreibungen zu suchen. Die Zahl der Abtreibungen nimmt trotz aller Propaganda für die Empfängnisverhütung zu, wenn in einem Land die Abtreibung vom Gesetzgeber praktisch freigegeben wird. Offensichtlich wird die Empfängnisverhütung als lästige Maßnahme empfunden, so daß man lieber das Risiko einer überraschenden Schwangerschaft in Kauf nimmt, sobald der Weg in die Abtreibung gesetzlich erlaubt ist. Es hat sich in bedrückender Weise gezeigt, daß der Gesetzgeber damit eine allgemeine Meinungsbildung eingeleitet hat, die das Unrecht der Tötung des Kindes im Mutterleib nicht mehr wahrnimmt und auch gar nicht mehr einzusehen scheint.

Es genügt offensichtlich nicht, wenn alle Methoden der Empfängnisverhütung einfach zur Verfügung gestellt werden, sondern das Ehepaar muß sich auch seiner sittlichen Verantwortung bewußt werden und die Schwierigkeiten der Empfängnisregelung als ein menschlich zu lösendes Problem ansehen. Ist es nicht eigenartig, daß angesichts der Mängel der Empfängnisverhütung der Mensch in rein medizinischer und humaner Sicht auf die Zeitwahl – auf die Beachtung der fruchtbaren und unfruchtbaren Tage der Frau – hingewiesen wird, wenn er nach einer zugleich zuverlässigen und gesundheitsunschädlichen Empfängnisregelung sucht? Bei einer Tagung hat einmal ein Ehemann gesagt, die Eheleute müßten viel mehr Anstrengungen machen, den Schatz der wenigen fruchtbaren Tage zu heben. Vor allem dann, wenn eine junge Frau bereits vor der Eheschließung die notwendigen Beobachtungen und Aufzeichnungen gemacht hat oder wenn dies von Beginn der Ehe an geschieht, ist das junge Ehepaar zunächst in der Lage, die erste gewünschte Schwangerschaft zu einem günstigen Zeitpunkt bewußt anzustreben und danach in großer innerer Sicherheit eine weitere Empfängnis so lange zu vermeiden, wie es eben die gemeinsame Verantwortung verlangt.

Eine verantwortliche zeitweilige Enthaltsamkeit ist nur dann durchführbar, wenn Mann und Frau sich gemeinsam darum bemühen. Es soll kein unzumutbarer Spannungszustand entstehen, sondern diese Vorgangsweise verlangt einige Zeit der Einübung. Wer jedoch erlebt hat, wie man sich an den unfruchtbaren Tagen uneingeschränkt schenken kann, der wird die kleine Mühe der geschilderten Zyklusbeobachtung auf sich nehmen. Die fruchtbaren Tage sollen keine Tage ohne Liebe sein, sondern sollen zu vielfältigen Ausdrucksformen ehelicher Liebe anregen, die sich nicht allein in dem erschöpfen dürfen, was die Umgangssprache mit dem nicht gerade schönen Wort „Geschlechtsverkehr" bezeichnet.

Josef Rötzer

Einige Buchhinweise:

Die ausführlichste Darstellung der modernen Formen der Natürlichen Empfängnisregelung findet sich in folgender Broschüre:

Dr. med. Josef Rötzer, Natürliche Empfängnisregelung, 120 Seiten, 1. Auflage 1979, 18. Auflage 1988/89, Verlag Herder, Wien–Freiburg–Basel. (Der Titel war früher „Natürliche Geburtenregelung" und wurde etwa Mitte 1989 auf „Natürliche Empfängnisregelung" geändert. Der Inhalt ist gleich geblieben.)

Jedem Brautpaar und allen jungen Menschen, die Liebe ernst nehmen wollen, seien folgende Schriften empfohlen:
Walter Trobisch, Liebe ist ein Gefühl, das man lernen muß, BRO-Taschenbuch No. 11004.
Walter Trobisch, Mit unerfüllten Wünschen leben, ET-Paperback No. 10005.
Wolfgang (Fuchs (Hrsg.), Warum bis zur Ehe warten? Eine medizinisch-seelsorgerliche Antwort. R. Brockhaus Taschenbuch Bd. 431.

Das Institut für Natürliche Empfängnisregelung Dr. Rötzer e. V. (INER) veranstaltet ständig Ausbildungskurse im gesamten deutschen Sprachraum und in Italien. Auf Anfrage erhalten Sie entsprechende Auskünfte und Lehrmaterial. Sie können auch eine Ausbildung als Lehrkraft (oder Multiplikator) in der Natürlichen Empfängnisregelung mit Erwerb eines Zertifikates anstreben:
INER, Sitz des Institutes (BRD), Karin Türck, D-7950 Biberach, Göserweg 28. Tel. 07351/22584.
INER Österreich, Dr. med. Josef Rötzer, A-4840 Vöcklabruck, Vorstadt 6, Tel. 07672/3364.
INER Schweiz und Liechtenstein, W. u. K. Gabathuler, CH-9400 Rorschacherberg, Thalerstraße 76a, Tel. 071/425503.

Ehe ohne Illusionen

Kürzlich sprach ich mit Sabine und Harald. Sie wollten in Kürze heiraten und waren voll Freude und Optimismus. „Rings um uns", so meinte Sabine, „geht so manche Ehe in die Brüche. Aber die Leute sind wohl selbst schuld. Wir lieben uns so sehr, daß wir da keine Angst zu haben brauchen." Harald, dessen Eltern geschieden waren, ergänzte: „Ich habe so viel Schlimmes zu Hause miterlebt. Ich weiß Bescheid. Mir kann das nicht passieren. Bei unserer Ehe wird alles bestens laufen. Außerdem ist Sabine ein Schatz."

Über so viel Begeisterung und Lebensmut konnte ich mich nur freuen, vor allem auch deswegen, weil hier zwei junge Menschen mit festen Vorsätzen und Vertrauen einen gemeinsamen Lebensweg in der Ehe anstrebten. Irgendwie war mir aber auch bei so viel Unbekümmertheit nicht wohl zumute. Aus Erfahrung wußte ich, daß es gefährlich werden kann, wenn Begeisterung und Optimismus in einem Nebel der Illusion gefangengehalten werden, der die nüchternen Realitäten des Lebens verschleiert. Ich lud daher beide zu einer Tasse Kaffee ein. „Ihr nehmt es mir nicht übel", so begann ich, „wenn ich über eure zukünftige Ehe noch ein bißchen mit euch sprechen möchte. Es ist eine wunderbare Sache, wenn ihr euch so liebt. Aber bedenkt auch dies: Verliebtsein bekommt man geschenkt. Es ist ein herrliches Gefühl, das einen auf einer Woge des Glücks zum andern hinträgt. Aber tiefe Liebe, die ein Leben lang stark sein soll, muß immer wieder neu erworben und unter oftmals hohem Einsatz gefestigt und vertieft werden. Und es ist wichtig, von Anfang an damit zu rechnen, daß die Gemeinsamkeit einer Ehe Schwierigkeiten, Anfechtungen und Enttäuschungen mit sich bringen kann, die es dann zu bewältigen gilt." – „Können Sie uns hierfür vielleicht einige Ratschläge geben?" unterbrach mich Sabine. „O.k.", ergänzte Harald, „sagen Sie uns, worauf es ankommt!" – „Nun", so entgegnete ich, „ich kann euch weder Patentrezepte für das Gelingen eurer Ehe liefern noch die Einzigartigkeit und

Fülle von Liebe und Ehe ausloten. Aber ich kenne einige Grundregeln, die ich einem angehenden Ehepaar gerne ans Herz legen möchte, damit beide realitätsbewußt und ohne falsche Illusion den gemeinsamen Lebensweg bewältigen können." In einem längeren Gespräch gab ich dann Sabine und Harald folgende Ratschläge weiter:

Wenn sich zwei junge Menschen bei der Eheschließung das Jawort geben, so gleicht dies dem Stapellauf eines Schiffes: Das Schiff ist auf Hochglanz geputzt, Festgäste sind da, und die Musik spielt frohe Klänge zu diesem Ereignis. Dann wird das Schiff für seine Fahrt auf dem großen Meer freigegeben. Es gleitet dahin durch den Anfangsschub, den es durch den Stapellauf mitbekommen hat. Dieser Schub reicht einige Zeit aus. Doch bald muß das Schiff mit seiner Mannschaft beweisen, daß es aus eigener Antriebskraft seinen Weg bewältigen kann. Hierzu sind Wissen und Können nötig. Koordinierte Zusammenarbeit ist wichtig, gekonnte Steuerung sorgt für das Vorwärtskommen, Umsicht und Vorsicht müssen das Schiff vor Beschädigung oder Kentern bewahren. Es ist ein stolzes Gefühl, wenn es so seinen Kurs fährt, Gegenströmungen bewältigt und Stürmen trotzt. Aber, wie schon gesagt, es ist eine ganze Menge Einsatz, Anstrengung und Können nötig. Genauso ist es auch mit der Ehe. Der „Stapellauf" ist ein festliches Ereignis. Alles scheint wie von selbst glatt zu gehen. Aber es dauert nicht lange, dann muß die Ehe aus eigener Kraft und Anstrengung die Fahrt in die Zukunft meistern. Manche meinen, sie bräuchten sich nur hineinzusetzen und die Fahrt zu genießen, und es würde immer so leicht und beschwingt weitergehen, ohne sich selbst anstrengen zu müssen. Aber das ist eine Illusion, der sich heutzutage nicht wenige junge Menschen hingeben. Das böse Erwachen folgt bald, wenn das Eheschiff zu schlingern anfängt oder bereits beim ersten Sturm auf Grund läuft und auseinanderbricht. Um solches zu vermeiden, können zwölf Grundregeln wichtige Hilfen sein:

Die echte Liebe verwirklichen

Viele Paare haben eine falsche Vorstellung von Liebe. Sie haben auch kaum jemals erfahren, was echte und tiefe Liebe ist. Zwar finden sie in Zeitschriften, in Filmen und im Fernsehen eine Menge über „Liebe", von der romantischen Schnulze bis hin zum harten Porno. Aber das, was ihnen da über „Liebe" präsentiert wird, gehört einesteils ins Reich wirklichkeitsfremder Illusion, andernteils in die kommerziellideologische Aufklärungsbranche über technischen Sex. Wenn junge Leute mit solchen verzerrten Vorstellungen eine Ehe aufbauen wollen, müssen sie bald enttäuscht sein. Liebe ist viel umfassender und tiefer. Sie strebt nach körperlicher, seelischer und geistiger Gemeinsamkeit und klammert keinen dieser Bereiche aus der gemeinsamen Zuwendung aus. Schließlich zeigt sich echte Liebe da, wo der andere als „Du" geliebt wird, das heißt um seiner selbst willen. Solche Liebe spürt: „Ich bin so glücklich, daß es dich gibt."

Schenken, nicht nur haben wollen

Viele Ehen kranken daran, daß die Partner sich selbst fragen: Was kann der andere mir geben? Was habe ich vom andern? Welches Erlebnis, welche Bestätigung, welche Gefühle kann er mir vermitteln? Damit aber leben die zwei Partner in ihrer nur auf sich bezogenen Selbstliebe nebeneinander her. Echte Liebe dagegen gibt, schenkt und setzt die eigenen Wünsche hintan. Selbstverständlich darf dies nicht nur einseitig geschehen. Aber es eröffnet sich ein wohltuender Freiraum für die Ehe, wenn jeder dem andern zuliebe zurücksteckt, anstatt mit dem eigenen Egoismus das Feld beherrschen zu wollen.

Verzeihen können

Kleinere oder tiefere Verletzungen bleiben keiner Ehe erspart. Das Dümmste, was man machen kann, ist, sich gekränkt in den Schmollwinkel zurückzuziehen und den Partner mit unüberbrückbarer Distanz zu strafen. Tödlich für die Gemeinsamkeit ist es auch, bei Streit alles von früher wieder aufzuwärmen. Vergeben und Verzeihen ist ein zentrales Merkmal von Liebe. Man darf dies nicht mit Vergessen verwechseln. Vergessen würde bedeuten, daß man alles nur einfach ins Unterbewußte abschiebt. Verzeihen dagegen heißt, unter alles einen Schlußstrich zu ziehen und vor Gott und dem Ehepartner das Versprechen abzulegen, Geschehenes nicht mehr als Erinnerung oder Beleg zu verwenden. Echte Vergebung beinhaltet immer den Vorsatz: Ich werde das, was du mir angetan hast, in Zukunft nicht mehr erwähnen. Ich werde zu anderen nichts mehr davon sagen. Ich werde mich selbst in Gedanken von diesen Dingen nicht mehr gefangenhalten lassen. Verzeihen geschieht nicht nur mit dem Gefühl, sondern auch mit dem Willen.

Keine einseitigen Schuldzuweisungen einreißen lassen

Den Splitter im Auge des andern sieht man nur allzu gerne, weniger aber den Balken im eigenen. Es ist nicht nur reichlich bequem, sondern absolut unfair, immer nur den anderen dafür verantwortlich zu machen, was im gemeinsamen Leben der Ehe nicht so gut läuft. Solche ständigen Schuldzuweisungen sind Gift für die Liebe. Vermeiden sollte man vor allem das Wörtchen „immer". Es beschädigt die gemeinsame Verständnisbasis, wenn gesagt wird: „Immer tust du das" oder „Immer machst du dies falsch". Jeder Partner muß so viel Ehrlichkeit und Selbstkritik einbringen, um für Fehler auch eigene Verantwortung zu übernehmen. Der andere ist eher geneigt, diese Fehlerlast mitzutragen, wenn er nicht ständig ungerechtfertigte einseitige Schuldzuweisungen erhält.

Sich aussprechen und einander mitteilen

Es soll Ehepaare geben, die sich über Monate nichts zu sagen haben. Dabei ist der sprachliche Kontakt eine ganz wichtige Grundlage gemeinsamer Harmonie. Es ist wichtig, immer wieder zu überlegen: „Kann ich in Worten das ausdrücken, was ich dem andern sagen möchte? Versteht er meine Sprache, also meine Formulierungen und in Worte gekleidete Gedankengänge? Wie soll ich ihm meine Gefühle ausdrücken? Wie spreche ich zu ihm, ohne ihn zu verletzen?" Der Partner ist kein Hellseher. Woher soll er wissen, was im andern vorgeht, welche Nöte er hat oder welche Wünsche und Sehnsüchte? Nur wenn der Gesprächsfaden in der Ehe nicht abreißt, erstarkt die gemeinsame Verbundenheit.

Lob und Anerkennung schenken

Lob und Anerkennung sind Sonnenstrahlen für die Seele. Recht oft droht in der Ehe vieles zur Selbstverständlichkeit und Routine zu werden. Da nimmt man die gegenseitige „Versorgung" einfach kommentar- und danklos hin. Jeder Mensch braucht liebende Bestätigung. Ein anerkennender Blick und lobende Worte stärken das Selbstverständnis des andern und machen die gemeinsame Wertschätzung stark. Es kann doch nicht schwer sein, öfter einmal zu sagen: „Du siehst heute gut aus. Du hast prima gekocht. Da hast du dir viel Mühe gegeben. Ich bin richtig stolz auf dich."

Den andern als eigenständige Persönlichkeit achten

Sinn der Ehe ist es nicht, daß die Partner ihre jeweils einmalige Persönlichkeit unterdrücken oder aufgeben. Beide müssen sich in ihrer Eigenständigkeit und Eigenart lieben und akzeptieren. Dies schließt grundsätzlich auch die Fehler und Schwächen ein. Gift für die gemeinsame Partnerschaft ist es, den andern nach eigenen Vorstellungen ändern zu wollen. Sicherlich muß jeder Partner auch sein Verhalten beschneiden, um dem andern nicht auf die Nerven zu fallen. Aber ein Sichändern sollte innerhalb bestimmter persönlicher Grenzen stattfinden können. Alles dies gelingt am besten, wenn dem andern das Gefühl vermittelt wird, daß sein Bemühen dankbar anerkannt und er trotz seiner Fehler und Schwächen angenommen und geliebt wird.

Persönliche Schwierigkeiten selbst lösen

Eheschließung ist keinesfalls etwa ein Zaubermittel, mit dessen Hilfe plötzlich alle persönlichen Schwierigkeiten gelöst werden können, an denen man vor der Ehe schon zu knabbern hatte. Minderwertigkeitsgefühle, Stimmungslabilität, Willensschwäche usw. sind Persönlichkeitsbedingungen, die auch nach der Eheschließung weiterwirken. Man darf vom Partner selbstverständlich Liebe und Verständnis erwarten. Aber er ist kein Therapeut für eigene Unzulänglichkeiten. Daher ist es wichtig, auch in der Ehe weiter an sich selbst zu arbeiten. Der gemeinsamen Harmonie wird das nur gut tun.

Liebgewordene Gewohnheiten überprüfen

In der Ehe stellen sich nur allzu bald liebgewordene Gewohnheiten aus der Zeit vor der Ehe ein. Das können Hobbies, Lieblingssport, Freundeskreis, Rauchen, Fernsehen und vieles andere sein. Jeder der beiden Partner sollte zunächst sich selbst kritisch fragen, ob er die eine oder andere Gewohnheit ablegen, begrenzen oder diese für gemeinsame Interessen tragbar machen kann. Gefahr ist auch im Verzuge, wenn man sich in der Ehe gehen läßt, etwa in der Kleidung, in Eßgewohnheiten, im Waschen, Frisieren, Schminken ... Jeder Partner ist es dem anderen schuldig, auf sein Äußeres und sein Alltagsverhalten genauso viel Wert zu legen wie in den Zeiten des ersten Verliebtseins.

Aus keiner Ehe können die Notwendigkeiten und Zwänge des Lebens ausgeklammert werden. Da gibt es die wichtige Frage, wie man mit dem Geld auskommt. In vielen Ehen wird vorrangig deshalb gestritten, weil man sich wegen der richtigen Einteilung des Geldes nicht einigen kann. Da geht es um die Höhe der verfügbaren Summe für den täglichen Lebensunterhalt, für Rücklagen, Urlaub und persönliche Wünsche. Eine gute Etatverwaltung, welche konsequent die Verwendung der gemeinsam erwirtschafteten Geldmittel regelt, erfordert Realitätssinn, Umsicht und Kompromißbereitschaft. Ehepaare sollten von allem Anfang an eine schriftliche Aufstellung der Etatverteilung vereinbaren. Aber auch die gemeinsame Arbeitsteilung hinsichtlich Kochen, Spülen, Waschen, Wohnungsreinigung, Kinderbetreuung usw. muß die Lasten gleichmäßig verteilen. Dies fördert zugleich den Respekt vor der Leistung des andern. Gemeinsam erstellte Richtlinien stellen gewissermaßen das individuelle „Grundgesetz" der eigenen Ehe und Familie dar.

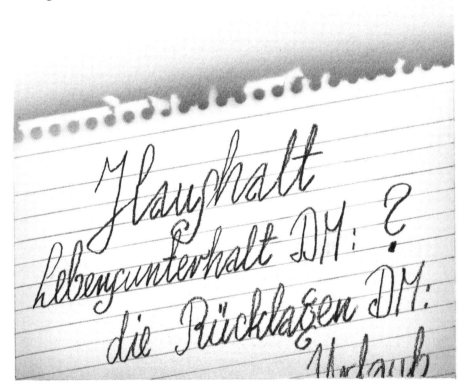

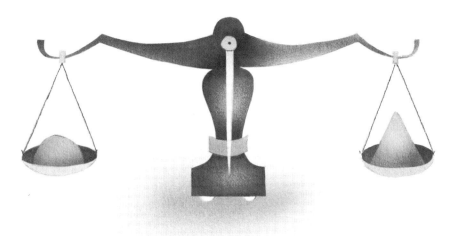

Die Ehe in Gott verankern

Aus Erfahrung und eigener langjähriger Ehe und Familie kann ich ehrlichen Herzens versichern, daß in Gott verankerte Liebe, Ehe und Familie ein Fundament darstellen, welches krisen- und sturmfest macht. Zwar wird dieses Fundament auch in der christlichen Ehe von den Stürmen des Alltags nicht verschont bleiben und durch manches existentielle „Erdbeben" gerüttelt werden. Aber es hält und schenkt sichere Geborgenheit trotz mannigfacher Schwierigkeiten und Nöte. Von der Geborgenheit der gemeinsamen Liebe und Ehe in Gott hängen entscheidend Glück, Segen und Gelingen des lebenslangen Miteinanders ab. Von allem Anfang an sollte daher vertrauensvolle Hinwendung zu Gott im Gebet Kernanliegen jeder Ehe sein.

Eisern zusammenhalten

Es gibt ein gefährliches Gift für den Bestand einer Ehe. Dies ist der Hintergedanke: „Wenn es nicht klappt und wir uns nicht vertragen, kann ich mich ja wieder scheiden lassen." Geht man mit einem solchen Gedanken in das gemeinsame Leben, ist bereits der Samen der Spaltung gesät. Ich kann daher vor dieser Einstellung nur ernsthaft warnen und stattdessen auf den vom christlichen Eheverständnis erhärteten klaren Vorsatz verweisen: „Wir werden beisammen bleiben und uns treu sein, bis der Tod uns scheidet." Dieses bedingungslose Versprechen, sich dem andern auf immer zu schenken, liefert bei auftretenden Schwierigkeiten und Krisen den starken und entscheidenden Impuls zu deren Überwindung.

Reinhold Ortner

Das Ja-Wort verwirklichen

Das Gesetz der ehelichen Verbindung ist keine Einschränkung der persönlichen Freiheit, ganz im Gegenteil, es schützt und garantiert eine tiefere menschliche Beziehung, die für eine geistige Fruchtbarkeit offen ist.

Die personale Gemeinschaft der Eheleute schreitet kontinuierlich fort durch die tägliche Treue zur totalen Hingabe des einen an den anderen.

Das wechselseitige Kennenlernen der tatsächlichen Qualitäten und unvermeidlichen Grenzen eines jeden beleuchtet den Weg eines Ehepaares in den ersten Jahren. Wenn es sein gemeinsames Leben realistisch gestaltet, Tag für Tag, beseitigt es die Risiken der Instabilität und verwirklicht täglich das Engagement, das im Jawort der Hochzeit zum Ausdruck kommt.

Im Leben der jungen Ehepaare bedarf es der Kraft zur Verhaltensänderung, zur Umkehr, zum Verzeihen, wenn Fehler und sogar Sünde zur Erfahrung von Enttäuschung und Leid führen.

Dies sind die nötigen Bedingungen für das Gelingen und die Dauer der familiären Gemeinschaft. Wenn die Familie die erste Schule für Gemeinschaftssinn ist, dann deshalb, weil die Ehe, die eheliche Verbindung der Gatten »an erster Stelle die Gemeinschaft von Menschen zum Ausdruck bringt« (vgl. Gaudium et spes Nr. 12).

Daher rührt in der Tat der Einfluß der Familien bei der Gestaltung der Gesellschaft.

Papst Johannes Paul II.

Wir werden Familie

WAGNIS

WIR AUF DEM
SPRUNGBRETT
OHNE ANGST
ES ZU WAGEN
UNTER DEM
LICHTEN PLUS
DER LIEBE

HINWEGZUSEHEN
ÜBER SCHWARZMALEREI
DER STATISTIK
OHNE PROBE
ZU TAUCHEN
IN DIE
WARME FLUT
DER LIEBE

MARIA GRÜNWALD

Mutterschutz

Der gesetzliche Mutterschutz gehört zu den zahlreichen gesetzlichen Bestimmungen, die das arbeitsrechtliche und soziale Verhältnis zwischen Arbeitnehmer und Arbeitgeber gestalten. Allgemeine Schutzbestimmungen für Arbeitnehmer sind zum Beispiel in der Arbeitszeitordnung, dem Kündigungsschutzgesetz oder in dem Gesetz zur Regelung des Mindesturlaubs enthalten. Daneben kennt das Arbeitsrecht aber auch besonders schutzbedürftige Gruppen von Arbeitnehmern. Dies kommt zum Beispiel im Jugendarbeitsschutzgesetz, im Schwerbehindertengesetz, im Heimarbeitsgesetz und insbesondere im *Mutterschutzgesetz* zum Ausdruck.

Der gesetzliche Mutterschutz hat die Aufgabe, die in einem Arbeitsverhältnis stehende Mutter und das werdende Kind vor Gefahren, Überforderung und Gesundheitsschädigung am Arbeitsplatz, aber auch vor finanziellen Einbußen und vor dem Verlust des Arbeitsplatzes zu schützen. Die werdende Mutter soll die Zeit ihrer Schwangerschaft ohne Sorge um Arbeitsplatz und Einkommen erleben. Das Mutterschutzgesetz gilt für alle Frauen, die in einem Arbeitsverhältnis oder Berufsausbildungsverhältnis stehen, für Heimarbeiterinnen und ihnen Gleichgestellte. Für Beamtinnen gelten besondere Bundes-

bzw. Landesverordnungen über den Mutterschutz für Beamtinnen. Sie haben im wesentlichen einen gleichlautenden Inhalt.

Der Schutzgedanke des Mutterschutzgesetzes hat durch das Bundeserziehungsgeldgesetz sowie durch das Gesetz zur Anrechnung von Erziehungszeiten in der gesetzlichen Rentenversicherung vom 1. Januar 1986 an eine grundlegende Erweiterung erfahren. Im Vordergrund steht jetzt der Schutz und die Förderung der Erziehung. Viele Untersuchungen belegen, daß der enge mütterliche und väterliche Kontakt zum Neugeborenen in den ersten Lebensmonaten von grundlegender Bedeutung ist für die spätere Entwicklung des Kindes und auch für das Leben in der Familie insgesamt. Kinder und Familie als Lebensraum und als Ort menschlichen Füreinanders und Miteinanders sind die Grundlagen jedes gesellschaftlichen Zusammenlebens. Die Arbeit, die Vater und Mutter bei der Erziehung der Kinder leisten, muß deshalb jeder Erwerbstätigkeit ethisch und rechtlich gleichwertig und gleichgestellt sein. Das Bundeserziehungsgeldgesetz, das gleichermaßen für erwerbstätige wie für nichterwerbstätige *Mütter und Väter* gilt, ist dazu ein erster bedeutsamer Schritt.

Beschäftigung für werdende Mütter

Damit die Beschäftigung einer werdenden Mutter im Einklang mit dem Mutterschutzgesetz gestaltet werden kann, muß der Arbeitgeber zunächst einmal von der Schwangerschaft erfahren. Die werdende Mutter sollte ihrem Arbeitgeber daher ihre Schwangerschaft und den mutmaßlichen Tag der Entbindung mitteilen, sobald ihr dies bekannt ist. Denn auf diesen Zeitpunkt sind die Schutzfristen und Vergünstigungen berechnet, auf die sich die werdende Mutter wie auch der Arbeitgeber einrichten müssen.

Zunächst muß der Arbeitgeber prüfen, ob der Arbeitsplatz, ob die Maschinen, Werkzeuge und Geräte, mit denen die schwangere Frau täglich umgeht, Leben und Gesundheit der Mutter und des werdenden Kindes nicht gefährden. Erforderlichenfalls muß er Maßnahmen treffen, die diesen Schutz gewährleisten. Mit bestimmten Arbeiten darf eine schwangere Frau überhaupt nicht betraut werden. Sie darf zum Beispiel keine schweren körperlichen Arbeiten ausführen. Sie darf auch nicht bei solchen Arbeiten eingesetzt werden, bei denen sie schädlichen Einwirkungen von gesundheitsgefährdenden Stoffen oder

Strahlen, von Staub, Gasen oder Dämpfen, von Hitze, Kälte oder Nässe, von Erschütterungen oder Lärm ausgesetzt ist. Dazu kommen weitere Arbeiten, wenn sie nach ärztlichem Zeugnis gefährdend sein können.

Kann eine Frau deshalb nicht auslastend beschäftigt werden, so darf ihr daraus kein finanzieller Nachteil entstehen. Der Arbeitgeber muß ihr deshalb ihren Netto-Durchschnittsverdienst aus der Zeit vor der Schwangerschaft weiterzahlen.

Sechs Wochen vor der voraussichtlichen Entbindung beginnt die *Schutzfrist.* In dieser Zeit darf die Schwangere grundsätzlich überhaupt nicht beschäftigt werden, wenn sie sich nicht ausdrücklich zur Arbeitsleistung bereit erklärt. Während dieser sechswöchigen Schutzfrist zahlt die Krankenkasse das *Mutterschaftsgeld.* Dieses Mutterschaftsgeld erhalten alle gesetzlich krankenversicherten Frauen. Darunter fallen auch arbeitslose Mütter und Frauen, deren Arbeitsverhältnis während der Schwangerschaft vom Arbeitgeber ausnahmsweise zulässig gekündigt worden ist.

Die Höhe des Mutterschaftsgeldes bestimmt sich nach dem durchschnittlichen Nettolohn aus der Zeit vor Beginn der Schutzfrist. Allerdings zahlt die Krankenkasse höchstens 25 Mark pro Kalendertag. Lag das durchschnittliche Nettoarbeitsentgelt oberhalb von 750 Mark im Monat, muß der Arbeitgeber einen Zuschuß in Höhe des Unterschiedsbetrages dazuzahlen. Frauen erhalten also während der Schutzfrist netto genausoviel, wie sie vorher verdient haben.

Nach der Entbindung

Nach der Entbindung besteht für Wöchnerinnen für den Zeitraum einer *weiteren Schutzfrist von acht Wochen* ein absolutes Beschäftigungsverbot. Bei Früh- und Mehrlingsgeburten verlängert sich diese Frist auf zwölf Wochen. Auch wenn diese Fristen bereits abgelaufen sind, dürfen Frauen in den ersten Monaten nach der Entbindung keine Arbeiten verrichten, die ihre Leistungsfähigkeit übersteigt. Dafür muß dann allerdings ein ärztliches Attest vorliegen.

Stillenden Müttern muß der Arbeitgeber auf ihr Verlangen die zum Stillen erforderliche Zeit ohne Verdienstausfall freigeben. Sie beträgt mindestens zweimal täglich eine halbe Stunde oder einmal am Tag eine ganze Stunde. Die Stillzeit muß nicht vor- oder nachgearbeitet, sie darf auch nicht auf Ruhepausen angerechnet werden. Gibt es im Einzelfall einmal Probleme, sollte das Staatliche Gewerbeaufsichtsamt um Rat gefragt werden. Diese Behörde kann nähere Bestimmungen über die Zahl und Dauer der Stillzeiten treffen. Für die stillende Mutter gelten die gleichen Arbeitsschutzbestimmungen wie für werdende Mütter. Sie dürfen zum Beispiel auch keine Überstunden leisten und nicht nachts zwischen 20.00 Uhr und 6.00 Uhr oder an Sonn- und Feiertagen arbeiten. Als Mehrarbeit gilt übrigens diejenige Arbeit, die über achteinhalb Stunden täglich oder 90 Stunden in der Doppelwoche hinaus geleistet wird.

Das Verbot der Sonn- und Feiertagsarbeit gilt allerdings nicht für solche werdenden oder stillenden Mütter, die in einem Familienhaushalt mit hauswirtschaftlichen Arbeiten beschäftigt werden. Gewisse Sonderregelungen gelten auch für Beschäftigte im Verkehrswesen, in Gaststätten, Hotels oder in der Krankenpflege. Nähere Auskünfte erteilt das Staatliche Gewerbeaufsichtsamt.

Kündigungsschutz

Das Mutterschutzgesetz untersagt die Kündigung einer Frau während ihrer Schwangerschaft und bis zum Ablauf von vier Monaten nach der Entbindung. Das gilt aber nur, wenn dem Arbeitgeber die Schwangerschaft auch bekannt ist. Die Bekanntgabe kann nur *innerhalb von zwei Wochen* nach Zugang der Kündigung *nachgeholt* werden. Dieser Kündigungsschutz ist zwingend. Die Frau kann auf ihn weder verzichten noch kann der Kündigungsschutz durch Vertrag ausgeschlossen oder beschränkt werden.

Ausnahmen vom absoluten Kündigungsschutz kann der Arbeitgeber nur in extremen Ausnahmefällen beim Staatlichen Gewerbeaufsichtsamt beantragen. Hat ein Arbeitgeber verbotswidrig gekündigt, muß er das Arbeitsentgelt grundsätzlich auch dann weiterzahlen, wenn die Frau tatsächlich nicht mehr gearbeitet hat.

Eine Ausnahme gilt allerdings für Frauen, die in einem Familienhaushalt voll ausgelastet mit wirtschaftlichen, erzieherischen oder pflegerischen Arbeiten beschäftigt werden. Hier ist eine Kündigung nach Ablauf des fünften Schwangerschaftsmonats zulässig.

Im Gegensatz dazu kann die schwangere Frau selbst während der Schwangerschaft wie auch während der achtwöchigen Schutzfrist

nach der Entbindung das Arbeitsverhältnis von sich aus ohne Einhaltung einer Frist kündigen, wenn sie das Arbeitsverhältnis zum Ende der Schutzfrist auflösen will.

Während der achtwöchigen Schutzfrist nach der Entbindung erhält die Mutter das *Mutterschaftsgeld* unter den gleichen Voraussetzungen wie vor der Entbindung.

Erziehungsgeld

1986 wurde durch das Bundeserziehungsgeldgesetz gemeinsam mit dem Erziehungsurlaub das Erziehungsgeld eingeführt. Inzwischen wurde die Bezugsdauer verlängert. Für Kinder, die nach dem 30. Juni 1990 geboren sind, kann Erziehungsgeld vom Tag der Geburt bis zur Vollendung des 18. Monats beantragt werden. Im übrigen: Erziehungsgeld gibt es auch für Stiefeltern sowie für Adoptiv- und Adoptivpflegeeltern, wobei für angenommene Kinder Erziehungsgeld bis zur Vollendung des dritten Lebensjahres der Kinder geleistet werden kann.

Voraussetzung ist, daß einer der Eltern keiner längerzeitigen Erwerbstätigkeit (daß heißt nicht über 19 Stunden in der Woche) nachgeht und das Kind selbst betreut und erzieht. Eine Ausnahme gilt für Auszubildende. Sie können vergleichbar mit Schülern und Studenten eine berufliche Ausbildung durchführen und gleichwohl Erziehungsgeld erhalten. Der Bezug des Erziehungsgeldes kann auch im zeitlichen Wechsel zwischen Mutter und Vater geschehen. Das Erziehungsgeld beträgt 600 Mark monatlich. Im Gegensatz zur früher geltenden Mutterschaftsurlaubsgeldregelung wird es an alle Familien gezahlt, also auch an Mütter und Väter, die vor der Geburt nicht erwerbstätig waren.

In den ersten sechs Lebensmonaten wird das Erziehungsgeld einkommensunabhängig gewährt. Vom Beginn des siebten Lebensmonats an gelten Einkommensgrenzen, bei deren Überschreitung das Erziehungsgeld stufenweise gemindert wird.

Wichtig:

Erhält die Mutter in der achtwöchigen Schutzfrist nach der Entbindung von ihrer Krankenkasse Mutterschaftsgeld, dann wird das Mutterschaftsgeld auf das Erziehungsgeld angerechnet. Lag also das Mutterschaftsgeld der Krankenkasse über 600 Mark, dann entfällt das Erziehungsgeld gänzlich für die Zeit des Bezugs des Mutterschaftsgeldes.

Nach der Novellierung des Bundeserziehungsgeldgesetzes zum 1. Juli 1989 gibt es für jedes Kind Erziehungsgeld, das heißt bei Mehrlingsgeburten oder unter Umständen bei der Geburt eines weiteren Kindes wird das Erziehungsgeld entsprechend mehrfach geleistet.

Erziehungsurlaub

Auch nach dem Ablauf der Schutzfrist nach der Entbindung braucht die Mutter keinesfalls mit der Arbeit sofort zu beginnen. Sie hat jetzt die Möglichkeit, einen Erziehungsurlaub anzuschließen. Es ist aber auch möglich, daß der Vater das Kind betreuen möchte und daher anstelle der Mutter den Erziehungsurlaub für sich beantragt. Das Gesetz sieht sogar vor, daß die Eheleute sich beim Erziehungsurlaub abwechseln können. Zum Beispiel kann die Mutter für die ersten Monate den Urlaub bei ihrem Arbeitgeber beantragen und dann der Vater für die restlichen Monate. Der Erziehungsurlaub endet spätestens dann, wenn das Kind fünfzehn Monate alt geworden ist. Bei Kindern, die nach dem 30. Juni 1990 geboren sind, verlängert sich der Erziehungsurlaub um weitere drei Monate. Ebenso wie während der Mutterschutzfrist darf der Arbeitgeber das Arbeitsverhältnis während des Erziehungsurlaubs nicht kündigen. Hier gelten die gleichen engen Ausnahmefälle wie bei den Mutterschutzfristen. Mütter oder Väter, die den Erziehungsurlaub in Anspruch nehmen, können ihrerseits das Arbeitsverhältnis unter Einhaltung einer Kündigungsfrist von drei Monaten zum Ende des Erziehungsurlaubs kündigen.

Die bisherigen Regelungen des Mutterschutzes und des Mutterschaftsurlaubs kannten nur die berufstätige Frau und Mutter. Das Erziehungsgeld und der Erziehungsurlaub sind dagegen Regelungen, die den Schutz und die Förderung der ganzen Familie zum Anliegen haben. Jede Familie muß für sich bestimmen können, ob Vater oder Mutter oder ob beide berufstätig sind. Das Erziehungsgeldgesetz eröffnet den notwendigen Spielraum, um diese Entscheidung frei treffen zu können.

Ursula Hansen

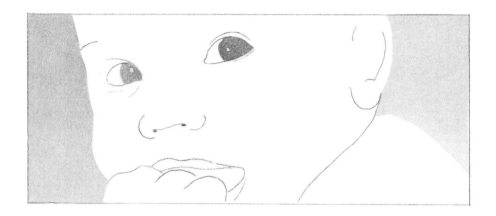

Geburt und Pflege des Säuglings

Wenn die Geburt eines neuen Erdenbürgers auch die natürlichste Sache der Welt ist, sollte man diesem Ereignis doch nicht unvorbereitet gegenüberstehen. Es gibt zumeist eine ganze Reihe gutgemeinter Ratschläge von allen Seiten, wenn sich ein solch freudiges Ereignis anbahnt. Dabei gilt es aber, die Spreu vom Weizen abzusondern; deshalb ist unbedingt fachkundiger Rat einzuholen. Die zuständigen Personen zu diesem Zeitpunkt sind vor allem Arzt oder Ärztin, die die Schwangerschaft überwachen, Hebamme, Geburtshelfer(in) und später Kinderarzt oder -ärztin.

Die Schwangerschaftsvorsorge

ist inzwischen ärztlicherseits sehr intensiv ausgebaut worden. Die Kosten dafür übernehmen die Krankenkassen. Ihr Frauenarzt bestellt Sie regelmäßig für die erforderlichen Untersuchungen und Kontrollen. Die Schwangere erhält einen Mutterpaß, in den alle wichtigen Daten eingetragen werden wie etwa der voraussichtliche Entbindungstermin und die Blutgruppe mit Rhesusfaktor; auch besondere Beobachtungen während der Schwangerschaft und schließlich der Verlauf von Geburt und Wochenbett.

Für das Neugeborene wird nach der Geburt ein Untersuchungsheft angelegt, in dem dann seine eigenen Daten, insbesondere die Blutgruppe und die Impfungen, eingetragen werden.

Neue Umstände

Die Vorgänge während der Schwangerschaft bringen natürlich auch für die werdende Mutter einige neue „Umstände" mit sich. Von extremer körperlicher Anstrengung ist besonders zu Beginn einer Schwangerschaft abzuraten. Die Gefahr einer Frühgeburt wird dadurch nur unnötig erhöht. Grundsätzlich sind aber alle „normalen" Sportarten in einem vernünftigen Rahmen erlaubt. Radfahren, Gymnastik und Spazierengehen in sauberer Luft sind besonders zu empfehlen. Schwangerschaftsgymnastik können Sie ab etwa der 28. Schwangerschaftswoche auf Rezept von Ihrem Frauenarzt verschrieben bekommen. In fast allen geburtshilflich tätigen Kliniken, bei freiberuflichen Hebammen oder in Gymnastik-Praxen werden diese Kurse – auch Partnerkurse – durchgeführt.

In der Körperpflege

ist Reinlichkeit sehr wichtig. Insbesondere ist die während der Schwangerschaft sich vergrößernde Brustdrüse einer erhöhten Gefahr von Eiterungen ausgesetzt. Geschlechtsteile und After sind mindestens zweimal täglich gründlich zu waschen, Scheidenspülungen aber auf jeden Fall verboten.

Die Schönheit muß unter der Schwangerschaft keineswegs leiden. Gelegentlich auftretende braune Hautflecken im Gesicht verschwinden meistens rasch nach der Entbindung. Die natürliche Pflege der Haare, des Gesichts und der Körperhaut und die Anwendung eines hautmilden Deodorants müssen nicht eingeschränkt werden.

Die Kleidung

kann etwa bis zum fünften Monat wie gewohnt bleiben, man sollte lediglich vermeiden, sich zu erkälten. Für die späteren Monate empfiehlt sich eine bequeme und lockere Kleidung. Die Auswahl an schicken Modellen ist groß. Tragen Sie flache und bequeme Schuhe, und vermeiden Sie bei Neigung zu Krampfadern das Tragen von einschnürenden Kniestrümpfen. Stützstrümpfe oder Stützstrumpfhosen können eine gute Hilfe sein. Regelmäßige Zahnpflege ist jetzt besonders wichtig.

Für die Ernährung

ist eine ausreichende Zufuhr von Eiweiß, Fett und Kohlenhydraten mit reichlich Vitaminen und Mineralsalzen wichtig. Den Vorzug haben Fleisch, Milch, Geflügel, Fisch, Eier und ausreichend Obst, Salat und Gemüse. Vor allem Milch ist reich an wichtigen Vitaminen und Salzen, insbesondere an Kalk. Vermehrt benötigtes Eisen ist besonders enthalten in grünen Gemüsen, Eiern, Leber, Nieren und in Hefe. Etwas sparen sollte man mit Salz. Es hält Wasser im Körper fest und führt dadurch zu unnötiger Gewichtssteigerung mit vermehrter Belastung von Herz und Kreislauf. Sonst kann die Nahrung durchaus schmackhaft gewürzt werden. Aber: Keinesfalls sollte eine werdende Mutter „für zwei" essen! Nicht nur Fett, sondern auch Kartoffeln, Zucker, Mehl, Nudeln und Brot werden im Körper bevorzugt in Fett umgewandelt und führen zu vermehrter Belastung. Oft erhält der Körper in Form von Süßigkeit mehr Kalorien als bei den übrigen Mahlzeiten. Für den kleinen Hunger zwischendurch empfehlen sich Äpfel, Orangen oder Joghurt. Etwa ein Liter Flüssigkeit täglich, zum Beispiel natriumarmes Mineralwasser oder Säfte, ist ausreichend während der Schwangerschaft.

Alkohol, Nikotin oder gar Rauschgifte müssen in der Schwangerschaft tabu sein. Andernfalls sind, das ist wissenschaftlich nachgewiesen, Fehlgeburten, Blutungen oder Schädigungen des Kindes zu befürchten. Tiere können Infektionen der Mutter verursachen, die auf das Kind übertragen werden. Besonders Toxoplasmose und Listeriose sind solche Krankheiten, die oft bei der Mutter kaum Krankheitserscheinungen hervorrufen, das Kind aber schwer schädigen. Deshalb ist besonders der Kontakt mit Katzenkot zu vermeiden.

Mit der Hebamme

sollte man sich, falls möglich, frühzeitig bekannt machen. In vielen Krankenhäusern wird allerdings der Hebammendienst rund um die Uhr schichtmäßig abgewickelt, so daß nicht vorauszusehen ist, welche Hebamme einem in der Entbindungsstunde beisteht. Wenn Sie jedoch die Hebamme frei wählen können, so sollten Sie mit ihr fortlaufend die auftretenden Fragen besprechen. Auch Ihrem Arzt müssen Sie alles, was Sie beschäftigt, erzählen. Am besten notieren Sie, was

Ihnen zwischen den Arztbesuchen auffällt. Dann können Sie nichts Wichtiges vergessen.

Auch der Vater

gehört zu einer guten Schwangerschaft, auch er hat seine „Schwangerschaftsbeschwerden". Sie sind bedingt durch die Sorge um einen guten Ausgang von Schwangerschaftszeit und Geburt. Er selbst kann hierzu tatkräftig mithelfen, indem er der werdenden Mutter alle schweren Arbeiten abnimmt. Darüber hinaus bedarf eine schwangere Frau der ganz besonderen Fürsorge ihres Mannes. Der eheliche Verkehr ist in dieser Zeit durchaus erlaubt. Der Mann sollte jetzt aber besonders Rücksicht auf das Empfinden und die Gefühle seiner Frau nehmen. In den letzten Wochen vor der voraussichtlichen Entbindung und für etwa sechs bis acht Wochen danach darf kein Verkehr stattfinden, damit nicht Krankheitserreger an die inneren Geschlechtsorgane der Frau gelangen und hier – oft chronische – Entzündungen hervorrufen können.

In der heutigen Zeit ist die Anwesenheit des Mannes während der Geburt in eigentlich jeder Klinik möglich. Oft kann ein gut vorbereiteter, ruhiger Partner eine sehr große Hilfe für die Gebärende und auch für die Hebamme sein. Natürlich sollte man es dem werdenden Vater freistellen, ob er bei der Geburt dabeisein möchte oder nicht. Zusammen wird man bestimmt die passende Lösung finden.

Im Verlauf der Schwangerschaft

kann es zu unterschiedlichen Beschwerden und Störungen kommen. Wenden Sie sich stets an den Arzt! Übelkeit, besonders am Morgen, auch gelegentliches Erbrechen und Darmträgheit sind harmlose Erscheinungen.

Dagegen sind Nieren- oder Blasenschmerzen, geschwollene Beine, Schwindel oder Sehstörungen, auch Blutungen sofort zu melden. Infektionen, insbesondere Röteln, können, wenn sie zu Beginn der Schwangerschaft auftreten, Mißbildungen des Kindes verursachen. Es ist deshalb gut, wenn die Mutter bereits als Kind Röteln durchgemacht hat oder dagegen vor der Schwangerschaft geimpft wurde, weil dann ein lebenslanger Schutz dagegen besteht. Wenn dies nicht der

Fall sein sollte, erfolgt eine Rötelnimpfung im Wochenbett, da zu diesem Zeitpunkt eine Schwangerschaft sicher ausgeschlossen werden kann.

Medikamente sollten möglichst nicht, auf jeden Fall aber nur nach Rücksprache mit dem Arzt genommen werden. Das gilt auch für sogenannte Hausmittel.

Der Tag der Entbindung

läßt sich ungefähr wie folgt errechnen: Zum ersten Tag der letzten Periode werden sieben Tage hinzugezählt, dann drei Monate abgezogen. Von diesem errechneten Tag ergibt sich aber immer eine voraussichtliche Abweichung von je zehn Tagen vorher oder nachher. Innerhalb dieser Zeitspanne kommen etwa achtzig von hundert Kindern zur Welt. Es sind durchaus größere Abweichungen vom vorausberechneten Geburtstermin möglich.

Die ersten Zeichen der beginnenden Geburt sind das Einsetzen von Wehen, die zuerst in größeren Abständen, dann immer häufiger aufeinanderfolgen. Gleichzeitig kann auch Schleim oder etwas wäßriger Ausfluß abgehen. Oft kommt es schon Tage oder Wochen vor der Entbindung zu ziehenden Schmerzen im Kreuz, sogenannten „Vorwehen". Sie dauern aber nur kurze Zeit an, treten in unregelmäßigen Abständen auf und klingen meist rasch wieder ab. Wenn plötzlich sehr viel Wasser aus der Scheide abströmt, ist die Fruchtblase vorzeitig gesprungen. In einem solchen Fall ist Ruhe geboten. Sie sollten sich dann hinlegen, die Hebamme anrufen oder sich mit dem Sanitätswagen in die vorgesehene Klinik bringen lassen. Wenn Ihnen der Arzt erlaubt hat, bei einem Blasensprung aufzustehen, können Sie sich auch im Auto oder Taxi dorthin fahren lassen.

Damit das Kind die Gebärmutter verlassen kann, eröffnet sich zunächst der untere Abschnitt der Gebärmutter, der sogenannte Muttermund. Dabei springt schließlich die Fruchtblase, so daß reichlich Fruchtwasser aus der Scheide ausströmt. Anschließend wird das Kind durch die Muskeln der Gebärmutter ausgetrieben. Diese Zusammenziehungen der Gebärmutter heißen Preßwehen. Es ist sehr wichtig, daß die Mutter diesen Vorgang noch aktiv unterstützt, indem sie während dieser starken Wehen selbst mitpreßt, entsprechend den Anleitungen der Hebamme oder des Arztes. Zwischendurch kommt es

128

immer wieder zu kurzen Pausen, die zur Erholung ausgenützt werden sollten.

Die schmerzarme natürliche Entbindung nach Read besteht im wesentlichen darin, daß die Frau schon während der Schwangerschaft gelernt hat, sich auf diese Preßwehensituationen einzustellen. Dadurch werden unnötige Verkrampfungen vermieden, die weitgehend durch die Angst vor den erwarteten Schmerzen und die Unsicherheit bei der Geburt bedingt sind. In der Schwangerschaftsgymnastik lernen Sie die richtigen Atem- und Entspannungstechniken während der Geburt. Auch ohne diese vorbereitende Schulung können jedoch übermäßige Schmerzen dadurch vermieden werden, daß die Gebärende die Ruhe nicht verliert, sich in den Erholungsphasen weitgehend entspannt und sich vernünftig vom Geburtshelfer leiten läßt.

Das Kind gelangt durch die Scheide nach außen. Gewöhnlich kommt zuerst der Kopf zum Vorschein. Von jetzt ab muß die Gebärende besonders sorgfältig auf die Anweisungen der Hebamme hören, damit der Kopf mit der notwendigen Sorgfalt aus der Scheide heraus „entwickelt" werden kann und es nicht zum Einreißen der Muskulatur, einem Dammriß, kommt. Nur in vier von hundert Entbindungen gibt es sogenannte Fehllagen, bei denen am häufigsten der Steiß vorangeht. Hier kann der Geburtshelfer für eine fachgerechte Steuerung sorgen.

Bei der Nachgeburt, etwa dreißig Minuten nach der Entbindung, lösen sich Mutterkuchen und Eihäute von der Gebärmutter und werden ausgestoßen. Hierbei treten nochmals leichte Wehen auf. Auch in den ersten Tagen nach der Geburt sind noch kleinere Nachwehen vorhanden. Die Gebärmutter bildet sich wieder auf ihre frühere Größe zurück. Die Wunde, die durch das Ablösen des Mutterkuchens entstanden ist, muß ausheilen. In dieser Zeit bildet sich blutiger und schleimiger Ausfluß, der Wochenfluß. Während dieser Ausheilungszeit ist peinliche Sauberkeit geboten. Früher kam es in dieser Zeit oft zu dem gefürchteten Kindbettfieber. Durch die moderne Hygiene, sorgfältige Pflege und entsprechende Medikamente ist die Gefahr weitgehend beseitigt. Die Hygienevorschriften sind aber weiter peinlich genau zu beachten, damit die junge Mutter rasch wieder genesen kann. Scheidenspülungen sind verboten! Nach der Entbindung sollte durch gymnastische Übungen die Bauchdecken- und Beckenbodenmuskulatur gekräftigt werden.

Alles für den Säugling

Durch umfangreiche Fortschritte auf dem Gebiet der Psychologie wissen wir, daß die ersten Lebensjahre eines Menschen entscheidend sind für sein späteres Verhalten und seine geistig-seelische Entwicklung. Elterliche Liebe und Fürsorge sind daher das wertvollste Geschenk für das Neugeborene. Auch der Vater wird schon sehr schnell mit seinem Sprößling etwas anfangen können, wenn er sich ein wenig Zeit nimmt.

Ein Neugeborenes

wiegt etwa zwischen 2500 g und 4000 g und ist etwa 50 bis 55 cm lang. Durch die Preßvorgänge bei der Geburt bedingt, besteht anfangs eine leichte Vorwölbung am Kopf, die Geburtsgeschwulst. Sie verschwindet innerhalb der ersten zwei bis drei Tage. Die Entwicklung des Kindes schreitet rasch voran. Fast täglich gibt es neue Entdeckungen. Schon in den ersten Tagen kann das Kind Hell und Dunkel unterscheiden, deshalb bitte keine Blitzlichtaufnahmen! Bald werden rote Farben wahrgenommen, das Hörvermögen stellt sich ein, und es entwickelt sich ein ganz individueller Tagesrhythmus mit Schlafen, Trinken und Schreien. In welchen Abständen Sie Ihr Kind füttern, wird sich zu Hause schnell von selbst einspielen. Heute ist man von streng geregelten Tagesplänen abgekommen, weil sich gezeigt hat, daß ein festgesetzter Tagesrhythmus nicht für jedes Neugeborene geeignet ist. Früher hielt man tagsüber einen Vier-Stunden-Rhythmus ein.

Die beste Ernährung

ist auf jeden Fall die Muttermilch. Sie bietet dem Neugeborenen die besten Abwehrstoffe, die es bekommen kann. Das Kind zu stillen, ist darüber hinaus für die Mutter ein wichtiges und schönes körperliches und seelisches Erlebnis, das vor allem das Verhältnis zum Kind sehr fördert. Nur wenn die Muttermilch nicht ausreicht oder aus anderen Gründen nicht gestillt werden kann, ist auf künstliche Ernährung unter entsprechender Anleitung der Säuglingsschwester oder des Kinderarztes umzustellen.

Ernähren Sie sich während der Stillzeit möglichst bewußt und ausgeglichen. Eine leichte und blähfreie Kost mit reichlich Gemüse,

Salat, Milch- und Vollkornprodukten ist zu bevorzugen. Alkohol geht genauso in die Milch über wie Koffein und Nikotin. Den Zeitpunkt des Abstillens sollte die Mutter mit dem Arzt, der Hebamme oder dem Kinderarzt besprechen. Manche Kinder können bis sechs Monate oder länger gestillt werden.

Vom zweiten Monat an sollte man allerdings auch Obstsäfte zufüttern, vom fünften Monat an Obstbrei oder Zwieback. Das Kind muß sich dann langsam an den Löffel gewöhnen. Vom achten Monat an bekommt es auch Fleisch und Fisch, zerdrückte Kartoffeln, Quark, Karotten, Ei, Spinat und Kompotte. Vom sechsten Monat an soll sich das Kind ans Kauen gewöhnen, am besten mit kleingeschnittenen Butterbrotstückchen oder Butterkeksen.

Unmittelbar nach der Geburt

wird das Neugeborene durch einen Arzt untersucht, damit eventuelle Schäden möglichst frühzeitig erkannt werden können. Eine leichte Gelbfärbung der Haut klingt rasch wieder ab. Das Kind sollte weiterhin immer wieder zu regelmäßigen Untersuchungen vorgestellt werden. Auch hier besteht ein gut organisierter ärztlicher Vorsorgedienst, der von den Kinderärzten und auch durch den Mütterberatungsdienst der Gesundheitsämter wahrgenommen wird. Die Untersuchungstermine fallen in die 3.–6. Woche, in den 4.–6. Monat, 9.–12. Monat, 21.–24. Monat, das vierte und das sechste Lebensjahr.

Die Eltern sollten diese Möglichkeit der regelmäßigen Überwachung unbedingt wahrnehmen!

Die Pflege des Kindes

ist nicht schwer. Einige Grundregeln sollte man möglichst schon während der Schwangerschaft in einem entsprechenden Kurs erlernen. Das Rote Kreuz oder andere gesundheitspflegende Organisationen und Mütterschulen halten an vielen Orten solche Kurse ab. Vielleicht nimmt auch gleich der werdende Vater daran teil.

Händewaschen vor jeder Tätigkeit am Kind und das Reinigen der Fingernägel ist eine wichtige Maßnahme. Kranke haben in einem Kinderzimmer nichts verloren. Bei Erkältungen empfiehlt es sich, ein Mulltuch umzubinden. Umgekehrt gehören kleine Kinder nicht als Besucher in ein Krankenhaus, damit sie nicht dort Krankheiten aufschnappen. Auch alles, womit das Kind in Berührung kommt, soll stets sauber gehalten werden: Brust der Mutter, Flasche mit Sauger, Behälter zum Aufbewahren der Nahrung, Spielzeug, Bettchen, Kleidung.

Die Mahlzeiten sollten in möglichst regelmäßigen Abständen gegeben werden. Dadurch regelt sich auch die Verdauung, und die Hautpflege wird erleichtert. Die Nabelwunde ist täglich mit Puder und einer Nabelbinde zu versorgen. Bei Entzündungen wenden Sie sich bitte gleich an Ihren Arzt. Geschlechtsteile und After werden zweckmäßig mit Kinderöl gereinigt. Es ist nicht notwendig, die Vorhaut vor Ablauf des ersten Lebensjahres zu lösen. Bei Mädchen soll die Schamspalte vorsichtig mit feuchter Watte von vorne nach hinten gereinigt werden, damit nicht vom After her Darmbakterien nach vorne gelangen.

Die Technik des Trockenlegens zeigt Ihnen die Säuglingsschwester oder die Hebamme. Nase, Ohren, Finger- und Zehennägel bedürfen ebenfalls Ihrer Aufmerksamkeit.

Schon vom ersten Tag an darf ein Kind baden. Dies sollte jedoch nicht länger als zehn Minuten dauern bei einer Temperatur von 35–36° C. Benutzen Sie hierfür ein Badethermometer. Nach dem Bad Zugluft und Kälte vermeiden! Spätestens ab der 4. Woche gehört das Kind eigentlich ins Freie, zunächst beginnend mit einer Viertelstunde täglich, später zunehmend länger. Balkon, Garten oder eine Spazierfahrt ins Grüne bieten sich hierfür an. Frische Luft fördert die Durchblutung der Haut und regt den Appetit an. Vermeiden Sic jedoch pralle Sonne!

Was bei einem Kind im 1. Lebensjahr zu beobachten ist

4. Woche: Leichtes Heben des Kopfes in Rückenlage, seitliches Kopfdrehen in Bauchlage, erste Kriechbewegungen in Bauchlage, hört auf Geräusche, schaut nach Spielzeug.

3.–4. Monat: Erstes Lächeln, erkennt Hände und Spielzeug, erste Greifversuche. Stützt sich in Bauchlage auf die Unterarme, hebt den Kopf. Erstes Lallen und Gurren.

6.–7. Monat: Streckt die Füßchen in den Mund, spielt mit den Händen, wechselt das Spielzeug von einer Hand in die andere. Kann kurze Zeit sitzen, führt Selbstgespräche, lallt verschiedene Silben.

10. Monat: Sitzt ohne Hilfe, krabbelt vor- und rückwärts, rollt sich vom Rücken auf den Bauch, greift mit den Händen nach Gegenständen, macht Bittebitte, Winkewinke, sagt Mama und Papa.

1. Lebensjahr: Läuft am Stallgitter entlang. Geht an der Hand. Kann für kurze Zeit frei stehen. Erkennt sich im Spiegel, spricht mehrere Wörter, hört auf seinen Namen, kann allein einen Zwieback essen.

Diese Entwicklungsphasen verlaufen allerdings bei den einzelnen Kindern durchaus unterschiedlich rasch. Tritt jedoch eine längere Verzögerung ein, sollte man dies dem Kinderarzt mitteilen.

Erkrankungen

Ein gesundes Kind schreit mit kräftiger Stimme, es hat einen guten Schlaf zwischen den Mahlzeiten und trinkt kräftig. Die Hautfarbe ist rosig, die Atmung gleichmäßig.

Hinweise für eine Erkrankung sind jammervolles Wimmern, Appetitlosigkeit, fehlende Gewichtszunahme und natürlich auch Husten, Schnupfen, Durchfall, Erbrechen, Krämpfe und Fieber. Geben Sie keinesfalls Medikamente, auch keine Fiebermittel, ohne ärztliche Verordnung! Bei Unfällen, insbesondere Verbrühungen oder Verätzungen, und bei Vergiftungen sollten Sie schnell den Arzt verständigen oder ein Kinderkrankenhaus aufsuchen. Eine kurze Minute der Besinnung nützt in einem solchen Fall mehr als unüberlegtes Losfahren mit ungewissem Ziel. Wenn irgendwie möglich, setzen Sie sich vorher telefonisch mit der Stelle in Verbindung, die Sie aufsuchen wollen, damit Sie nicht durch nutzlose Wege wertvolle Zeit verlieren oder zu Hause erste Hilfsmaßnahmen versäumen.

Impfungen

sind im allgemeinen ungefährlich und können das Kind vor vielen Krankheiten schützen. Besprechen Sie mit Ihrem Arzt, wie die Impftermine am zweckmäßigsten hintereinander ablaufen. Während der heißen Sommermonate und bei Krankheiten darf nicht geimpft werden. Impfungen werden heute empfohlen gegen Tuberkulose (nur in bestimmten Fällen), Kinderlähmung, Diphtherie, Keuchhusten, Wundstarrkrampf und Masern. Regelmäßige Auffrischungstermine sind unbedingt zu beachten, damit ein wirksamer Impfschutz erreicht wird.

Richtiges Spielzeug

ist für die Entwicklung des Kindes sehr wichtig. In den ersten Wochen genügen dem Baby seine Hände und Füße, Deckchen und Bettzipfel.

Etwa vom vierten Monat an freut sich das Kind über Beißringe, Kugelketten, Klappern und alles, was sich bewegt, anzufassen ist und ein Geräusch macht. Das Spielzeug muß so beschaffen sein, daß sich das Kind nicht damit verletzt, es sollte auch nicht zu klein sein, damit es nicht verschluckt werden kann. Am besten beraten wird man in einem Fachgeschäft für Kinderspielsachen.

Spielzeug muß ebenfalls sauberzuhalten sein, da es von den Kleinkindern gerne in den Mund gesteckt wird. Geben Sie nicht zu viele Gegenstände auf einmal! Je einfacher das Spielzeug ist, um so mehr kann ein Kind damit anfangen. Ein paar einfache bunte Bausteine bereiten mehr Freude als ein Aufziehspielzeug, das immer die gleichen Bewegungen macht. Das beste „Spielzeug" sind freilich Vater, Mutter und Geschwister.

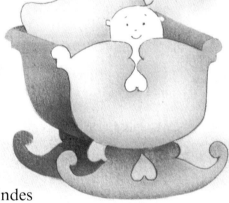

Für die Ausstattung des Kindes

genügt ein einfacher Korb, aber auch eine Wiege, ein Stubenwagen oder ein Kinderbettchen. Die Matratze soll hart, am besten aus Roßhaar, sein. Ein Kopfkissen ist entbehrlich. Nehmen Sie wegen der Erstickungsgefahr keine Federkissen.

Es ist günstig, wenn Sie eine gewisse Grundausstattung besitzen. Bedenken Sie aber, daß das Kind rasch aus den Sachen herauswächst.

Man benötigt etwa:

10 Frottierhöschen Größe 1 und 2
 6 Flügelhemdchen Größe 56 und 62
 6 Jäckchen (Baumwolle) Größe 56 und 62
 3 Strampelanzüge Größe 56 und 62
    Jäckchen und Mützchen aus Wolle zum Ausfahren
 1 Paar Wollschuhe

1	Paar Handschuhe
12	Mulltücher
3–6	Lätzchen
6	Nabelbinden, Tupfer und Nabelpuder
3	Matratzenbezüge
3	Bettbezüge
1	Gummiunterlage für die Matratze
1	waschbares, hygienisches Steppdeckchen, Gummiwärmeflasche
2–3	Pakete Höschenwindeln für Neugeborene
1	Packung Windeleinlagen
1	Windeleimer mit Deckel
	Badethermometer
2	Badehandtücher mit Kapuze
4–6	Mullwaschlappen oder Einmalwaschlappen
	Babyseife, Badezusatz, Haarshampoo, Creme, Puder und Öl
	Reinigungstücher feucht und trocken
	Wattestäbchen
	weiche Bürste und Kamm
1	Nagelschere für Kinder
6	Schraubflaschen mit Sauger und Verschlußkappe
	Flaschenwärmer
	Milchtopf
	Flaschenbürste
1	Babywaage (auch leihweise)
	Tragetuch oder Tragetasche
	Kinderwagen
	Autosicherheitsschale

Machen Sie sich auch rechtzeitig Gedanken darüber, wo Sie Ihr Kind wickeln wollen. Am zweckmäßigsten ist natürlich eine Wickelkommode, in der gleich die notwendigen Utensilien untergebracht werden können. Zur Not reicht auch ein sauberer Tisch.

In diesem Beitrag kann natürlich nur ein kurzer Überblick gegeben werden über das, was die werdende Mutter und das Baby brauchen. Bei Ihrem Arzt oder bei der Mütterberatung erfahren Sie mehr. Gute Orientierung und Vorbereitung vermitteln in jedem Fall die Vorbereitungskurse. Im Interesse Ihrer eigenen Gesundheit und der Ihres Kindes sollten Sie die Vorsorgeuntersuchungen wahrnehmen.

Johanna Heidemann/Susanne Rupp

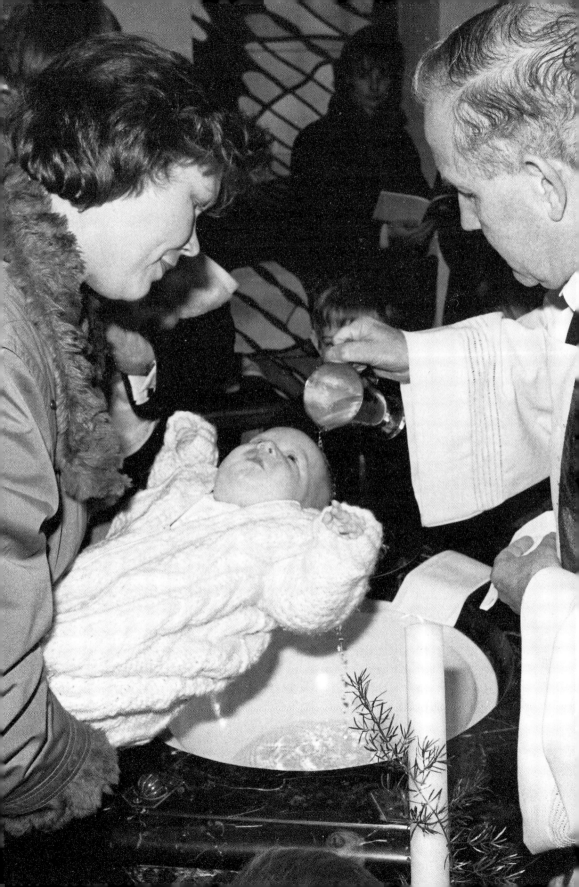

Die Taufe: ein neues Programm

Wie die Alten sungen, so zwitschern die Jungen. Durchs Dabeisein lernen die Kinder Mundart und Tischsitten, Beten und Fluchen, Ehrfurcht und Egoismus. Das Milieu ist für das Kind grundlegend. Das Kind ist ihm ausgeliefert.

Als Erwachsener kann ich im Milieu bleiben oder, wenn es mir nicht mehr paßt, aussteigen, mein Leben nach anderen Werten gestalten. Allein ist das sehr schwer. Man muß sich nach Gleichgesinnten umschauen, um eine bestimmte Wertordnung zu verwirklichen. Auf diese Weise sind zu Beginn des Christentums die Gemeinden entstanden. Menschen, die ihren Lebensweg und das Milieu, in dem sie lebten, nicht in Ordnung fanden, wandten sich davon ab und kehrten sich einer Gruppe mit anderen Lebensidealen zu.

Das war nicht immer ganz einfach. Das bedeutete zuweilen Konflikt mit dem Gesetz, Bruch mit der Familie, einem sozialen Vorurteil ausgesetzt sein, oft sogar Verfolgung. Einer christlichen Gemeinschaft beizutreten, war eine weitreichende Entscheidung.

Es waren in der Regel Erwachsene, die kamen. Nicht wenige hatten „ihre Vergangenheit", waren in Schuld verstrickt. Die Botschaft von der vergebenden Liebe Gottes hatte sie getroffen. Sie wollten ganz neu anfangen. Die erste Begeisterung reichte nicht, um in die christliche Gemeinschaft aufgenommen zu werden. Wer sich bewarb, mußte erst einmal das Leben der Gemeinde kennenlernen, Gebete und Gebote, Schrift und Sakramente, Glaubensbekenntnis und tätige Nächstenliebe. Dann erst erfolgte die Aufnahme, wurde das neue Leben durch eine Zeichenhandlung besiegelt, gefeiert.

Der Neuling stieg ins Wasser. Er wurde untergetaucht. Damit wurde alles, was er an Befleckung aus seinem Leben mitgebracht hatte, abgewaschen. Der taufende Priester oder Diakon sprach dazu: „Ich taufe dich im Namen des Vaters und des Sohnes und des Heiligen Geistes." Wenn man – vor allem in warmen Ländern – aus dem Bad steigt, fühlt man sich wie neugeboren. Dieses Erleben symbolisiert das Auftauchen in ein neues Leben.

Zum ordentlichen Bad gehört, daß man sich nachher einsalbt. Das verstärkt das Wohlbefinden, schützt die Haut. Ein schlichtes weißes Gewand darüber unterstreicht das Erlebnis des Neubeginns und das Bewußtsein, von Schuld freigekommen zu sein, vor Gott in neugeschenkter Unschuld dazustehen.

So geleitete man die Getauften in die bereits versammelte Gemeinde. Der Vorsteher, der Bischof etwa, legte ihnen die Hand auf. Damit waren sie als Glieder in die Gemeinde aufgenommen und konnten zum erstenmal die Eucharistie mitfeiern.

Bei uns sind solche Tauffeiern die Ausnahme. In den jungen Kirchen Asiens und Afrikas sind sie eher die Regel. Es ist gut, um den ursprünglichen Sinn dieser Feier zu wissen, wenn man sein Neugeborenes zur Taufe trägt. Die Riten der sakramentalen Handlung sind auf Kleinkindgröße gestutzt. Aus dem Eintauchen ist ein Netzen des Köpfchens geworden, vom Einsalben ist ein winziges Kreuzzeichen mit geweihtem Öl geblieben. Das Taufkleidchen bringt der Mesner mit, es sei denn, die Patin hat eigens eines gestickt. Es wird kurz auf das Wickelkind gelegt. Taufbewerbung und Glaubensbekenntnis übernehmen die Eltern und Paten.

Manchmal bittet der Priester die Anwesenden, wenigstens die nächsten Verwandten, dem Neugetauften ein Kreuz auf die Stirne zu machen. Das ist meist ein ergreifender Augenblick. Manch verstohlene

Träne löst sich, und im Gesicht derer, die mit Kirche nichts zu tun haben wollen, steht ein Lächeln, das das tiefe Mitfühlen verbergen soll. Jeder ist bewegt, der den winzigen Anfänger in seiner Unschuld und in seiner Schutzbedürftigkeit mit einem Zeichen berührt, welches die Hoffnung und den Wunsch ausdrückt: Es soll dir gut gehen im Leben, Kind der Gnade.

Das Kind wächst in eine Welt schuldhafter Verstrickungen hinein. Wir alle leben in einer Gesellschaft, die in schamlosem Überfluß dahinlebt. Jeder gedankenlos gefahrene Autokilometer und jede überflüssige Plastikbequemlichkeit ist Versündigung an den Lebensmöglichkeiten kommender Generationen. Auch wenn wir ohne böse Absicht handeln, sind wir in diesem Schuldzusammenhang wie in Ketten festgelegt. Wir haben ihn ererbt.

Auch das Neugeborene wächst darin auf. Es ist durchs Milieu darauf programmiert, mitzumachen, die Gesetze dieser Welt zu seinen eigenen zu machen, den Egoismus und die Jagd nach dem persönlichen Vorteil als die entscheidenden Prinzipien seines Lebens zu praktizieren.

Dieses fatale Milieuprogramm wird – so ist der christliche Glaube – gelöscht durch die Liebe Gottes, die das Kind an sich nimmt wie die bergenden Hände der Mutter und des Vaters. Es kann hineinwachsen in ein anderes Programm, nämlich jenes, das uns Jesus vorgelebt hat.

Gott erreicht das Kind durch die Nestwärme der Familie, er zeigt ihm sein Angesicht im Mienenspiel der Eltern. Die Glaubensentscheidung des Kindes wird von weit her vorbereitet durch den Lebensstil derer, denen das Kind anvertraut ist.

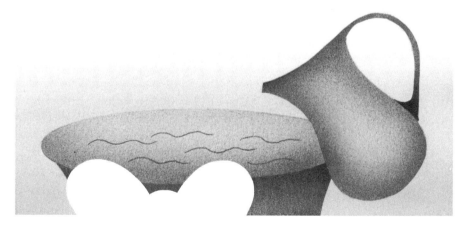

Wer sein Kind religiös keimfrei erziehen will, damit es sich irgendwann frei entscheiden könne, macht sich etwas vor. Es wird geprägt durch das gläubige oder ungläubige Milieu. Eine bewußte Entscheidung ist dann in der Entwicklung zur eigenständigen Persönlichkeit immer noch zu fällen.

Das sakramentale Zeichen der Taufe soll gut vorbereitet sein. Es ist kein magischer Ritus, sondern sinnenfälliger Ausdruck des Glaubens. Die Erwachsenen, die das Kind zur Taufe tragen und stellvertretend das Glaubensbekenntnis sprechen, bringen damit – wenn sie nicht durch ihr unchristliches Leben lügen – zum Ausdruck, daß sie dem Kind das Hineinwachsen in den Glauben ermöglichen wollen.

Unter diesem Versprechen sollte auch die Wahl der Taufpaten getroffen werden. Es zeugt von wenig Verständnis und Ernst für das sakramentale Zeichen, wenn der finanzkräftige, ansonsten aber liederliche Onkel zum Paten erwählt wird, damit er dem Kind ein ordentliches Bankkonto einrichtet. Auch die liebe Freundin der Familie, die aus der Kirche ausgetreten ist, eignet sich nicht als Patin.

Der Schöpfer hat das Kind schon ins Herz geschlossen, als es noch unter dem Herzen der Mutter wuchs. Er wird es an sich nehmen, auch wenn ihm etwas zustößt auf dem Weg ins Leben, noch bevor es getauft ist. Man darf sich Zeit lassen, in angemessener Sorgfalt ein würdiges Fest der Taufe vorzubereiten. Die sakramentale Handlung besiegelt, daß das Kind in Gottes Liebe geborgen ist, getragen von der Gemeinschaft gläubiger Christen.

Gerd Birk

Mutter sein

Unsere Nachbarin erwartet ein Baby, das zweite Kind. Ein paar Häuser weiter ist auch Nachwuchs unterwegs: das dritte Kind. Schräg gegenüber kommt das erste. In die Einwohnerschaft unseres Viertels mischen sich mehr und mehr neue Erdenbürger: wunderbar.

Die Frauen sehen zuversichtlich in die Welt. Auch das ist wunderbar. Denn über die Schwierigkeiten und Nachteile, die mit dem Muttersein verbunden sind, wurde in den letzten Jahren so viel geredet und geschrieben, daß schon zu fürchten stand, kaum ein weibliches Wesen werde mehr willens sein, sich diesen Problemen auszusetzen.

Kürzlich fand ich die Feststellung: „An keine Rolle der Welt werden so hohe Erwartungen gestellt wie an die Rolle der Mutter." Da fühlte ich mich einerseits geschmeichelt, denn ich bin Mutter, vierfach. Andererseits war ich froh, daß ich diesen Satz nicht zu lesen bekommen hatte, bevor wir unsere Familie gründeten. Es ist schließlich nicht jedermanns oder jederfrau Sache, das Schwierigste in der Welt auf sich zu nehmen, und das womöglich noch sehenden Auges.

142

Eigentlich müßte man doch glauben, Muttersein sei heute so einfach wie noch nie. Die Ernährung fürs Baby ist fertig zu kaufen, die Kleidung ist hübsch und praktisch, ein lückenloses Vorsorgesystem erleichtert die Gesundheitspflege, Bücher, Zeitschriften, Radio- und Fernsehsendungen stehen mit Erziehungshilfen zur Verfügung, und die Männer, zur Partnerschaft erzogen, tragen willig ihren Teil bei zum Familienleben. Welcher Mann fühlt sich noch außerstande, mit einem Kleinkind etwas anzufangen? Der Nachbar nebenan trainiert gerade Fußball mit dem knapp Zweijährigen, der demnächst zum großen Bruder avancieren wird.

Ist Mutter heutzutage nicht ein Traumberuf?

In der öffentlichen Diskussion hierzulande bestimmt nicht. Da gelten Kinder als Hindernis. Sie zwingen zu Einschränkungen, sind ein Hemmschuh für die Karriere, jedenfalls in jungen Jahren – in den Jahren eben, die natürlicherweise zum Mutterwerden am besten geeignet sind. Christiane Collange, französische Publizistin, Mutter von vier Söhnen, stellt in ihrem Buch „Liebe Kinder" fest, in Deutschland sei „die Sehnsucht nach Kindern noch systematischer verdrängt worden als anderswo, weil die Deutschen, wenn sie etwas tun, es ganz tun. Sie mögen keine Halbheiten bei der Entscheidung zwischen Beruf und Privatleben mit Gefälligkeitsattesten, gelegentlichen Bevorzugungen, mit Schwarzarbeit, Durchwurschteln und combinazione, mit einem mehr oder weniger improvisierten Haushalt und einer ständig unaufgeräumten Wohnung . . .".

Verallgemeinerungen stimmen nie so ganz. Ich kenne viele Mütter, die sich gekonnt „durchwurschteln" mit Kindern, Haushalt und Beruf (in Portionen, die mit den Jahren wieder wachsen), und als wahre Erleuchtung im Kampf um die Ordnung im Kinderzimmer habe ich noch die Worte einer Bekannten im Ohr: „Wenn es mir abends zu viel wird, setze ich die beiden in die Badewanne, da sind sie glücklich. Und ich kehre mit dem Besen das Spielzeug an die Wand, damit nachts keiner drauftritt."

Christiane Collange ist überzeugt, daß, wer freiwillig auf Kinder verzichtet, sich um Großartiges bringt. Der Kinderwunsch, so hat sie in Gesprächen mit vielen Frauen erfahren, „ist das Köstlichste, was es gibt auf Erden, und man muß alles Menschenmögliche tun, um ihn Wirklichkeit werden zu lassen".

Auch heute. Nur sind unter denen, die bei uns die veröffentlichte

Meinung formen, zu wenig junge Eltern, die die positiven Seiten des Familienalltags ins allgemeine Bild vom modernen Leben einbringen könnten. Und so geraten die Mütter ins Abseits.

„In der Öffentlichkeit wird um das Bild der Frau gerungen", schreibt der Kinderarzt Werner Gladel in seinem Buch „Bist du es, Mutter?", das Texte und Bilder enthält, in denen sich Mütter wiederfinden und verstanden fühlen sollen. „Mutterschaft ist", so erklärt er, „eine einzigartige Möglichkeit menschlicher Erfüllung, die Opferbereitschaft verlangt. Mutter-Werden und Mutter-Sein ist ein den ganzen Menschen umfassendes Erleben, ausgespannt zwischen existentieller Angst, tiefstem Leid und höchstem Glück". Mütter „dienen mit ihrer ganzen menschlichen Existenz der Wahrheit und der Liebe".

So spricht ein Arzt, der viele Jahre lang mit Müttern zu tun hatte. Christiane Collange sagt es lockerer. Ihr „ganz normales Mutterleben" sei eine „raffinierte Mischung aus Schwierigkeiten, Freuden, Anstrengungen, Spaß, Konflikten, Aussöhnung, Entmutigungen, Stolz ... Der Fluß des Lebens". Und sie stellt fest: „Man braucht keine restlos glückliche Mutter zu sein, um mit Überzeugung Mutter zu sein."

Mit Überzeugung Mutter sein

Es ist ganz weise eingerichtet, daß ein Kind neun Monate braucht, um auf die Welt zu kommen. Da bleibt Zeit, sich auf die Veränderung vorzubereiten. Die Frau beginnt, sich auf die Mutterrolle einzustellen – ein unzulänglicher Ausdruck übrigens. Eine Rolle haben Schauspieler inne, ein Stück lang, eine Spielzeit oder auch mehrere. Wer Mutter wird, geht eine Bindung ein, die bleibt, zwei Leben lang: das eigene und das des Kindes.

Wer noch die Muttertagsgedichte aus der eigenen Kindheit im Kopf hat, mag sich ein wenig fürchten. Wie kann man je so gut sein wie die, die da Gegenstand rührender Verse war, die alles konnte, trösten und zaubern, spielen und rechnen, kochen und heilen? Muttersein ist kein Job, den man heute annimmt und morgen kündigt, gewiß nicht. Aber es ist eine Aufgabe nach menschlichem Maß, und die Kräfte wachsen mit den Anforderungen.

Ängste können auch von anderer Seite kommen. Der Überfluß von Erziehungsratgebern ist ja nicht nur hilfreich. Er schwächt auch das Vertrauen in die eigenen Kräfte. Was kann man alles falsch machen!

Was alles wird auf das Schuldenkonto der Eltern gebucht, vor allem der Mütter! Wie widersprüchlich sind so viele Ratschläge! Wie kann man es wagen, die schwierige Aufgabe der Erziehung anzugehen?

Da braucht es eine gehörige Portion Gottvertrauen. „Weil Gott nicht alles allein machen wollte, schuf er die Mütter", heißt ein Sprichwort. Und weil die Mütter nicht alles allein machen können, brauchen sie Gottes Hilfe. Eltern können den Werdegang ihrer Kinder verantwortungsbewußt und in Liebe begleiten. Aber sie können ihn nicht hundertprozentig „machen", als sei es ihr Werk, ihre Schöpfung, ihnen voll anzurechnen, im Positiven wie im Negativen. Auch das Kind verdankt seine Existenz letztendlich Gott, und darum ist das Beten für die Kinder mindestens so wichtig wie die Diskussion von Erziehungsstilen.

Lassen Sie sich nicht unter Druck setzen!

Bei den Glückwünschen zu unserer ersten Tochter fiel mir ein Unterschied zwischen den Generationen auf. Die älteren fanden das Baby einfach süß. Die jüngeren fragten sachlich: „Wie geht es euch denn? Schläft es schon durch? Hast du dich gut erholt? Wie kommst du zurecht mit allem?" Das kleine Kind stellt gewaltige Ansprüche, und es ist gut, damit zu rechnen.

Wenn es irgend möglich ist: Lassen Sie sich nicht unter Druck setzen. Muttersein braucht Zeit. Man muß nicht alles gleichzeitig tun wollen: Kinder haben, den Haushalt perfekt führen, voll im Beruf sein. Hektik verdirbt das Familienleben.

Die für ihre Kinder anwesende Mutter ist weder von gestern noch ein moderner Luxusartikel. Im Gegenteil, sie hat die meisten Chancen, aus ihrem Alltag etwas zu machen.

Es gab Zeiten, da galt die Frau nur etwas, wenn sie Mutter war. Die sind vorüber, und das ist gut so. Jetzt freilich gelten Frauen weithin nur etwas, wenn sie Berufserfolg vorweisen und die „Mutterrolle" höchstens stundenweise ausfüllen. Wer so eingezwängt ist, läuft Gefahr, von allem nur den schlechteren Teil zu erwischen. Die Kinder werden, da Zeit und Kraft für sie fehlen, als lästig empfunden. Und der Beruf ist mangels Energie auch nur eine halbe Freude. Frauen haben heute eine durchschnittliche Lebenserwartung von fast acht Jahrzehnten. Sollte da nicht Zeit bleiben für ein paar intensive Mutterjahre?

„Eine Mutter ist wichtig für die Familie", sagte Nadia, unser italienisches Au-pair-Mädchen. Sie sagte es, nachdem die Mutter gestorben war. Was fehlte ihr?

Es fehlte die Person, die aus der Wohnung ein Heim gemacht hatte, die selbstverständlich für alle da gewesen war, allem Ärger zum Trotz und ohne Abrechnung auf Mark und Pfennig plus Mehrwertsteuer. Zur Mutter konnte jeder kommen, mit Kummer und mit Freuden. Jeder einzelne fühlte sich bei ihr zu Hause, und sie war das Band der Familienmitglieder untereinander. Und nun? Es wurde kühl daheim. Eine Mutter ist wichtig für die Familie. Ist die Familie wichtig für die Mutter? Unter dem Stichwort „Selbstverwirklichung" werden die nächsten Angehörigen gern als Ballast auf dem Weg zur freien Entfaltung angesehen. Aber kann es Entfaltung im luftleeren Raum geben, ohne Bindung an Menschen, an Aufgaben?

Das Muttersein ermöglicht die Entwicklung wichtiger Fähigkeiten, da besteht kein Zweifel. Mich zum Beispiel erzog die erste Tochter zum Frühaufsteher, obgleich ich eine überzeugte Nachteule war, ganz zu schweigen von anderen überlebenswichtigen Fertigkeiten, die sie und ihre Geschwister mir im Lauf der Jahre abverlangten. Muttersein ist auch eine phantastische Gelegenheit zur Selbsterziehung. Kinder tun nicht immer, was man ihnen sagt. Aber sie ahmen meist nach, was sie erleben. Das stellt Ansprüche an den alltäglichen Umgang miteinander ebenso wie an die Haltung gegenüber den Mitmenschen, an die Erledigung der Arbeiten ebenso wie ans Spielen und Feiern.

Wenn die Mutter gereizt ist, wird der Ton in der Familie schnell unerträglich, jedenfalls bis die Kinder groß genug sind, die Mutter aufzuheitern (sofern sie dann nicht den Kopf voll haben mit eigenen Problemen). Daraus folgt etwas sehr Wichtiges: Mutter darf nicht nur „für die anderen" da sein. Die Aufopferung für die Lieben darf nicht bis zum Zusammenbruch gehen. Von der selbst bewilligten täglichen Entspannungspause über den vom Vater gestifteten kinderfreien Tag mit der Freundin bis zum freien Elternwochenende (andere Eltern kümmern sich um den Nachwuchs, später gibt es den Ausgleich) sind viele Möglichkeiten der Erholung zu erfinden. Familienarbeit ist von der Sache her endlos. Nur geschicktes Management schafft Freiraum für die nötigen Unterbrechungen.

Oft ist körperliche Erschöpfung der banale Grund dafür, daß die Situation in der Familie als unerträglich empfunden wird. Auszuhalten gibt es ja genug – Krankheiten und Frechheiten, auf die Nerven gehende Anwesenheit und Sorgen verursachende Abwesenheit, Mißerfolg und Liebeskummer, Streit und Verlust, Untaten und Unfälle. Und nicht immer bietet der Partner eine starke Schulter, um sich daran auszuweinen und aufzurichten. So hat die Mutter reichlich Grund, für ihre gute Kondition zu sorgen.

Die Chancen nutzen

Schwierigkeiten, Sorgen, Ängste kommen von allein. Für schöne Erlebnisse, fröhliche Stunden muß man bewußt Raum schaffen. Nehmen Sie sich Zeit, dem kleinen Kind immer wieder zuzuschauen, mitzuspielen, mit ihm die Welt neu zu sehen. Die Größeren bringen ihre eigenen Erfahrungen mit, Freundinnen und Freunde erweitern den Kreis, das Leben wird reicher. Und bis ins Erwachsensein der Söhne und Töchter wird die Übung verlangt: Halt zu geben, ohne festzubinden, und loszulassen, ohne abzustoßen. Vermutlich ist das Muttersein mit mehreren Kindern leichter. Die Beziehungen innerhalb der Familie sind vielfältiger, und selten sind alle Sprößlinge gleichzeitig unerträglich.

Aber mit einem Kind fängt es schließlich an, wenn einem nicht Mehrlinge geschenkt werden. Vereinsamen Sie nicht mit dem ersten Baby, halten Sie Kontakt mit anderen jungen Familien! Nicht um gemeinsam zu trauern, daß Kinder Ihre Möglichkeiten einschränken, sondern um miteinander alle die Unternehmungen zu machen, die mit kleinen Leuten besonders viel Spaß bringen: Wandern auf kinderwagengerechten Wegen oder mit dem Baby auf dem Rücken, Picknicken, Baden, Spielen, draußen und drinnen, durch den Zoo bummeln, ein kleines Volksfest besuchen, Schlitten fahren, ins Kasperletheater gehen. Halten Sie die Augen offen, wo Kinder willkommen sind.

Es gibt so viel Schönes, das man nur mit Kindern erleben kann. Fröhliche Familienbilder sind ja nicht nur gestellt, und Mutterglück ist auch eine Realität.

Es ist freilich, wie jedes Glück, kein Dauerzustand. Aber es ist ein kostbarer Teil des Lebensmosaiks.

Gerda Röder

Vater werden ist nicht schwer . . .
. . . Vater sein dagegen sehr!

Wilhelm Busch hat nicht ganz unrecht gehabt mit seinem Wort: „Vater werden ist nicht schwer." Auch wenn die letzten Stunden vor diesem Ereignis an die Nerven gehen: plötzlich ist man Vater. Man wird beglückwünscht, ist auch stolz darauf, aber was das bedeutet, „Vater sein", das wird einem erst allmählich klar. Und dazu bekommt der junge Vater nicht viel Hilfe von seiner Umwelt oder gar von der Gesellschaft. Die weiß gar nichts Rechtes mit ihm anzufangen. Rund 150 Jahre hat sie – wenigstens bei uns in Europa – versucht, die „Herrschaft der Väter" zu brechen. Das Werk unserer großen deutschen Dichter ist gar nicht denkbar ohne diese Auflehnung gegen die Väter und ihre damalige Rolle. Sie waren unbeschränkte Herren ihrer Familie, sie bestimmten Lebensweg, Beruf und Lebensgefährten der Kinder. Sie waren im kleinen das, was der „Landesvater", der „Heilige Vater" im großen waren: unbefragte Autorität.

Diese Stellung haben eineinhalb Jahrhunderte grundlegend geändert. Die am Vater orientierte „patriarchalische" Gesellschaft wurde demokratisiert, die Frau wurde dem Manne gleichberechtigt, der Vater verschwand durch die Industrialisierung aus dem täglichen Gesichtskreis der Familie. Er wurde in seiner Rolle „verunsichert". Es war die Zeit, in der ein Buch erscheinen konnte mit dem Titel „Vom Verschwinden der Väter".

Resignation ist aber ein schlechter Ratgeber. Zudem scheint sich eine Änderung der Rollenunsicherheit abzuzeichnen. Im Gefolge neuester pädagogischer Überlegungen zur Rolle der Familie insgesamt, einer partnerschaftlichen Familie, wird auch wieder sachlicher über den Vater und seinen Beitrag diskutiert.

So stellte die Bundesfamilienministerin im Juni 1989 fest, daß „die

Männer in der Familie besser sind als ihr Ruf". Frau Professor Ursula Lehr bezog sich dabei auf eine Studie des Instituts für angewandte Sozialwissenschaft (INFAS) über „Geschlechtsrollen im Wandel – Partnerschaft und Aufgabenteilung in der Familie". Diese Studie zeigt, daß der „Mann auf dem Weg zu einer neuen Partnerschaft" ist.

Er hilft mehr im Haushalt, beaufsichtigt in größerem Umfang die Kinder, trifft Entscheidungen zunehmend zusammen mit seiner Partnerin und ist als Mann unter 30 sogar bereit, zugunsten seiner Frau auf ein schnelles berufliches Fortkommen zu verzichten.

Das war 1975 noch ganz anders: da waren zum Beispiel nur 20 Prozent der Männer bereit, beim Einkaufen zu helfen. 1988 waren es schon 43 Prozent. Bei größeren Anschaffungen darf die Frau inzwischen fast überall mitreden; so ist der Kauf eines Autos in 92 Prozent der Partnerschaften gemeinsame Sache. 1975 durften erst 75 Prozent der Frauen mitbestimmen.

Erstaunlich war schon vor einigen Jahren der Erfolg des DGB-Plakates zum 1. Mai „Am Samstag gehört Vati mir". Es hat für die Durchsetzung des freien Wochenendes mehr geleistet als viele Reden.

Warum? Weil damit eine der Grundfunktionen des Vaters in der Familie angesprochen wurde: für das Kind dazusein. Es wäre geradezu lächerlich, die Eigenschaften oder gar den „Wert" von Mutter und Vater gegeneinander aufzurechnen. Entscheidend ist, daß von beiden der Beitrag geleistet wird, der für das Ganze, das Wohl der Familie, notwendig ist.

Psychologen sagen, daß sich das Leben eines Kindes nicht anders entfalten kann als im Zusammensein. „Sozialisation", der lebendige Bezug des einzelnen zu seiner Umwelt, ist ein Reifungsprozeß, in dem die Eltern eine entscheidende Rolle spielen. Das Kind, kaum geboren, hält sich an denjenigen, von dem Sicherheit und Geborgenheit ausgehen. Und gerade darin zeigt sich auch die Aufgabe des Vaters. In seiner Person erlebt und erfährt das Kind Schutz, Geborgenheit, Ordnung. Man hat so lange den Vätern – oder diese sich selbst – vorgeredet, daß Kindererziehung „Frauensache" sei, bis sie es geglaubt haben. Heute wissen wir, daß im Zusammenspiel beider Faktoren, des Mütterlichen und des Väterlichen, das Geheimnis des Erziehungserfolges liegt. Ein Kind fühlt sich dann wohl, wenn es sich angenommen weiß. Und dazu gehört neben der Mutterliebe die Erfahrung, einen Vater zu haben. Seine männliche Art der Liebkosungen, die Andersartigkeit seiner

Stimme, die Sicherheit, die von ihm ausgeht, all das gibt eine entscheidende Grunderfahrung im Leben.

Wir sind inzwischen – Gott sei Dank – weit entfernt von der Haltung, das Baby als zerbrechliche Kostbarkeit vor den „tolpatschigen" Männerhänden bewahren zu wollen. Vom ersten Tag an gehört der Vater in das Leben des Säuglings. Es kann ihm nur nützen, wenn er durch einen Säuglingspflegekurs Grundkenntnisse für sein neues „Amt" mitbringt. Er ist dann nicht gar so hilflos, wenn er einmal allein für das Baby sorgen muß. Johannes XXIII., der in sympathischer

Weise das „Vaterbild" verwirklichte, sagte einmal: „Es ist für einen Vater einfacher, Kinder zu haben, als für Kinder, einen richtigen Vater zu haben."

Dabei wird es den Vätern von den Kindern so leicht gemacht: das Kleine bringt dem Großen, Kräftigen sein felsenfestes Vertrauen entgegen. Der Vati, der weiß alles, der kann reparieren, was kaputt ist. Auf Vaters Schultern kann man so herrlich reiten. Wo der Vater ist, da kann einem eigentlich nichts passieren. Mich hat es einmal richtig nachdenklich gemacht, als ich ein Gespräch zwischen unserem vierjährigen Sohn und meiner Frau zufällig mit anhörte. In einer stürmischen Nacht war ich spät heimgekommen. Das Heulen und Klappern ums Haus hatte den Kleinen wach gemacht, und er konnte vor Angst nicht mehr einschlafen. Als die Mutti aber sagen konnte: „Schlaf jetzt schön, jetzt ist der Vati auch daheim", da seufzte der kleine Mann ganz tief und sagte: „Wenn der Vati da ist, da brauchen wir zwei keine Angst mehr haben, gell, Mutti."

Natürlich wissen wir selbst genau, daß es mit dieser „Sicherheit" in uns nicht so weit her ist. Für das Kind aber ist es ein Halt im Leben. Nichts bindet mehr als Vertrauen. Und dieses wird grundgelegt zu einer Zeit, in der das Kind sich dessen noch nicht bewußt ist. Es erlebt, erfühlt, spürt einfach, daß da einer ist, auf den es sich verlassen kann. Es fühlt sich geborgen in der Liebe der Eltern. Man kann für sein Kind nichts Besseres tun, als seine Mutter zu lieben. Mangelnde Liebe, fehlendes Vertrauen schadet jedem Menschen. Ganz besonders aber dem Kleinkind. Eintracht von Mutter und Vater, Verständnis der beiden füreinander sind für das Kind von großer Wichtigkeit. Einheit ist nicht die Frucht strenger Gesetze, wie man lange glaubte. Einheit muß gelebt werden im Alltag, vom Vater als Person.

Zwei Psychologieprofessoren der Universität Hamburg haben im Frühjahr 1989 die Ergebnisse einer Langzeituntersuchung über „Art und Wirksamkeit der Bindung zwischen elterlicher und kindlicher Liebe" vorgestellt. Sie haben herausgefunden, daß „im Gegensatz zu traditionellen Annahmen, wonach nur die Mutter für die Versorgung und liebevolle Begegnung mit dem Kind wichtig ist, die Befunde andeuten, daß der Vater in gleicher Weise wie die Mutter fähig ist, Liebes- und Bindungsverhaltensweisen von Kleinkindern aufzubauen".

Vertrauen hat den Begriff der „Autorität" abgelöst. Im Wort „Vertrauen" steckt das Wort „Treue". Zum Urvertrauen des Kleinkindes in den starken Vater tritt mit der Zeit die Erfahrung, daß da einer ist, der es gut meint. Auch wenn er Forderungen stellt, wenn er Ordnung verlangt, wenn er Grenzen zieht. Und das gehört zu seinen Aufgaben in der Funktionsteilung zwischen Mann und Frau. Daß Ordnung etwas Gutes ist – und nicht als „law and order", als Vergewaltigung empfunden wird –, das kann das Kind vom und am Vater erleben. Das bedeutet nicht, daß er im Rollengefüge der Familie den „Schutzmann" zu spielen hätte. Er kann – und das ist mit dem Begriff „Ordnung" gemeint – in den Intimkreis der Familie Sachlichkeit und Beständigkeit einbringen. Das ist aber unmöglich, wenn er daheim den Besucher spielt. Er muß sich viel Zeit nehmen für das Kind. In der Entwicklungsphase bis zum Schulalter muß das vertrauensvolle Verhältnis zwischen Kind und Vater geschaffen werden, das dann in den kritischen Jahren der Pubertät noch durchträgt. In dieser Zeit wird das Bild vom „Mann", vom „Vater", vom „Gatten" im Kind geprägt. Im Spiel, im Wandern, im ernsthaften Gespräch mit dem Vater erfährt es von der „Welt", der Welt außerhalb der Familie. Denn es gehört zur Aufgabe des Vaters, erste soziale Grunderfahrungen zu vermitteln.

Und am Erlebnis des eigenen Vaters wächst die religiöse Vorstellung vom „Vater im Himmel". Wenn das Kind hört, daß Gott wie ein Vater sei, so bedeutet das: Gott ist wie mein Vater. Sein Verhalten im Alltag, seine Reaktion auf Fehler, seine Geduld oder seine Nervosität, seine Wertmaßstäbe sind der Hintergrund für das Gottesbild des Kindes. Wenn ein zwölfjähriger Junge den Satz schreiben konnte: „Familie ist, wo, wenn man etwas ausgefressen hat, man nicht hinausgeworfen wird", dann hat er einen Vater erlebt, der den Zugang zum barmherzigen Gott ermöglicht.

Hermann J. Kreitmeir

Der Beruf: Broterwerb, Tretmühle oder bezahltes Hobby?

Jedenfalls kein männliches Privileg mehr

Wer hat denn eigentlich die Meinung aufgebracht, es sei der Mann, der mit seiner Hände Arbeit die Familie ernähren müsse? In Afrika habe ich das öfter anders gesehen.

Da steht die Frau auf dem kargen Acker, das Kind auf dem Rücken und die Hacke in der Hand. Da hockt sie auch am Straßenrand und bietet Zwiebeln, Erdnüsse, Apfelsinen und andere Produkte ihrer Arbeit feil. Da ist sie Bäuerin und Händlerin zugleich. Da gehören ihr die buntbemalten Mammylories, wie man in Ghana die Lastwagen nennt, die mit Menschen und Waren vollgestopft über die staubigen Straßen rappeln. Und der Fahrer, der im verschwitzten Hemd hinter dem Lenkrad sitzt, das ist vielleicht ihr Mann und Angestellter in einer Person.

156

Der Mann: nur Beschützer und Ernährer?

Vielleicht stammt das alles noch aus der Zeit, wo der Mann mehr Beschützer als Ernährer sein mußte, wo er die arbeitende Frau mit Speer und Keule gegen wilde Tiere und feindliche Stämme zu verteidigen hatte. Diese Zeit liegt in Afrika kaum 100 Jahre zurück, bei uns aber schon Jahrhunderte. So hat der Mann jetzt die Hände frei, um seiner Familie nicht mit Waffen, sondern durch Arbeit zu dienen.

Im Beruf aber geht der Kampf oft auf anderem Gebiet weiter. Nur wird er nicht mit dem Schwert, sondern mit Ellenbogen und Intrigen ausgetragen. Auch dabei trägt man Wunden davon. Anfangs verletzen sie nur die Seele, aber da sie mit dem Körper eng verbunden ist, wirken sich ihre Traumata auch auf den Leib aus. Ärger über ungerechte Behandlung durch einen Vorgesetzten kann ein Magengeschwür erzeugen und der Streß eines pausenlosen Konkurrenzkampfes sogar zum Herzinfarkt führen.

In einer jungen Ehe, die Kinder haben möchte, bleibt traditionell zunächst einmal der Mann im Beruf und die Frau übernimmt die Familienarbeit. Wenn er dann abends nach Hause kommt, ist er oft mehr müder Krieger als strahlender Held. Dann wünscht er sich eine Frau, die seine nur in den Augen erahnbaren Wunden pflegt. Die ihn nicht gleich an der Tür mit neuen Problemen empfängt, z. B. mit der Klage: „Der Peter hat in Mathe eine fünf. Dem mußt du Dampf unter dem Hintern machen. Ich habe mir schon den Mund fusselig geredet", oder mit der Bitte: „Die Waschmaschine ist kaputt. Die mußt du mal nachsehen."

Eine kluge Frau sieht dem Mann schon gleich an der Nase an, ob er Ärger im Beruf hatte oder einen besonders anstrengenden Tag. Sie überschüttet ihn dann nicht mit einem Wortschwall, obwohl sie froh ist, einmal reden zu können, und belastet ihn nicht mit neuen Problemen, obwohl auch sie genug davon hat. Sie empfängt ihn mit einem freundlichen Wort, einer aufgeräumten Wohnung und einer Tasse Kaffee. Dann kann er erst einmal abschalten, zu sich selbst kommen, Atem schöpfen. Dann empfindet er sein Heim als Fluchtburg, in die er sich nach hartem Kampf zurückziehen kann, und als einen Ort, wo er neue Kraft schöpft, ehe er sich wieder ins Getümmel des Berufslebens stürzt.

Die Frau darf sich nicht wundern, wenn er zunächst wortkarg in der Zeitung blättert oder schweigend vor dem Fernseher hockt. Manchmal hat er den ganzen Tag reden müssen, und nun möchte er erst einmal den Mund halten. Nach einer Viertelstunde wird er meist schon von selbst auftauen, sich nach dem Verlauf des Tages erkundigen, nach den Kindern fragen und sich für die anderen häuslichen Probleme interessieren. Denn er ist nur zu gerne der starke Mann, zu dem die Kinder aufschauen, bei dem die Frau sich ausweinen kann, oder der Allroundman, der Probleme mit den immer komplizierter werdenden Haushaltsgeräten souverän löst. Die kluge Ehefrau tut gut daran, ihm dies Gefühl der Stärke zu geben, seine berufliche Leistung zu bewundern und seine Autorität bei den Kindern zu stärken.

Für die Kinder darf er nicht der Mann sein, der selten da ist und nur abgekämpft nach Hause kommt. Der daheim nichts zu sagen hat, weil die stets gegenwärtige Mutter alles, was die Kinder angeht, allein regelt. Dessen Beitrag zum Unterhalt der Familie nie sichtbar wird, weil sich die Übergabe des sauer verdienten Geldes an die Mutter meist unsichtbar vollzieht und für die Kinder sie es ist, die alles einkauft, Geschenke besorgt und Geschenke verteilt.

Aber die „Nur"-Hausfrau und Mutter hat Anerkennung genau so nötig wie der berufstätige Mann. Und genau so verdient! Denn ihr Sozialprestige ist in der modernen Gesellschaft nicht besonders hoch, und sie leidet oft darunter, sich trotz ihrer guten Ausbildung nur mit „Kinderkram" befassen, die Wohnung putzen und Essen kochen zu müssen: Arbeiten, die weder anerkannt noch finanziell honoriert werden. Der Mann sollte daher auch ihr ein Kompliment machen, das frische Blumengesteck bewundern und das Essen loben, das sie auf den Tisch bringt. All das als selbstverständlich hinzunehmen, wäre ungerecht.

Noch etwas anderes sollte er nicht vergessen: er hat den ganzen Tag soziale Kontakte gehabt, während seine Frau daheim in den vier Wänden hockte. Auch sie braucht einmal einen Tapetenwechsel, andere Gesichter, neue Eindrücke. Auch sie hat gelegentlich ein Milieu nötig, das nicht ständig an unerledigte Arbeit erinnert: ein nettes Restaurant, einen Konzertsaal, ein Theater. Auch sie möchte manchmal Dame sein und nicht nur das häusliche Arbeitstier. Deshalb sollte sich der Mann regelmäßig Zeit nehmen, um mit seiner Partnerin auszugehen. Babysitter lassen sich finden, und das Geld dafür muß da sein.

Allerdings hat sich in den letzten Jahren die traditionelle Rollenverteilung geändert, und auch die Frau legt Wert darauf, wieder berufstätig zu werden, sobald die Kinder aus dem Gröbsten heraus sind. In den sozialistischen Ländern ist es schon lange üblich, daß die Frau – weil gleichberechtigt – genau so berufstätig ist wie der Mann und abends genau so müde nach Hause kommt wie er. Sie tut es dort mehr der Not gehorchend als dem eigenen Antrieb, denn das Gehalt des Mannes reicht zur Sicherung des Lebensunterhaltes allein nicht aus. In unserer Gesellschaftsordnung ist dieser Zwang nur selten vorhanden. Aber die Frau möchte über eigenes Geld verfügen und im Beruf jene Abwechslung und Kontakte finden, die ihr die Arbeit im Haushalt nicht bietet.

Noch vor wenigen Jahren glaubte sich ein gut verdienender Akademiker bei mir dafür entschuldigen zu müssen, daß seine Frau, eine Ärztin, wieder berufstätig würde. Und er beeilte sich zu versichern, es gehe ihr gar nicht ums Geld. Aber sie hätten keine Kinder, und es sei ihr einfach zu langweilig, den ganzen Tag allein in der Wohnung zu sein und Hausfrau zu spielen. Heute dagegen ist die Berufstätigkeit der Frau schon zur Selbstverständlichkeit geworden, und bekennen zu müssen, daß man „nur" Hausfrau ist, gilt fast als unfein.

Die Frau: Partnerin oder Kollegin?

Natürlich geht es der berufstätigen Frau auch ums Geld. Sie möchte das Erfolgserlebnis haben, für ihre Arbeit bezahlt zu werden. Sie möchte obendrein vom Mann unabhängig sein, zumal es noch immer Machos geben soll, die ihrer Frau das Haushaltsgeld wie Almosen aushändigen. In vielen Fällen geht es jungen Ehepaaren auch einfach nur darum, sich möglichst bald eine Wohnung, ein Auto und andere Dinge leisten zu können.

So lange keine Kinder da sind, geht das alles relativ problemlos. Zwar kommen dann abends beide müde nach Hause, aber beide haben auch Kontakt zu anderen Menschen gehabt und etwas erlebt. Das gibt Gesprächsstoff und Anregungen. Natürlich muß in diesem Fall der Mann daheim genau so anpacken wie die Frau und die Hausarbeit mit ihr ehrlich teilen. Er kann sich nicht mit hochgelegten Beinen und einer Flasche Bier vor den Fernseher hocken, während die Frau noch in der Küche mit Tellern klappert oder im Keller an der Waschmaschine hantiert. Auch er muß auf dem Heimweg von der Arbeit rasch einkaufen, daheim Geschirr spülen oder im Wohnzimmer den Staubsauger betätigen.

Berufstätige Eheleute in China habe ich öfter gefragt, wer denn abends bei ihnen kocht. Und fast immer erhielt ich die Antwort: „Wer zuerst zu Hause ist." Bei uns ist die Gleichberechtigung noch nicht so stark ausgeprägt, aber es besteht kein Grund für die Männer, sich von der Küche fern zu halten. Hotels beweisen, daß auch Männer gute Köche sein können, wenn sie nur wollen. Und es gibt nicht wenige, denen diese Tätigkeit sogar Spaß macht.

Die Situation ändert sich jedoch schlagartig, wenn das erste Kind die Zweisamkeit in eine Dreisamkeit verwandelt. Bei aller Gleichberechtigung hat der Schöpfer es so eingerichtet, daß nur die Frau Kinder bekommen kann. Das ist ihr Privileg, aber auch ihr Problem. Denn nach der Geburt des ersten Kindes verändert sich nicht nur das Familienleben, sondern auch die Wertordnung. Das Baby steht jetzt im Mittelpunkt und nicht mehr Mann und Beruf.

Eine Graphikerin, die noch wenige Tage vor der Geburt fest entschlossen war, weiterzuarbeiten, merkte rasch, daß ihr in den ersten Monaten dafür weder Zeit noch Kraft blieb. Erst abends, wenn das Kleine im Körbchen schlief, kam sie in ihr Atelier. Aber dann war sie auch ausgelaugt, und es kamen ihr keine Ideen mehr. Obendrein war ihr Gehör ungewollt und unbewußt auf das Kinderzimmer fixiert, und jedes Geräusch von dort ließ sie zusammenzucken. Wenn der Mann dann nach Hause kam, brauchte er eine Gesprächspartnerin. Das führte zu Pflichtkollisionen und Spannungen zwischen den Eheleuten, und aus der so fest geplanten Berufstätigkeit wurde nicht mehr viel.

Aber aus dem Baby wird ein Kindergartenkind und aus dem Kindergartenkind ein Schulkind. Irgendwann kommt dann die Zeit, wo die Mutter glaubt, das Kind zeitweise einer anderen Person anvertrauen und berufstätig werden zu können. Aber die Trennung wird vielleicht schwerer, als sie erwartet hat.

Ich brauche nur an eine Lehrerin zu denken, die im Sportwagen ihr Töchterchen spazieren fuhr, während ihr die Tränen über die Wangen liefen. Als ich sie besorgt fragte, ob das Mädchen krank sei, erhielt ich zur Antwort: „Nein, das ist es nicht. Aber mein Mutterschaftsurlaub ist um, und ich muß morgen wieder zur Schule. Ich habe zwar meinen Beruf gern. Trotzdem fällt es mir furchtbar schwer, mich von dem Kind zu trennen. Ich habe eine nette Frau gefunden, die sich morgens darum kümmert, aber es ist eben eine Fremde, der ich mein Kind anvertrauen muß."

Die Berufstätigkeit der Frau und Mutter bringt zweifellos für Mann, Frau und Kind Probleme mit, die von der Familie allein nur schwer gelöst werden können. Da muß der Dienstgeber schon mitspielen. Was dabei auf der Wunschliste obenauf steht, hat eine Emnid-Umfrage ergeben, die 1989 durchgeführt wurde. Danach erwarten die berufstätigen Frauen von ihrer Firma Hilfe in Form von flexiblen Arbeitszeiten, betrieblichen Kindergärten, Sonderurlaub bei Krankheit eines Kindes sowie langfristigen Elternurlaub nach Familienzuwachs.

Weil das alles aber noch selten angeboten wird und nur wenige Männer zur Teilzeitarbeit bereit sind, gibt es auch heute noch Frauen, die um ihrer Kinder willen den Beruf aufgeben. Eine erfolgreiche Immobilienmaklerin zum Beispiel. Auch wenn sie nicht mehr in den Beruf zurückfand, als die Kinder aus dem Hause gingen, bereut sie diesen Schritt nicht. Sie erklärt vielmehr: „Was ich in die Kinder hineingelegt habe, ist unverlierbar. Sie brauchen die Mutter nicht nur bis zum Kindergarten, sondern noch bis weit hinein in die Pubertät. Wenn sie in dieser schwierigen Phase keine Bezugsperson haben, werden sie mit ihren Problemen kaum fertig." Daß die Maklerin nicht mehr in den Beruf zurückgefunden hat, konnte sie durch soziales Engagement auffangen. Für diese Tätigkeit wird sie zwar nicht bezahlt, aber sie schafft ihr menschliche Kontakte und ein Selbstwertgefühl, das ihr der Beruf nicht besser hätte bieten können. Sie verwirklicht sich gerade dadurch selbst, daß sie nicht an sich selbst und ihren eigenen Vorteil denkt, sondern für andere da ist.

Nur im Idealfall ist der Beruf beim Mann wie bei der Frau weder reiner Broterwerb noch Beschäftigungstherapie, weder Fronarbeit noch Tretmühle. Im Idealfall ist er ein Hobby, für das man sogar noch bezahlt wird. Das kommt am ehesten bei sozial engagierten und kreativen Menschen vor: bei Ärzten und Kindergärtnerinnen, bei Bildreportern und Graphikerinnen, bei Journalisten und Künstlern. Bei Menschen, die auch ohne Bezahlung gerne tun würden, was sie beruflich gegen Entlohnung tun. Aber selbst bei dieser kleinen Gruppe hört man nicht selten die Klage: „Wenn ich doch so viel Geld hätte, daß ich nicht unter Termin- und Zeitdruck stände! Wenn ich doch einmal ohne Hast an einem Buch, einem Film, einem Layout arbeiten könnte! Wenn ich doch nur ein einziges Mal meine eigenen Ideen realisieren dürfte, ohne auf Vorstellungen des Auftraggebers Rücksicht nehmen zu müssen!"

Aber dieselben Leute geben auch zu, daß sie nur unter Druck die besten Leistungen vollbringen und ohne Terminzwang leicht faul würden. Zur Arbeit braucht der Mensch eben Impulse oder gar Zwänge, mögen es nun Sonnenglut oder Regenfälle sein, die ihn einst den Hüttenbau lehrten, oder der Hunger, der ihm den Ackerbau beibrachte, die Notwendigkeit, am Ersten die Miete zahlen zu müssen oder einfach das gegebene Versprechen, bis zum 15. ein Manuskript abzuliefern.

Im Grunde genommen hat jeder Beruf seine zwei Seiten. Er ist existenzerhaltener Broterwerb und zum Selbstwertgefühl notwendiges Erfolgserlebnis. Er ist Einerlei und Abwechslung, Ärger und Anregung, Last und Lust. Man klagt über zuviel Arbeit, wenn man noch im Beruf steht, und trauert ihr nach, wenn man wegen Krankheit oder Erreichung der Altersgrenze aus dem Berufsleben ausscheiden muß.

Leider hat sich unsere Gesellschaft angewöhnt, unter Beruf nur noch jene Arbeit zu verstehen, für die man Geld kassiert. Alles andere gilt als Hobby oder ehrenamtliche Tätigkeit. Dabei hat das Wort

„Beruf" etwas mit Berufung zu tun und nicht mit Bezahlung. Wozu sich aber jemand berufen fühlt, kann nur er selbst herausfinden. Das gilt für den Mann genauso gut wie für die Frau.

Auf jeden Fall aber ist die Tätigkeit in der Familie genau so hoch einzuschätzen wie die Tätigkeit im außerhäuslichen Beruf. Wie Mann und Frau diese Aufgaben unter sich verteilen, ist für jedes Paar ein neues Experiment. Patentrezepte gibt es dafür nicht.

Hansjosef Theyßen

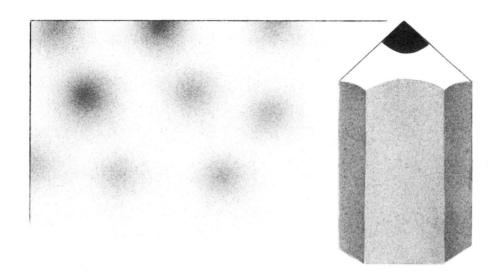

– Und IHR Beruf?

Auch ein Mädchen braucht eine ordentliche Ausbildung. Wie sollte sie sonst ein erträgliches Leben führen, wenn sie nicht heiratet? Wie könnte sie ihre Kinder ernähren, wenn der Mann erwerbsunfähig wird oder stirbt? Verkehrsunfälle und Krebstod stehen nicht nur in der Zeitung. Sie greifen täglich in viele Familien ein, und sie ereignen sich häufig, bevor der Mann eine leidliche Altersversorgung für seine Hinterbliebenen erarbeitet hat. Und schließlich, auch wenn man zu Beginn des gemeinsamen Lebensweges daran nicht denken mag: wo ist die Garantie für dauerndes Eheglück und dadurch gesicherte Versorgung? Wohl der Frau, die, unversehens auf sich selbst gestellt, in einen Beruf einsteigen kann.

In einem Familienbetrieb oder in einem landwirtschaftlichen Unternehmen würde man es einer Frau eher übelnehmen, wollte sie sich den gemeinsamen Aufgaben entziehen.

Aber: soll, darf, kann eine verheiratete Frau, erst recht, wenn sie Mutter ist, berufstätig sein, wenn sie die Wahl hat, es auch bleibenzulassen? Bei diesem Thema erhitzen sich die Gemüter, und die Fronten sind unversöhnlich. Ist die Frau „daheim" die Leibeigene der Familie? Ist die Berufstätige eine Rabenmutter, Egoistin, die sich zu gut vorkommt für den häuslichen Kleinkram?

Versuchen wir eine Antwort, und zwar – trotz der Gefahr, als unrettbar konservativ zu gelten – nicht von der ideologischen, sondern von der praktischen Seite.

Zu zweit kann man's lernen

Vor einigen Jahrzehnten schickte es sich, daß die Frau bei der Hochzeit den Beruf aufgab, sofern sie überhaupt einen Beruf hatte und sofern beide zu jenen Schichten gehörten, die von einem einzigen Einkommen leben konnten. Der Mann, der etwas auf sich hielt, zeigte, daß er sich Frau und Kinder leisten konnte. Heute fragt man sich, was eine Frau den ganzen Tag in einer kleinen Wohnung tun soll. Die alltägliche Hausarbeit allein, so raffiniert man sie betreiben mag, ist für einen erwachsenen Menschen keine ausfüllende Beschäftigung – auch wenn dieser Mensch weiblichen Geschlechts ist. Und ein finanzieller Beitrag zum Lebensunterhalt ist ohnehin willkommen.

So scheint vielen Paaren noch bei der Hochzeit die volle Berufstätigkeit beider Partner selbstverständlich. Daß sie es nicht ist, merken sie später. Mancher junge Mann stellt nach einiger Zeit der „Ehe mit berufstätiger Frau" Regungen des Grolls in seinem Inneren fest, die er nicht erwartete. Ist er denn nicht modern? Ist er nicht für die Gleichberechtigung der Frau? Profitiert er nicht vom doppelten Einkommen? O doch. Aber er erwartet schließlich ein gemütliches Heim, eine heitere Gefährtin, die ihn ausgeruht und aufgeschlossen empfängt. Nun hat seine Liebste anderes im Kopf, und nicht immer Erfreuliches.

„Du bist nicht recht verfügbar!" sagte ein Bekannter zu seiner Frau. Ein Schlüsselwort! Denn wenn sich auch die Ansichten über Fähigkeiten und Rechte des weiblichen Teils der Menschheit geändert haben, wenn auch kein junger Mann mehr lauthals die patriarchalische Besitzehe zu verfechten wagt: es lebt noch immer das Gefühl, mit der Eheschließung erwerbe der Mann das Anrecht auf eine Person, die für ihn dazusein hat. Im Vergleich zu dieser Haltung wird vom Mann heute ein Verzicht verlangt und darüber hinaus sogar häufig noch persönlicher Einsatz, weil zwei Berufstätige einen gemeinsamen Haushalt nur gemeinsam bewältigen können.

Zum Glück sind viele Männer in diesem Punkt heute ganz gut auf den Stand der Ehe vorbereitet. Die Künste des Einkaufens, des Kochens, des Aufräumens, der Bedienung von Waschmaschine und

Staubsauger werden auch von Vertretern des männlichen Geschlechtes beherrscht. Schwer tut sich, wer's zu Hause nicht durfte, weil er Sohn und nicht Tochter war. Aber die Liebe erleichtert das Lernen. Auch nicht jede junge Ehefrau ist firm in Sachen des Haushalts. Man kann gemeinsam Fortschritte machen, und wenn die Vorkenntnisse nicht ausreichen, helfen Kurse oder Lehrbücher. Nur der gut organisierte Haushalt wird nicht lästig; die männliche Mitwirkung könnte zu neuen Erfolgen in diesem Betriebszweig führen.

Partnerschaftliche Ehe: das ist noch immer keine übernehmbare Tradition, eher ein Ideal, das zu verwirklichen wir erst lernen müssen. Noch gilt weithin, daß der im Haushalt tätige Mann der Frau freundlicherweise einen Teil ihrer Arbeit abnimmt. Sie dankt ihm so herzlich, wie ihr gerade zumute ist. Partnerschaft heißt aber: beide gehen gemeinsam ans Werk, das beide gleich angeht, sie teilen die Arbeit (sie halbiert sich); sie teilen die Freude (sie wird doppelt). Eine alte Weisheit; neu ist nur ihre Anwendung in vielen Bereichen des Ehealltags.

Berufstätigkeit beider Eheleute setzt echte Partnerschaft voraus. Sie kann eine Bereicherung für die Ehe sein. Die selbständige Frau ist nicht nur naives Echo ihres Mannes, sondern auch Anregerin. Und wenn seine Laufbahn stärkeres Engagement verlangt, braucht er nicht um die gelangweilte Frau daheim zu bangen.

Aber die Kinder . . .

Wie aber, wenn sich ein Kind anmeldet? Schwangerschaft und Wochenbett, vom Mann bei aller Partnerschaft nicht übernehmbar, setzen einen eindeutigen Einschnitt in die Berufstätigkeit der Frau. Und danach? Tatsache ist: es gibt heute bei uns keinen vollwertigen Ersatz für die Versorgung des Kindes durch die Mutter.

Das kleine Kind braucht vom ersten Tag an eine bestimmte Person, in deren Liebe es wachsen kann; es braucht zuverlässige Pflege, Echo, Anregungen, Trost und Schutz. Die leibliche Mutterschaft ist für diese lebenswichtige Beziehung zwar nicht Voraussetzung, wohl nicht einmal das weibliche Geschlecht. Aber da die Frau das Kind gebiert und stillt, da die Großmütter nicht immer in der Lage oder willens sind, noch einmal Mutter zu spielen, da eine Pflegerin so viel kostet, wie die Frau im Beruf kaum verdient, da schließlich nach allem, was wir über die frühkindliche Entwicklung wissen, die Erziehung in einem Heim, die Aufbewahrung in einem Pflegenest nur im Notfall zu verantworten ist – aus all diesen Gründen wird es eben doch meist die leibliche Mutter sein, die mehrere Lebensjahre den Kindern widmet.

Das Wachsen eines Kindes mitzuerleben ist auch heute noch ein großes Glück, sicher nicht zu überbieten von der Mitwirkung in irgendeinem Produktionsprozeß. Man sollte nicht so tun, als müsse jede Frau, die ihre außerhäusliche Arbeitsstelle verläßt, um Mutter zu sein, die Existenz der Ballkönigin mit dem Aschenputteldasein vertauschen. Doch auch das fröhlichste Kinderlachen täuscht nicht darüber hinweg, daß einer Mutter, die den ganzen Tag mit keinem erwachsenen Menschen redet, gelegentlich die Decke über dem Kopf zusammenfällt.

Sicher, auch im Beruf gibt es trübe Stunden. Aber wenn einem Chef, Kollege, Arbeitsplatz zuwider sind, bleibt als Trost der Gedanke an einen Stellenwechsel. Dieses Trostpflaster hat die Ehefrau und Mutter nicht.

Sie kann und muß andere Heilmittel gegen die Einsamkeit mit dem Kind suchen. Am Spielplatz ergeben sich Bekanntschaften. Gleichgesinnte Mütter können sich gegenseitig die Kinder zeitweise abnehmen. Gelegentlich zwei Babies zu versorgen und dafür zu anderer Zeit frei zu sein ist besser, als sich unrettbar angehängt zu fühlen.

Wer mit dem Kinderwagen spazieren geht, kommt leicht mit anderen Vätern und Müttern ins Gespräch und kann Kontakte knüpfen, die den Alltag erleichtern. Manchmal helfen auch Zettel an der Pinnwand von Geschäften oder Kindergärten oder eine kleine Anzeige in der Ortszeitung.

Auch das größere Kind muß spüren, daß die Eltern nicht nur für die außerhäusliche Arbeit Interesse haben, sondern vordringlich für ihren Nachwuchs.

Und der Beruf? Der vielleicht sogar geliebte Beruf?

Bei nur zwei Kindern im Durchschnittsabstand von zwei Jahren dauert es schon fünf Jahre, bis das jüngere (wenn man Glück hat) in den Kindergarten kommt und die Mutter wenigstens teilweise wieder freigibt. Aber nicht nur das Kleinkind braucht die Mutter. Mehr und mehr Kindergärten verlangen die Mitarbeit der Familie;

die Kirche legt die religiöse Erziehung vertrauensvoll in die Hand der Eltern, die Schulen erwarten aktive Unterstützung zu Hause. Das kostet Zeit zum Einarbeiten in die verschiedensten Fragenkreise, Kraft zum Lernen.

Und wenn die Mutter sich Jahre und Jahre all diesen Aufgaben unterzogen hat, dann kann sie mit zwei Vorwürfen rechnen: erstens, es falle ihr schwer, die Kinder freizugeben, sie wolle sie in mütterlichem Egoismus festbinden als ihren einzigen Lebensinhalt; und zweitens: sie habe nichts anderes im Kopf und im Herzen als Kinder und Küche, und wenn die Kinder hinausziehen, bleiben eben nur noch – nun ja, nicht besonders viel.

Das gilt gewiß nicht mehr. Die Frau, die einmal gelernt hat, Beruf und Haushalt miteinander zu verbinden; die später die Kindererziehung nicht ihren zufälligen Eingebungen überließ, sondern sich intensiv damit befaßte; die sich im Kindergarten und in der Schule einsetzte, verlernt während der Zeit „daheim" weder das Denken noch den Umgang mit Menschen. In den Jahren „nach" der Kindererziehung findet sie Aufgaben genug: in sozialer Tätigkeit, vielleicht ehrenamtlich, falls kein weiteres Einkommen nötig ist; oder im erlernten oder in einem neuen Beruf, in den sie ihre Familienerfahrung einbringen kann.

Trotzdem ist der Übergang zur dritten Lebensphase und auch der plötzliche Einsatz als Ernährerin der Familie leichter, wenn der Beruf nicht über Jahre völlig vernachlässigt wurde. Teilzeitarbeit ist kein Zauberwort, aber für viele Frauen der einzige Schleichweg, der die zwei Ziele „Kinder" und „Beruf" miteinander verbindet. Polemiken nützen nichts. Wer lauthals nach Emanzipation schreit und damit ausschließlich das Recht der Frau auf volle Berufstätigkeit meint, will ein Joch erkämpfen, das härter drückt als der Hausfrauenalltag und der „Emanzipierten" höchstens kürzere Lebenserwartung einbringt. Er arbeitet jenen Industriezweigen in die Tasche, die auf weibliche Hände angewiesen, aber nicht am erfüllten Frauenleben, sondern an gefüllten Kassen interessiert sind. Beide Eltern gleichzeitig können nicht Karriere machen, und die Fälle, in denen Männer sich dem Haushalt widmen, während die Frau den Duft der großen weiten Berufswelt genießt, sind vorerst noch selten.

Es gibt Betriebe, die Frauen bis zu sieben Jahre den Arbeitsplatz garantieren, um sich gute Kräfte für später zu sichern: ein bedenkens-

wertes Angebot angesichts der langen durchschnittlichen Lebenserwartung der Frauen. Es könnte manche berufstätige Mutter von dem
Druck befreien, alles gleichzeitig tun zu müssen: auch in späteren Jahren ist noch Zeit für die berufliche Laufbahn. Und Familie wiederum
kann nur Freude machen, wenn man auch die Zeit für sie hat. Ganz-
tagsarbeit beider Eltern aber bedeutet den Rückzug aus der Familie.

Wer hat dann noch Freude daran, ein Fest vorzubereiten? Wer hat
Kraftreserven, um Mißgeschick und Unglück zu bestehen? Wer hat

Ruhe dazu, Erlebtes zu vertiefen, erfreuliche Atmosphäre zu schaffen, Humor zu bewahren, damit zu Hause nicht nur Essen und Schlafstätten zu finden sind, sondern Erholung, Heiterkeit, Entspannung? Teilzeitarbeit läßt Kraft dazu übrig; eine Frau müßte schon eine außergewöhnliche Stellung haben, wenn der Gewinn aus dem Einsatz für die Familie nicht den Verzicht auf volle außerhäusliche Arbeit aufwiegen sollte. Für einzelne Stunden oder bestimmte Tage läßt sich auch die Versorgung der Kinder organisieren. Bei meinem Friseur entdeckte ich gerade die Nachricht: „Unsere Irmi geht nun in Mutterschutz. Ab August wird sie wieder zu uns kommen, vorerst für einen Tag in der Woche."

Wer eine qualifizierte Ausbildung hat, findet oft gute Arbeitsmöglichkeiten (und erhält eher ein Honorar, das die Entlastung der Mutter von manchen häuslichen Pflichten gestattet): da ist die Zahnärztin, die jede Woche einen Tag lang einen Kollegen in der Praxis vertritt; da ist die Architektin, die von „ihrer" Firma einzelne Projekte übertragen bekommt; die Übersetzerin, die zu Hause Aufträge ausführt, die Sekretärin, die in ihrem Betrieb als Urlaubshilfe geschätzt ist, die Graphikerin, die zu Hause Bücher illustriert oder Designs für Stoffe und Papier entwirft, die Lehrerin, die ein Teildeputat bekommt, die Buchhalterin, die stundenweise arbeitet, die Verkäuferin, die in Stoßzeiten eingesetzt wird.

Das alles sind Lösungen, die vielen ideal erscheinen. Leicht haben es auch diese Frauen nicht. Im Beruf gelten sie oft nicht als vollwertig; zu Hause, wo man erst auf dem Weg zur Partnerschaft ist, hören sie bei jeder Schwierigkeit: „Warum mußt du auch arbeiten?", und da sie gern beweisen möchten, daß sie ebenso gute Mütter sind wie die Nichtberufstätigen, laufen sie ständig Gefahr, sich zu überfordern.

Zwang zur Arbeit? Sehnsucht nach dem Beruf? Möglichkeit zu außerhäuslichem Einsatz? Jede Frau, jede Familie hat heute damit zu tun. Weder die Berufstätigkeit der Frau, noch ihr Verzicht darauf, noch die Teilzeitarbeit garantieren ständige Zufriedenheit aller Betroffenen. Es ist schon viel, wenn Mann und Frau und später die heranwachsenden Kinder zu offenem Gespräch über dieses Thema finden, ohne Verbitterung und in der Bereitschaft, sich einer für jeden einzelnen und für die Familiengemeinschaft glücklichen Lösung immer mehr zu nähern.

Gerda Röder

Unsere Familie wächst

AUF DEN WEG GEGEBEN

DURCH ALLE TAGE
SINGEN
DAS LIED
DER LIEBE

NÄHREN
DIE LIEBE
MIT SEINEM
SEGEN

HÜTEN
VOR ZUGLUFT
DIE FLAMME
DER ZUVERSICHT

WÄGEN
DIE WORTE
MIT ZUNGE
UND HERZ

AUSLOTEN
DIE TREUE
ZU JEDER
STUNDE

BESTELLEN
DAS LAND
DER LIEBE
DURCH ALLE TAGE

MARIA GRÜNWALD

Was Kinder brauchen

Der Säugling

Geregelte Pflege, eine heitere, lärmfreie Umwelt, saubere Luft, liebe-volles Angesprochenwerden.

Das Kleinkind

Gleichmäßig heitere Stimmung in der Umwelt als günstiges Wachs-tumsklima, Konsequenz in der Erziehung, äußere schrittweise Er-tüchtigung, Ermutigung, Lob, Erziehung zur Selbständigkeit (Wa-schen, Anziehen, Helfen beim Hausputz), Wecken bestimmter Anla-gen (Wecken des Gewissens, Erziehung zur Selbstbeherrschung, zur Liebesfähigkeit, zur Verantwortlichkeit, zur Rücksichtnahme), Bil-dung der Phantasie durch ungestörtes Spielen mit einfachsten Spielsa-chen (Klötzen, Schachteln usw.), religiöse Erlebnisse, erste, dem Alter entsprechende Einführung in die hauptsächlichsten Glaubenswahr-heiten – Kirchgang, Orgelspiel, andächtige Beter, Übung in der Gewis-senserforschung, gute Vorbilder in Vater und Mutter, denen die klei-nen Kinder ähnlich werden wollen. Zu achten ist auf Auffälligkeiten wie Nägelbeißen, Bettnässen, Einschlafschwierigkeiten. Diese „Kör-persprache" der Kinder zeigt immer Probleme an. Das Wesentliche ist: Gute Gewohnheiten mit Ausdauer und Nachdruck und Geduld bilden.

Das Schulkind

Geborgenheit in der Familie, Vertrauen bei allen Dingen zu Vater und Mutter, Freisein von Angst, eine verständige Stütze an den Eltern in allen Schulangelegenheiten, Vorbereitung und schöne Feier der Erstkommunion und Firmung, Ernstnehmen der Schulpflichten des Kindes seitens der Eltern, Ermutigung, Pflege all der Anlagen, die beim Kleinkind geweckt worden sind. Wenn notwendig sinnvolle Strafe (Wiedergutmachen des Schadens durch eigene Anstrengung, kleines Taschengeld, zeitweiliger Ausschluß aus der Gemeinschaft). Keine Prügelstrafe!! Auf Auffälligkeiten achten. Streunen, Lügen, Stehlen, übermäßige Naschhaftigkeit, sexuelle Nöte können Folgen eines Liebesmangels sein, aber auch verursacht durch schlechtes Beispiel, angestiftet durch falsche Freunde. Gewissenserforschung der Eltern ist notwendig, aber auch Aufmerksamkeit auf den Umgang der Kinder. Besondere Beachtung verlangen die geschlechtliche und die religiöse Erziehung.

Der Jugendliche im Reifealter

Das rechte Maß an Freizeit und Zucht, die volle Aufklärung über Zeugung und Geburt durch die Eltern. Eltern, die hier versagen, berauben sich des Vertrauens ihrer Kinder. Möglichkeit zu vielseitiger Betätigung, Freundschaft und Kameradschaft, Bindung an eine gute Jugendgruppe, Geselligkeit in der Familie, Möglichkeit, Freunde und Freundinnen mit in die Familie zu bringen. Wichtig ist die Geborgenheit in einer harmonischen Familie, Rücksicht auf den krisenhaften Zustand der Jugendlichen. Weiterführung und Anpassung der religiösen Erziehung an das Reifealter. Pflege des sakramentalen Lebens. Alles in allem: sein Kind beobachten, seine Anlagen und Entwicklungsmöglichkeiten erkennen und mit dem Herzen erspüren. Schlechten Anlagen durch die Bildung guter Gewohnheiten entgegenwirken – die Kinder lieben und noch einmal lieben, dann, so hoffen wir, wird es mit Gottes Hilfe gutgehen.

Gusti Gebhardt

Geschwister

Freunde, bei denen das vierte Kind unterwegs ist, erwiderten auf unseren Glückwunsch: „Nicht wahr, wir trauen uns was!"

Mut muß man heute schon aufbringen, wenn man eine kinderreiche Familie bilden will. Das erste Kind ist nahezu selbstverständlich, das zweite gehört dazu, damit das erste nicht allein ist – aber wenn sich der Bauch einer Frau zum drittenmal zu runden beginnt, zweifeln die Mitmenschen deutlich, ob sie nun kondolieren oder gratulieren sollen. Und wenn es sich irgendwie machen läßt, erkundigen sie sich vorsichtig, ob der erneute Kindersegen ein „Verkehrsunfall" oder etwa gar Absicht sei. Heutzutage ist nach allgemeiner Überzeugung ja nicht mehr der Storch daran schuld, daß eines Tages wieder ein Baby im Körbchen kräht. So daß manche zum drittenmal werdende Mutter sich am liebsten ein Schild umhängen möchte: „Es ist ein Wunschkind" – obgleich das eigentlich niemand etwas angeht.

„Die Kinder in meiner Klasse, die mehrere Geschwister haben, sind so unkompliziert. Eigentlich möchte ich auch noch ein Kind", sagte mir eine Lehrerin. Sie hat bisher drei. Die Psychologen sind sich weitgehend darüber einig, daß Einzelkinder es im Leben schwerer haben als Kinder aus größeren Familien.

Nicht einigen können sie sich darüber, wer es am leichtesten hat: das Erstgeborene, das zweite, das dritte . . . Denn jede Stellung in der Geschwisterreihe bringt, so wissen sie, ihre besonderen Schwierigkeiten: das erste Kind wird zu viel von zu besorgten Eltern erzogen, wird zu früh mit Verantwortung beladen, wird vom nächsten aus seiner Kronprinzenrolle verdrängt. Das jüngere Kind wird leicht verwöhnt, hat nachlässigere Eltern, weil sie ihre Aufmerksamkeit nun teilen müssen. Ein mittleres Kind weiß nicht, wohin es gehört, es ist nicht mehr das umhegte Kleinste und kann noch nicht mit den Größeren konkurrieren. Und so weiter.

Wer mehrere Kinder hat, kann es ihnen nicht ersparen, in einer bestimmten Reihenfolge zur Welt zu kommen. Einer muß der erste sein. Mehrlinge gibt es nicht auf Wunsch (und auch die haben ihre Spezialprobleme). Der Verdacht ist begründet, daß, wer sich vor Konflikten der Kinder untereinander zu sehr fürchtet, diese Konflikte hervorruft oder sie zumindest verstärkt. Natürlich sollte man beherzigen: Ein Kind, das die Eltern plötzlich mit einem zweiten Sprößling teilen soll, muß davon nicht entzückt sein. Es begreift nicht, weshalb alle Verwandten und Bekannten von dem schrumpeligen Nichtsnutz so begeistert sind, der schreit, schläft, ißt, trinkt und in die Windeln macht.

Und alles, was das erste mit Mühe zustande bringt, ist nur noch geringer Aufmerksamkeit wert. Noch dazu bekommt das Neugeborene ohne jedes Verdienst ein Päckchen ums andere.

Dieser Schmerz ist nicht ganz zu heilen, aber doch zu mildern. Wenigstens die besseren Freunde – sofern sie nicht selbst darauf kommen – lassen sich anregen, auch dem Älteren etwas zu schenken, und sei es ein Luftballon für zwanzig Pfennige. Selbst die babyfreundlichsten Tanten kann man dazu bringen, nach gebührender Bewunderungszeit sich dem Bruder oder der Schwester zuzuwenden. Wenn das Große erst den Babypo pudern oder die Füßchen im Bad waschen darf (da kann auch ein Kleinkind nichts kaputtmachen), ist der Säugling nicht länger nur ein Störenfried und Nebenbuhler. Und schließlich: die elterliche Überzeugung, daß das Kind sich eines Tages freuen werde, Geschwister zu haben, überträgt sich auch auf den Erstgeborenen.

Bis ein Baby ein brauchbarer Spielgefährte wird, vergeht natürlich einige Zeit. Wenn man Platz genug hat, die Kinder manchmal auseinanderzuhalten, vergeht diese Zeit leichter. Die Eltern sind ständig aufgefordert, jedem einzelnen sein Recht zu verschaffen. Und das bleibt so, solange die Kinder Kinder sind.

Patentrezepte gibt es nicht, nur einige Spielregeln. Zum Beispiel: gleiches Recht für alle heißt nicht unbedingt Gleiches für alle. Die Geschwister sind verschieden voneinander; die Zuwendung zu ihnen drückt sich auch verschieden aus. Wer allen Kindern die gleichen Spielsachen schenkt, in der Hoffnung, sie würden sich dann nicht darum streiten, bewirkt mancherlei: die Kinder rechnen ständig, daß keines zu kurz kommt; sie versäumen die Gelegenheit, ihre unterschiedlichen Neigungen zu entwickeln, und sie kommen um so abwechslungsreiche Spielchen wie „tauschen" und „leihen". Eine andere Spielregel: Kinder nicht vergleichen. Man gerät da immer in den Verdacht, ein anderes mehr liebzuhaben. Und das wäre schmerzlich. Jedes ist, wie es ist, kann, was es kann, lernt, wozu es fähig ist. Und mit all diesem wird es von Vater und Mutter geliebt. Elternliebe, das sollten die Kinder spüren, wächst, wenn sie mehreren Kindern gilt.

Was ist leichter: ein Kind zu haben oder mehrere?

Wer wollte diese Frage beantworten! Geschwister erziehen sich nicht selbst, wie oft behauptet wird – o nein. Sie geben allerdings den Eltern verstärkt Gelegenheit zur Selbsterziehung.

Wo ein einzelnes nachgibt, aus Einsicht oder aus Opportunismus, da sind zwei schon viel stärker – und sich ihrer Stärke bewußt. „Wollen wir das machen?" fragen sie einander, wenn sie einen Auftrag erhalten, und Mutter und Vater haben Glück, wenn die Beratung zu ihren Gunsten ausgeht. Ein Einzelkind lernt früh, sich „vernünftig" zu betragen; es läßt sich im Hotel vorzeigen, weil es unter Erwachsenen zu leben gewohnt ist. Das älteste mehrerer Geschwister hingegen genießt es, von den jüngeren wieder zu kleinkindlichen Ungezogenheiten verführt zu werden; es stachelt an und beteiligt sich mit Wonne an Streichen, denen es schon entwachsen scheint.

Andererseits: wer selbst nicht allein aufwuchs, weiß, welcher Halt gegen die nicht immer verständnisvollen Erwachsenen Brüder und Schwestern sein können. Oft ziehen Geschwister vor, sich miteinander zu beschäftigen, anstatt sich von den Eltern unterhalten zu lassen. Und wer schließlich könnte Kinder so herzlich zum Lachen bringen wie andere Kinder!

Wo mehrere Kinder sind, ist immer Leben im Haus. Auch allerhand Freunde stellen sich ein. In einem kinderreichen Haushalt kommt es auf eins nicht an – meinen putz- und räumtüchtige Einzelkindmütter und schicken ihr Goldstück aus der wohlgeordneten eigenen Wohnung gern in die größere Familie. Das Zusammenleben vieler ist, obgleich immer abwechslungsreich, doch keineswegs immer lustig.

Denn wir lernen zwar, den Begriff „Partnerschaft" im Zusammenleben von Mann und Frau zu verwirklichen. Wir versuchen, „Teamwork" im Beruf zu üben. Doch den Kindern bringen wir bei: Wenn einer dich haut, wehr dich. Laß dir nichts gefallen. Sieh zu, daß du zu deinem Recht kommst. Da ist der Ansatz für ein Erziehungsprogramm: miteinander leben zu lernen, nicht gegeneinander.

Kinder merken selbst, daß dicke Luft ein ungesundes Klima und ständiger Streit eine unerfreuliche Beschäftigung ist. Sie brauchen manchmal nur einen Fingerzeig, um eine erträgliche Lösung zu finden. Man kann mit einem Donnerwetter dazwischenfahren, wenn es laut zugeht. Wer selber brüllt, verspielt aber schnell das Recht, anderen – auch den eigenen Kindern – das Schreien zu untersagen. Besser als dreinschlagen ist: sich heraushalten. Und noch besser als sich heraushalten ist: gangbare Wege zum freundlichen Zusammenleben zeigen.

Häufig helfen Fragen: „Wir haben nur eine Schaukel, und ihr seid drei – vier – fünf Kinder. Soll ich die Schaukel abnehmen, oder könnt ihr euch vorstellen, wie ihr zusammen damit auskommt?" Meistens können sie es sich vorstellen.

Noch immer gelten die Spiele als „neu", in denen nicht die Mitspieler gegeneinander um den Sieg kämpfen, sondern alle gemeinsam ein bestimmtes Ziel „anspielen", den Drachen besiegen, ein Unheil verhüten, etwas Verstecktes finden. Gute Spielwarengeschäfte führen diese „kooperativen Spiele". Bücher mit Anleitungen schildern „Spiele ohne Tränen". Sie sind, das mag manchem unglaublich erscheinen, tatsächlich spannend und voll spielerischem Reiz, auch wenn am Ende nicht nur einer, sondern eine ganze Spielrunde sich über den Sieg freut – oder über die Niederlage trösten muß, am besten mit einem neuen Versuch.

Nicht immer kann man alle Kinder unter einen Hut bringen. Es ist schon viel gewonnen, wenn man den in Ruhe etwas anderes tun läßt, der sich am gemeinsamen Unternehmen nicht beteiligen will. Auch das bringen Kinder nicht immer allein fertig (Erwachsene ja ebenfalls nicht). Daß weniger Streit mehr Möglichkeiten zu erfreulicher Unterhaltung bedeutet, merken sie aber, und sie sind oft willig, Tips in dieser Richtung zu beherzigen. Solche Tips fallen einem leichter ein, wenn man den festen Entschluß gefaßt hat: wir wollen uns gemeinsam bemühen, daß sich jeder bei uns so wohl wie möglich fühlt.

Man sagt, es liege an den Eltern, wenn Geschwister einander nicht mögen und diese Abneigung in die Jahre des Erwachsenseins mitnehmen. Parteiisch sein, einseitig bevorzugen, ungerecht verurteilen: das fügt einem Kind Schmerzen zu, die es dem anderen übelnimmt, um dessentwillen es sie erfährt. Im Gespräch miteinander sollten Mutter und Vater immer wieder prüfen, ob sie ihren Vorsatz verwirklichen, alle ihre Kinder mit allen ihren Kombinationen von Fehlern und Vorzügen gleich liebzuhaben und sie das auch spüren zu lassen.

Im Gespräch mit anderen Eltern (das ist eine der besten Erziehungshilfen) können sie feststellen, daß die eigenen Kinder im allgemeinen nicht schlimmer sind als andere; daß manche Probleme einfach mit der Zeit vergehen, wenn man nicht zuviel daran herumdoktert; daß viele Konflikte sich lösen lassen, wenn man Überlegenheit und Humor bewahrt.

Man kann den Kindern Probleme nicht ersparen. Man kann ihnen aber helfen, sie zu lösen – die beste Schule fürs spätere Leben. Ob sich die Geschwister einst an Konkurrenzkämpfe, Neid, Streit erinnern oder an eine frohe, gesellige, geborgene Zeit ihrer Kindheit: das entscheiden wesentlich die Eltern. Und sie haben schließlich auch selbst eine ganze Menge davon, wenn es ihnen gelingt, ein fröhliches Heim zu schaffen.

Gerda Röder

Der Kindergarten

Heute besucht die Mehrzahl der Drei- bis Sechsjährigen einen Kindergarten. Oft schon vor dem dritten Geburtstag des Kindes suchen Eltern die Kindergärten in ihrem Wohnumfeld auf und melden ihr Kind in einer Einrichtung ihrer Wahl an. Träger von Kindergärten sind Kirchen und freigemeinnützige Vereine, die zum Beispiel der Caritas, dem Diakonischen Werk, der Arbeiterwohlfahrt oder dem Deutschen Paritätischen Wohlfahrtsverband angeschlossen sind, sowie Städte und Gemeinden.

Erfahrungsraum und Lernort

Warum ist der Kindergarten so begehrt? Viele junge Eltern erkennen, wie wichtig der Kindergarten als Erfahrungsraum und sozialer Lernort ist. Familien werden kleiner. Mehr als die Hälfte aller Kinder wächst heute als Einzelkind auf. Nicht selten grenzen beengte Wohnbedingungen, gefährlicher Straßenverkehr und fehlende Spielpartner im Wohngebiet die Kontaktmöglichkeiten der Kinder ein. Immer weniger entstehen spontane, informelle Spielgruppen. Die Organisation von Außenkontakten für Kinder ist zu einer zeitaufwendigen Erziehungsaufgabe in der Familie geworden, die hauptsächlich von Müttern bewältigt werden muß. Gemeinschaftsorte wie Kindergärten, in denen Kinder grundlegende Erfahrungen in einem stabilen, zuverlässigen Rahmen sammeln können, bieten in dieser Situation viele Entwicklungschancen.

Im Kindergarten lernt jedes Kind wichtige Dinge über sich selbst, über den Umgang mit anderen und über seine Umwelt. Die – meist altersgemischte – Kindergruppe öffnet ein breites Übungsfeld: zuschauen, wie andere es machen; Anregungen von älteren Kindern aufnehmen; jüngeren Kindern helfen; die eigene Meinung kundtun; mit Konflikten umgehen; Verantwortung für kleine „Ämter" übernehmen usw. Mit diesen sozialen Lernerfahrungen gewinnen die Kinder auch an wichtigen persönlichkeitsbildenden Kompetenzen wie Selbstsicherheit, Selbstvertrauen und Selbständigkeit.

Soziale und kulturelle Vielfalt

Eine Kindergartengruppe ist ein Mikrokosmos, sie spiegelt gesellschaftliche Entwicklungen „im kleinen" wider. In einer einzigen Gruppe sind oft Kinder aus den verschiedensten Lebenslagen: zum Beispiel Kinder aus Zwei-Eltern-Familien, Kinder aus getrennten und geschiedenen Familien, Kinder aus anderen Ländern und Kulturkreisen, Kinder mit Behinderungen, Kinder mit einem arbeitslosen Vater.

Diese Pluralität birgt viele positive Lernerfahrungen für die Kinder. Sie stellt zugleich hohe Anforderungen an die Erzieherin, die jedes Kind individuell und seiner Lebenssituation entsprechend fördern

will. So ist es wichtig, daß der Kindergarten personell gut besetzt ist, daß die Gruppen nicht überfüllt sind und daß die Räumlichkeiten (innen und außen) den Kindern den nötigen Freiraum bieten. In Fragen der Rahmenbedingungen für eine gute Arbeit sollten die Eltern klare Vorstellungen entwickeln, dementsprechende Forderungen einbringen und vor allem an konstruktiven Lösungen mitarbeiten.

Spielen – eine wichtige Form des Lernens

Viele Eltern wundern sich über den breiten Raum, die Spielaktivitäten im Tagesablauf des Kindergartens einnehmen. Spielen ist jedoch eine wichtige Lernweise des Kleinkindes. Vor allem im freien, selbstbestimmten Spiel lernen Kinder zum Beispiel ohne Leistungsdruck eigene Pläne zu verwirklichen, Probleme in Angriff zu nehmen und nach Lösungen zu suchen. Sie lernen, sich in einer Kleingruppe zu behaupten, verschiedene Rollen zu übernehmen, sich in die Situation anderer hineinzuversetzen. Im Spiel verarbeiten sie nicht selten Ängste und Probleme, die sie im Alltag spüren. Natürlich geht das nicht alles „von selbst". Ein Blick in den Gruppenraum zeigt, daß der Raum in verschiedene Nischen und Aktivitätsbereiche aufgeteilt und das Material sorgfältig ausgewählt ist, um eben verschiedenartige Spielaktivitäten anzuregen. Die Erzieherin – für das ungeschulte Auge vielleicht unauffällig – hilft, Spielprozesse anzuregen und in Gang zu halten, indem sie ermunternde Bemerkungen macht, das Spielgeschehen kommentiert, fehlende Requisiten bereitstellt und vielseitige Impulse gibt. Diese beobachtende, begleitende und weiterführende Funktion ist ein wesentliches Merkmal ihrer pädagogischen Arbeit.

Darüber hinaus wird die Erzieherin bestimmte Inhalte und Informationen gezielt vermitteln: ein Bilderbuch zum ausgesuchten Thema anschauen, großflächiges Malen mit Wasserfarben anregen, Modelle bauen, ein Lied singen, tanzen, turnen, erzählen, musizieren, Brett-, Sprach-, Bewegungs- und Gedächtnisspiele anleiten, Aktivitäten zum Umweltschutz und Erkundungen im Umfeld durchführen, Besuche in Einrichtungen, Spaziergänge, Ausflüge unternehmen . . . Das sind nur einige herausgegriffene Beispiele der vielfältigen und vorbereiteten Erfahrungs- und Lernbereiche im Kindergarten. Sie regen zur allseitigen sozialen, emotionalen, intellektuellen, kreativen, sprachlichen und motorischen Entwicklung des Kindes an.

Bereitet der Kindergarten auf die Schule vor?

Die ganze Zeit, die ein Kind im Kindergarten verbringt, ob das ein oder zwei oder drei Jahre sind, ist grundsätzlich eine Vorbereitung auf die Schule. Denn für den Schulanfang sind Grundfähigkeiten wie emotionale Sicherheit, Selbstvertrauen und Selbständigkeit – die ja in der Zielsetzung der Kindergartenarbeit verankert sind – entscheidend dafür, ob ein Kind sich in der neuen Situation zurechtfindet und sich wohl fühlt. Es werden im Kindergarten Vorerfahrungen gesammelt, die für das spätere Erlernen der Kulturtechniken – Schreiben, Lesen, Rechnen – wichtig sind. Viele der gängigen Kindergartenaktivitäten fördern genaues Sehen und genaues Hinhören, schulen die Unterscheidungsfähigkeit, erweitern den Sprachschatz, trainieren manuelle Geschicklichkeit, vermitteln einfache Zahlenkenntnisse – und zwar in einem Zusammenhang, der für das Kind einen Sinn gibt. Hier werden die Grenzen der sogenannten „Vorschulmappen" und „Arbeitsblätter" klar. Sie sind – im wahrsten Sinne des Wortes – eine Verflachung der Realität, während Kinder am besten lebensnah, aktiv und handelnd lernen.

Zusammenarbeit zwischen Müttern, Vätern und Erzieherinnen

Eine enge Zusammenarbeit zwischen Eltern und Erzieherinnen ist im Interesse des Kindes unabdingbar. Zeit für persönliche Gespräche, aber auch thematisch gebundene Gruppenangebote für die Eltern sind nur zwei der möglichen Formen der Kooperation. Kindergärten sind offene Einrichtungen, die interessierte Eltern meistens gern in die Arbeit einbinden: zum Beispiel ein Vater oder eine Mutter kommt in die Gruppe und erzählt über seinen/ihren Beruf; die Kinder besuchen Eltern bei der Arbeit; ein multikulturelles Essen wird gemeinsam vorbereitet; Feste werden miteinander organisiert und durchgeführt; Eltern begleiten die Gruppe bei Ausflügen. Der Kindergarten wird zunehmend wichtig als Begegnungsort nicht nur für Kinder, sondern auch für Eltern. Viele Kindergärten haben sich in den letzten Jahren um eine Öffnung in Richtung Gemeinwesen/Stadtteil bemüht. Gerade hier sind sie auf die Mithilfe von Eltern angewiesen.

In Kindergärten gibt es einen Kindergartenbeirat oder Elternbeirat, der von den Eltern gewählt wird. Die Elternvertreter werden vom Trä-

ger und der Kindergartenleitung informiert und gehört, bevor wichtige Entscheidungen getroffen werden. Der Beirat kann auch selbst initiativ werden und Probleme aufgreifen, die einer Entscheidung bedürfen.

Kein Kindergartenplatz? Initiativ werden!

In den letzten Jahren ist immer wieder von langen Wartelisten in den Kindergärten zu hören. Das Ausmaß ist zwar regional unterschiedlich, aber insgesamt gibt es noch viel zu wenige Kindergartenplätze. So kann es vorkommen, daß trotz zeitiger Anmeldung Eltern den erhofften Platz nicht bekommen. Wollen sie trotzdem auf die Gruppenerfahrung für ihr Kind nicht verzichten, müssen Eltern hier Initiative ergreifen. Vielleicht kann eine zusätzliche Gruppe des Kindergartens in einer angemieteten Wohnung geöffnet oder der zügige Anbau eines Pavillons eingeleitet werden.

Wo ein Kindergarten ganz fehlt, sollten Eltern nach Möglichkeiten suchen, selbst eine Spielgruppe oder einen Kindergarten zu gründen. Wenn sie ihren Wunsch deutlich machen und bereit sind, die Verantwortung mitzutragen, findet sich eher ein Träger, der die notwendige Investition in Bau und Einrichtung eines Kindergartens übernimmt.

Pamela Oberhuemer

Unsere schulpflichtigen Kinder

Auch wenn man mit der Einschulung ins 1. Schuljahr nicht mehr jenen „Ernst des Lebens" beginnen läßt, der in früheren Zeiten Kinder und Mütter zum Weinen brachte, auch wenn man heute viel von vertrauensvoller Partnerschaft zwischen Familien und Schule spricht: die Schule ist eine „harte Sache" und für die ganze Familie oft eine Belastung. „Schulpflichtig": das klingt für die älteren Kinder fast wie „wehrpflichtig" und erzeugt mehr Abneigung als Zustimmung. Es ist zwar nicht mehr üblich, daß Eltern in Situationen, in denen sie ihren Kleinkindern nicht den nötigen Gehorsam abfordern können, mit der Schule drohen: „Warte nur! Wenn du erst einmal in die Schule kommst, wird der Lehrer schon mit dir fertig werden!" Heute weiß jedes Kind schon im Kindergartenalter, daß in der modernen Erziehung nicht mehr geprügelt und „körperlich gestraft" werden darf; aber die Schmerzen, die die Schule heute manchmal verursacht, wirken tiefer: Manches Grundschulkind kommt sich in der Klasse furchtbar vereinsamt vor und empfindet das Lerntempo als zu schnell, die Art des Sozialkontakts zu anonym. Schule ist nicht reiner Anlaß zur Freude. Wie hieß es vor dreihundert Jahren doch bei Comenius? „Schulen sollen Lustgärten und Freudenanstalten sein."

Entfremdung zwischen Schule und Eltern?

Das moderne Schulwesen ist so kompliziert wie eine computer-gesteuerte Fabrik: Schon nach wenigen Monaten des ersten Schuljahres sind viele Eltern (zumal diejenigen, die selbst nicht ein Gymnasium oder eine Realschule besuchen konnten) nicht mehr in der Lage, die neuen Methoden zu verstehen. Gewiß, wie eh und je wird heute Eltern gesagt: Überlaßt die Sorge um die schulischen Hausaufgaben der Schule! Ihr braucht nicht mitzuhelfen; das Kind muß die Aufgaben selbständig lösen können. – Aber die Wirklichkeit sieht doch so aus, daß ein Kind, das nicht durch Mithilfe der Eltern bei den Hausaufgaben gefördert wird und von den Eltern Anregungen erhält, gegenüber anderen Kindern ins Hintertreffen gerät. Dieses Problem verschärft sich noch nach dem Übergang ins Gymnasium. Die schweren Klippen sind hier die Anfangsgründe in den Fremdsprachen, die Bewährung in exakter Rechtschreibung, die Wachheit im logischen Denken. Eltern, die nicht selbst weiterführende Schulen besuchen konnten, werden von der schulischen Entwicklung ihrer Kinder weitgehend „abgehängt". Das ist ungerecht! Was ist da zu tun?

Da die Schule heute wegen ihrer Kompliziertheit für viele Eltern fremder geworden ist als je zuvor, wünschen sich nicht wenige Eltern eine völlige Entlastung von der Mitsorge in Schulfragen ihrer Kinder. Die Ganztagsschule – im Ausland überall die Regel – bekommt unter diesem Aspekt eine ganz neue Aktualität, und das um so mehr, als mit ihrer Einführung die Hoffnung verbunden wird, die Sorge um die Hausaufgaben entfalle für die Eltern völlig. Viele Mütter würden jubeln, wenn sie nicht jeden Nachmittag längere Zeit die Hausaufgaben zu kontrollieren und voranzutreiben hätten.

„Auslese": schon in der Grundschule

Für die Grundschule ist heute charakteristisch, daß hier alle Kinder gleichen Alters zusammen sind, so daß eine starke Streuung der Begabung und Intelligenz gegeben ist. Aber schon jetzt ist die Schule auf „Auslese" programmiert: Spätestens im zweiten Schuljahr werden diejenigen Schüler ausgesondert, die Lernschwierigkeiten besonderer Art haben, denen nur in der Sonderschule abgeholfen werden kann. Bis zum Ende des vierten Schuljahres gibt es zahlreiche Klassenarbei-

ten mit Testcharakter, die eine gewisse Konkurrenzstimmung aufkommen lassen. Es zeigt sich bald, daß manche Kinder von ihren
Eltern für den Übergang zum Gymnasium „getrimmt" werden.

Das Lerntempo empfinden nicht wenige (auch begabte) Kinder als
so schnell, daß sie oft den „roten Faden" verlieren, nervös und apathisch werden. Die große „Schulkrankheit" bei Grundschulkindern
ist die Konzentrationsschwäche. Sie kommt heimlich – wie eine an-
steckende Seuche. Der Kern dieser Schwäche liegt darin, daß das von
ihr betroffene Kind anscheinend nicht genug Gelegenheit hat, sich
auszuspielen und ganz Kind zu sein; interessiert und konzentriert ist
es durchaus, nur auf Gegenstände, die nicht zum Stoffplan der Klasse
gehören. Die Folge sind „schlechte" Noten, die wiederum Entmutigung nach sich ziehen. Kinder mit robustem Naturell, die kleinen „sozialen Betriebsnudeln", die sich leicht in eine oft übervolle Klasse ein-
fügen, haben mit Konzentrationsschwierigkeiten kaum zu tun, wohl
aber die sensiblen (oft viel intelligenteren) Kinder.

Heute wird zwar viel betont, die Schule solle nicht auslesen, sondern
fördern; tatsächlich aber empfindet manches Kind die Schule wie eine
Sortiermaschine, die unerbittlich nach Noten die Gütegruppen der
Schüler trennt. Dadurch wird natürlich die Gemeinschaft in der
Klasse gestört. Jedes Kind hat ein Anrecht darauf, entsprechend seinen Fähigkeiten gefördert zu werden. Aber zumal die weniger begab-
ten Kinder kommen oft zu kurz. Wir sind noch weit entfernt von
einem Schulsystem, das jedem Kinde nicht nur die individuelle Art
der Förderung bietet, sondern es auch glücklich und zufrieden macht.
Es ist im Grunde unerträglich, daß die Schule heute oft eine Quelle des
Leides, der Frustration und der Entmutigung wird. Die kindliche Sensibilität reagiert mit Unkonzentriertheit, die nichts anderes ist als eine
innere Schulflucht. Das Kind ist körperlich anwesend, gezwungen von
der Schulpflicht, aber seelisch ist es abwesend.

Schule: nicht nur für Kinder, auch für Eltern!

Der Wettlauf um den erwünschten Platz auf der Rangleiter der Gesellschaft verschärft sich beim Eintritt ins Gymnasium, und wenn die
Schüler 14 oder 15 Jahre geworden sind, ist er auf dem Höhepunkt an-
gekommen. Das gilt zumindest für Gymnasium und Realschule: Täglich wird zu Hause nach dem „Notenpegel" gefragt, und Klassenarbei-

ten sind nicht nur ein Streß für Schüler, sondern auch für Eltern. Das Leistungsklima der Schule überträgt sich auf die Familie, auch wenn diese sich dagegen wehrt.

Es ist, als gingen nicht nur die Kinder, sondern auch die Eltern in die Schule. Die Hochs und Tiefs der Stimmung in der Familie werden stärker von Erfolg und Mißerfolg in der Schule bestimmt, als es sich viele Familien zugestehen.

Heute spüren wir deutlicher als früher, daß der Schulerfolg der Kinder weitgehend von der Schichtzugehörigkeit abhängig ist. Kinder aus Unterschichten haben es in der Schule schwerer als Kinder aus Mittel- und Oberschichten. Manche Unterschichten-Eltern lehnen den Besuch einer „höheren" Schule ab, weil sie wünschen, daß sich ihr Kind nicht von ihnen entfremden soll; sie lassen es dann lieber in der Hauptschule, die mit der Schwierigkeit zu kämpfen hat, daß manche Schüler in ihr an solidem Lernen nicht mehr interessiert sind. Sie wollen möglichst früh in den Beruf, um Geld zu „machen". Lernen wird dann zu sehr unter dem Aspekt der Pflichterziehung betrachtet – und nicht als eine Chance, sich für das ganze Leben mit geistigen Reichtümern auszustatten, Fähigkeiten zu trainieren oder sogar durch Bildung sozialen Aufstieg zu erreichen.

Daß die Schulpflicht heute bis weit in die Pubertät hineinreicht, wird manchmal übersehen. Deshalb kommen die Schwierigkeiten der Pubertät mit den Schwierigkeiten des staatlich angeordneten Lernzwanges zusammen.

Es hängt zum großen Teil von der sozialen Einstellung und dem Bildungswillen der Eltern ab, ob ein junger Mensch die Schule als günstige Gelegenheit zum „Lernen des Lernens" begreift oder aber als lästiges Übel. Eigentlich müßte der Schulbildung der Kinder ein Weiterlernen der Eltern parallelgeschaltet sein. Dann nämlich würden die Eltern ihre Kinder richtig verstehen, Lernen als harte Arbeit, aber auch als Bereicherung erleben und ihren Kindern zu Hause ein wirklich erfreuliches Lernklima bereiten.

Von der Frage, ob geistiges Leben und sozialer Aufstiegswille in der Familie vorhanden sind, hängt es auch ab, ob die Eltern ihr Recht betätigen, in der Schule ihrer Kinder durch Information, Beratung und Mitverantwortung aktiv zu werden. Je unsicherer die Eltern in der geistigen Arbeit sind, um so unsicherer treten sie gegenüber den Lehrern auf.

Leicht sagt man die Formel nach, Eltern, Lehrer und Schüler müßten sich als Partner in der gemeinsamen Aufgabe betrachten. Aber immer noch halten sich viele Schüler und Eltern für die Abhängigen der Lehrer: Auf sie, so scheint es, ist man ja doch angewiesen – sie geben die Noten und verteilen die mit den Zeugnissen verbundenen sozialen Berechtigungen. Für viele Schüler und Eltern spielen die Lehrer Schicksal. Kritik an einem Lehrer, an seinen Methoden, seinen Urteilen und seinem Verhältnis zu Schülern und Lehrern wirkt sich nicht selten für die, welche sie riskieren, negativ aus. Deswegen lehnen es manche besonders qualifizierten Eltern ab, Aufgaben in der amtlichen Elternvertretung zu übernehmen. Sie durchschauen die Infrastruktur einer bestimmten Schule so genau, daß sie eigentlich Kritik üben müßten, aber da das den Kindern schaden könnte, wird die Kritik nicht geäußert. Ein unguter Zustand!

Gottlob gibt es viele Lehrer, die ernsthaft um Vertrauen von Schülern und Eltern bemüht sind, beiden helfen und mit ihnen gut kooperieren möchten. Der Schulerfolg der Kinder und deren menschliches Wohlergehen: dies sollte das A und O bei allen Bemühungen um Reform der Schule sein. Aber heute wirken sich Reformen leider zu oft als Komplikation, als Erschwerung, als neue Belastung, als neue Ungewißheit auf Schüler und Eltern aus. Schon zwölfjährige Schüler wissen, daß Schule weithin ein Streitobjekt rivalisierender politischer Machtgruppen ist. Und man fragt sich, wozu es die vom Staat verordnete Schulpflicht überhaupt gibt. Sicherlich nicht dafür, aus der Schule einen Unruheherd für die Familie zu machen, auch nicht ein Instrument des Klassenkampfes, durch das der ganze Staat nach dem politischen Geschmack einer bestimmten Radikalgruppe „umfunktioniert" werden soll!

Wer die Schule kennen und mitbestimmen will, muß nicht nur pädagogisch, sondern auch rechtlich und politisch orientiert sein. Viele Eltern kennen noch nicht genug die Chancen des Elternrechts, mit dem die Eltern ja stellvertretend das Recht der Jugend auf angemessene Erziehung und Bildung wahrnehmen sollen.

Ein demokratischer Staat muß bestrebt sein, alle beteiligten Gruppen verantwortlich mitwirken zu lassen, weil sie Staatsbürger sind. Doch an manchen Stellen unseres Schulwesens muß man den Eindruck gewinnen, daß etwa die aktive Mitarbeit der Eltern nicht erwünscht ist. Die Schule ist aber keine rein fachpädagogische, sondern eine gesamtgesellschaftliche Einrichtung. Elternrecht heißt auch Anrecht der Eltern auf volle Information über alle Veränderungen an Haupt und Gliedern des Schulwesens. Je unwissender Eltern und Schüler sind, um so leichter können sie beherrscht und daran gehindert werden, Mitverantwortung für die Schule zu tragen.

Hinter dem Übermaß an Organisation, das heute mit dem Schulwesen verbunden ist, muß immer wieder der Mensch sichtbar werden, ganz gleich in welcher Rolle: ob als Lehrer, als Schüler oder als Eltern. – Zur Vermenschlichung der Schule gehört allerdings auch das nötige Verständnis für das Menschlich-Allzumenschliche, für menschliche Fehler und Schwächen – auch bei Lehrern. Freilich: Eltern und Schüler haben Grund genug, um gute Lehrer regelrecht zu beten. Mit Spannung rätselt man am Anfang einer Schulstufe oder eines Schuljahres darüber, welche Lehrer die Kinder bekommen werden. Auch Lehrer sind Menschen, und unter ihnen gibt es, wie in jedem Beruf, „solche" und „solche". Aus früheren Zeiten sind manche Eltern gewöhnt, jeden Lehrer als Ideallehrer anzufordern; aber heute kann man Lehrer nicht mehr idealistisch überfordern. Und angesichts der gezeigten Schwierigkeiten wissen selbst Schulkinder, daß es keine reine Freude ist, Lehrer zu sein.

Mehr Kontakt mit der Schule

Je mehr Eltern und Lehrer miteinander sprechen und je mehr Lehrer Zeit zur persönlichen Aussprache mit ratsuchenden Schülern finden, um so besser ist das Schulklima. Aus obrigkeitsstaatlichen Zeiten ist die Ansicht zu erklären, die man gelegentlich noch unter Eltern hört: Nur dann Kontakt zur Schule aufzunehmen, um mit den Lehrern zu sprechen, wenn Schulschwierigkeiten der eigenen Kinder entstanden, wenn die „blauen Briefe" gekommen sind. Dann fühlen sich Eltern als Bittsteller, als die von vornherein Unterlegenen. Es müßte zur guten Gewohnheit werden, daß Eltern wenigstens einmal im Jahr mit dem Klassenlehrer ausführlich sprechen und daß etwa in jedem Vierteljahr für die Eltern einer Klasse ein Informationsabend durchgeführt wird. Wir kennen Fälle, in denen die Eltern einer Klasse monatlich einmal auch gesellig zusammenkommen. Schließlich sitzen sie „im gleichen Boot", und wer die Schüler kennenlernen will, die zu den eigenen Kindern zu Besuch kommen, muß die Eltern kennengelernt haben.

In vielen Schulen fehlt noch ein angemessenes Elternsprechzimmer, man wird „zwischen Tür und Angel" empfangen oder kurz abgefertigt – wie bei der Polizei. Jeder Lehrer muß wenigstens eine Stunde in der Woche während der Schulzeit für Eltern zu sprechen sein.

Die Entwicklung tendiert dahin, daß die Mitverantwortung der Eltern und Schüler im Schulwesen größer wird. Das setzt jedoch genaue Information derer voraus, die mehr mitbestimmen sollen. Die nötige Information kann am besten durch eine stark ausgedehnte, realistische Elternbildung erreicht werden. Elternbildung ist schon deshalb nötig, damit Eltern lernen, die heutige Schulwirklichkeit exakt zu sehen, und nicht nach den meist mehrere Jahrzehnte zurückliegenden Schulerfahrungen der eigenen Kindheit und Jugend urteilen. Wo Elternbildung noch nicht genug als Daueraufgabe erkannt worden ist, besteht die Gefahr, mehr oder weniger naiv Schulmaßstäbe von Anno dazumal auf Gegenwart und Zukunft zu verpflanzen, so, als habe sich im Schulwesen nichts verändert. Und wie groß sind die Veränderungen!

Doch nicht nur das Schulwesen ist anders als früher, auch die Schüler, unsere Kinder. Die Elternbildung hat die neuesten Erkenntnisse der Kinder- und Jugendpsychologie zu vermitteln und die Eltern davon zu überzeugen, daß fast jede neue Generation ihr neues Leitbild entwickelt. Man hat es nicht immer mit den gleichen Zielen, Haltungen und Erscheinungsformen des Schülerseins zu tun. Erstaunlich viel an Wissen und Können wird heute von den Schülern verlangt. Sobald Eltern das begriffen haben, gewinnen sie hohen Respekt vor dem, was ihre Kinder in den Schulen leisten.

Wir sagen heute, Schülersein sei ein harter Job. Elternsein ist es auch!!

Franz Pöggeler

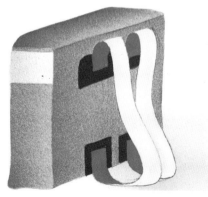

Kinder christlich erziehen?

In der Diskussion mit Schülern und Studenten kann man heute häufig die Meinung hören, es sei ein Unrecht, Kinder religiös zu beeinflussen, denn damit mache man dem Kind die freie Glaubensentscheidung unmöglich. Es sei besser, die Kinder nicht auf einen bestimmten Glauben festzulegen, ihnen zu einem bestimmten Zeitpunkt – etwa mit vierzehn Jahren – die verschiedenen Konfessionen und Religionen vorzustellen und die Möglichkeit zu geben, sich die ihnen passende auszusuchen.

Dagegen hörte ich vor einiger Zeit einen guten Einwand. Ein Vater erklärte:

„Ich würde sofort einverstanden sein, wenn Sie mir erklären könnten, wie ich es anfangen soll, meine Kinder nicht religiös zu beeinflussen, wenn ich selbst ein religiöses Leben führe. Das Recht, selbst nach meinen religiösen Grundsätzen zu leben, gestehen Sie mir ja ausdrücklich zu!"

196

Tatsächlich gibt es keine Möglichkeit, die religiöse Beeinflussung eines Kindes auszuschließen, wenn die Eltern selbst religiös sind, ihr Leben nach den Prinzipien ihres Glaubens auszurichten sich bemühen, wenn sie versuchen, Christen zu sein. Denn das Kind, das sozusagen als Rohentwurf in die Familie hineingeboren wird, braucht ja, um es selbst zu werden, die Menschen, die es lieben. Der Mensch wird am Menschen zum Menschen. Und weil das Kind sich auf uns angewiesen weiß, bemüht es sich, uns zu entsprechen, deswegen ahmt es nach, was es uns tun sieht, und verhält sich nach unseren Wünschen. Das zu verhindern wäre nur möglich, wenn wir dem Kinde den Kontakt zum Erwachsenen vorenthielten. Und das wäre unmenschlich, weil wir dem Kind damit die Möglichkeit nähmen, sich lebenskräftig zu entwikkeln. Aber von der faktischen Unmöglichkeit einmal abgesehen: Wenn ich etwas besitze, das ich für wertvoll halte, so ist es der natürliche Wunsch, meine Kinder an diesem Besitz teilnehmen zu lassen. Wenn ich meinen Glauben als wertvolles Gut ansehe, so ist es im höchsten Maße legitim, ihn meinen Kindern mitzuteilen.

Eine der von Eltern besonders häufig gestellten Fragen ist jedoch, wie man denn seine Kinder religiös erziehen kann, wenn man selbst im Glauben zuweilen unsicher, wenn man nicht ohne Zweifel ist.

Diese Glaubensunsicherheit vieler Menschen hat mancherlei Gründe, auf die wir hier nicht näher eingehen können. Aber wir müssen fragen, was es eigentlich bedeutet, zu glauben. Heißt glauben wirklich, ein mehr oder weniger großes Paket vorgeformter Glaubenssätze einfach anzunehmen? Oder heißt glauben eigentlich, darauf zu vertrauen, daß das, was mir gesagt wird, die Wahrheit ist, und daß der, der es mir sagt, es gut mit mir meint? Dann käme es entscheidend darauf an, bei aller Anfechtung, bei aller Skepsis und bei manchen Schwierigkeiten im einzelnen dieses Vertrauen zu behalten: Die Botschaft Christi ist wahr, und Christus meint es gut mit mir.

So hieße Erziehen zum Glauben zunächst, dem Kind Vertrauen zu ermöglichen, indem es lernt, daß es auch Menschen vertrauen darf. Und wenn wir die Forderung nach der Gottes- und der Nächstenliebe als Kern der christlichen Botschaft verstehen, dann ist christliche Erziehung Erziehung zur Haltung der Liebe.

Wie aber geschieht dies? Jede religiöse Erziehung vollzieht sich in zwei Stufen: als Werterziehung und als Glaubenserziehung. Die Werterziehung beginnt früh, längst ehe ich dem Kind von Christus erzählen kann. Schon im Umgang mit Eltern und Geschwistern erkennt das Kind, was diese als gut und als böse, als wertvoll oder nicht wertvoll ansehen. Es macht sich die Wertvorstellungen, die es so erfährt, zu eigen. Aber es übernimmt leicht auch die Vorurteile, denen es in seiner Umwelt begegnet.

Für das kleine Kind sind zunächst die Eltern das Maß aller Dinge. Als „gut" empfindet das Kind alles, was die Harmonie mit den Eltern fördert, als „böse" alles, was diese Harmonie stört.

Auch die Beziehung des Kindes zu Gott über die Eltern. Der Glaube des kleinen Kindes ist ein Glaube an die Eltern, die an Gott glauben. Lernt das Kind beim gemeinsamen Beten in der Familie, daß Gott als „Vater unser" angesprochen wird, so liegt der Schluß nicht weit, daß Gott wie ein Vater ist. So orientiert sich die Gottesvorstellung des Kindes an seinem Vatererlebnis.

Das ist eine Chance für den Vater, aber auch ein Risiko: Könnte es nicht sein, daß das Kind negative Eigenschaften des Vaters, die ihm nicht verborgen bleiben, ebenso auf Gott überträgt wie positive Eigenschaften, die es entdeckt? Könnte der Vater nicht auch dazu beitragen, das Bild Gottes für das Kind zu verdunkeln? Dasselbe kann geschehen, wenn man, wie heute üblich, auf die mütterlichen Eigenschaften Gottes hinweist.

Daher muß das Kind erfahren, daß Gott weit mehr, weit größer ist als wir Menschen – und daß auch die Eltern Fehler und Schwächen haben und der Verzeihung bedürfen: der gegenseitigen Verzeihung, der Verzeihung der Kinder und der Verzeihung Gottes, der immer dann mit verletzt wird, wenn Bosheit oder Ungerechtigkeit einen Menschen verletzt.

Die Erfahrung des gegenseitigen Verzeihens ist für das Kind aber auch deswegen wichtig, weil es nur auf diesem Wege lernen kann, was es heißt: es ist mir verziehen, der Streit ist vorbei, das Mißverständnis wurde beseitigt, wir können wieder fröhlich miteinander sein. Die Erfahrung des Verzeihens der Menschen ist Voraussetzung dafür, das unendliche Verzeihen Gottes zu begreifen.

Wo das Kind erlebt, daß die Menschen seiner nächsten Umgebung, die Menschen, die es liebt, eine Beziehung zu Gott pflegen, da will es in diese Beziehung einbezogen werden, da will es dabeisein. Und weil Kinder in allem zunächst eine Ordnung brauchen, werden sie die Eltern vielleicht sogar zur Ordnung mahnen. Wenn etwa die Eltern, weil

es vielleicht spät geworden ist, das Abendgebet ausnahmsweise durch ein einfaches Kreuzzeichen ersetzen möchten, dann heißt es: Wir haben noch nicht gebetet. Das Kind betet mit, ohne zunächst zu wissen, was es tut. Es singt ja auch mit, ohne zu wissen, was der Text bedeutet. Für das Kind ist es wichtig, dabeizusein. Und deswegen ist es wichtig und richtig, auch kleinere Kinder, wo eben möglich, bereits zum Gottesdienst mitzunehmen, obwohl sie von den Vorgängen am Altar noch nichts verstehen. Aber sie sind dabei.

Ob man freilich Kindern von Christus erzählen und ab welchem Alter dies geschehen soll, das ist eine Frage, über die zur Zeit manchmal diskutiert wird. Soll man biblische Geschichten vorlesen?

Nun, Kinder begegnen Christus in unseren Familien. Sie sehen das Kreuz, sie freuen sich auf Weihnachten, bestaunen den Lichterglanz am Baum, bewundern und bedauern zugleich das Christkind in der Krippe. Von daher ergibt sich unausweichlich die Notwendigkeit, mit Kindern über die Heilsgeschichte zu sprechen. Und kluge Eltern wissen, daß sie das Interesse des Kindes vor allem dadurch wecken, daß sie ihm die Möglichkeit schaffen, zu fragen. Der Wert religiöser Sitten und Bräuche liegt ja vor allem in den Anlässen zu Fragen wie: Warum hängen wir den Adventskranz auf? Warum brennt erst eine Kerze? Das Problem in vielen Familien ist freilich, daß frühere Sitten und Bräuche untergegangen sind, daß der Mensch von heute – geprägt durch das industrielle Zeitalter – zu Symbolen aus einer bäuerlichen Kultur (von daher kamen die meisten religiösen Bräuche und Symbole) keinen Zugang mehr hat. Es wäre der Mühe wert, den Versuch zu unternehmen, für unsere Familien eigene Symbole zu finden, die unserem Erlebnis- und Erfahrensbereich entnommen sind.

Aber kann ein Kind denn die Geschichten der Bibel unterscheiden von den Märchen und Geschichten, die es sonst irgendwo kennenlernt? Was tun, wenn vielleicht der Gestiefelte Kater bei der Krippe auftaucht?

Zunächst einmal muß man wissen, daß es nicht ungewöhnlich ist, wenn ein Kind Phantasiewelt und Wirklichkeit einfach durcheinanderbringt. Nicht, daß der Gestiefelte Kater vom Kind an die Krippe gestellt wird, ist also das Problem, sondern die Aufmerksamkeit des Erwachsenen, dem Kind zu helfen, Traumwelt und Wirklichkeit nach und nach zu unterscheiden, die Bedeutung der biblischen Erzählungen zu erkennen und sie gegen Märchen und andere „erfundene" Geschichten abzugrenzen. Wenn ich dem Kind die Bedeutung Christi für sein, mein und unser aller Leben verdeutlichen und erklären will, dann muß ich ihm wenigstens die Grundlagen der Heilsgeschichte vermitteln, die Gott mit den Menschen verbindet. Hier kann eine gut gestaltete Kinderbibel sehr hilfreich sein.

Je selbstverständlicher das Kind den Glauben als Zentrum unseres Lebens und Handelns erfährt, desto selbstverständlicher wird es ihn zunächst einmal akzeptieren. Es kommt also wesentlich auf unser Vorbild an.

Daß später, wenn das Kind sich von uns absetzt, unsere Wertvorstellungen und unser Glaube genauso kritisch gesehen werden wie wir selbst, das ist eine Erfahrung, die alle Eltern machen müssen. Daß Kinder dabei in die Irre gehen können, ist ein Risiko, gegen das es keine Versicherung gibt. Eine Erfolgsregel, die mit Sicherheit verbürgt, daß Kinder in unsere Fußstapfen treten, gibt es nicht. Das haben inzwischen viele Eltern erfahren müssen, die vielleicht von ihren heranwachsenden Kindern sogar zu hören bekamen, sie seien ungläubig geworden.

Trotzdem: Die fehlende schriftliche Erfolgsgarantie rechtfertigt nicht die Mutlosigkeit, die alles gleich verloren gibt. Es geht darum, das zu tun, was uns möglich ist! Übrigens: Auch der Sämann der Bibel hatte keine schriftliche Erfolgsgarantie . . .

Barthold Strätling

Die Beichte:
Sakrament der Versöhnung

Die Beichte ist das große Ostergeschenk Jesu an seine Kirche. Schon das macht deutlich, daß sie als etwas zutiefst Beglückendes gemeint ist – und sie ist es tatsächlich, wenn wir unseren Blick nicht völlig von der äußeren, rauhen Hülle, dem peinlichen Bekenntnis der eigenen Sünde, gefangennehmen lassen. In der Beichte schenkt uns Jesus die Frucht all dessen, wofür er gelebt und gelitten hat, wofür er gestorben ist: die Vergebung der Sünden.

Dies sollen die Kinder erfahren, die auf den ersten Empfang des Bußsakramentes vorbereitet werden. Eltern können viel dazu beitragen, daß das Kind in der Beichte Zuwendung, Verzeihen und Aufmunterung erlebt.

Die Eltern vermitteln, ob sie es wollen oder nicht, durch ihr Verhalten die ersten Gottesvorstellungen und prägen entscheidend das spätere persönliche Gottesverhältnis der Kinder. Ob sie es einmal fertigbringen, sich Gott, so wie sie sind – auch mit ihrem Versagen –, anzuvertrauen, hängt weitgehend davon ab, ob sie als Kinder gelernt haben, sich anzuvertrauen, und ob ihre kindliche Offenheit im Verlangen nach Aussöhnung und Wieder-lieb-sein-Wollen nicht enttäuscht wurde.

Jeder weiß, wie es erleichtert und löst, wenn man einmal aussprechen kann, was einen innerlich bewegt oder bedrückt, wenn man es einmal jemandem „beichten" darf. Die Hoffnung, daß es wieder gut wird, daß man mir verziehen hat, daß wir wieder versöhnt sind, wird zur Gewißheit, wenn ich es vom anderen höre, wenn mir das Verzeihen zugesprochen wird, wenn die Versöhnung in irgendeiner Form einen sinnenhaften Ausdruck findet.

Wir sind Menschen aus Leib und Seele. Was wir denken und fühlen, muß auch seinen leibhaftigen Ausdruck finden können. Es ist daher wichtig, daß die Eltern mit ihren Kindern Konflikte besprechen, geduldig und behutsam den Kindern helfen, Worte zu finden für das, was vorgefallen ist. Das Gespräch kann dann abschließen mit einer Umarmung oder einem Kuß oder einer anderen Liebkosung, die der Situation angemessen ist, oder mit einem aufmunternden Wort.

Dann ist es auch nicht mehr schwer, in einem Gebet Gott zu danken, daß wir wieder gut miteinander sein wollen, und ihn darum zu bitten, daß es uns gelingt. In der Zeit vor dem Einschlafen sind Kinder noch am ehesten ansprechbar für eine Rückbesinnung und Gewissenserforschung. Das sollte von seiten der Eltern nicht in Form einer peinlichen Befragung geschehen. Eine erfundene Geschichte von den Abenteuern und Untaten der Katze oder des kleinen Bären oder eines Indianerjungen, in denen ähnliche Situationen vorkommen, wie sie das Kind erlebt hat, tun da oft sehr gute Dienste. Das Kind kann sich zu der Geschichte äußern und findet dann vielleicht zum Gespräch über sein eigenes Erleben. Ein Gebet um Verzeihung und ein guter Vorsatz bilden dann organisch den Abschluß. Mit solchen Erfahrungen kann sich das Kind dann leichter zurechtfinden im Vollzug des Bußsakramentes. Ideal ist es, wenn die Familie sich entschließen kann, dann und wann gemeinsam zur Beichte zu gehen.

Was geschieht bei der Beichte?

Die Beichte ist wie ein gutes Gespräch, wenn man etwas auf dem Herzen hat, das man loswerden will. Um Gottes willen ist etwas wieder in Ordnung zu bringen. Zunächst besinnt man sich: Was ist vorgefallen? Warum habe ich das getan oder nicht getan, einem Menschen geschadet, ein Gebot Gottes übertreten? Das Gespräch in der Beichte ist kein Plaudern über Fehlverhalten, sondern ein Bekenntnis der Schuld Eine klare Sprache ist angemessen, schlicht und ehrlich vor sich selbst und vor Gott. Es soll nicht wieder vorkommen. Es soll besser werden mit mir. Ich bitte Gott, daß er mir dabei hilft. Er weiß ja, wie alles gekommen ist. Ihm kann ich mich überlassen. Er weiß um meinen guten Willen, meine Empfindlichkeiten und mein Nichtkönnen.

Dann suche ich einen Gesprächspartner auf, einen Priester. Er ist beauftragt, unter ausnahmsloser Verschwiegenheit mein Sündenbekenntnis vor Gott entgegenzunehmen. Ich kann ihn auch fragen, wie ich mein Verhalten bewerten soll, oder ihn um einen Rat bitten, was ich denn machen soll, daß ich von meinem falschen Weg loskomme. Er hat die Vollmacht, im Namen Gottes und der Kirche zu sagen: „Ich spreche dich los von deinen Sünden."

Dabei gibt er eine Buße auf. Er verpflichtet den Beichtenden etwa, ein bestimmtes Gebet zu verrichten als Dank an Gott, der ihn wieder als Kind annimmt. Oder er besteht darauf, eine gestohlene Sache – zumindest heimlich – wieder zurückzugeben, eine Sühneleistung zu erbringen, einen Schaden wiedergutzumachen, soweit dies möglich ist.

In jeder katholischen Kirche gibt es einen Beichtstuhl, meist ein in die Wand eingebauter kleiner Raum, aufgeteilt durch eine Wand mit einem hölzernen Gitterfenster. Auf der einen Seite sitzt der Priester, während sich auf der anderen der Beichtende niederkniet. In den meisten Pfarreien gibt es aber auch einen ganz normalen Raum mit einem Tisch und zwei Stühlen, in dem man von Angesicht zu Angesicht ungestört ein Beichtgespräch führen kann.

Der Priester hat kein Verhör zu veranstalten. Er ist nicht Kriminalbeamter und nicht Richter. Er ist Diener der verzeihenden Liebe Gottes.

Es ist eine lebenswichtige Erfahrung: Obwohl es so viel an mir auszusetzen gibt, bin ich angenommen. Aus dieser Erfahrung heraus wird verständlich, warum die kirchliche Bußordnung mit „Feier der Versöhnung" überschrieben ist. Die biblischen Gleichnisse von Sünde und Umkehr – von dem verlorenen Schaf, der verlorenen Drachme, dem verlorenen Sohn – schildern, wie wieder zusammenkommt, was zusammengehört. Sie gipfeln jedesmal in Freude und im Feiern. Christliche Umkehr hat ihre tiefste Wurzel nicht in der Angst, sondern in der Dankbarkeit für erfahrene Verzeihung und Versöhnung. Weil Gott so gut zu mir ist, will ich auch gut werden und mich ändern.

Gerd Birk

Die Erstkommunion:
Fest der Gemeinschaft

Christlicher Glaube ist nicht eine Art Vereinszugehörigkeit. Er ist, wenn es ein lebendiger Glaube ist, wie das Atmen: ein lebenswichtiges, meist unbewußtes Tun, das uns auf Schritt und Tritt begleitet. Er kann nur mitten in unserem persönlichen und gemeinschaftlichen Leben existieren.

Daher sind auch die lebenspendenden Zeichen unseres Glaubens aus dem Leben genommen. Die heilige Messe hat sich entwickelt aus dem Letzten Abendmahl. Freunde sitzen zusammen um den Tisch. Sie teilen miteinander Essen und Trinken. Das drückt ihre Verbundenheit aus. Sie gehören zusammen, nehmen aufeinander Rücksicht. Einer ist für den anderen verantwortlich, einer steht für den anderen ein, ist unter Umständen sogar bereit, sich für die anderen zu opfern. Dieses Zusammensein und gegenseitige Geben und Empfangen beim gemeinsamen Mahl hat Jesus zum Zeichen gemacht. Sein Leben und Sterben – sein Fleisch und Blut unter den Gestalten von Brot und Wein – ist Ausdruck der Verbundenheit mit den Seinen und seiner Hingabe für sie: „Nehmt und eßt." Dieses Mahl ist Ausdruck seines Lebensopfers.

Zum Sakrament der Eucharistie in seiner vollen Zeichenhaftigkeit gehören nicht nur Brot und Wein, sondern auch Verbundenheit und Hingabebereitschaft. Ohne die Erfahrung von Verbundenheit und Hingabe im gemeinsamen Mahl wird das Sakrament aus dem Lebenszusammenhang herausgelöst. In kindlicher Mentalität rückt dann das liturgische Tun mit Brot und Wein in die Nähe von Zauberriten.

Man kann jene liebende und selbstlose Gemeinschaft nicht bereitstellen wie Brot und Wein bei der Gabenbereitung. Diese sind Gegenstände, jene Erfahrungen und innere Einstellung. Die Gemeinschaft im Mahl, das uns mit Gott und untereinander verbindet, wenn wir die Messe feiern, ist angewiesen auf Vorerfahrungen im alltäglichen Leben.

Hier ist zu fragen nach der Kultur unseres gemeinsamen Essens. Es geht nicht so sehr um besondere Feste, wo viele Gäste kommen, wo das beste Geschirr aus dem Schrank geholt wird und extra leckere Speisen serviert werden. Da geht es meist auch etwas nervös und steif zu.

Es geht zunächst um das tägliche Essen daheim. Unser modernes Leben läßt es oft nicht zu, daß die Familie immer gemeinsam essen kann. Aber wenn die Familie um den Tisch versammelt ist, wie geht es dann zu? Können die einzelnen erzählen, was sie erlebt haben? Kommt es zum Gespräch über Fragen, die die ganze Familie betreffen, oder über etwas, das einen einzelnen besonders bewegt, ein Mißgeschick, ein Erfolg, ein Plan? Kommt dabei Dankbarkeit zum Ausdruck, Anteilnahme, Zusammengehörigkeit?

Solch gemeinsames Essen braucht gar nichts zu tun zu haben mit gestelzter Feierlichkeit. Das ungezwungene alltägliche Beisammensein beim Essen wird zur Erfahrung: Wir sind im Leben gemeinsam unterwegs. Ein solcher Erfahrungshintergrund erst macht das sakramentale Tun voll verständlich, wenn wir in der Messe den Auftrag Christi erfüllen, zu tun, was er getan hat.

Viele Eltern sehen sich nicht in der Lage, über religiöse Themen zu sprechen oder sakramentales Tun zu erläutern. Dazu bedarf es in der Tat oft einer besonderen Vorbereitung. Seelsorger, Religionslehrer, Gemeindeassistenten haben hier ihre besondere Aufgabe.

Wenn Eltern jedoch bewußt auf Essenskultur in der Familie achten, dann leisten sie einen Beitrag, daß ihre Kinder das Altarssakrament besser verstehen. Möglicherweise ist es der entscheidende Beitrag.

Ein Glaubenslehrer, der Kindern ohne solchen Erfahrungshintergrund das Verständnis des sakramentalen Tuns erschließen will, hat es schwer. Er gleicht einem Musiker, der seine Melodie spielen muß auf Saiten ohne Resonanzboden.

Gemeinschaftstiftende Erfahrungen sucht die Hinführung zu den Sakramenten heute in unseren Gemeinden zu vermitteln. Wenn eine „Tischmutter" eine kleine Schar von Erstkommunikanten bei sich daheim um den Tisch sitzen hat, dann kann jeder die anderen besser wahrnehmen und auf jeden besser eingehen als in einer Klasse von 30 Kindern. Man faßt schneller Vertrauen und traut sich dann mehr, etwas aus sich heraus mitzuteilen, wo sich für einen das eigentliche Leben tief im Inneren abspielt. Da wird dann jener Resonanzboden

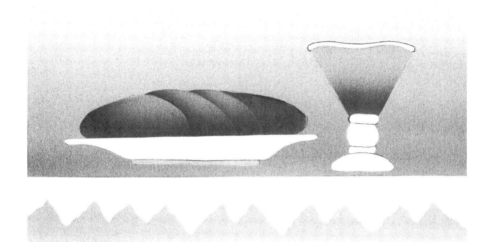

geformt, wo die Worte Jesu „Mein Leib – für euch; mein Blut – für euch" klingen können. Es gibt bereits erfreulich viele Pfarreien, die über solche Erfahrungen mit Kommuniongruppen verfügen. Katechetische Verlage bieten verschiedenartige brauchbare Anregungen und Materialien für die Führung solcher Gruppen an.

Der hat den Glauben am besten verstanden, der sich liebend um die Menschen müht, die um ihn sind, der Gemeinschaft mit ihnen sucht, mit ihnen geht, so gut er kann. Der bekommt auch tiefe Glückserfahrungen zurückgeschenkt. Wenn's auf dieser Ebene in unserem Leben stimmt, dann werden sakramentale Feiern in der Kirche wie selbstverständlich Zeichen des Gottesvolkes auf dem Weg zum Leben.

Gerd Birk

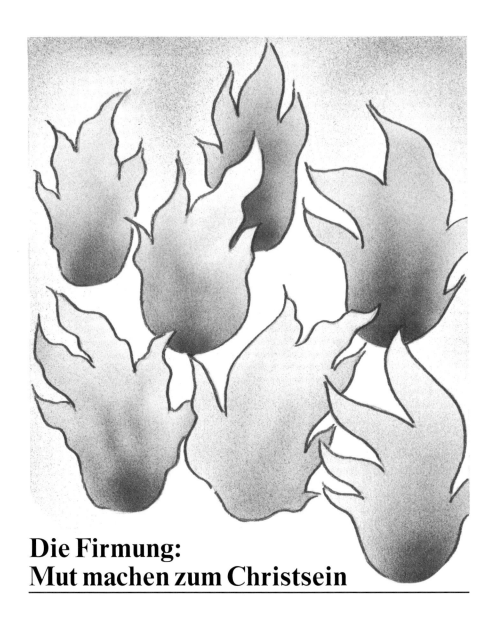

Die Firmung:
Mut machen zum Christsein

Das Sakrament der Firmung stellt zeichenhaft dar und sichert uns zu, daß Gott seine Hand auf uns gelegt hat, daß seine Liebe in uns ist; es rüstet uns aus (salbt uns) für den Kampf des Lebens. Wir haben die Zuversicht, wir trauen uns zu, in der Kraft des Heiligen Geistes das Leben zu meistern, auch wenn schlimme Zeiten kommen. Der Apostel Paulus ist gewiß: Weder Tod noch Leben, weder Engel noch

210

Mächte, weder Gegenwärtiges noch Zukünftiges, weder Gewalten der Höhe oder Tiefe noch irgendeine andere Kreatur können uns scheiden von der Liebe Gottes in Christus Jesus, unserm Herrn (Röm 8, 38f).

Zutrauen fällt nicht wie ein Meteor vom Himmel. Es wächst – es kann auch verkümmern! – auf unserem gemeinsamen Weg durchs Leben. Ein Kind lernt, sich etwas zuzutrauen, in dem Maße, wie wir, die Eltern und Erzieher, ihm etwas zutrauen.

Eine meiner frühesten Kindheitserinnerungen ist der Ärger darüber, daß mein Vater auf meine Frage „Was ist Geld?" antwortete: „Das verstehst du noch nicht, das erkläre ich dir später." Er hat es gut gemeint, und mein Zutrauen zum Leben hat keinen Schaden gelitten, aber geärgert hat es mich doch, daß er mir nicht zugetraut hat, ich würde verstehen, was Geld ist. In der Beantwortung kindlicher Fragen kommt zwischen den Zeilen zum Ausdruck: Ich trau' dir zu, daß du die Welt verstehst, und du wirst sie immer besser verstehen.

Einer muß für den anderen einstehen. Das ist das unauffällige, aber wirksamste Zeugnis christlichen Lebens. Im Alltag der Familie muß es erfahren und eingeübt werden. Es findet dann wie selbstverständlich seine Auswirkung über die Grenzen der Familie hinaus.

Ein vielbeschäftigter Vater hat sich einen Nachmittag freigehalten, um mit seinem dreizehnjährigen Sohn zum Schilanglauf zu gehen. Auf der Fahrt zur Loipe brausen sie an einem vorbei, der mit einer Panne im Schnee steckt. Nach einer Weile berät sich der Vater mit seinem Sohn: „Hätten wir dem nicht helfen sollen?" Sie kommen überein, umzukehren und mitanzupacken, obwohl dadurch der Schilanglauf gefährdet ist. Es gelingt, den Wagen des Fremden wieder flottzubekommen und wenigstens noch eine Stunde Sport zu betreiben.

Liebe, Freude, Friede, Langmut, Freundlichkeit, Güte, Treue, Sanftmut und Selbstbeherrschung sind Frucht des Geistes (Gal 5, 22f). Es gibt recht unterschiedliche Fähigkeiten und Begabungen, die auf verschiedene Menschen verteilt sind. Sie sind gegeben, damit man sich gegenseitig hilft und nützt. Gottes Geist bewirkt sie (vgl. 1 Kor 12).

Die junge Gymnasiastin erzählt bei Tisch, daß sie sich mit dem Klassenlehrer angelegt hat. Als Klassensprecherin hat sie mit der Gradheit einer Dreizehnjährigen gegen die ungerechte Behandlung eines Mitschülers protestiert. Da ist es wichtig, daß die Eltern sie in ihrem Mut und Engagement stärken und ihr Wege der Konfliktbewältigung zeigen.

Junge Menschen müssen lernen, eine gute Sache klug zu vertreten. Es hilft ihnen, wenn sie hören: „Dein Anliegen ist eine gute Sache, du hast Mut bewiesen, aber du hast vielleicht auch den falschen Ton erwischt. Geh zum Lehrer und sag ihm, wie du's gemeint hast." Dann spürt der junge Mensch, daß er seinen Mann stehen muß; er traut sich zu, in die Höhle des Löwen zu gehen.

Ausgerüstet mit solchen Erfahrungen – es sind keine außerordentlichen, sondern alltägliche, unscheinbare –, wird das Sakrament der Firmung zum sprechenden Zeichen: Wir stehen füreinander ein, wir gehören zusammen, weil wir Gott gehören. Gottes Geist trägt uns. Und deshalb – nicht, weil wir uns aus uns selber stark fühlen – trauen wir uns zu, den Menschen zu helfen, sie zu ermutigen zum Leben, zum guten Leben, zum Leben, das zur Quelle des Glückes führt, zu Gott.

Wir trauen uns auch zu, zu kämpfen und Widerstand zu leisten, wenn Leben in Gefahr ist durch Unrecht oder Verführung. Im sakramentalen Zeichen der Firmung ist uns zugesagt, daß Gottes Geist uns trägt, wenn wir in diesem Kampf Nachteile oder gar Verfolgung erleiden.

So wird die Firmung gespendet:

Am Tag der Firmung kommt der Bischof in die Pfarrei. Jeder Junge, jedes Mädchen, die gefirmt werden wollen, treten vor ihn hin, geführt vom Firmpaten oder von der Firmpatin, die ihrem Schützling die Hand auf die Schulter legen.

Der Bischof schaut den Firmling an, nennt ihn bei seinem Vornamen, zeichnet ihm mit geweihtem Öl ein Kreuz auf die Stirne und spricht dazu: „Sei besiegelt durch die Gabe Gottes, den Heiligen Geist." Der Gefirmte antwortet: „Amen."

Der Bischof wechselt ein paar freundschaftliche Worte mit ihm. Er drückt ihm die Hand und entläßt ihn mit dem Gruß: „Der Friede sei mit dir."

Normalerweise findet die Firmung im Rahmen einer Eucharistiefeier statt. Der Pfarrsaal ist hergerichtet für einen kleinen Empfang anschließend. Die Freude der Feier kann weiterschwingen, wenn die Familie und die Gäste sich privat zu einem festlichen Mahl zusammensetzen.

Gerd Birk

Was Kinder wissen wollen

Anregungen zur Sexualerziehung in der Familie

1. Junge Eltern von heute hätten keinerlei Schwierigkeiten mehr, mit ihren Kindern über jene Fragen zu sprechen, die man in der Vergangenheit als „gefürchtet" oder „heikel" bezeichnete. Sie würden offen reden und hätten keine Scheu mehr. So behauptete kürzlich jemand in einer Diskussion.

So schön es wäre, so ganz sicher, daß dieser Jemand recht hat, bin ich mir nicht.

Aber ob nun „gefürchtet" oder nicht, irgendwann kommen diese Fragen – etwa woher das neue Baby der Nachbarin kam –, und dann muß geantwortet werden. Und auch der, der des Themas wegen nicht gehemmt ist, steht dann vor der Überlegung: Was sage ich, wie weit sage ich es? Womit könnte ich mein Kind überfordern?

Weil das so ist, seien an den Anfang dieses Beitrags ein paar Gedanken zum Thema „Aufklärung" des Kindes gestellt, obwohl es in der Sexualerziehung weit Wichtigeres gibt als die berühmte Frage, wie man es dem Kinde sagt. Wer einem Kind helfen will, Spaß am Lernen zu haben, muß seine Neugier reizen, muß ihm Gelegenheit und Anlässe zum Fragen geben. Denn wenn das Kind von sich aus fragt, dann ist sein Interesse an der Sache da, und dann ist auch der richtige Zeitpunkt für die Antwort gegeben. Damit ist eigentlich entschieden, wann man was sagt: Wenn das Kind einen Anlaß hat und danach fragt. Dann besteht die Kunst nur noch darin, genau hinzuhören, was das Kind eigentlich wissen will, damit man nicht mehr antwortet, als gefragt ist. Wenn das Kind also fragt, wo denn das Baby der Nachbarin bisher war, dann ist die Antwort: Im Bauch seiner Mama!

Wie das Baby aus dem Bauch der Mutter herauskam und wie es hineingekommen ist, das sind eigene Fragen, die zu beantworten sind, wenn sie gestellt werden. Einige Kinder – vor allem kleine Mädchen – können das bald tun, andere lassen sich damit Zeit.

Für die Information der Kinder gilt: Nie etwas sagen, was nicht stimmt! Keine Umschreibungen verwenden! Sich selbst nicht in die Situation bringen, etwas zurücknehmen zu müssen! Was wir sagen, muß der Fragestellung des Kindes entsprechen. Es muß nicht vollständig sein, aber immer zu vervollständigen. Es ist gut, wenn wir ein Gespräch beginnen können, indem wir sozusagen ein früheres wiederaufnehmen: „Du weißt ja schon, das habe ich dir schon erzählt . . ."

Die Antwort auf die Frage, wie das Baby aus dem Bauch der Mutter kam (etwa: Wie ist denn das Baby durch die Haut gekommen?), ist relativ einfach: Das weißt du doch, Frauen und Mädchen haben vorn zwischen den Oberschenkeln einen Schlitz, der heißt Scheide. Wenn das Baby groß genug ist, daß es aus dem Bauch herauskann, dann weitet sich die Scheide, und dann kommt dort das Baby heraus. Hinterher zieht sie sich wieder zusammen!

Die Frage, wie das Baby in den Leib der Mutter hineingekommen ist, verlangt je nach Alter und Verständnisfähigkeit des Kindes eine differenzierte Antwort. Im Vorschulalter reicht gewöhnlich der Hinweis, daß, wenn ein Vater und eine Mutter sich ganz liebhaben und der liebe Gott es will, im Leib der Frau ein Kind zu wachsen beginnt. Fragt das Kind jedoch weiter – und selbstverständlich bei etwas größeren Kindern –, sollten wir eine genauere Antwort geben: Im Leib der Frau sind viele Eizellen, und der Vater muß der Mutter seinen Samen geben, damit sich Eizelle und Samenzelle verbinden können. Hier ist selbstverständlich auch nach dem Vorgang gefragt, also sollte das Kind erfahren, daß die Eltern sich ganz liebhaben, eng beieinander liegen, zärtlich zueinander sind und dann der Mann sein Glied in die Scheide der Frau einführt und ihr den Samen gibt. Warum sollten Kinder schließlich nicht wissen, daß die Eltern dabei sehr froh und glücklich sind, daß es ihnen Freude und Lust bereitet?

Vielleicht müssen die Eltern allerdings damit rechnen, daß sie eines Tages gefragt werden, warum kein weiteres Kind kommt – und ob das daran liegt, daß sie sich möglicherweise nicht mehr „ganz liebhaben". Dann sollten sie versuchen, dem Kind die Gründe für den Verzicht auf weitere Kinder zu erklären. Hier bietet sich der Hinweis auf die Zeitwahl an, durch den das Kind erfährt, daß es zwar auf die Erfüllung seines Wunsches nach einem weiteren Geschwisterchen verzichten muß, aber die Eltern sich noch so lieb wie immer haben.

Und das ist besonders wichtig: daß das Kind seine eigene Existenz in der Liebe seiner Eltern zueinander begründet sieht. Ich lebe, weil meine Eltern sich lieben! – Das ist ein Grund, selbstbewußt und froh zu sein. Aber es wirft auch Probleme auf. Unsere Kinder leben nicht in einer heilen Welt. So begegnen sie anderen Kindern, die keinen Vater mehr haben, weil dieser davongegangen ist. Andere Kinder leben nur bei einem Elternteil, dürfen den anderen jedoch manchmal besuchen. Hier muß gesagt werden, daß jedes Kind seinen Vater hat, daß aber manchmal der Vater nicht bei seiner Frau und seinen Kindern leben kann oder leben will. Doch auch diese Kinder verdanken ihre Existenz der Liebe ihrer Eltern – auch in der Liebe kann man irren!

Die ersten drei Fragen sollten beantwortet sein, bevor das Kind in die Schule kommt. Später wird sich auch die Schule an der Information der Kinder beteiligen, sie kann ausweiten, ergänzen, was im Elternhaus grundgelegt wurde. Aber ihre Möglichkeiten sind auf das Gebiet der Information beschränkt, der mindestens genauso wichtige andere Bereich der Sexualerziehung, über den noch zu reden sein wird, ist ihr weitgehend entzogen. Im übrigen sind die Lehrer verpflichtet, die Eltern am Beginn eines Schuljahres darüber zu informieren, was sie im Hinblick auf die Behandlung sexualkundlicher Fragen planen, damit die Eltern selbst Gelegenheit haben, über diese Probleme vorher oder begleitend mit ihren eigenen Kindern zu sprechen. Dies ist vor allem deswegen nötig, weil in späteren Jahren im Zusammenhang mit der eigenen Entwicklung für das Kind individuelle Fragen wach werden, mit denen es sich an seine Eltern wenden sollte und muß. Das setzt aber voraus, daß das Kind weiß: Mit meinen Eltern kann ich ganz unbefangen über diese Dinge reden.

2. Sexualerziehung ist aber – es wurde schon angedeutet – weit mehr als nur Aufklärung; sie kann und darf sich also nicht darin erschöpfen, daß wir unseren Kindern zu einem für sie möglichst günstigen Zeitpunkt die Kenntnis gewisser Grund-Tatsachen unseres Lebens vermitteln.

Das kleine Kind weiß bereits, daß es ein Bub oder ein Mädchen ist, lange bevor ihm die körperliche Verschiedenheit der Geschlechter bewußt wird. Es erfährt also seine Sexualität zum ersten Male darin, daß es entweder als männliches oder als weibliches Wesen existiert. Entsprechend übernimmt das Kind auch jene Verhaltensweisen, die ihm in seiner Umgebung als für sein Geschlecht spezifisch dargestellt werden oder erscheinen: das kleine Mädchen spielt Mutter, der Junge kopiert den Vater.

Sexualerziehung ist zunächst einmal Erziehung zur Annahme und Bejahung der eigenen, stets geschlechtlich geprägten Existenz. Sollen wir auch sagen, Sexualerziehung sei Erziehung zum Mannsein und zum Frausein? Grundsätzlich ist das richtig, aber die Gefahr der Mißverständnisse ist sehr groß. Noch sind gewisse Klischee-Vorstellungen darüber, wie eigentlich ein Mann und wie eine Frau zu sein habe, nicht völlig überwunden. Wir fragen daher: Wie ist denn ein Mann, wie sollte er sein? Wie ist die Frau, wie sollte sie sein?

Daß wir keine eindeutigen Antworten darauf wissen, das ist unsere Schwierigkeit. Denn vieles von dem, was man in der Vergangenheit als das „Wesen" des Mannes oder der Frau zu erklären versuchte, erwies sich inzwischen als das Ergebnis von Veranlagung, Erziehung und Umwelteinflüssen. Aber vielleicht können wir eher sagen, was Mann und Frau heute und morgen zu tun, welche Aufgaben sie zu lösen, welche Probleme sie zu meistern haben werden. Erziehung müßte sie darauf vorbereiten und dazu befähigen. Das bedeutet für die Erziehung zum Mannsein sicherlich, daß beim Jungen nicht nur die geistigen Kräfte, sondern auch die des Gemütes entwickelt werden müssen. Für die Erziehung zum Frausein heißt es, daß das Mädchen nicht nur gemüthaft angesprochen und nicht nur auf die sogenannten weiblichen Eigenschaften hin erzogen werden darf; es muß befähigt werden, die verschiedenen Aufgaben und Rollen, von denen zukünftig die Mutterrolle wohl nur eine, wenn auch sicherlich sehr wichtige, neben anderen sein wird, zu übernehmen und zu spielen.

Jungen und Mädchen sollten sich freuen dürfen, als die zu leben, die sie sind. Den Jungen fällt das meistens auch gar nicht zu schwer, sie empfinden es vielleicht sogar als einen besonderen Vorzug, Junge zu sein. Mädchen dagegen neigen zuweilen dazu, ihr Geschlecht eher als eine Benachteiligung denn als einen Vorzug gegenüber den Buben zu empfinden. Hier fragt man sich unwillkürlich, woher das kommt. Eine doppelte Moral, die den Jungen viel mehr Freiheiten und Rechte zugestand, den Mädchen hingegen vor allem Pflichten auferlegte und Zurückhaltung anempfahl, ist auch heute noch nicht überall überwunden.

Sexualverhalten ist eine Form des Sozialverhaltens, weil Sexualität immer einen Bezug zu einem Partner hat und eine sexuelle Beziehung zu einem Partner grundsätzlich auch im Kinde fruchtbar werden kann. Sexualerziehung muß sich von daher als Erziehung zu einem verantworteten sozialen Verhalten verstehen. Das heißt: Für die sexuellen Beziehungen zweier Menschen müssen die gleichen Grundsätze und Regeln gelten, die auch sonst im Umgang mit Menschen üblich sind und ohne die ein Zusammenleben und Zusammenwirken nicht möglich wäre. Zur Sexualerziehung gehört also wesentlich, daß das Kind lernt, kameradschaftlich und fair mit anderen Menschen umzugehen, Rücksicht zu nehmen und in der richtigen Weise mit ihnen zusammen zu spielen, sich ihnen anzupassen und die nun einmal unvermeidlich auftretenden Spannungen und Konflikte redlich und menschlich korrekt auszutragen.

Hier sind Kinder aus sogenannten „kleinen Familien" dadurch benachteiligt, daß ihnen im Elternhaus das Übungsfeld fehlt. Unter Geschwistern erführen sie leichter, daß sie ihre eigenen Rechte nur so weit in Anspruch nehmen dürfen, wie sie die Rechte anderer zu respektieren bereit sind. Hier könnten sie auch lernen, für das Zusammenleben mit anderen unvermeidbare Kompromisse zu schließen. Nicht daß etwa ein Fünfjähriger den Zweijährigen unterdrückt, ist in der „kleinen Familie" das Problem – dies wird in der Regel die Mutter verhindern –, sondern daß gerade wegen des ständig notwendigen Eingreifens der Erwachsenen die Kinder nicht lernen, ihre Beziehungen selbständig zu regeln. Hier können der Kindergarten, vor allem aber auch Spielgruppen, zu denen sich mehrere Mütter mit ihren kleineren Kindern regelmäßig stundenweise irgendwo treffen, als Trainingsfeld für soziales Verhalten von großer Bedeutung sein.

3. Mehr als neunzig von hundert Menschen in der Bundesrepublik heiraten irgendwann im Laufe ihres Lebens. In der Ehe hat der Vollzug des Geschlechtsverkehrs nach christlichem Verständnis seinen legitimen Ort. Hier sind die Voraussetzungen gegeben, Sexualität in mehrfacher Hinsicht – nicht nur im Kind, sondern auch in der gegenseitigen Beglückung, in der gemeinsamen Freude am Leben – fruchtbar werden zu lassen. Die richtige Integration der Sexualität in der Ehe ist von großer Bedeutung. Die Partner müssen lernen, ihre Wünsche und Bedürfnisse auszusprechen, sich abzustimmen. In manchen Ehen kommt es zu Krisen, weil in ihr die Sexualität einen zu geringen Stellenwert besitzt, weil vielleicht einer der Partner an Hemmungen leidet, mit Störungen in seinem Verhältnis zur eigenen Sexualität nicht fertig geworden ist. Hier werden die Bedürfnisse des Partners vernachlässigt. Aber es kann auch der umgekehrte Fall eintreten, daß der eine Partner von den Ansprüchen des anderen übefordert ist. Längst hat

ja die neuzeitliche Aufklärungswelle neue Leistungsstandards kreiert und damit sowohl Erwartungen im Hinblick auf das Leistungsvermögen des Partners als auch Befürchtungen, nicht zu genügen, hervorgerufen. Voraussetzung dafür, daß diese Schwierigkeiten überwunden werden, ist die Bereitschaft, ganz offen miteinander darüber zu sprechen. Zu den Irrlehren unserer Zeit gehört die verbreitete Auffassung, das Scheitern einer Ehe liege vor allem oder gar ausschließlich in sexuellen Problemen begründet. Sex als Heilmittel bei Ehekrisen hält selten, was versprochen wird.

Was ergibt sich daraus im Hinblick auf die Sexualerziehung? Sicherlich kann und darf man Sexualerziehung nicht gleichsetzen mit einer Erziehung zur Ehe. Würde sie so verengt gesehen, bliebe unberücksichtigt, daß immerhin einige Prozent der Bevölkerung auf die Ehe verzichten oder verzichten müssen, daß andere noch nicht oder nicht mehr verheiratet sind.

Aber ob verheiratet oder nicht, jeder Mensch lebt in sozialen Beziehungen. Sollen diese Beziehungen befriedigend sein, setzen sie zwei Eigenschaften voraus, die man als Liebesfähigkeit und als Partnerfähigkeit bezeichnen könnte. Die Liebesfähigkeit eines Menschen entwickelt sich jedoch nicht dann, wenn ihm irgendwann gesagt wird, er müsse die Menschen lieben. Voraussetzung dafür ist die Erfahrung, daß er geliebt wird und daß es beglückend ist, zu lieben. Diese Erfahrung macht bereits das kleine Kind. Sexualerziehung als Erziehung zur Liebesfähigkeit fängt also damit an, daß das Kind geliebt wird und lernt, die Liebe zu beantworten. Die Meinung, daß der Mensch nur das an Liebe geben könne, was zuvor in ihn hineingeliebt worden sei, ist gewiß nicht ohne Berechtigung.

Für das Gelingen einer Ehe aber ist neben der Liebesfähigkeit heute die Partnerfähigkeit beider junger Menschen eine der wichtigsten Voraussetzungen. Wir wissen jedoch, wie schwer junge Paare sich tun, die Partnerschaftlichkeit, die im Umgang mit Kollegen selbstverständlich ist, auf ihre ehelichen Beziehungen zu übertragen. Hier wirkt sich das in der Ursprungsfamilie erlebte Vorbild aus. Der junge Mann, der seinen Vater als den Herrn des Hauses und seine Mutter als die geduldige Magd der ganzen Familie erlebt, wird in seiner eigenen Ehe leicht in das Verhalten seines Vaters verfallen und seiner jungen Frau gegenüber ähnliche Erwartungen hegen, wie sie der Vater der Mutter gegenüber äußerte.

220

Das kann aber den Tod der Ehe bedeuten, wenn die junge Frau ein anderes Selbstbewußtsein hat als ihre Schwiegermutter, wenn sie den Mann nur deswegen, weil er ein Mann ist, nicht auch schon für fähig hält, immer recht zu haben, und nicht bereit ist, ihm zuzubilligen, daß er immer das letzte Wort haben müsse.

Wenn die Kinder von heute diesen Konflikt morgen nicht erleben sollen, wenn wir verhindern wollen, daß auch weiterhin Ehen an mangelnder Partnerfähigkeit scheitern, dann müssen wir die Kinder von klein auf zur Partnerschaftlichkeit erziehen. Im Hinblick auf die Geschlechter heißt das: Anerkennung der Gleichwertigkeit und Gleichrangigkeit, gleiche Chancen für Buben und Mädchen, gleiche Rechte und gleiche Pflichten in der Familie, keine einseitige Arbeitsteilung (z. B. Hausarbeit nur für Mädchen), gleichmäßige Förderung aller bei den Kindern vorhandenen positiven Anlagen.

Nicht zuletzt aber bedeutet Erziehung zur Partnerfähigkeit das Bemühen der Eltern um Partnerschaftlichkeit in ihren Beziehungen zueinander. Kinder lernen eben weniger durch Worte als durch Beispiele. Und wie soll der Sohn morgen seine Frau partnerschaftlich akzeptieren, wenn er in der Mutter das Dienstmädchen der ganzen Familie erlebte?

4. Zum Schluß noch ein paar praktische Probleme und Fragen: Daß Kinder ihren eigenen Körper entdecken, ihn eingehender inspizieren und dabei auch ihre Geschlechtsorgane untersuchen, ist – man sollte es nicht mehr sagen müssen! – normal und notwendig. Nur so findet das Kind zu einem unbefangenen und ungestörten Verhältnis zu seiner Leiblichkeit und zu seiner Sexualität.

In der Vergangenheit ist im Zusammenhang damit mancher Fehler gemacht worden, und zwar unter dem Stichwort „Erziehung zur Schamhaftigkeit". Man hat häufig die ganz natürliche Neugier des Kindes auf seinen Körper als schädlich und unschamhaft angesehen.

Nun bedeutet aber Scham (nach Friedrich Muckermann) nichts anderes als das Bemühen, den eigenen Intimbereich vor dem unberufenen Eindringen anderer zu schützen. Erziehung zur Schamhaftigkeit ist also Erziehung dazu, den eigenen Intimbereich und den der anderen zu respektieren. Ein Kind kann schamlos sein, wenn es nicht gelernt hat, bestimmte Dinge für sich zu behalten, wenn es dazu neigt, sich selbst und andere bloßzustellen. Daß der Körper in unserem Kulturkreis zu dem schamgeschützten Intimbereich gehört, weiß das kleine Kind noch nicht, also wird es sich normalerweise seiner Nacktheit auch nicht schämen – wohl aber kann es sich längst anderer Dinge schämen, zum Beispiel, wenn es sich von den Eltern „bloßgestellt" sieht. (Nebenbei: In der Bibel steht die körperliche Nacktheit als Symbol für das Bloßgestelltsein; „nackt" und „bloß" sind bei uns synonyme, also inhaltsgleiche Begriffe. Darum können wir die Stelle, als Adam und Eva erkannten, daß sie nackt waren, durchaus übersetzen mit: Sie sahen sich bloßgestellt – Gott hatte sie gewissermaßen durchschaut!)

Selbstverständlich sollen Kinder auch erfahren, wie das andere Geschlecht aussieht. Deswegen ist es gut, wenn Buben und Mädchen vielleicht gemeinsam baden, wenn sie einander in der Familie nackt sehen dürfen. Und selbstverständlich dürfen Kinder auch ihre Eltern nackt sehen.

Wenn wir aus der Häufigkeit, in der danach bei Elternveranstaltungen gefragt wird, schließen dürfen, dann ist es heute weit verbreitet, daß kleinere Kinder oft und intensiv an ihren Geschlechtsteilen spielen. Hier ist also nicht mehr davon die Rede, daß Kinder sich selbst kennenlernen wollen. Man spricht von frühkindlicher Onanie.

Gelegentlich hört man dazu den Rat, die Sache einfach nicht zur Kenntnis zu nehmen und sie zu übersehen. Das Kind reagiere auf irgendeine Störung in seinem Wohlbefinden, auf Unlustgefühle, indem es sich Lustgefühle am eigenen Körper verschaffe. Das helfe ihm, mit der Störung in seinem Wohlbefinden leichter fertig zu werden.

Daran ist sicherlich so viel richtig, daß man weder mit Verboten noch mit der Mahnung viel erreicht, das Kind solle die Händchen aus der Hose nehmen. Es wird nur dorthin ausweichen, wo es sich unbeobachtet glaubt. Aber gar nichts zu tun, wäre genauso falsch. Selbstverständlich spürt das Kind, solange es mit sich selbst beschäftigt ist, das Problem nicht so stark, an dem es leidet. Aber wenn wir sagen, daß dieses Spielen an den Genitalien ein Ausweichen vor irgendwelchen Störungen ist, dann kann die Hilfe für das Kind nur in dem Versuch bestehen, die Störungen im Wohlbefinden des Kindes zu finden, ihre Ursachen aufzudecken und sie zu beseitigen. (Gleiches gilt übrigens bei intensivem Daumenlutschen, Bettnässen, Nägelkauen usw.) Wichtig ist schließlich noch, daß die Kinder, bevor sie in die Pubertät kommen, vorbereitet werden auf die körperlichen Veränderungen und Vorgänge, die das Erwachsenwerden anzeigen. Doch nicht nur die Kinder sollten auf die Reifezeit vorbereitet werden. Auch die Eltern tun gut daran, sich rechtzeitig darauf einzustellen, was auf sie zukommt, wenn die Kinder anfangen, wegzugehen. Aber bis dahin ist ja für jemanden, der am Anfang seiner Ehe steht, noch etwas Zeit!

Barthold Strätling

Wenn Kinder Kummer machen

Die Familie saß bei Tisch. Vater, Mutter und die beiden Kinder von fünf und neun Jahren boten äußerlich das Bild vollkommener Harmonie. Sie sprachen miteinander, sie reichten einander die Schüsseln, lächelten. Die Kinder schienen gut erzogen, vielleicht eher ein bißchen zu brav. Kaum zu glauben, daß an diesem Tisch auch ein Kummerkind saß.

Und doch hatte mir der Geistliche, der die Bildungsfreizeit für Eltern als Seelsorger begleitete, eben gesagt, das Elternpaar möchte mich gern persönlich sprechen, weil es sich wegen des größeren der beiden Buben ernsthaft Sorge mache und meinen Rat hören möchte. Ihm selbst, dem Geistlichen, sei in diesen Tagen nichts aufgefallen, aber die Eltern hätten sich bei ihm beklagt, zuzeiten sei es mit dem Buben nicht auszuhalten. Dann saßen mir die Eltern gegenüber und berichteten. Und sie fragten sich, was sie denn wohl alles falsch gemacht hätten, daß der Bub sich nun so verhalte, regelrechte Aggressionsausbrüche bekomme, seine Eltern und Geschwister tyrannisiere, wahnsinnig eifersüchtig auf den kleineren Bruder sei, obwohl dazu eigentlich gar kein Anlaß gegeben werde. „Wir haben uns doch so viel Mühe mit dem Kind gegeben – und nun dies!"

Die Eltern reagierten, wie es für viele Eltern typisch ist: Wenn ein Kind sich anders verhält, als man es erwartet und als andere Kinder sich verhalten, wenn es – wie man so sagt – „schwierig", ein Problemkind ist, dann suchen sie die Schuld zunächst und ausschließlich bei sich, sie fragen, was sie falsch gemacht haben. Aber sie können nicht allzuviel finden, denn ihre anderen Kinder verhalten sich ja – trotz der gleichen Erziehung – „normal". Also liegt es am Kinde! – Oder steckt gar der Teufel in diesem Kind?

In diesem Fall brachten einige Äußerungen der Mutter schon bald eine Spur ans Licht, die zu einer Erklärung für die Verhaltensstörungen des Kindes führte und damit die Voraussetzungen bot für eine richtige Behandlung mit Aussicht auf Heilung.

Die Geburt des Kindes war kompliziert gewesen und hatte lange gedauert. Eine Ärztin, die dem Kind gelegentlich Medikamente gegen Unruhezustände verordnete, hatte der Mutter gegenüber angedeutet, es sei möglich, daß während der lange dauernden Geburt beim Kind eine Durchblutungsstörung des Gehirns eingetreten sei, die zu einer leichten, äußerlich aber kaum feststellbaren Schädigung geführt habe. Die Eltern erwarteten von mir, daß ich ihnen sagen würde, wie sie sich ihrem Kind gegenüber verhalten sollten. Das aber konnte ich nicht so einfach. Es ist im Hinblick auf ein Kind, das nicht verhaltensgestört ist, nicht zu verantworten, Erziehungsrezepte zu geben; denn zur Erziehung gehört, daß man sich auf jedes Kind und seine Bedürfnisse einstellt. Noch viel weniger lassen sich erzieherische Ratschläge im Hinblick auf gestörte Kinder vertreten, wenn man nicht die Situation des Kindes, die Ursachen der Störung und auch Eigenart und Wesen der Eltern einigermaßen verläßlich kennt. Trotzdem, glaube ich, konnte ich den Eltern helfen. Diese Hilfe bestand zunächst darin, daß ich den Eltern einfach verbot, nach der eigenen „Schuld" an der offensichtlichen Verhaltensstörung des Kindes zu fragen. Kein Vater und keine Mutter wird von sich behaupten können, in der Erziehung der Kinder alles richtig gemacht und sich den eigenen Kindern gegenüber niemals falsch verhalten zu haben. Es ist also durchaus berechtigt, nach jenen Gründen für die Verhaltensstörung des Kindes zu fragen, die in den Personen der Eltern liegen. Doch das heißt nicht, daß man auch von Schuld sprechen sollte, denn Schuld ist eine moralische Kategorie. Wenn Eltern sich aus Unkenntnis dem Kind gegenüber falsch verhalten, aber von der Notwendigkeit und Richtigkeit ihres Tuns überzeugt sind, kann man nicht von Schuld sprechen. Dieser Freispruch – nicht von den Fehlern, sondern von den Schuldhaftigkeitsvorstellungen – erleichtert es den Eltern, möglichst unbefangen an der Heilung ihres Kindes mitzuwirken.

Die Hilfe bestand außerdem darin, den Eltern einsichtig zu machen, daß es die erhoffte schnelle Lösung nicht geben konnte; Voraussetzung für die Heilung des Kindes sei dessen gründliche Untersuchung durch Ärzte und durch geschulte Psychologen. Denn nur wenn man die Ursachen sicher erkannte, war eine wirkliche Hilfe möglich. Indem ich von Heilung und Hilfe sprach, baute ich bei den Eltern zugleich die Vorstellung ab, es handele sich bei dem Verhalten des Kindes um eine „Ungezogenheit" und um die Folge einer „falschen Erziehung". Sie sollten erkennen, daß hier Verhaltensstörungen vorlagen, die mindestens teilweise als krankhaft oder als Ausflüsse einer Krankheit zu gelten hatten.

Die Hilfe bestand schließlich drittens darin, daß ich den Eltern den Kontakt zu einem Erziehungsberater vermittelte, diesen informierte und meinen Einfluß bei ihm geltend machte, dem Elternpaar bald einen Termin zu einer ersten Aussprache zu geben. Inzwischen kenne ich die ersten Ergebnisse. Der Erziehungsberater veranlaßte eine gründliche ärztliche Untersuchung des Buben. Was die Eltern als Erziehungsschwierigkeiten aufgefaßt hatten, erwies sich nun als die Reaktion des Kindes auf eine Krankheit, nämlich eine leichte Gehirnschädigung mit ebenfalls leichten Bewegungsstörungen, die niemandem richtig aufgefallen war.

Heute befindet sich der Bub sowohl in medizinischer als auch in heilpädagogischer Behandlung – und auch die Eltern werden nicht nur beraten, sondern in die Behandlung ihres Kindes einbezogen. Denn es kommt wesentlich auf sie an, daß das Kind seine Verhaltensstörungen verliert und mit seiner Krankheit und seiner Behinderung zu leben lernt. Das kann ein durchaus menschlich befriedigendes Leben sein.

Die Geschichte dieses Buben ist eine von vielen, die dem begegnen, der häufig mit Eltern über Erziehungsfragen arbeitet. Kaum ein Seminar mit Eltern, wo man nicht privat auf die Situation eines bestimmten Kindes angesprochen wird, auf die Schwierigkeiten mit einem Kummerkind. Hier verantwortlich einen direkten Rat zu geben, ist nicht möglich. Meistens kann man nur empfehlen, die Erziehungsberatung aufzusuchen und das Kind dort vorzustellen.

Leider begegnet diese Empfehlung noch manchem Vorurteil. Viele Eltern entschließen sich erst dann, die Hilfe der Erziehungsberatungsstelle in Anspruch zu nehmen, wenn sie nach allen gutgemeinten Versuchen, mit dem Kind selbst „zurechtzukommen", keinen anderen Ausweg mehr sehen. Bis dahin ist meistens wertvolle Zeit

verloren, die Verhaltensstörungen sind häufig so verfestigt, daß es sehr viel mühsamer ist, wirklich zu helfen. So wird manche Chance vertan.

Selbstverständlich haben die Eltern für ihre Zurückhaltung Gründe. Sie sehen bereits im ersten Schritt zur Erziehungsberatungsstelle das Eingeständnis, in der Erziehung versagt zu haben. Außerdem befürchten sie, ihr Kind könne, weil es in der Erziehungsberatung war, in seiner Umgebung als „schwierig" eingestuft werden und in einen schlechten Ruf geraten. Diese Befürchtungen sind zum Teil verständlich. Nur zu häufig war in der Vergangenheit davon die Rede, daß das Elternhaus in der Erziehung versage. Immer wieder hat man dem Elternhaus eine Allzuständigkeit in Sachen Erziehung zugesprochen oder abverlangt, die es tatsächlich weder jemals hatte noch jemals haben konnte. So wurden beim Kind auftretende Störungen automatisch den Eltern angelastet, von diesen – siehe oben – als Schuld empfunden. Ein Kummerkind – oder schwarzes Schaf – zu haben, wird als Makel angesehen.

Ganz sicher ist dies: Kinder, die in belastenden Familiensituationen aufwachsen, die vielleicht jahrelang in einem von Unfrieden gekennzeichneten Elternhaus leben müssen, zeigen häufig Störungen, die die Hilfe der Erziehungsberatungsstelle, nicht selten auch eine psychotherapeutische Behandlung erforderlich machen. Aber die Vorstellung, daß Verhaltensstörungen bei Kindern ihren Ursprung vor allem oder ausschließlich in ungünstigen familiären Verhältnissen hätten, ist heute überholt. Wir wissen, wie häufig Überforderung durch den Leistungsdruck der Schule, Anpassungsschwierigkeiten von Einzelkindern in der Klasse und die Flut der aus der Öffentlichkeit auf die Kinder einströmenden Eindrücke Verhaltensstörungen auslösen. Die Eltern können diese Entwicklung noch verschärfen, indem sie falsch reagieren.

Es sind also keineswegs die Eltern an allem schuld. Und deswegen braucht niemand den Weg zur Erziehungsberatungsstelle zu scheuen. Die Erziehungsberatungsstelle heißt übrigens deswegen „Beratungsstelle", weil man dort beraten wird, sich beraten lassen, sich Rat holen kann. Und Rat brauchen wir immer dann, wenn sich irgendeine Schwierigkeit ergibt, mit der wir allein nicht fertig werden, wenn wir eine Sache nicht richtig verstehen, wenn wir „keinen Durchblick haben", wie es heute heißt. Die erste Aufgabe der Erziehungsberatungsstelle ist es, den Eltern zu helfen, ihr Kind besser zu verstehen – also den Durchblick zu schaffen. Damit ist in vielen Fällen schon geholfen. Und damit kann in vielen Fällen vermieden werden, daß später bei einem Kind Verhaltensstörungen auftreten, die sehr viel schwieriger zu beheben sind. Auch hier gilt – wie beim Arzt –, daß Vorbeugen besser ist als Heilen! Leider ist die Inanspruchnahme der Erziehungsberatungsstelle längst noch nicht so selbstverständlich wie beispielsweise die Inanspruchnahme der ärztlichen Mütterberatung.

Allerdings ist diese Inanspruchnahme der Erziehungsberatungsstellen heute auch noch nicht so leicht möglich. Der körperliche Gesundheitszustand eines Kindes läßt sich durch einige Routineuntersuchungen überprüfen. Findet der Arzt Anzeichen einer Krankheit, so verweist er die Mutter mit dem Kind an ihren Hausarzt oder an eine Klinik zur Behandlung. In der Erziehungsberatungsstelle sieht es anders aus. Um die Gründe für eine Verhaltensauffälligkeit des Kindes festzustellen, sind Gespräche mit dem Kind selbst, mit den Eltern, sind Untersuchungsreihen und Tests und manches andere erforderlich. Das alles kostet Zeit. Sofern nicht eine Behandlung in einer Klinik angeraten werden kann, muß die Behandlung des Kindes selbst – gegebenenfalls auch seiner Angehörigen – von der Beratungsstelle geleistet werden. Der Aufwand für das einzelne Kind ist also sehr groß. Das führt dazu, daß vielfach nur noch sogenannte dringende Fälle, also Kinder mit sehr erheblichen Verhaltensstörungen, angenommen werden können oder zumindest den absoluten Vorrang haben. Für viele Eltern bedeutet dies eine harte Geduldsprobe, weil sie unter Umständen ziemlich lange warten müssen, bis sie einen Termin bei der Erziehungsberatung bekommen. Über das lange Wartenmüssen kann ein anfangs „leichter Fall", dem mit einigen Aussprachen geholfen wäre, sich zu einem „schweren Fall" mit einer langandauernden Behandlung entwickeln.

Die Eltern sollten daraus zwei Schlüsse ziehen. Der erste: Auch wenn sie lange Wartezeiten in Kauf nehmen müssen, sollten sie sich auf jeden Fall an eine Erziehungsberatung wenden, wenn sich bei ihrem Kind Verhaltensauffälligkeiten zeigen, wenn es sich wesentlich anders verhält als etwa seine Geschwister, wenn sich Schwierigkeiten mit dem Kind ergeben, die über das „normale Maß" hinausgehen.

Der zweite: Der Ausbau der Erziehungsberatungen ist dringend erforderlich. Wer sich vergegenwärtigt, wie viele Kosten verhaltensgestörte Menschen, wenn sie ohne Hilfe bleiben, der Gesellschaft unter Umständen verursachen, dem erscheinen die für den Ausbau des Beratungswesens erforderlichen Mittel geradezu gering. Wer weiß, daß das Wohl seines eigenen Kindes vielleicht einmal davon abhängt, daß er rechtzeitig die Hilfe einer Beratungsstelle in Anspruch nehmen kann, für den sollte es selbstverständlich sein, seinen möglichen Einfluß für den Ausbau des Beratungswesens einzusetzen.

Eine letzte Frage: Wo finde ich die nächste Erziehungsberatungsstelle? Träger dieser Beratungsstellen sind neben den größeren Städten und manchen Landkreisen vor allem die Wohlfahrtsverbände. Auf katholischer Seite sind dies der Caritasverband und der Sozialdienst katholischer Frauen. Geschäftsstellen des Caritasverbandes und des Sozialdienstes werden jederzeit sagen können, wo man die nächste Erziehungsberatungsstelle findet. Ein Verzeichnis dieser Einrichtungen in der jeweiligen Diözese wird auch im Pfarrbüro vorhanden sein. Und schließlich kann man Stadt- und Landkreisverwaltung anrufen und sich vom Jugendamt die benötigte Auskunft geben lassen. Übrigens werden diese Informationen gegeben, ohne daß man seinen Namen nennt.

Barthold Strätling

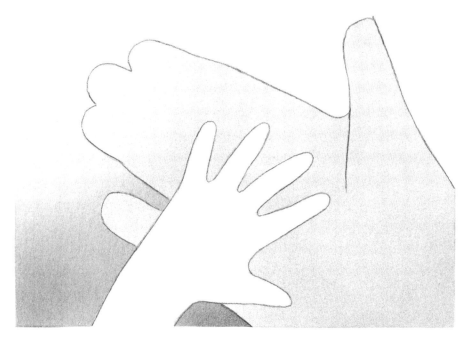

Skizzen aus dem Leben einer Familienfrau

Manchmal, abends

Manchmal, abends, bin ich glücklich. Die Kinder schlafen, es ist ruhig, die Alltagsstürme des Tages sind verebbt, die Zimmer vom gröbsten Spielzeugdurcheinander befreit. Ich finde langsam zu mir zurück und fühle mich eins und zufrieden mit den Kindern und unserem Leben.

Ruhe, vorgerückte Zeit, Dunkelheit und die Aussicht auf eine ungestörte Stunde schaffen eine wohltuende Distanz zum Tagesgeschehen. Der Ärger über die Kinder weicht, die Freude beginnt zu überwiegen. Lustige Bemerkungen fallen mir ein, ihre neuen Schritte auf dem Weg in die Selbständigkeit, ich erinnere mich an ihre phantasievollen Spiele. Der Streit, das eine oder andere böse Wort, der Trotz fallen bereits durch das heilsame Sieb des Gedächtnisses. Ebenso die nervtötenden An- und Ausziehprozeduren, der Kampf mit dem Einkaufen (ein müdes Kind auf dem einen Arm, der andere Arm schiebt den Kinderwagen, die Einkaufsliste liegt vergessen zu Hause auf dem Küchentisch), der mühsame Heimweg vom Kindergarten nach Hause mit drei bis vier müden Kindern. Auch der Streß beim Essen wird zur Anekdote: das Baby muß gestillt werden, mein Hunger auch, die Tochter muß zur Toilette und der Sohn die Kindergartenereignisse erzählen. Was warten kann und muß, ist das Mitteilungsbedürfnis der Eltern.

Es ist nahezu lebenserhaltend, unser Gedächtnis-Sieb. Ein letzter Blick ins Kinderschlafzimmer bestärkt neuerlich mein Eins-Sein mit dem Leben der Kinder. Wenn wir sie nicht hätten, wie sehr müßten wir sie vermissen.

Freuden des Stillens

Das kennen Sie sicher auch: „Ältere" Mütter betrachten die junge Mutter beim Stillen. Und es dauert nicht lange, da kommen die Kommentare: Diese Nähe! Diese zärtliche Art zu füttern! Welch inniger Körperkontakt? Genießen Sie diese Innigkeit und Wärme!

Ich lasse diese Sätze an mir herunterrieseln wie warmen Mairegen, aber ich denke mir meinen Teil: ich stille gerne, ich halte es für die unkomplizierteste und praktischste Methode, einem Säugling Nahrung zuzuführen. Und daß meine Kinder von der ersten Lebensstunde an die Möglichkeit hatten, in körperlicher Geborgenheit und Wärme, angeschmiegt an einen Menschen, ihren Hunger zu stillen, ist ein schöner und beruhigender Gedanke. (Wobei ich nie der Meinung war, ein „Flaschenkind" müsse zwangsläufig dieser zärtlichen Wärme entbehren.) Aber meine praktische Lebensrealität sieht so aus:

Wenn ich mein – wohlgemerkt drittes – Kind stille, scheint dies nur eine Nebenbeschäftigung zu sein, Hauptbeschäftigung kann sein, den beiden anderen ein bis zwei Bücher vorzulesen, dem einen rasch ein Butterbrot zu schmieren, selber eben mal fertig zu essen. Alles noch ganz harmlos.

Schwierig wird es dann in Verbindung mit Fortbewegung: das Telefon läutet, meine Tochter muß plötzlich aufs Klo, der Paketbriefträger schellt. Medaillenreif allerdings fühlte ich mich vor ein paar Tagen, nachdem ich während des Stillens meine Tochter von Kopf bis Fuß angezogen hatte.

Diese Nähe! Diese Innigkeit und Wärme! Ich werde versuchen, es bei der nächsten Stillmahlzeit zu genießen – wenn nicht, ja, wenn nicht ... das Telefon läutet, es an der Haustür klingelt, ein Kind aufs Klo muß ...

Die Lindgren-Kinder

Unsere Kinder haben eine Vielzahl Wahlverwandte, besser gesagt, Wahl-Brüder und -Schwestern. Sie heißen Pippi, Madita und Lisabeth, Michel und Ida, Karlsson, Kalle, Lasse, Bosse, Ole, Britta, Kerstin und Lisa. Von Zeit zu Zeit nimmt einer von ihnen auf einem freien Stuhl am Tisch Platz, stimmt ein in unser „Guten Appetit" und ißt mit uns zu Mittag. Sie leben gewissermaßen mit uns. Wir erleben auch

233

Ähnliches wie sie. „Wie bei den Kindern aus Bullerbü, Mama", heißt es dann. Redensarten werden übernommen. Lernen wir ein Kind mit Namen Richard kennen, fällt uns sofort der imaginäre Schulkamerad Maditas ein, von dem Lisabeth (und in Analogie zu ihr meine Kinder) immer sagt: „Richard müßte Haue kriegen." Unsere Kinder vergleichen sich selbst und ihre Freunde oft mit den Bullerbü-Kindern, wenn sie zu fünft oder sechst im Gänsemarsch durch die Gärten laufen auf der Suche nach Abenteuern. Und wie oft hat der Ständer unseres Sonnenschirms als Boot für Pippi Langstrumpf, Thomas und Annika gedient.

Diverse Erlebnisse der Kinder aus Astrid Lindgrens Büchern sind fest im Gedächtnis unserer Kinder verankert. Was nicht verwundert, wenn man weiß, daß allabendlich aus den entsprechenden Büchern vorgelesen wird. Manche Stellen können unsere Kinder auswendig aufsagen. Was ist an den Lindgren-Kindern so faszinierend, daß Jungen und Mädchen jeden Alters an ihnen hängen und sie in ihre eigene Wirklichkeit aufnehmen?

Pippi Langstrumpf lebt mit nicht ganz 10 Jahren allein, entscheidet über Zu-Bett-geh-Zeiten und Schulbesuch selbständig, erfindet ungewöhnliche Spiele. Die Bullerbü-Kinder, Madita und Lisabeth, erforschen spielend ihre Welt, ungestört von Erwachsenen. Sie erledigen sogar ihre Mitarbeit auf dem Feld oder den Schulweg spielend. Astrid Lindgren erzählt Geschichten von Kindern, die als ganze Menschen akzeptiert werden. In ihrer Kindheit dürfen sie Kinder sein, dürfen spielen, spielen, spielen. Sie sind nicht allein, denn sie haben Freunde, Eltern, Hausangestellte, Großväter, die ihnen zuhören und zu ihnen stehen. Ein Zusammenleben mit ihnen wird niemals langweilig. Diese Wärme und Geborgenheit, die von den Lindgren-Kindern, ihren Familien und ihrer Umgebung ausstrahlt, das hohe Maß an Vertrauen und Verantwortung, das den Kindern entgegengebracht, die Selbständigkeit, die ihnen zugetraut wird, das alles bildet den Schlüssel zu den Herzen unserer Kinder.

Kinder haben ein untrügliches Gespür für Erwachsene, die sie als vollwertige Menschen akzeptieren. Nichts anderes tut Astrid Lindgren. Wer wollte sie und ihre Gestalten, die Wahlgeschwister meiner Kinder, nicht in sein Herz schließen?

Sigrid Blomen-Radermacher

234

Wir haben Zeit füreinander

TROTZEN

SICH LIEBEN

ALLEM HASS
ZUM TROTZ
ALLEN KRIEGEN
ZUM TROTZ
ALLEM HUNGER
ZUM TROTZ
ALLEN BEDENKEN
ZUM TROTZ
ALLEN TRÜMMERN
ZUM TROTZ
ALLEN SCHWÄCHEN
ZUM TROTZ
ALLEM LEID
ZUM TROTZ

SICH LIEBEN

MARIA GRÜNWALD

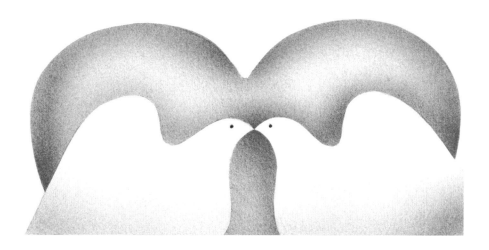

Als wir ein trautes Paar waren

Über den Versuch, aus zwei Traditionen eine zu machen

Da saßen wir also. Trautes Paar, getraut vor 81 Tagen. Stille Nacht war angesagt an diesem unserem ersten zweisam-gemeinsamen Heiligabend. Neben uns im ach so kleinen Wohn-, Arbeits- und Gästezimmer stand auf dem Schreibtisch unser Kompromißbäumchen. Eine Edeltanne hätte es sein sollen, so wie Esther von ihrem Elternhaus gewohnt war; eine Fichte hätte sich gut gemacht, wie all die Jahre bei mir daheim. Nun, diese Art Blaufichte sah aus wie eine Kreuzung aus beiden, und mit dem Erwerb des Bäumchens hatten wir unseren ersten Schritt getan, einen eigenen weihnachtlichen Stil zu finden, ohne gleich alle anerzogenen Traditionen hinwegzuwischen.

Da schauten wir also. Freuten uns an der schönen Dritte-Welt-Krippe. Dritte Welt deshalb, weil die Apfelsinenkiste zwar vom benachbarten Großmarkt, ursprünglich aber wohl aus Afrika stammte. Die Figuren darin, die hatten meine Frau und ihr Mann sich geleistet, weil sie im Gefallen daran übereinstimmten: in tönerner Schlichtheit im Ausdruck eindrucksvoll. Drumherum und auf dem Baum hing und glitzerte die ungeordnete Vielfalt der Geschmäcker: Hölzerne Äpfel und Engel, wie sie Esther von früher kannte, silberne Kugeln und Lametta, die mich an Kindheits- und Junggesellentage erinnerten.

Da seufzten wir also. Waren noch satt vom ersten gemeinsamen Heiligabend-Mahl. Menüwahl und Zusammenstellung von ein bis zwei Gängen unterlagen rein praktischen Zwängen. Mein ersehnter Fisch und Esthers erwünschtes Fleisch hatten keine Chance, weil diese Kammer, im Mietvertrag großspurig Küche genannt, nur Platz für einen Campingkocher und für mich als maskuline Spülmaschine hatte; lukullische Experimente ließ sie nicht zu. Doch wie gut schmeckten uns die adventlichen Spargelröllchen und die weihnachtlichen Schnittchen!

Da schwiegen wir also. Wir zwei beiden ganz allein. Gebannte bange Blicke werfend auf die Kerzchen, daß nur ja nichts vom Wachse tropfte oder gar vom Flämmchen zündelte. Und jetzt sollten, wollten – mußten? – wir dem weihnachtlichen Gesange frönen. Das gehörte doch einfach dazu, zusammen singen, wenigstens ein Lied, allerwenigstens eine Strophe. Nichts leichter als das – wenn man Übung hat im weihnachtlichen Duett, wenn man weiß, wer anstimmt, welche Tonlage angemessen ist, wie laut man singen darf, ohne daß die Nachbarn hinter den hellhörigen Wänden vor Rührung Beifall klatschen, oder wie leise, ohne daß wir uns selbst nicht hörten. Routine hatten wir noch nicht, darin jedenfalls nicht. Wir hielten uns an der Hand, waren verlegen. Mir war komisch zumute.

Da sangen wir also. Was man so Singen nennt. Esther stimmte mutig das „Stihille Nacht" an. Klang ganz gut. Besser, sie hätte allein weitergesungen. Ich versuchte, einige brummelnd untermalende Baßtöne als dritte oder vierte Stimme beizusteuern. Wir vermieden es, uns anzusehen. Das hätte noch gefehlt, daß einer von uns in Ermangelung fromm-ernsthafter Sicht des kunstvollen Mühens losgelacht hätte. Und doch, ich meinte, aus der Vibration in Esthers glockenheller Stimme einen Anflug von unangebrachter Heiterkeit herauszuhören.

Da lachten wir also. Beide. Niemand hätte ernst bleiben können, der gehört hätte, wie sich die beiden Zebrafinken, die unterm Schreibtisch darauf harrten, meiner Schwiegermutter als Weihnachtsgeschenk überreicht zu werden, in unseren Weihnachtsgesang einmischten. Sie hatten wohl unsere zaghaft sich suchenden Stimmen als Alarmzeichen mißverstanden und piepsten und zwitscherten und flöteten und flatterten voller Panik im Käfig umher. Welches noch so fromme, aber in Heiligabend-Gestaltung ungeübte Paar hätte da seligsüß weitersingen können?

Da liefen wir also. Nach dem Frohe-Weihnachts-Kuß ging's ein Stockwerk tiefer zur lieben alten Frau Mulack. Auf der Treppe sahen wir uns verwundert an. Ich wußte ja nicht, daß Esther dort mein Weihnachtsgeschenk untergestellt hatte. Sie ahnte ja nicht, daß ich dort ihr Weihnachtsgeschenk in Verwahrung gegeben hatte. Dann schleppten wir unsere Riesenpakete hoch.

Da staunten wir also. Esther über den gemütlichen Schaukelstuhl. Ich über den bequemen Drehstuhl für meinen Schreibtisch. Die beiden Sitzgeräte machten sich gut auf der bis dahin noch einzig freien Fläche im Raum. Nur der Weg zum Schrank, der geriet künftig zum akrobatischen Balanceakt. Nie mehr seitdem haben wir uns ohne Absprache so „große" Weihnachtsgeschenke gemacht.

Da träumten wir also. Waren sanft entschlummert nach unserem ersten gemeinsamen, holden, wunderbaren, aufregenden Heiligabend. Noch nichts von den Folgen ahnend: Neun Monate später kam unsere Tochter zur Welt.

Joachim Burghardt

Ein Familienmitglied zum Abschalten

Etwa zweieinhalb Stunden täglich verbringt ein Bundesbürger vor dem Fernsehgerät. Das ist mehr Zeit, als sich Väter für ihre Kinder nehmen, mehr Zeit als Familienmitglieder und Partner pro Tag miteinander sprechen, eine Menge an Lebenszeit.

Die liebste Freizeitbeschäftigung bestimmt und strukturiert den Alltag vieler Menschen und bietet Gesprächsstoff in Familie und Beruf. Längst ist das Medium Fernsehen aus unserer Gesellschaft nicht mehr wegzudenken. Es hat dazu beigetragen, daß wir Bilder aus aller Welt in unserem Wohnzimmer empfangen können, live dabei sind, wenn in Australien Tennis gespielt wird, Wale in Grönland gerettet werden und der Papst die Fidschi-Inseln besucht. Fernsehen ist grenzenlos, es überwindet Raum und Zeit. Man braucht weder Visa noch ein teures Flugticket, um ferne Länder kennenzulernen. Da gibt es Theater und Konzerte ohne Eintrittskarten, Politiker und Stars hautnah im eigenen Wohnzimmer. Jeder hat Möglichkeiten, etwas kennenzulernen, das früher nur wenigen vorbehalten war. Schon die Kleinsten erfahren in der Sendung mit der Maus, wie die Zahnpasta in die Tube kommt, und wer sich keine Weltreise leisten kann, geht mit dem „Traumschiff" auf große Fahrt.

Die Droge im Wohnzimmer?

Trotz dieser enormen Chancen, Fernsehen als Informations- und Bildungsmöglichkeit zu nutzen, gibt es immer wieder warnende Stimmen: Fernsehen macht träge, wird zur Droge im Wohnzimmer, verblödet die Kinder, manipuliert die Erwachsenen; und andere Vorbehalte mehr. Sie beruhen auf den Erfahrungen, daß die Mehrzahl der Nutzer nicht die Informations- und Bildungsprogramme schätzen, sondern daß die Vermehrung der Programmangebote zu einer Art „Unterhaltungsslalom" von Spielfilm zu Spielfilm, von Show zu Show, geführt hat. Je höher der Fernsehkonsum wird, desto weniger Gelegenheit hat der einzelne, selbst Erfahrungen zu machen, die nicht vermittelt sind, sondern authentisch. Wenn Fernsehen zur einzigen Erlebnisquelle wird, verschiebt sich die Wahrnehmung der Wirklichkeit, denn das Medium ist kein wahrer Spiegel, sondern allenfalls ein Zerrspiegel, in dem bestimmte Bereiche, die sich medial schlecht vermitteln lassen, nicht vorkommen. Die Banalität des Alltags eignet sich wenig für den Bildschirm, und das Publikum sucht die Entspannung, will nicht auch noch zu Hause konfrontiert werden mit Problemen.

Nichts gegen Unterhaltung und Spielfilm: Zum Abschalten nach einem anstrengenden Arbeitstag eignen sie sich hervorragend. Aber darin liegt auch die Gefahr, das Drogenähnliche des Fernsehens: Für die Dauer des Genusses bietet es Vergessen und Wohlergehen. Die Probleme werden aber nicht gelöst, und der Katzenjammer ist nur noch größer. Kindergärtnerinnen und Lehrer können ein leidvolles Lied davon singen, wie schwierig an den Montagen der vermehrte Fernsehkonsum des Wochenendes zu verarbeiten ist.

Ersatz für eigenes Erleben?

Gefährlich wird es vor allem, wenn das Fernsehprogramm zum Ersatz wird. Zum Ausgleich für fehlende Freunde und Gesprächspartner, zum Ersatz für eigenes Erleben, für die Entfaltung eigener Kreativität und Phantasie. Begleitstudien zum Berliner Kabelpilotprojekt haben ergeben, daß der TV-Apparat für Menschen in schwierigen Situationen zum „Ersatz für Kommunikation wird", daß gemeinsames Fernsehen in der Familie das fehlende Familienleben ersetzen soll oder Streitigkeiten überdecken und ältere Mitbürger das Fernsehen als „Notlösung für einsame Stunden" ansehen. Vor allem Kinder sind gefährdet, der Droge im Wohnzimmer zu erliegen und fernsehsüchtig zu werden. So verbringen Kinder in verkabelten Haushalten fast doppelt so viel Zeit vor dem Bildschirm wie ihre Altersgenossen mit eingeschränkten Empfangsmöglichkeiten. Untersuchungen haben gezeigt, daß die Vielseher unter den Kindern ein eher passives und ichbezogenes Verhalten aufweisen als die Vergleichsgruppe der Wenigseher. Der ausgedehnte Fernsehkonsum ist bei Kindern wie Erwachsenen jedoch eher ein Symptom für Vereinzelung und mangelnde Eigeninitiative als deren Ursache. Wer Hobbies, Freunde und andere Interessen hat, verbringt seine Freizeit automatisch nicht mehr so viel vor der Glotze. Ein attraktives, selbstgestaltetes Gegen-Freizeitprogramm ist hilfreicher als Fernsehverbot.

Immer Streit um das Programm

Je größer die Zahl der Programme, die empfangen werden können, um so häufiger gibt es Streit in der Familie. Vater möchte Sport sehen, die Mutter interessiert sich für einen Spielfilm, und die Kinder betteln, weil ein lustiger Trickfilm ausgestrahlt wird. Solche Auseinandersetzungen sind normal, und die wenigsten Familien können sie lösen, indem im Kinderzimmer der Zweitapparat steht und Mutters Spielfilm mit dem Videorecorder aufgezeichnet wird. Meistens entscheidet dann Vater zu seinen Gunsten; die bestehenden Machtverhältnisse in einer Familie kommen zum Tragen. Es gibt aber auch die Chance, sich zu einigen, was gemeinsam angeschaut werden soll. Die Auswahl des Fernsehprogramms kann so zu einem Bereich werden, in dem die Spielregeln der Demokratie in einer Familie geübt werden: nicht nur einer bestimmt, sondern alle reden mit, versuchen zu überzeugen und andere für ihre Argumente zu gewinnen. Und jeder muß bereit sein, Kompromisse zu schließen, auf seine eigenen Wünsche zu verzichten und sich für die Neigungen des anderen zu interessieren.

Auf gesunde Speisenfolge achten

Immer wieder beklagen Zuschauer, daß das falsche Programm gesendet wird bzw. zur falschen Zeit: Diskussionen, die in der Regel von dem Stoßseufzer begleitet werden, man könne ja nichts machen, die Anstalten machten ohnehin, was sie wollten. Sicherlich wird ein Einzelner bei einem Massenmedium wenig bewirken. Aber die Medienforscher registrieren sehr genau, was die Zuschauer wollen und was nicht, sie orientieren sich am Zuschauerverhalten. Solange Serien zu den höchsten Einschaltquoten führen, nützt der Protest dagegen wenig, während gezielter Boykott vieler sehr schnell dazu beitragen würde, Programme zu überdenken.

Das Fernsehprogramm ist wie eine Speisekarte: jeder kann sich sein Menü nach eigener Wahl zusammenstellen. Aber wer immer nur dasselbe ißt und nicht auf ausgewogene Ernährung achtet, lebt ungesund. Selbst von zuviel des Guten verdirbt man sich den Magen. Auch für den Fernsehkonsum kann gelten: Weniger ist mehr.

Michaela Pilters

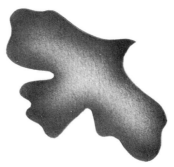

Befreiende Gespräche

Was auch geschieht, das Gespräch sollte nicht abreißen.

Denn erst, wo das Gespräch endgültig verstummt, wo es scheinbar keinen Zweck mehr hat, miteinander zu reden, wo wir „endgültig miteinander fertig sind", da erscheint der Riß, die Scheidung unwiderruflich. Jedes „Es lohnt sich nicht mehr, miteinander zu reden" oder „Wir haben uns nichts mehr zu sagen" wäre die Todsünde wider den Geist der Liebe und Hoffnung, wäre Verachtung und Selbstisolation. Über alle Enttäuschung und Meinungsverschiedenheit hinweg wird das befreiende Gespräch zur tragfähigen Brücke vom Ich zum Du, von dir zu mir.

Die tragenden Pfeiler im Strom möglicher Alltagsmißverständnisse und sachlicher Entzweiungen bildet das persönliche Vertrauen auf beiden Seiten. Wie könnte das Vertrauen aber besser erhalten und vertieft werden als durch befreiende Gespräche?

Es spricht schon Lebensweisheit aus dem Rat an junge Eheleute: „Hütet euch vor dem ersten bösen Wort!" Wenn es aber in den Spannungen des Alltags herausrutscht, dann sollten wir uns an das Schriftwort erinnern: „Laßt die Sonne über eurem Zorn nicht untergehen" (Eph 4, 26)! Das heißt ganz einfach, wenn ihr euch gestritten und in Wut auseinandergesetzt habt, dann kommt spätestens vor dem Einschlafen wieder aufeinander zu, setzt euch zusammen und sprecht, jeder von sich aus, das versöhnende Wort. Es befreit von kleinlicher Rechthaberei und beleidigter Eigenliebe ebenso wohltuend, wie ein Gewitter die vorher drückend schwüle Atmosphäre bereinigt. Die versöhnenden Worte werden Eheleute mit Zeichen ihrer Liebe spürbarer machen.

Von Spannungen frei

Was können wir aber tun, daß wir von Belastungen und Ärger in Beruf und Familie nicht total erledigt werden? Es ist natürlich, daß Berufstätigen auch nach Dienstschluß Probleme und Konflikte vom Arbeitsplatz nachgehen, daß die Hausfrau mit ihrer Wirtschaft und den Fragen der Kinder noch so randvoll ist, daß es Eheleuten gar nicht leichtfällt, sich für ein Gespräch von sich selbst und für den anderen frei zu machen. Verständlich, wenn viele daheim zunächst „alle viere von sich strecken" und nachher fast apathisch Funk oder Fernsehen konsumieren. Auf große Anspannung muß auch Entspannung folgen und von dem anderen Partner berücksichtigt werden. Wenn aber ein persönliches Gespräch erwünscht ist, sollten wir uns ehrlich darum bemühen, wach und bereit füreinander dazusein. Sicherlich ist das Erste und Schwerste jeden echten Gesprächs, uns von unseren tausend eigenen Interessen, Plänen, Sorgen, Verärgerungen und Konflikten innerlich zurückzuholen und möglichst frei von uns selbst für unseren Gesprächspartner anwesend zu werden. Erst dann kann zwischen beiden ein frei- und frohmachendes Gespräch entstehen.

Ich komme zu mir und bin für dich da

Wieviel für eine Zwiesprache über Lebensfragen davon abhängt, daß der eine für den andern anwesend ist und auf ihn eingeht, hat uns Martin Buber (Das dialogische Prinzip) berichtet: „Es ereignete sich nichts weiter, als daß ich einmal, an einem Vormittag, nach einem Morgen ‚religiöser' Begeisterung, den Besuch eines unbekannten jungen Menschen empfing, ohne mit der Seele dabeizusein. Ich ließ es durchaus nicht an einem freundlichen Entgegenkommen fehlen, ich behandelte ihn nicht nachlässiger als alle seine Altersgenossen, die mich um diese Tageszeit wie ein Orakel, das mit sich reden läßt, aufzusuchen pflegten, ich unterhielt mich mit ihm aufmerksam und freimütig – und unterließ nur, die Fragen zu erraten, die er nicht stellte. Diese Fragen habe ich später, nicht lange darauf, von einem seiner Freunde – er selbst lebte schon nicht mehr – ihrem wesentlichen Gehalt nach erfahren, habe erfahren, daß er nicht beiläufig, sondern schicksalhaft zu mir gekommen war, nicht um Plauderei, sondern um Entscheidung, gerade zu mir, gerade in dieser Stunde. Was erwarten wir, wenn wir verzwei-

feln und doch noch zu einem Menschen gehen? Wohl eine Gegen-
wärtigkeit, durch die uns gesagt wird, daß es ihn dennoch gibt, den
Sinn."

Hier gesteht der große Meister des Dialogs ein, bei einem Gespräch,
das er zu spät als ein lebenswichtiges erkennt, nicht ganz mit der Seele
dabeigewesen zu sein und das verborgene Problem eines jungen Menschen nicht von sich aus erfragt zu haben. Um wieviel schwerer muß
es uns so vielfältig Umhergetriebenen fallen, uns aus der Befangenheit
in unsere eigenen Probleme zu befreien und immer wieder neu für unseren jeweiligen Gesprächspartner gegenwärtig und frei verfügbar zu
sein! Wir spüren alle recht gut, ob etwa ein Arzt, Lehrer oder Seelsorger
im Gespräch wirklich zuhört und auf unsere Fragen eingeht oder ob er
aus seinem Angespanntsein auf ganz andere Probleme gar nicht her-
auskommt. Selbst wer diese Unaufmerksamkeit zu verstehen sucht, ist
enttäuscht. Und macht solche Erfahrung nicht sprachlos und scheu?

Liebende Eltern zum Beispiel verhalten sich instinktiv anders. Mit
der Freude an den ersten Lauten und Worten ihres Kindes ermuntern
sie es auch zu immer neuen Wortschöpfungen und fördern seine Aus-
drucksfähigkeit und Phantasie. Wenn es schließlich so weit ist, daß
ihm Worte, Sätze und Fragen nur so herausprudeln, kann es der
beschäftigten Mutter lästig fallen und vom zeitunglesenden Vater
barsch zum Verstummen gebracht werden. Vitale Kinder lassen sich

dadurch nicht so leicht einschüchtern. Sensible Naturen können hingegen in ihrer Persönlichkeitsentfaltung gehemmt und geschädigt werden. Es ist deshalb wichtig, sich immer wieder um diese erste und auch schwerste Voraussetzung zu bemühen, im Umgang mit Menschen, ob jung oder alt, gegenwärtig, innerlich anwesend zu sein. Bei sich, beim andern und bei der Sache zu sein kann uns anstrengen und manchmal auch mürbe machen, bleibt uns aber nicht erspart, wenn wir über Höflichkeitsphrasen und Alltagsgerede hinauskommen und im persönlichen Gespräch helfen, fördern und befreien wollen.

Ich nehme dich so an, wie du bist

Gelingt es mir, zu mir selbst zu kommen, dann kann ich mich dem anderen zuwenden, ihn annehmen, so wie er ist, das heißt, ihn als diesen Menschen mit seinen Eigenheiten voll akzeptieren. Mit meiner vollen Hinwendung zu ihm zeige ich zugleich, daß ich ihn so achte, respektiere, wie er mir gegenübertritt; das kann natürlich nicht heißen, daß ich alle seine Meinungen und Ansichten, die er im Gespräch äußern wird, bejahe. Nein, hier ist zunächst nur meine volle Bereitschaft, meinen Gesprächspartner ernst zu nehmen und ihm gleichsam mit einem Vorschuß an Wohlwollen und Vertrauen zu begegnen. Denn ein billiges Nach-dem-Munde-Reden würde ihm nur deutlich machen, daß ich ihn nicht wirklich ernst nehme und eine Wahrheitssuche im Dialog kaum möglich ist. Junge Menschen haben meist ein ausgeprägtes Gespür für unehrliches Anbiedern und verachten Eltern und Erzieher, die aus mangelnder Wahrhaftigkeit nicht widersprechen. Gerade in der Phase des Wahrheitsfanatismus wollen sie ihre Widersprüche auch am Widerspruch der Erwachsenen festmachen und messen.

Junge Menschen erwarten Widerspruch in der Wahrheitsfrage, nicht so gerne in Fragen des Geschmacks oder der Mode. In einer Entwicklungsphase, da sie sich gegen jede Autorität auflehnen möchten, begegnen kluge Eltern ihren heranwachsenden Töchtern und Söhnen in allen Fragen des wandelbaren Geschmacks weniger mit Ironie und lächerlich-machender Verurteilung. Manchen Behauptungen aus Opposition oder aus Protest kommen sie mit Gegenfragen bei, die zum kritischen Nachdenken anregen: „Wie meinst du das?" „Wie willst du das beweisen, begründen?" „Warum findest du das richtig, schön, fortschrittlich?" Sieht sich der Jugendliche nicht gleich verurteilt, sondern durch Rückfragen ernst genommen, überlegt er sich vielleicht ebenso andere Ansichten und Meinungen und bleibt mit seinen Eltern auch in zentraleren Lebensfragen weiterhin im Gespräch. Sie dürfen es als höchstes Lob annehmen, wenn sie später einmal auf Umwegen als Urteil von Sohn oder Tochter erfahren: „Mein alter Herr, meine alte Dame – ganz große Klasse! Mit denen kann man über alles reden!"

Ich sage dir die Wahrheit in Liebe

Um über alles Lebenswichtige miteinander sprechen zu können, muß jeder Gesprächspartner aber auch vorbehaltlos ehrlich alles sagen, was er zu sagen hat. Ob jeder das sagt, was er wirklich denkt, hängt vom Vertrauen zu sich selbst und zum Partner ab. Mangelndes Selbstvertrauen und Mißtrauen gegenüber dem Gesprächspartner verführen dazu, die Wahrheit für sich zu behalten. Beide Fehlhaltungen verderben ein befreiendes Gespräch. Wenn dagegen jeder den andern ernst nimmt und davon überzeugt ist, daß nur Wahrheit den Menschen frei macht, dann drängt das Wahrheitswort aus dem eigenen Inneren nach außen und begründet den weiten Atemraum des Gespräches im gegenseitigen Anvertrauen. Dem Partner meine ausgesprochene Wahrheit zuzutrauen, bekräftigt meine Treue zu ihm genauso wie seine mir anvertraute Wahrheit seine Treue zu mir.

Werden Ehrfurcht voreinander und Liebe zueinander im rückhaltlosen Dialog gewahrt, dann erfüllt sich das Herrenwort: „Ihr werdet die Wahrheit erkennen, und die Wahrheit wird euch frei machen" (Joh 8, 32). Diese Verheißung gilt auch für Ehepartner, deren gegenseitiges Vertrauen im Laufe vieler Jahre durch Bekannte oder Freunde, Begegnungen oder Trennungen auf die Probe gestellt wird. Soll die einmal an-ver-traute Liebe sich in Treue bewähren, dann müssen sich die beiden Ehepartner immer wieder im wahrhaftigen Zwiegespräch von allem Mißtrauen befreien und sich ihre gegenseitige Liebe neu anvertrauen. Paulus hat diese Liebesvereinigung mit dem Treubund von Christus mit seiner Kirche verglichen (Eph 5, 23–32). Die Rückhaltlosigkeit des ehrlichen Aussprechens bedeutet weder ungehemmtes Drauflosreden noch dem anderen „mal kräftig die Wahrheit sagen"! Wer den Partner für die Wahrheit gewinnen möchte, darf ihn nicht vor den Kopf stoßen. Lieblos hingehauene Wahrheit macht widerspenstig, verbittert. Wahrheit befreit nur, wenn sie nicht beleidigt und verletzt. Wie im ökumenischen Dialog sollen wir im Gespräch mit allen Menschen uns „von der Liebe geleitet an die Wahrheit halten und in allem wachsen, bis wir ihn erreicht haben. Er, Christus, ist das Haupt." (Eph 4, 15)

Liebe zur Wahrheit und Liebe zum Partner sollen stets miteinander verbunden bleiben. Beide verbieten es, sich selbst als Dauerredner vorzudrängen oder als Dauerschweiger zu verstummen. Dahinter kann die Überheblichkeit des Alles-besser-Wissers oder das Es-lohnt-sich-gar-Nicht des Eingebildeten stecken.

Frei von mir – frei für jeden

Wer sich selbst am liebsten und längsten reden hört und sich in den Vordergrund drängt, vertreibt den übrigen Gesprächspartnern bald die Lust am Zusammensein. Wer nämlich sich und seine eigene Wirkung dauernd beobachtet, zerstört die Atmosphäre des echten Gesprächs. Er bringt nur sein eigenes Ich zur Geltung, verkehrt die gemeinsame Wahrheitssuche zur Selbstbespiegelung und verhindert die Befreiung. „Wer sich ansieht, leuchtet nicht" (chines. Sprichwort). Daran sollten wir uns erinnern, wenn wir selber als Gastgeber oder Gäste uns partnerschaftlich am Gespräch beteiligen, es aber keineswegs allein zu bestreiten haben. Ein guter Gastgeber versteht es, die allzu Redseligen etwas zu bremsen, indem er mit anderen, vielleicht wesentlicheren Fragen die Schweigsamen in das Gespräch einbezieht. Im Familiengespräch kommt es darauf an, die Interessen der anderen anzusprechen, sich ehrlich dafür zu interessieren und möglichst selbstvergessen am Gespräch zu beteiligen.

Die Art und Weise, wie, wieweit und wieviel sich einer am Gespräch beteiligt oder nicht, es beherrscht oder zerstört, offenbart oft mehr von seinem Innern, als er ahnt. Das Maß des gegenseitigen Vertrauens bestimmt den Freimut des Gesprächs. Befreiende Gespräche schaffen mehr Vertrauen, wenn jeder Gesprächspartner erfahren durfte, daß er mit seinen eigenen Worten die Wahrheit in Liebe sagen und dadurch frei machen und frei werden konnte.

Heinz Loduchowski

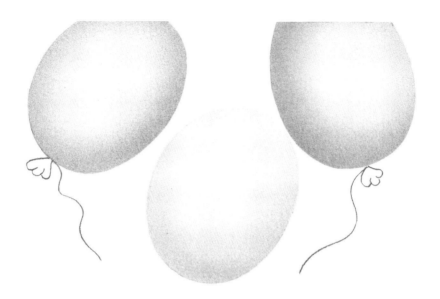

Geselligkeit bei uns zu Hause

Früher hat man uns Deutschen nachgesagt, wir würden nicht arbeiten, um zu leben, sondern leben, um zu arbeiten. Daran hat sich in den Jahrzehnten nach dem II. Weltkrieg sicher viel geändert, und von manchen Landsleuten würde man sicher wünschen, daß sie nur halb so gut arbeiten wie sie leben. Es gibt heute mehr beruflichen Streß, höheren Leistungsdruck und intensivere Nutzung der Arbeitskraft und Konzentration, aber auch mehr Freizeit, mehr Wohlstand und weniger schlechtes Gewissen, wenn man es sich für seinen oft sauer erworbenen Lohn auch mal gut gehen läßt.

Das Seltsame daran ist nur, daß die meisten Menschen mit ihrer Arbeit weniger Probleme haben als mit dem Feiern. Ihre Arbeit haben schließlich die meisten gelernt, und selbst wenn sie Fehler machen oder etwas schiefläuft, wissen sie im allgemeinen, wie es zu korrigieren oder wieder wettzumachen ist.

Das Feiern aber lernt keiner, weil alle glauben, das müsse sowieso jedermann können, da sei schließlich nichts dabei und es ergebe sich schon alles von selbst. Wer jedoch über eine gewisse Lebens- und Berufserfahrung verfügt, kann meist bestätigen, wie oft ein Betriebsausflug, ein Firmen-Fasching oder ein gut gemeintes Vereinsfest trotz freudigster Erwartungen zu einem peinlichen Fiasko wurde, an dessen Ende sich alle nur noch wünschten: nie wieder!

Auch im privaten Bereich gilt ähnlich wie in Firmen und Vereinen für das Feiern der Grundsatz: Das Gegenteil von gut ist gut gemeint. Richtig ist zwar, daß meist die spontan ausgebrochenen oder aus überraschendem Anlaß improvisierten Feten die lustigsten sind. Richtig ist aber auch, daß man solche Situationen und die damit verbundene ungezwungene oder ausgelassene Stimmung eben nicht beliebig wiederholen und schon gar nicht planen kann. Wenn man aber ein Fest planen und organisieren muß, weil ein bestimmter Anlaß naht oder der Wunsch nach einem Fest aufkommt, dann wird das Feiern zur Arbeit – zumindest für den Veranstalter oder Gastgeber. Wer allerdings die wichtigsten Grundregeln beherrscht, für den kann auch das Planen und Vorbereiten eines Festes zu einer recht fröhlichen „Arbeit" werden.

Drei „L": Lust, Laune, Lebensgefühl

Es ist zwar kaum etwas so schwer, wie anderen zu raten, wie sie „richtig" feiern sollen. Feiern hat nämlich sehr viel mit den drei „L" – Lust, Laune, Lebensgefühl – zu tun, und das alles läßt sich nicht exakt programmieren. Den äußeren Rahmen für die freie Entfaltung dieser drei „L" kann man wiederum entweder geschickt arrangieren oder so ungeschickt anrichten, daß es schon zur Kunst wird, sich trotzdem zu amüsieren.

Das so viel beschworene und so wenig konkret faßbare Lebensgefühl, das sich angeblich in Kleidung, Musik, Wohnstil, Eßkultur und mitmenschlichen Umgangsformen ausdrückt, ist nämlich in jeder Generation anders. Es ist auch in verschiedenen Regionen und Landsmannschaften anders, ebenso in unterschiedlichen Bildungs- und Sozialschichten. Nur die Werbung gaukelt uns vor, daß jeder das gleiche großartige Lebensgefühl unserer Zeit haben kann, weil es in diesem Getränk, in dieser Hose oder in dieser Automarke einfach schon enthalten sei und nur gekauft zu werden brauche.

Tatsache ist, um wieder auf die Gestaltung von Festen zurückzukommen, daß Lust und Laune, Stimmung und spontanes Wohlfühlen nicht eingekauft werden können. Zu schönen Festen kommt man ebenso wie zu den Philharmonikern: üben, üben, üben!

Der Wunsch zu feiern ist der Vater des Festes

Es gibt unendlich viele unterschiedliche Gründe, Gäste einzuladen. Das kann die Freude am Feiern und die Sehnsucht nach netten Freunden sein. Dafür findet sich immer irgendein Anlaß: notfalls braucht man auch keinen. Es kann aber auch ein vorgegebener Anlaß sein; sei er persönlich (etwa ein runder Geburtstag), sei er familiär (z. B. die Schwiegermutter ist endlich ausgezogen), sei er beruflich (Beförderung) oder von sonstigen Umständen ausgelöst (Wohnungseinweihung) etc. ... Wenn bei allen denkbaren äußeren Anlässen für ein Fest beim Gastgeber letztlich der Wunsch zum Feiern der Vater des Festgedankens ist, ist die wichtigste Voraussetzung für das Gelingen schon gegeben.

Schwieriger ist es, wenn man eigentlich gar nicht feiern will und sich auch nicht unbedingt auf die Geselligkeit mit anderen Menschen freut, sondern sich nur zu einem Fest verpflichtet fühlt. Man ist so oft von Freunden, Kollegen oder Nachbarn eingeladen worden, daß man sich jetzt irgendwie einmal revanchieren muß. Oder man hat zur Hochzeit von der Verwandtschaft soviel für Wohnung und Haushalt geschenkt bekommen, daß einem deren leicht zu erratender Wunsch im Magen liegt, das junge Glück im neuen Nest besichtigen zu dürfen.

Andere halten es auch für ihre Karriere für förderlich, wenn sie einmal ihren Chef oder deren mehrere nach Hause einladen. Sie fühlen sich jedenfalls verpflichtet, mit ihrem gepflegten Lebensstil und ihrer Fähigkeit zur gesellschaftlichen Repräsentation einen guten Eindruck zu hinterlassen.

In jedem Fall ist die Situation für ein seßhaft gewordenes Ehepaar mit eigenem Heim eine andere als bei vorangegangenen Jugend-Partys, bei denen man wie in Discos mal vorbeikam, nach passenden Partnern Ausschau hielt und über die Musik motzte.

Sobald man gewissermaßen „etabliert" ist, muß man als Gastgeber unterscheiden, ob man ganz leger ein paar Freunde zusammentrommelt, ob man eine stilvolle Einladung für Erwachsene gibt oder ob man ein schönes größeres, lustiges oder elegantes Fest veranstalten will, das alle Gäste einmal aus dem Alltagstrott herausreißt. Manchen jungen Eheleuten kommt ein Fest altmodisch und zu wenig spontihaft vor, andere möchten gerne ein Fest veranstalten, haben jedoch Angst, dabei Fehler zu machen. Überängstlichkeit ist aber ebenso wenig angebracht wie gedankenlose Wurstigkeit.

Drei Typen ohne Spaß am Fest

Es gibt drei Hauptgruppen von Leuten, bei denen Geselligkeit grundsätzlich „in die Hosen" geht:

1. Leute, die von Hause aus völlig ungesellig sind, die am liebsten mit dem Pfeifchen im Mund, dem Bierchen im Krug und dem Weibchen auf dem Schoß vor dem Fernseher sitzen und ihre Ruhe haben wollen. (Gegen deren Lebensphilosophie ist nichts zu sagen, nur – wenn sie selber keinen Spaß an einem Fest haben, sollten sie konsequent genug sein und sich auch keines abquälen.)

2. Leute, die eigentlich zu geizig sind, um Gäste zu bewirten, die – weit unter ihren Möglichkeiten – nur das Billigste servieren, und auch das noch lieblos. Leute, die bei jedem Glas und jedem Brötchen in ihrer inneren Registrierkasse fast hörbar mitzählen und auch mit eigenen Mühen geizen, ihre Räume – je nach Art des Festes – ein bißchen nett zu schmücken oder zu dekorieren.

3. Leute, die mit einem Fest oder einer Einladung nur den anderen imponieren wollen, die – weit über ihre Verhältnisse – in Kleidung, Bewirtung und sonstigem Aufwand so auf die Pauke hauen, daß sozial gleichgestellte oder sogar schwächere Nachbarn und Freunde eher verlegen werden. Damit beginnt nämlich dann eine widerliche Konkurrenz des Hochstapelns, gegenseitigen Übertrumpfens und Wett-Protzens.

Gastgeber aus diesen drei Kategorien – langweilige Phlegmatiker, futterneidische Geizkrägen und hochstapelnde Angeber – sollten sich darüber klar sein, daß sie mit einer Einladung keine Freude auslösen, weil ihre Gäste – spätestens beim zweiten Mal – nur kommen, wenn sie sich irgendwie verpflichtet fühlen. Und damit ist schon wieder eine weitere Voraussetzung dafür gegeben, daß keine gesellige Stimmung aufkommt. Wer immer eine Möglichkeit hat, solchen Einladungen mit einer plausiblen Ausrede aus dem Weg zu gehen, der tut auch gut daran, vor allem, wenn daraus eine Verpflichtung zu Gegeneinladungen zu erwachsen droht.

Alles soll zusammen passen

Die wichtigste Regel für Geselligkeitsformen, die über ein zwangloses Zusammensitzen alter Bekannter hinausgehen, heißt: Feste müssen rund sein, die Leute müssen zusammen passen und die Zutaten auch. Konkret heißt das: sich auch im geselligen Rahmen so geben, wie man ist, nicht hoch- und nicht tiefstapeln, den Gästen kein Theater vorspielen. Bei einem richtigen Fest wird man freilich immer – dem besonderen Anlaß entsprechend – über den normalen Alltagsverhältnissen leben; denn es soll sich ja auch vom Alltag abheben, was jedoch nicht bedeutet, daß man sich gleich nach dem Motto „Fest ist Fest" ruinieren muß.

Ein kaltes Buffet mit Kaviar, Wildpastete und Champagner bei jungen Obersekretärseheleuten wirkt ebenso peinlich wie ein Teller voll schnell hingeschmierter Wurst- und Käsebrote mit billiger Ananasbowle bei Generaldirektors (außer wenn die Einladung improvisiert wurde).

Der rote Faden

Den roten Faden für die Planung einer geselligen Privatveranstaltung sollte immer der Anlaß bilden: etwa eine legere Geburtstagsfeier, eine maskierte Faschingsfete, ein Gartenfest oder eine halbwegs elegante Silvesterparty. Je nachdem, ob der Schwerpunkt auf festliches Essen, auf zwangloses Geplauder oder auf Tanzen gelegt wird, muß die Auswahl der zu diesem Zweck (und zueinander) passenden Leute, die Gestaltung des Raumes und die Bewirtung variiert werden.

Manchmal ist es jedoch umgekehrt: die Leute stehen bereits fest, die man einladen will oder muß, und man braucht erst einen geeigneten Rahmen, in dem man diese Einladung aufzieht. In beiden Fällen – ob man Leute für ein bestimmtes Fest oder ein Fest für bestimmte Leute sucht – macht es sich gut, eine gewisse Konzeption durchzuhalten: will man beispielsweise eine deftige Bier-Brotzeit veranstalten, wird man zuerst überlegen, für welche Leute sich so etwas eignet und für welche nicht. Dann wird man den Stil dieser Veranstaltung bereits in der schriftlichen oder mündlichen Einladung klar zum Ausdruck bringen, damit die Gäste sich passend anziehen können. Ferner wird man nach Möglichkeit die Dekoration darauf abstimmen – Tischdecke, Sets, Geschirr, Blumen (beispielsweise keinen Rosenstrauß zu Leberkäs und Preßsack), Musik usw. – und die zusammenkomponierten Speisen möglichst farbenprächtig und rustikal anrichten.

Wichtig: Gäste informieren

Ähnlich konsequent sollte man auch eine Party durchhalten. Wichtig ist vor allem, daß die Gäste Bescheid wissen, welche Art von Fest sie erwartet: ob im kleinen intimen Kreis oder in größerer Gesellschaft, ob sie „gegessen" oder „ungegessen" erscheinen sollen, ob an eine Gemeinschaftsfete unter Freunden mit Selbstbeteiligung gedacht ist oder ob man nur ein Höflichkeitsgeschenk mitbringt. Vor allem will jeder gerne wissen, wie er sich halbwegs richtig anzieht, damit er zur übrigen Gesellschaft paßt. Eine Party kann in Lederhosen, Bluejeans und Pullovern, Sportanzug und Tanzkleid oder im dunklen Anzug und im langen Kaminkleid gleich nett und lustig sein. Aber es geht meist schief, wenn sich die Gäste bei ein und demselben Fest in so gemischter Aufmachung gegenüberstehen und einige sich falsch angezogen fühlen oder gar alle.

Ähnliches gilt für die Bewirtung: Man kann eine Einladung mit Abendessen oder einem selbstgeschneiderten geschmackvoll arrangierten kalten Buffet veranstalten und ebenso nur mit Wein und Bowle, nebst einigen Salzletten, Nüssen und Käsegebäck, vielleicht ein paar kleinen leckeren Appetithappen zu später Stunde. Peinlich jedoch ist es, wenn jemand ein Abendessen erwartet hat und dann heißhungrig an trockenen Keksen herumnagen muß. Oder wenn umgekehrt jemand traurig vor appetitlich angerichteten Platten steht oder ein dreigängiges Menü mit voller Gewalt aus Höflichkeit hineinstopfen muß, weil er zu Hause gerade kräftig gegessen hat.

Darum: präzise Information!

Bewirtung nach Maß

Ferner: Die Art der Bewirtung auch auf die Anzahl der Gäste abstimmen! Da gilt die Faustregel, daß die Verköstigung um so einfacher organisiert sein muß, je mehr Leute kommen. Wenn man mehr Gäste hat, als am Tisch bequem zum Essen Platz nehmen können, dann empfiehlt es sich, entweder nur Kleinigkeiten vorzubereiten (mit Serviette in der Hand) oder ein Speisen-Buffet, das man in Raten aufsuchen kann.

Bei warmem Essen für mehr als sechs Personen besteht die Gefahr, daß der halbe Abend mit komplizierten Organisationsproblemen vertan wird und die Hausfrau schließlich vor Arbeit und Hetzerei völlig abgekämpft zwischen die Gäste sinkt. Ein Unfug ist es auch, wenn Hausfrauen oder kochende Hausmänner glauben, sie müßten unbedingt mit ganz ausgefallenen und besonders tollen oder exotischen Rezepten brillieren. Dann wird nämlich während des ganzen Essens immer nur über das Essen und seine kunstvolle Zubereitung geredet.

Eine Einladung ist dann am besten organisiert und gelungen, wenn der Gast nicht ständig das Gefühl hat, er mache furchtbar viel Arbeit und Umstände: wenn er eher den Eindruck hat, den Gastgebern gefällt es auch, und es macht fast gar nichts, daß er dabei ist. Je mehr Mühe auf die Vorbereitung verwandt wurde, um so lässiger kann ein Fest ablaufen, um so müheloser erscheint es den Gästen.

Gewiß lebt ein Fest auch von Äußerlichkeiten wie guter Bewirtung und Dekoration (etwa im Fasching oder bei einem Gartenfest), aber es ist eine Illusion vieler unerfahrener Leute, daß es darauf allein ankäme. Manche strampeln sich schrecklich ab, geben eine Menge Geld aus, schleppen viel zuviel Zeug an, und das Fest wird doch kein Erfolg. Warum? Weil sie nicht bedacht haben, daß man nicht nur für das leibliche, sondern auch für das seelische Wohl der Gäste sorgen muß.

Das kann schon darin bestehen, daß man sich selbst heiter und gelöst gibt, zeigt, daß man die Anwesenheit netter Leute genießt und nicht ständig aufgeregt und beflissen herumrennt, kommandiert und den Leuten Wohltaten aufnötigt. Wer auf ein Angebot „Nein, danke" gesagt hat, der soll seine Ruhe haben oder zu Recht verhungern.

Sorge auch für das seelische Wohl der Gäste

Die Sorge für das „seelische Wohl" der Gäste beginnt schon bei der Zusammenstellung. Es ist gefährlich, Leute durch eine Einladung zusammenzubringen, zwischen denen es Spannungen gibt, sei es geschäftlicher (unverträgliche Konkurrenz), politischer (aktuelle Fehde) oder menschlicher Art (Scheidung, Freundin ausgespannt usw.). Ein solches Risiko kann man nur eingehen, wenn man die Leute gut kennt und weiß, daß sie souverän genug sind, über ihre Spannungen hinweg gesellschaftlich miteinander zu verkehren oder daß es ihnen sogar Spaß macht. Im Zweifelsfall ist es besser, vorher zu fragen, vor allem wenn – bei Unverheirateten – nicht genau feststeht, welcher Freund (Freundin) mitgebracht wird oder wenn ein verheirateter Kollege eine andere Begleiterin dabei hat, die dann solange als dessen Frau angesprochen wird, bis er (oder sie) sich zu einer peinlichen Erklärung genötigt sieht.

Harmonie mit Hindernissen

Am einfachsten ist die Festregie, wenn die Gäste miteinander harmonieren. Andererseits ist es oft reizvoller, wenn man die Gesellschaft bunt mischt, um eine spritzige Diskussion zu erreichen. Aufpassen muß man, wenn die große Mehrheit sich kennt, aber ein oder zwei Paare noch fremd in dieser Gesellschaft sind. Oder wenn die meisten durch den gleichen Beruf oder eine gleiche Freizeitbeschäftigung verbunden sind und daher zu beruflichem oder sportlichem Fachsimpeln neigen, bei dem einzelne Gäste sich langweilen müssen. Wenn es Gründe gibt, solche oder solche „Außenseiter" mit einzuladen, dann gehört es zu den besonderen Pflichten der Gastgeber, sich um diese Gäste etwas mehr zu kümmern, sie in die Runde zu integrieren, indem man der Fachsimpelei gegensteuert, ihnen das Thema „verdolmetscht" oder Zusammenhänge erklärt und auch deren „starke Themen" mal anspricht.

Diese Hilfestellung der Gastgeber muß aber auch unaufdringlich erfolgen. Wenn die Gastgeber Humor haben und die Situation mit leichter Hand überspielen können, ist auch dies kein Problem; nur tierischer Ernst ist unerträglich.

Bei jeder Einladung haben die Gastgeber die Pflicht, sich um den seelischen Zustand aller Gäste, das heißt um die Atmosphäre der Geselligkeit, zu kümmern und sich nicht nur den ganzen Abend der Schönsten, den Wichtigsten oder den Sympathischsten zu widmen. Die Gastgeber sollen Schüchterne ermutigen (aber dezent), Gesellschaftslöwen bremsen, damit sie nicht alle an die Wand spielen und das Fest an sich reißen; Empfindliche besänftigen, wenn ihnen etwas in die falsche Kehle geraten ist; peinliche Themen elegant umspielen; Aggressivitäten mildern oder kontern; stilleren Gästen Bälle zuspielen, um sie wieder ins Gespräch zu ziehen.

Spielspaß ohne Krampf

Man kann jedes Fest auch mit Einlagen oder kleinen Spielchen auflockern (dafür gibt es genügend „Fachliteratur"), aber auch dafür gilt grundsätzlich: nicht zu viel, nicht zu umständlich und nicht zu gewollt („Bevor ihr hier alle einschlaft, nimmt mal jeder ein Papier zur Hand . . ."). Geselligkeit, Gemütlichkeit und Stimmung lassen sich nicht mit Gewalt erzwingen, dazu kann man nur anregen. Wenn eine gesellige Runde gut läuft, soll man sie nicht mit einer „Auflockerung" unterbrechen, nur weil diese für den gegenteiligen Fall vorbereitet war. Alles, was verkrampft inszeniert wird, macht ein Fest selbst zum Krampf.

Der beste Weg, ein guter Gastgeber zu werden und sich den Ruf einer Familie mit „gepflegter Geselligkeit" einzuhandeln, ist für junge Eheleute, die nicht schon genügend Erfahrungen aus einem geselligen Elternhaus mitbringen, einfach bei jedem Fest, wo sie selbst eingeladen sind, die Augen aufmachen. Die Fehler, die einen stören, im stillen registrieren und selbst später vermeiden. Anderes, was einem gefallen hat, im Hinterkopf notieren und – nicht sklavisch, sondern auf die eigenen Verhältnisse abgewandelt – übernehmen. Im übrigen kann man auch aus der Manöverkritik nach eigenen Einladungen Erfahrungen gewinnen.

Feste feiern kann nicht jeder auf Anhieb, aber man kann es lernen. Nur die Übung macht die Feier!

Hannes Burger

Tu deinem Leib Gutes,
damit deine Seele gern in ihm wohnt

Über Körperpflege und Kosmetik

Zuerst muß ich unbedingt loswerden, was mir vorige Woche meine Freundin Rita erzählt hat. Sie und ihr Mann Peter waren verabredet, abends auszugehen. Endlich mal ein freier Abend für sie beide allein! Rita freute sich, und sie wollte sich schön machen, den neuen bunten Hosenanzug anziehen, die schwarzen Lackschuhe mit Goldschnalle. Sie hatte gebadet, sich mit Dusch-Gel und Softening-Lotion verwöhnt, hatte ihre Haare gefönt. Jetzt stand sie vor dem Badezimmerspiegel. Zum zweiten Mal hatte Peter, extra früh aus dem Büro gekommen, sie gemahnt, sich zu beeilen. „Moment. Ja gleich!" rief Rita. Sie cremte sich sorgfältig, wählte den richtigen Puder, übertupfte eine unreine Hautstelle, bürstete sorgsam die Augenwimpern hoch – umringt von Pinseln, Tiegeln, Flacons, Döschen, Kämmen. Peter klopfte erneut an die Tür. „Jaaaa!" rief Rita, „sofort!" und fuhr unbeirrt fort, die Haare zu toupieren und das Wangenrouge gegen einen etwas kräftigeren Farbton auszutauschen. In diesem Augenblick kam Peter herein, ohne Anklopfen, ohne ein Wort. Er griff an ihr vorbei auf die Keramikplatte und fegte sämtliche Kämme, Bürsten, Tuben, Pinzetten, Gesichtstücher in die Badewanne. Das war im Nu geschehen und mit einem beachtlichen Klirren. Mit offenem Mund starrte sie ihn an, dann sagte sie wütend: „Bist du wahnsinnig?" Er nahm den Waschlappen und ein Stück Watte, wischte Creme und Puder von ihrem Gesicht. Den Tränen nah, rief sie: „Ich wollte mich doch schön machen!" Er faßte sie an beide Schultern, sah sie genau an und sagte: „Jetzt bist du schön. Jetzt!"

Erst hatte Rita geheult. Später gelacht, nämlich als sie es mir erzählte. Ich stelle mir das Sammelsurium von Kosmetika in der Badewanne vor, all die teuren Sachen, die man uns empfiehlt bzw. aufdrängt, damit wir zarte Haut und eine junge Augenpartie, den richtigen Haarton, die aktuelle Mundlinie tragen: teils fürs eigene Selbstbewußtsein günstig, teils dem geliebten Mann als wohlgefälliger Anblick. Sehr wahr – und zugleich etwas fragwürdig.

Tatsächlich, ich bin darüber oft im Konflikt. Wenn ich unter der Friseurhaube die Modemagazine lese, dann überfällt mich immer der Eindruck meiner totalen Ungepflegtheit und Schlamperei. Wie konnte ich versäumen, meine Nägel korallenrot zu lackieren? Meine Haut ist nicht pfirsichweich, Badeöl mag ich nicht, mein Mann benutzt kein Rasierwasser, mein Sohn lacht über Herrenkosmetik, meine Tochter über gestylte Frisuren – wir sind eine äußerst rückständige Familie! Mache ich nicht Entscheidendes falsch, und sollte ich mir als moderne Frau nicht sofort ein schönheitsbewußtes Kosmetikleben verordnen? Zerknirscht sitze ich mit dörrenden Haaren unter meiner Haube.

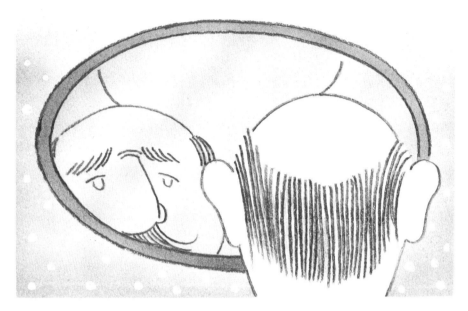

Eine Weile später pendelt sich ein Gefühl der Erleichterung wieder ein; mir gelingt halbwegs, aus geschickt montierten Fotos und verlockenden Werbesprüchen den festen Kern herauszuschälen. Den gibt es unverkennbar. Körperpflege geht jeden an. Man muß halt ein Maß finden. Zu wenig Hygiene ist ebenso schädlich wie der Versuch, total keimfrei und blitzblank, ohne Stäubchen und Fehler zu existieren. Es macht immer wieder Spaß, die Balance zwischen den Extremen zu finden, sich selbst auch bei kleinen Mogeleien zu ertappen. Denn wenn ich nach lobenswert gründlichem Zähneputzen nach neuerer Technik (sanftes Kreisen der Bürste um das Zahnfleisch) vor dem Einschlafen Schokolade esse, war die sorgsame Putzerei überflüssig. Ein paar kritische Fragen ans eigene Ich: Könnte ich in diesem Moment guten Gewissens meine Füße vorführen? Mute ich anderen Leuten zu, daß ich keinen Deostift benutze? Besteht meine ganze Gymnastik darin, hinter dem Bus herzulaufen? Es hat eine gewisse Komik, immer neu zu entdecken, daß man zwar grundsätzlich für Pflege und Frische ist, daß es aber ziemlich schwer fällt, diese erhabenen Prinzipien in den Boden des Alltags einzupflanzen. Ja – Komik hat das auch, denn so geht es jedem Menschen. Wenn wir das mit einigem Humor bemerken, entwickelt sich fast spielerisch der Impuls, es „mit links" demnächst besser zu machen.

Sie beide fangen jetzt an. Sie beginnen Ihre Ehe. Geben Sie ihr durch ein paar praktische Kleinigkeiten die nötige Ordnung. Haben Sie gute Frottiertücher, ein erstklassiges Nagel-Etui, einen Stapel Waschhandschuhe, sehr gute und nicht schmierende Seife? Die bessere Qualität zahlt sich im Endeffekt immer aus. Ist Ihnen selbstverständlich, das Badezimmer in menschenwürdigem Zustand zu verlassen? Ein handfester Krach bricht selten darüber aus, daß *er* auf dem Mond und *sie* auf dem Mars landen will, sondern weil er die Zahnpastatube nie zuschraubt und weil sie den Lippenstift weiter benutzt, dessen Geruch er partout nicht leiden kann.

Trainieren Sie der Gesundheit zuliebe ein paar konkrete Gewohnheiten, zum Beispiel: täglich frisches Obst zu essen oder Yoga zu treiben. Aus dem anfänglichen Neuen wird sehr bald ein Bedürfnis – Sie bekommen Lust auf gute Ernährung und orientieren sich über das Thema genauer, Sie finden Ihre Lieblings-Yoga-Übung heraus. Falls Sie – zuerst nur dem Partner zuliebe – gemeinsam joggen, werden Sie bald bemerken, wie wohl es Ihnen selbst tut. Statt über Umweltschäden bloß zu klagen oder erschrocken die Statistik steigender Herz- und Kreislaufschäden zu lesen, können Sie vielerlei Pluspunkte für die eigene Gesundheit sammeln. Hat *er* mal keine Lust, im Regen loszuwandern, so ermuntert *sie* ihn und geht mit. Kommt *sie* mal erschöpft vom Büro zurück, so kann *er* ihre verspannte Nackenpartie massieren. Vielleicht befassen Sie sich gemeinsam mit Themen wie Vollwertkost, Kneippanwendungen, Fußreflexzonenmassage, und Sie sparen für zwei Fahrräder. Die große Teresa von Avila hat gesagt: „Tu deinem Leib Gutes, damit deine Seele gern in ihm wohnt." Das ist über vierhundert Jahre her. Heute weiß nicht nur die ärztliche Wissenschaft, sondern jeder interessierte Laie einiges über den untrennbaren Zusammenhang zwischen Leib und Seele, zwischen körperlicher und psychischer Gesundheit. Diese Verknüpfung kann man sich wie Kette und Schuß beim Stoffgewebe vorstellen. Bestimmt haben Sie schon erlebt, daß vor einer Prüfung der Puls rast, daß man wegen Ärger oder Sorgen „einen Kloß im Hals", „einen Stein auf dem Herzen" hat, die nicht durch Verdrängen wegzuschwindeln sind, sondern ehrlich erkannt, ausgesprochen und aufgelöst werden müssen. Positiv ausgedrückt: Aktivieren Sie gute Einfälle, lassen Sie Licht in die Wohnung und in Ihre Gedanken, verlernen Sie nicht das Singen, denn Singen können die Bazillen im Hals überhaupt nicht leiden. All diese Pluspunkte für Ihre Gesundheit wird Ihnen Ihre Seele aufs freundlichste danken – durch Ausgeglichenheit, durch Sinn für Humor, durch Belastbarkeit. So etwas braucht jemand, der das Abenteuer der Ehe eingegangen ist, an jedem Morgen neu.

Was die Kosmetik angeht, die ja am Anfang dieses Artikels brutal beiseitegefegt wurde, so möchte ich sie Ihnen keineswegs ausreden. Sie ist eine der reizvollen Nebensachen unseres Lebens und ein tröstliches Mittel, gelegentlich der Natur ein bißchen nachzuhelfen. Aber Obacht vor dem raschen Wechsel der Moden, der Stilrichtungen. *Mal* sollen die Haare gestylt sein, *mal* in verwirrender Natürlichkeit herunterfallen. *Mal* sind Kontraste in, *mal* ist Harmonie in. Folgt man jeder Modewelle, so gerät man ganz schön ins Schleudern. Entwickeln Sie *Ihren* Geschmack; um so sicherer können Sie sich im Lauf der Zeit auf den eigenen Instinkt verlassen. Das macht den wahren Chic aus. Die sogenannte persönliche Note bestimmen Sie selbst.

Körperpflege ist ein Stück Gesundheitspflege, darauf darf niemand verzichten. Mode und Kosmetik sind eher Spiele, die man je nach Geldbeutel und Geschmack mitspielt oder nicht. Der beste Berater ist Ihr Ehepartner. Darum höre ich jetzt auf, Ihnen dies oder jenes zu empfehlen. Sie beide werden Ihre Erfahrungen machen, aus Fehlern lernen, sich Neues ausdenken – also Ihren eigenen Stil entwickeln. Das kann ganz schön spannend sein: wie gesagt, ein Abenteuer ist die Ehe schon!

Rosemarie Harbert

PS. Und bitte schrauben Sie die Zahnpastatube zu. Es gibt Besseres, worüber sich streiten läßt.

Mach doch mit – Trimm dich fit!

Vier F regieren bei vielen Menschen die Freizeit:

Feierabend, Filzpantoffeln, Fernsehen, Flasche Bier. Was die Römer als panem et circenses (Brot und Spiele) schätzten, sind dem Freizeitmenschen heute die vier F plus Auto. Zehn Schritte zur Garage werden bereits als unzumutbar empfunden. Der Zwang zum Treppensteigen bei fehlendem Aufzug läßt den Schweiß ausbrechen. Fünf Schritte zur Tastatur des Fernsehens verursachen Stöhnen beim Aufstehen. Herzklopfen beim Bücken. Nächste Anschaffung also: ein Fernsteuergerät für das Glotzophon.

Das Prinzip ist im wörtlichen wie übertragenen Sinne damals wie heute das gleiche. Konrad Lorenz hat es in seinem Buch ‚Die acht Todsünden der zivilisierten Menschheit‘ treffend charakterisiert: „Die Kraft des modernen Menschen, Hindernisse zu überwinden und vorübergehende Unlust um eines erst in späterer Folge möglichen Lustgewinnes willen auf sich zu nehmen, ist gering. Man will sofortige Befriedigung der Wünsche; es fehlt der lange Atem."

268

Ist ein Ziel des Fortschritts nicht Bequemlichkeit? Ein wahrer Teufelskreis! Fortschritt und Bewegungsverzicht sind im technischen Zeitalter weitgehend gekoppelt.

Krankheit als Folge von Bewegungsmangel

Adenauer soll bereits humorvoll festgestellt haben: „Der Sport ist der Arzt am Krankenbett des deutschen Volkes." Vegetative Dystonie, Fettsucht, Kreislaufstörungen, Herzschwäche, Drüsenkrankheiten, Übersteigerung des Blutdrucks sowie Schäden am Skelettsystem, d. h. Haltungsschäden am Knochenband- und Muskelapparat der Wirbelsäule, sind typische Bewegungsmangelkrankheiten. Herz und Kreislauf werden heute nicht so sehr durch zuviel Arbeit als vielmehr durch mangelnde Bewegung geschädigt. Die meisten Berufe fordern so wenig Bewegung und Muskelleistung von uns, daß Schultergelenk, Wirbelsäule, Hüftgelenk und der gesamte Muskelapparat, das Herz eingeschlossen, kaum beteiligt bzw. beansprucht werden. Die Gelenke brauchen höchsten 10 Prozent ihres Bewegungsspielraumes herzugeben. Der Anteil körperlicher Muskelleistungen am gesamten Energieaufwand ist in den letzten 100 Jahren in den Industriestaaten von rund 90 Prozent auf 1 Prozent zurückgegangen.

Typische Anzeichen von Bewegungsmangelkrankheiten können sein: Atemnot bei Anstrengungen (schon beim Treppensteigen!), schnelle Ermüdbarkeit, Herzschmerzen, Konzentrationsschwäche, Reizbarkeit, Nervosität, Unlustgefühl, Rückenschmerzen. Immer mehr Mediziner gehen dazu über, Sport statt Medikamente als Therapie zu verordnen.

Bei mangelndem Training leidet das Herz

Es muß nicht sein, daß Leute über 40 in der Leistungsgesellschaft zum alten Eisen gehören. Bei regelmäßigem Sporttreiben kann man ein chronologisches Alter von 60, ein biologisches Alter von 40 Jahren haben. Leider zeigen sich die Folgen des Bewegungsmangels meist erst jenseits der vierziger Jahre. Bis dahin vermag beispielsweise der kräftige Muskel- und Knochenbandapparat Schäden am Skelettsystem zu kompensieren, so daß man sich „fit" fühlt. Geistige Frische, körperliche Spannkraft und berufliche Leistungsfähigkeit stehen in enger

Wechselwirkung mit sportlicher Betätigung. Das Herz eines Untrainierten faßt etwa 700 ccm Blut, das eines Trainierten bis 1400 ccm (das Doppelte!). Ein trainiertes Herz vermag in der Minute bis zu 36 Liter Blut zu pumpen, ein ‚Büroherz‘ bestenfalls 14 bis 18 Liter. Jede muskuläre Leistung ist primär von der Sauerstoffzufuhr abhängig. Träger des Sauerstoffes ist das Blut (1 Liter Blut bindet 200 ccm Sauerstoff). Ein ‚Büroherz‘ muß für die gleiche Leistung doppelt so oft pumpen wie das trainierte Herz. Wenn das untrainierte Herz bereits an der Leistungsgrenze (180–200 Schläge pro Minute) angelangt ist, schlägt das Herz des Trainierten bei gleichguter Sauerstoffversorgung des Körpers immer noch im ‚Schongang‘. Ein Mensch, der fit ist, kommt in Ruhe mit 60 Herzschlägen je Minute aus, ein Untrainierter braucht etwa 80. In einem Jahr macht der Untrainierte über 10,5 Millionen Schläge mehr. Diese 10,5 Millionen Schläge entsprechen zusammengerechnet etwa 91 Tagen. Das Herz eines Fitnessmenschen hat theoretisch also drei Monate Ferien pro Jahr.

Es ist nie zu früh, selten zu spät

Ein täglicher Dauerlauf von drei Minuten reicht bereits aus, um die Herzmuskulatur optimal zu stärken. Der Berliner Sportarzt Professor Mellerowicz empfahl: „Jeder einmal täglich am Rande der körperlichen Erschöpfung." Sein Kollege van Aaken (Stockholm): „Kein Kuraufenthalt, keine Atemgymnastik und keine Kraftübungen usw. können das organische Dauertraining ersetzen. Wer mit 40 anfängt zu traben, bleibt 20 Jahre lang 40 Jahre jung."

Sportliches Training – à la Trimm dich – wirkt sich nicht nur auf das Herz aus, wie nachstehendes Schaubild zeigt:

Freizeit muß mehr sein als Faulenzen

Sport kommt von ‚se disportare' = sich zerstreuen, sich ergötzen. Sport ist also nicht ‚Reparaturwerkstatt für verbeulte Werktätige'. Er dient auch nicht der leib-seelischen Wiederherstellung des Menschen für die Arbeit. Spiel und Sport sind eigenständige Ziele und Möglichkeiten humanen Lebens. Sie dienen einem elementaren Bedürfnis der Menschen nach zweckfreiem Tun. Der 1500-Meter-Läufer Bobo Tümmler bekannte: „Der Sport ist für mich eine Entdeckungsreise in die eigene Persönlichkeit."

Hier ist der Spitzen- oder Hochleistungssport vom Breitensport wie dem Jedermannturnen, Volks-, Massen- und Freizeitsport zu trennen. Leistungssport bedeutet: Streben nach Höchstleistung, Leistungszwang, Imagezwang, Arbeit, Züchtung, Produktionsprozeß. Der Leistungssport ist somit Abbild unserer Leistungsgesellschaft.

Freizeitsport bedeutet: einmal Ausgleich und Erholung von inhumanen Arbeitsbelastungen und Leistungszwängen; zum anderen persönliche Befriedigung, Freude, Lustgewinn in einem selbstgewählten Freizeitraum. Wer sich in seiner Freizeit vom Fernsehen losreißt, im Urlaub oder in den Ferien aufrafft zum Sporttreiben, der wird es als Sternstunde erleben, die eigene Faulheit überwunden zu haben. Bei regelmäßigem Training nimmt die Muskelkraft pro Woche um 4 Prozent zu. Nach 10 Wochen ergibt sich ein Kraftzuwachs von 40 Prozent, der sich nicht allein auf die Körperform auswirkt. Nur: Aller Anfang ist schwer!

Jeder Betrieb, der auf sich hält, hat heute eine Betriebssportgemeinschaft, in der unter fachlicher Anleitung Sport getrieben wird. Ganz fortschrittliche Betriebe bieten Sport sogar während der Arbeitszeit an. Also: Mitgemacht!

Die Trimm-Aktion des Deutschen Sportbundes war der bisher größte Erfolg in der Werbung überhaupt. Der DSB ist die größte Organisation in der Bundesrepublik. Doch was tun, wenn einer der Vereinsmeierei abhold ist?

Tanz mal wieder! Trimm dich am Wochenende! Fahr raus und lauf, fahre Rad, turne mit den Kindern, kick mal wieder, schwimm mal tüchtig! Schwimmen ist eine altersunabhängige, vielseitig fördernde Sportart, bei der ganzheitliche Eigenbewegung sich mit den Reizwirkungen von Sonne, Luft und Wasser kompensiert.

Der Deutsche Sportbund (DSB) hat Broschüren für verschiedene Sportarten herausgegeben. Sie sind kostenlos zu beziehen beim DSB, Postfach 71 02 63, 6000 Frankfurt 71. Jede Broschüre enthält Trainingsanleitungen für die entsprechende Sportart, gegebenenfalls auch Spielregeln. Außerdem gibt es anregende Schriften wie „Trimm dich im Büro", „Trimm dich im Urlaub", „Tanz mal wieder".

Ein idealer Familien-Freizeitsport, besonders am Strand oder auf dem heimischen Rasen, ist das Spiel ‚Ball über die Schnur' oder die Feinform ‚Volleyball'. Zwei sich gegenüberstehende Mannschaften (mindestens 2 Personen) müssen mit den Händen einen Ball über eine in etwa 2 m Höhe gespannte Schnur oder ein Netz einander zuspielen, wobei der Ball weder gefangen werden noch den Boden berühren darf. Wer die Volleyballturniere bei Olympischen Spielen verfolgt, versteht, daß dieses bewegungsschnelle Spiel ‚Olympias schönste Tochter' genannt worden ist.

Nicht siegen, dabeisein ist wichtig: unter diesem Leitsatz hat Pierre Coubertin (1863–1937) die modernen Olympischen Spiele ins Leben gerufen. Das Motto kann von jedem auf seine Art verwirklicht werden. Die jährliche Wiederholung des Deutschen Sportabzeichens ist ein erstrebenswertes Ziel. Die Vorbereitung darauf – privat oder im Verein – vermag das ganze Jahr hindurch sportlich auszufüllen; denn die Bedingungen sind nicht anspruchslos, aber: Ohne Fleiß kein Preis!

Jährlich werden von den Sportämtern der Städte die Termine für die öffentliche Abnahme des Sportabzeichens in der Tagespresse bekanntgegeben. Möglichkeiten sportlicher Betätigung gibt es genug. Es liegt wahrlich nur am eigenen Entschluß! Also: Mach doch mit – Trimm dich fit!

Heinz-Kurt Weskamp

10 Regeln zum vernünftigen Trimmen

Zusammengestellt vom Deutschen Sportbund

1 Trimmen macht Spaß. Suchen Sie sich nach Ihrem Geschmack einen Sport, der Ihnen auch Freude macht.

2 Trimmen dient der Gesundheit. Wenn Sie gesund sind, können Sie sich unbedenklich, aber ohne falschen Ehrgeiz trimmen.

3 Gemeinsam trimmen schafft Vergnügen. Trimmen Sie sich mit der Familie, mit Freunden und Nachbarn – bei einer Wanderung, einer Radtour, einem Ballspiel, im Sportverein oder einem Lauftreff.

4 Trimmen gehört zur Freizeit. Widmen Sie dem Trimmen einen festen Teil Ihrer Freizeit am Feierabend, am Wochenende, im Urlaub.

5 Ausdauer ist lebenswichtig. Trimmen sie sich täglich zehn Minuten, bis ihr Puls pro Minute mindestens (aber auch nicht viel mehr als) 180 Schläge minus Lebensalter erreicht. Ihr Herz wird es Ihnen danken! Besonders geeignet sind: Dauerlauf (TRIMM-Trab), Radfahren, Schwimmen, Skilanglauf, Tanzen.

6 Halten Sie sich bei Kräften. Sie sollten täglich die wichtigsten Muskelgruppen wenigstens einmal kurz und kraftvoll, aber ohne Überanstrengung betätigen, z. B. durch Kniebeugen, Rumpfkreisen, Armbeugen und -strecken gegen Widerstand.

7 Bleiben Sie beweglich. Bewegen Sie jeden Tag einmal gezielt Ihre Gelenke mit ihrem vollen Spielraum, z. B. durch Federn und Drehen, Beugen und Strecken. Extremes Überstrecken und Vorwärtsbeugen der Wirbelsäule ist jedoch nicht gefragt.

8 Gelegenheiten sind überall. Unterbrechen Sie jedes längere Sitzen (Arbeitsplatz, Fernsehen, Reise), nutzen Sie jede Gelegenheit zum Stehen und Gehen, fahren Sie öfter Rad und weniger Auto, und geben Sie der Treppe den Vorzug vor dem Aufzug.

9 Essen und trimmen – beides muß stimmen. Ernähren Sie sich vielseitig, aber mäßig.

10 Einmal ist keinmal. Nicht die gelegentliche Kraftleistung, sondern Stetigkeit und Ausdauer sind gefragt. Fangen Sie mit wenig an, aber bleiben Sie beständig. Und dann langsam steigern. Der Trimmspaß wächst mit der besseren Kondition.

Das Sportabzeichen.

Gruppe	Übung	Männer							
		Bronze	Silber	Gold	Gold	Gold	Gold	Gold	Gold
	Alter	von 18–29	von 30–39	von 40–44	von 45–49	von 50–54	von 55–59	von 60–64	ab 65 Jahre
1	200-m-Schwimmen	6:00	7:00	7:30	8:00	8:30	9:00	9:30	10:00
2	Hochsprung	1,35	1,30	1,25	1,15	1,05	1,00	0,95	0,90
	Weitsprung	4,75	4,50	4,25	4,00*)	–	–	–	–
	Standweitsprung	–	–	–	–	2,00	1,90	1,80	1,70
	Sprung: Hocke o. Grätsche	Pferd längs		Bock	Bock	Bock	Bock	Bock	Bock
		1,20	1,10	1,30	1,30	1,20	1,10	1,00	1,00
3	50-m-Lauf	–	–	–	8,2*)	–	–	–	–
	75-m-Lauf	–	–	11,0*)	–	–	–	–	–
	100-m-Lauf	13,4	14,0	14,5	16,0	17,0	18,0	19,0	20,0
	400-m-Lauf	68,0	70,0	72,0	74,0*)	–	–	–	–
	1000-m-Lauf	–	–	–	–	5:00	5:30	6:00	6:30
4	Kugel, Männer 7,25 kg	8,00	7,75	7,50	7,25			–	–
	(50–59 Jahre) 6,25 kg	–	–	–	–	7,25	7,00		
	(ab 60 Jahre) 5 kg	–	–	–	–	–	–	7,00	6,75
	Kugel, Frauen 4 kg	–	–	–	–	–	–	–	–
	Steinstoß (15 kg, li. u. re.)	9,00	8,75	8,50	8,00*)	–	–	–	–
	Schlagball (80 g)	–	–	–	–	–	–	–	–
	Wurfball (200 g)	–	–	–	–	–	–	–	–
	Schleuderball (1 kg)	–	–	–	–	–	–	–	–
	Schleuderball (1,5 kg)	35,00	34,00	33,00	32,00	30,00	28,00	26,00	24,00
	100-m-Schwimmen	1:40	1:45	1:50	2:00	2:10	2:20	2:30	2:40
	Gewichtheben	beidarmig mindestens 75% des eigenen Körpergewichts							
	Bodenturnen	Handstand – Abrollen, Rolle rückwärts, Rad*)				–	–	–	–
5	2000-m-Lauf	–	–	–	–	–	–	–	–
	3000-m-Lauf	–	–	15:00	17:30	19:00	20:00	21:00	22:00
	5000-m-Lauf	23:00	26:00	28:00	31:00	34:00	36:00	36:00	36:00
	20-km-Radfahren	45:00	47:30	50:00	52:30	55:00	60:00	65:00	70:00
	1000-m-Schwimmen	26:00	28:00	30:00	32:00	34:00	36:00	38:00	40:00
	10-km-Skilanglauf	–	–	–	–	–	–	–	–
	15-km-Skilanglauf	72:00	75:00	79:00	83:00	88:00	93:00	99:00	105:00

Weitsprung ab M 50/F 45 Jahre vom Balken oder aus dem Absprungraum.

*) Die Prüfung kann in dieser Übung auch von Bewerber/-inne-n aus den nachfolgenden Altersklassen abgelegt werden; es ist dann die letztgenannte Mindestleistung zu erfüllen. Sportmediziner empfehlen allerdings, in den höheren Altersklassen diese Übung nicht mehr zu versuchen.

Gruppe	Übung	Frauen							
		Bronze	Silber	Gold	Gold	Gold	Gold	Gold	Gold
	Alter	von 18–29	von 30–39	von 40–44	von 45–49	von 50–54	von 55–59	von 60–64	ab 65 Jahre
1	200-m-Schwimmen	7:00	8:00	9:00	9:30	10:00	10:30	11:00	11:30
2	Hochsprung	1,10	1,05	1,00	0,95	0,90	0,85	0,80	0,75
	Weitsprung	3,50	3,25	3,00*)	–	–	–	–	–
	Standweitsprung	–	–	–	1,60	1,50	1,40	1,30	1,20
	Sprung: Hocke o. Grätsche	1,20	1,10 (Pferd seit)	1,10	1,20 Bock	1,10 Bock	1,00 Bock	1,00 Bock	1,00 Bock
3	50-m-Lauf	–	–	9,2*)	–	–	–	–	–
	75-m-Lauf	12,4	13,0*)	–	–	–	–	–	–
	100-m-Lauf	16,0	17,0	18,5	20,0	21,0	22,0	23,0	24,0
	400-m-Lauf	–	–	–	–	–	–	–	–
	1000-m-Lauf	–	–	6:40	7:40	7:20	7:40	8:00	8:20
4	Kugel, Männer 7,25 kg	–	–	–	–	–	–	–	–
	(50–59 Jahre) 6,25 kg	–	–	–	–	–	–	–	–
	(ab 60 Jahre) 5 kg	–	–	–	–	–	–	–	–
	Kugel, Frauen 4 kg	6,75	6,25	6,00	5,75	5,75 (3 kg)	5,50 (3 kg)	5,25 (3 kg)	5,00 (3 kg)
	Steinstoß (15 kg, li. u. re.)								
	Schlagball (80 g)	37,00	34,00	31,00	29,00	27,00	25,00	24,00	23,00
	Wurfball (200 g)	27,00	25,00	24,00	23,00	22,00	21,00	20,00	19,00
	Schleuderball (1 kg)	27,00	25,00	24,00	23,00	22,00	21,00	20,00	19,00
	Schleuderball (1,5 kg)	–							
	100-m-Schwimmen	2:00	2:20	2:35	2:50	3:05	3:20	3:35	3:50
	Gewichtheben	–							
	Bodenturnen	Handstand – Abrollen, Rolle rückwärts, Rad*)				–	–	–	–
5	2000-m-Lauf	12:00	13:00	14:00	15:00	16:00	17:00	17:30	18:00
	3000-m-Lauf	–	–	–	–	–	–	–	–
	5000-m-Lauf	32:00	35:00	38:00	40:30	43:30	46:30	–	–
	20-km-Radfahren	60:00	65:00	70:00	72:30	75:00	77:30	80:00	82:30
	1000-m-Schwimmen	28:00	30:00	32:00	34:00	36:00	38:00	40:00	42:00
	10-km-Skilanglauf	54:00	60:00	65:00	70:00	75:00	80:00	85:00	90:00
	15-km-Skilanglauf	–	–	–	–	–	–	–	–

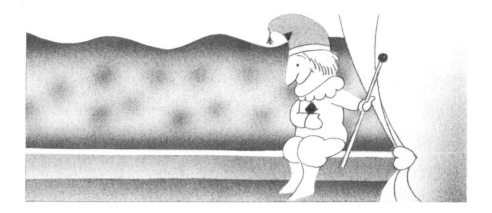

Ferien – nichts für Leute mit Kindern?

Liebe Karin,
wie schön, daß Ihr bald eine richtige Familie sein werdet! In Deine
Freude über das neue Leben in Dir mischt sich jedoch auch eine leise
Enttäuschung: Eigentlich sollte das Baby später kommen, erst wolltet
Ihr noch ungebundener das Leben genießen, vor allem die Ferien. Und
da erinnerst Du Dich an die vielen Urlaubsgrüße von uns und fragst,
wie wir trotz unserer vier Kinder und ohne üppiges Einkommen anscheinend immer schöne Ferien hatten.

Ich glaube, daß das Gelingen eines Urlaubs weniger von den Fami-
lienverhältnissen, etwa der Kinderzahl und dem Geld, abhängt, als
vielmehr davon, daß wir wissen, was wir im Urlaub suchen, brauchen
und erwarten können. Das ist so simpel, daß man sich fast scheut, darüber ein Wort zu verlieren. Aber alljährlich zeugen Scharen mißmuti-
ger „Heimkehrer" auch davon, wie wenig Gedanken sie sich über
diese Ausgangsposition gemacht haben. Sehr wichtig ist es wohl, zu
klären, ob man etwas erleben oder sich einfach erholen will. Dabei
können diese Bedürfnisse durchaus von Jahr zu Jahr wechseln!

Am besten berichte ich Dir von den unterschiedlichen Ferienfor-
men, die wir in all den Jahren mit unseren Kindern kennenlernen
konnten. Da war zunächst der

Urlaub zu Hause,

als die Geburt von Nummer vier exakt in die Urlaubszeit fiel. Abgesehen davon, daß wir dem Neugeborenen nicht ohne Not die mit einer jeden Reise verbundene Unruhe zumuten wollten, fand ich es schön, mit dem ganztägig anwesenden Vater Last und Freude der Großfamilie teilen zu können. Die Anregungen kamen dabei hauptsächlich von den Kindern, indem sie uns – zum Beispiel während der gemeinsamen Ausflüge – mit Fragen löcherten, die wir oft nicht beantworten konnten: Wie heißt dieser Schmetterling? Welcher Vogel singt da? Kann man die Beeren essen? – Schleunigst kauften wir ein paar Bestimmungsbücher und frischten unsere mangelhaften Naturkenntnisse auf. Auch gespielt und gebastelt haben wir viel; Sammlungen wurden angelegt: von Steinen, getrockneten Blüten, Gräsern und Blättern über Postkarten zu Briefmarken.

Trotz der Freude am Zusammensein mit den Kindern waren wir allerdings dankbar, die Größeren einmal in der Woche abgeben zu können: unsere Pfarrei veranstaltet „Ferien für Daheimgebliebene", wo unter Betreuung Ausflüge unternommen wurden und die Kinder viel Schönes erleben konnten.

Urlaub auf dem Bauernhof

Diese Ferienart wählten wir zweimal, einmal an der Ostsee und einmal an der Nordsee. Wir vermieden auf diese Weise das bei jedem Strandurlaub an nördlichen Küsten drohende Risiko, bei längerem Regenwetter quengelnde Kinder in einer engen Ferienwohnung oder gar im Hotel beschäftigen zu müssen: Wenn wir nicht baden oder am Wasser Entdeckungsgänge (mit Bestimmungsbüchern, Eimern und Beuteln zum Sammeln!) machen konnten, gab es auf dem Hof so viel zu sehen und zu erleben, daß es nie langweilig wurde. Hier würde ich tunlichst darauf achten, einen Bauernhof mit möglichst vielen Tieren zu finden. Es gibt sie noch – oder auch: wieder.

Urlaub am Mittelmeer

Freunde hatten uns eine Ferienwohnung in Italien angemietet und gottlob darauf geachtet, daß diese direkt am Strand lag. Einen großen Anmarsch mit vier kleinen Kindern und Badegepäck über lange Wege hin hätte ich schon als recht beschwerlich empfunden! Ich würde auch empfehlen, nicht im Hochsommer zu fahren: der Sand ist mittags für bloße Füße unbegehbar, und die Wohnungen werden so heiß, daß man nachts kaum schlafen kann. Vor allem aber ist der Strand so bevölkert, daß man ständig aufpassen muß, um die Kinder im Gewimmel nicht aus den Augen zu verlieren. Wir waren im Juni dort und morgens früh genug am Strand, um uns einen Platz in der ersten Reihe zu sichern. Da spielten die Kinder, wenige Meter von uns entfernt, stundenlang zufrieden mit Sand und Wasser und ließen ihre Eltern zu Ruhe und Erholung kommen . . .

Der Nachteil einer Ferienwohnung: Nie konnten wir abends weg, weil wir die Kinder nicht allein lassen wollten. Dieses Problem entfiel natürlich total beim

Urlaub in einer Familienferienstätte

Zwar gingen wir auch hier nicht abends aus dem Haus bzw. dem Feriendorf, aber das war auch nicht nötig, weil wir innerhalb der Ferienstätte so viele Möglichkeiten vorfanden, daß wir nur zu wählen brauchten. Außerdem gab es Betreuer für die Kinder. Diese Ferienmöglichkeit – gleichfalls zu kombinieren mit einem Wunschziel wie See, Berge oder Wald, hat mir besonders gut gefallen. Die Kinder fanden genügend gleichaltrige Spielgefährten, wurden vielfältig angeregt und lernten neue Lieder und Spiele kennen; auf jeden Fall kamen sie über weite Strecken hin prima ohne uns aus. Diesen Freiraum konnten wir ganz nach Belieben nutzen zum Entspannen, Lesen, Tischtennisspielen, Wandern und vielem anderen mehr. Es gibt auch Häuser mit unterschiedlichen Bildungsangeboten: Malen, Meditation, Tanz und sogar Gedächtnistraining.

Fußwallfahrt

Sicher eine ungewöhnliche Ferienmöglichkeit, die wir mit den Jungen wagten, als diese etwa zwölf und dreizehn Jahre alt waren. In Tagesmärschen von bis zu dreißig Kilometern ging es quer durch die Eifelwälder von Köln nach Trier – unter Leitung eines Pfarrers, der gleichzeitig Militärseelsorger war und vornehmlich junge Soldaten auf diese Wallfahrt mitgenommen hatte. Die beiden genossen es, von so viel Älteren akzeptiert und für voll genommen zu werden, waren stolz, kein einziges Mal schlapp zu machen, und fanden die abendliche Unterbringung in Klöstern oder leeren Gemeindesälen (auf der Bühne hinter dem Vorhang) total abenteuerlich. Frömmer geworden sind sie zwar nicht danach, aber die Wallfahrt ist eine gute Erinnerung geblieben, und das ist schon was!

Frankreichferien

werden heute sogar als „deutsch-französischer Familienaustausch" vermittelt (siehe Anhang). Wir ließen uns damals eine Liste der französischen Maisons Familiales schicken und verlebten zweimal einen wunderschönen Urlaub in einem ehemaligen Golfhotel an der französischen Kanalküste. Am „typisch deutschen Komfort" mußten zwar Abstriche gemacht werden, auch das Schlangestehen zum „Essenfassen" oder die gelegentliche Mithilfe in der Küche wären sicher nicht nach jedermanns Geschmack – kontaktfördernd wirkten sie allemal. Die Kinder wurden von netten „monitrices" betreut, und die ungezwungene, herzliche Art der Franzosen machte es, daß die fremde Sprache den Kindern merkwürdigerweise keinerlei Schwierigkeiten bereitete. (Apropos: Ein Elternteil muß sich leidlich auf Französisch verständigen können!) In jenem „Familienhaus" hörten wir von einem Feriendorf in der Bretagne, in dem wir im darauffolgenden Jahr den

Club- bzw. Aktiv-Urlaub kennenlernten.

Hier fanden wir die uns ideal scheinende Mischung von Anregung, Erholung und Betrieb: Am Morgen gingen die Kinder zuerst zum Judo, anschließend die Großen zum Marionettenbasteln und die Kleinen in den „Mini-Club", Hannes ging reiten, und ich lernte Korbflechten. Am Nachmittag ging's zum unmittelbar benachbarten Strand, und vor dem Abendessen hatten wir unseren Gymnastikkurs. Abends wurden immer irgendwelche Diskussionen, Filme, Folklorevorführungen oder ähnliches angeboten. Ich finde, daß ein Urlaub, der so viele Möglichkeiten bereithält (wir hätten auch Segeln, Töpfern, Filmen und anderes mehr lernen können), die man je nach Stimmung und Begabung wahrnehmen kann, aber nicht *muß,* einfach nicht schiefgeht. Jedenfalls waren die Kinder genauso begeistert wie wir.

Holidays that are different

Unter dieser Überschrift fand ich in einer Zeitung einen Artikel über die „Holiday Fellowship", eine von Quäkern gegründete Wandervereinigung in England. Unsere Kinder waren größer geworden, und wir erhofften uns von einem Ferienaufenthalt mit Engländern eine erhöhte Motivation zum Englischlernen. Eine Rechnung, die voll aufging: Im ersten Jahr, als wir in Cornwall Ferien machten, waren wir ebenso die einzigen Deutschen wie im nächsten Jahr in Schottland. Nach – freiwilliger – Teilnahme am Morgengebet und ausgiebigem englischen Frühstück wurden täglich drei Touren mit verschiedenen Schwierigkeitsgraden angeboten, die uns nicht nur die herrliche Landschaft jener Gegenden erschlossen, sondern auch die Möglichkeit vieler netter Gespräche mit den anderen Wanderern – alles auf Englisch natürlich. Das ergab sich so ganz ohne Druck und Zwang, daß wir selber am meisten erstaunt waren, wie gut wir mit unseren eher mangelhaften Englischkenntnissen zurecht kamen. Abends konnte man nach Belieben an Spielen oder Volkstänzen teilnehmen.

Liebe Karin, wenn Dich die lange Liste unserer vorwiegend ganz positiven Familien-Ferienerfahrungen noch nicht überzeugt hat, will ich Dir schnell noch ein paar Möglichkeiten nennen, die Freunde ausprobiert haben – und die selber zu erleben uns einfach die Zeit fehlte:

Familienferien in Jugendherbergen – preiswert und abwechslungsreich;

Ferien auf dem Hausboot, zum Beispiel auf französischen Kanälen;

Ferien im Zigeunerwagen, besonders beliebt in Irland;

Einkehrtage für Familien – auch das gibt es, es dürfte ein heilsames
Gegengewicht sein zum stressigen Schul- und Berufsalltag.

Wenn Dir das noch nicht reicht, lies die Reiseseiten der Tages- und
Wochenzeitungen durch. Dort wirst Du finden, wo man Kräuter-,
Koch-, Edelstein-, Töpfer- oder Theaterferien machen kann. Und viel
öfter als man denkt: auch mit Kindern!

Verstehst Du jetzt, warum ich die weitverbreitete Meinung, Kinder
hinderten Ihre Eltern daran, zu „leben", für ein ebenso unsinniges
Vorurteil halte wie die Forderung, wenn man es sich nicht leisten
könnte, in guten Hotels zu wohnen, solle man lieber gleich zu Hause
bleiben?

Lydia Strzebniok

Gute Adressen für Familienferien:

Familien-Ferien-Werk e. V., Schaevenstr. 1, 5000 Köln 1, Tel. 02 21/21 88 88

Katholisches Ferienwerk Köln e. V., Marienplatz 11, 5000 Köln 1, Tel. 02 21/23 55 01 (Bietet
neben Badeurlauben in verschiedenen Ländern Skiferien und Studienfahrten auch Behinderten-
urlaub)

Katholisches Ferienwerk Oberhausen, Elsa-Brandström-Str. 11, 4200 Oberhausen, Tel.
02 08/85 99 60

Ferienwerk Diözese Speyer, Webergasse 11, 6720 Speyer, Tel. 0 62 32/10 23 17

Bundesarbeitsgemeinschaft Katholischer Jugendferienwerke, Carl-Mosterts-Platz 1, 4000 Düs-
seldorf 30, Tel. 02 11/46 93 160

Studienkreis für Tourismus, Dampfschiffstr. 2, 8130 Starnberg

Über 200 Seiten stark ist ein vom Bundesminister für Jugend, Familie, Frauen und Gesundheit
geförderter, vom ADAC herausgegebener Familien-Ferien-Katalog. Neben einer Auflistung
sämtlicher Familienferienstätten, Alpenvereinshütten und allen wissenswerten Angaben über
Familienferien erfahren Sie hier auch, mit wieviel Zuschüssen Sie rechnen und wo Sie diese beantragen können. Wird auf Wunsch zugesandt vom Bundesministerium für Jugend, Familie,
Frauen und Gesundheit, Kennedyallee 105–107, 5300 Bonn 2.

Vacances Renouveau, F-73023 Chambèry Cedex, 2 Rue Trèsorerie, Frankreich (Renouveau ist
eine gemeinnützige Initiative, die vor allem Familien- und Aktiv-Ferien anbietet – wie die im
vorstehenden Beitrag erwähnten Club-Ferien in Beg-Meil/Bretagne.)

Für den deutsch-französischen Jugendaustausch: Familienerholungswerk der Diözese Rotten-
burg, Heusteigerstr. 86 A, 7000 Stuttgart 1, Tel. 07 11/60 30 77

The Holiday Fellowship LTD, 142/144, Great North Way, Hendon, London NW 41 EG England (Für Wanderferien in England)

Streiten mit Gebrauchsanweisung

Im Zeitalter der sexuellen Totalaufklärung sind alle Regungen des menschlichen Körpers statistisch erfaßt und alle Liebesgefühle wissenschaftlich erforscht. Wenn heute ein junges Paar heiratet, weiß es meist schon genau, wo man sich wohl- oder wehtut, wie man küßt und kocht, wie man abwechslungsreich lebt und liebt, wie man Kinder kriegt und wie nicht. Nur das Streiten haben die meisten nicht gelernt, teils weil die Eltern es auch nicht konnten (und damit Streiten als etwas ganz Abscheuliches in Erinnerung blieb) oder in verschämter Disziplin immer nur in Abwesenheit der Kinder gestritten haben, teils einfach deshalb, weil die jungen Leute in ihrer rosigen Vorfreude auf die Ehe den Streit überhaupt nicht ins Programm eingeplant haben und schon jeden Gedanken an so etwas Schreckliches verdrängen.

Normal wie die Panne am Auto

Doch selbst, wenn sie so erschütternd realistisch wären – bei keiner Volkshochschule und keinem kirchlichen Bildungsprogramm würden sie je einen Spezialkurs finden: „Streiten – allein und mit anderen". Dabei wäre er genauso notwendig wie alle anderen Dinge; denn der Streit gehört zur Ehe wie die Panne zum Auto. Das heißt: man freut sich nicht gerade darauf, aber man weiß, daß es normal ist – manchmal sogar notwendig, damit Fehler repariert werden, bevor größerer Schaden entsteht.

Freilich ist die junge Generation heute im allgemeinen ohnehin so tolerant und diskussionsfreudig, daß über wesentliche Fragen nur selten noch gestritten wird. Wenn es um wirklich wichtige Dinge geht, dann setzt man sich für gewöhnlich zusammen, bespricht das Für und Wider, wägt die Argumente ab und sucht gemeinsam in einer sachlichen Diskussion einen Kompromiß oder eine Lösung. Auch diese Grundeinstellung bestärkt viele junge Leute in dem Glauben, bei ihnen könne es so etwas Altmodisches wie einen Ehestreit überhaupt nicht mehr geben. Weit gefehlt!

Es sind nämlich gerade die kleinen Mäuse, die einem die Nerven abbeißen. Die kleinsten Sandkörnchen im ehelichen Getriebe reiben die Partner am meisten auf – ganz einfach schon deshalb, weil man einen Streit um Nebensächlichkeiten viel persönlicher nimmt als ein Engagement für große Entscheidungen. Man überlegt sich ständig: wegen der Sache kann sich der Partner ja kaum aufregen, also muß es schon meine Person sein, die ihn stört.

Der Streit wird personalisiert, also unsachlich, und irgendwann ist die Situation so verfahren, daß man eine riesige Wut aufeinander hat, aber nicht mehr genau weiß, in welcher Sache man sich eigentlich in die Haare geraten ist. Dann ist der Punkt erreicht, wo in klassischen Ehestorys die Frau zu kreischen pflegte: „Ich geh wieder heim zu meiner Mutter!" und er trocken und türeknallend erwiderte: „Mach was Du willst, ich geh' ins Wirtshaus!" In modernen Ehedramen wird nicht selten gleich zum Hackebeilchen, zum Tortenmesser oder zu einem Jagdgewehr gegriffen, und der jeweils überlebende Teil hat später große Mühe, dem Hohen Gericht zu erklären, worüber denn eigentlich der kleine Streit ausgebrochen ist und wie er zum tödlichen Krach eskalieren konnte.

Der Durchschnittsbürger aber amüsiert sich über den einen Fall und schüttelt über den anderen den Kopf, und viele Menschen halten es wegen solcher Beispiele schon grundsätzlich für ganz schlimm, wenn es überhaupt zu einem Streit kommt. Andererseits können nur wenige Ehepaare ehrlich von sich behaupten, sie hätten so gut wie nie gestritten. Man würde in so einem Fall auch sofort mißtrauisch fragen: Warum haben die nie gestritten? Sind sie so langweilige Menschen? Ist ein Partner so dominierend und autoritär, daß der andere nicht aufzumucken wagt? Ist ein Partner so nachgiebig, unterwürfig oder feig, daß er nie eine eigene Meinung hat und nie einen eigenen Standpunkt vertritt? Oder sind sie eins von den ganz seltenen harmonischen und toleranten Ehepaaren mit nahezu „vollkommener Übereinstimmung"?

In der Praxis gibt es sowohl Beispiele von geschiedenen Eheleuten, die sich hoffnungslos zerstritten haben, als auch von Paaren, die von sich behaupten: „Jetzt streiten wir schon dreißig Jahre miteinander und sind recht zufrieden dabei." Also muß es wohl auch an der Art des Streitens liegen, ob man eine Ehe damit belebt oder ob man sie kaputtmacht. Folglich müßte man ja auch aus der Erfahrung anderer einige Regeln lernen können, mit denen man einem Ehestreit – wenn er schon mal ausbricht – einigermaßen beikommen kann.

Solche Erfahrungswerte gibt es, wobei natürlich vorausgesetzt ist, daß nicht nur jeder Mensch, sondern ebenso jede Ehe anders ist. Andere Temperamente, andere Probleme, andere soziale, bildungsmäßige oder familiäre Gegebenheiten von einer Ehe zur anderen machen die Übertragung von Patentrezepten unmöglich. Aber es gibt doch einige Grundverhaltensweisen, die man vielleicht auf seinen speziellen Fall etwas abwandeln kann, beispielsweise zu folgenden drei „Streitfragen" zusammengestellt:

1. Wie kann man einen sich anbahnenden Streit noch abwenden oder wieder herunterspielen?
2. Wie läßt sich ein Streit zu einem versöhnlichen Ende führen?
3. Was muß getan werden, um durch Streit eine Ehe kaputtzukriegen?

Man sollte beim Ausbruch eines Streits nicht gleich aus allen Wolken fallen und entsetzt und enttäuscht sein, daß es sogar in einer „so großen Liebe" plötzlich „so etwas" geben kann. Also: nicht gleich den Kopf verlieren, sondern sich vorsagen, daß jetzt ein eheliches Routineproblem kommt, selbst wenn es zum erstenmal sein sollte! Eheleute streiten nun einmal, seit es welche gibt, basta! Und selbst der schönste Sommer braucht ein paar reinigende Gewitter.

Zum Streiten gehören zwei

Ebenso wichtig ist es, daß derjenige Partner, dem im Augenblick nicht nach Streiten zumute ist, möglichst schnell herausfindet, was eigentlich mit dem anderen los ist. Das heißt, derjenige, der glaubt, seiner Sinne mächtig zu sein, muß die Situation analysieren: Weshalb ist der andere explodiert? Ist es eine Laune, eine Stimmung, ein Mißverständnis? Ist das augenblickliche Streitthema die wirkliche Ursache der Explosion des anderen? Oder nur der äußere Anlaß, und der Kern des Problems sitzt vielleicht tiefer? Selten sind beide auf Streit eingestellt, meist fängt einer damit an. Die Hauptkunst des Abwiegelns besteht deshalb darin, sich in den Partner hineinzudenken, sich in seine Rolle zu versetzen und nicht nur alles aus der eigenen Warte zu betrachten.

Häufig stellt man dabei fest, daß es dem anderen auch mit einer unwichtigen Angelegenheit bitter ernst sein kann. Oder daß der andere in der Sache vielleicht recht hat, aber das Ausmaß seiner Aufregungen nicht ganz verständlich ist. Anstatt sich nun ebenfalls darüber zu erregen, daß der andere überzogen oder sich in der Tonart vergriffen hat, kann man die Sache vom Tisch bekommen, indem man entweder schlicht zugibt, daß man etwas falsch gemacht hat oder indem man sich überrascht zeigt, daß eine Sache dem anderen wichtiger ist, als man selbst gedacht hat. Das Schwierigste ist für den, der von einer Verärgerung des Partners überrascht wird, ruhig zu bleiben und zwischen der vielleicht unpassenden Form und dem nicht so falschen Inhalt zu unterscheiden.

Beispiel: Er freut sich auf die Kartoffelsuppe, die Suppe aber ist angebrannt, und er schimpft los (im Ärger natürlich ungerecht verallgemeinernd): „Verdammt noch mal, mußt du denn jede Suppe anbrennen lassen? Ein Saufraß ist das wieder!" Sie könnte jetzt über die Formulierung „jede Suppe" und „wieder" ihrerseits verärgert sein und kontern: „Was soll denn da angebrannt sein? Schmeckt doch gut." Oder: „Dauernd hast du etwas zu meckern. Wenn das Essen hundertmal gut ist, sagst du keinen Ton, aber wenn einmal etwas anbrennt, dann mußt du eine Szene machen. Früher, als du mich noch geliebt hast, hättest du dich nicht wegen solcher Kleinigkeiten aufgeregt." Was bleibt ihm da anderes übrig, als seinen Angriff zu rechtfertigen und weiterzustreiten. Für jeden Menschen, der gerade – zu recht oder zu unrecht – „explodiert" ist, wird es wahnsinnig schwer, im nächsten Augenblick schon einsichtig zu werden und reumütig zurückzustecken. Man muß die Streitenergie erst verpuffen lassen.

Wenn sie einfach zugibt, daß ihr die Suppe angebrannt ist, und ganz ruhig sagt: „Das tut mir aber leid, da habe ich einen Moment nicht aufgepaßt – schade um die gute Suppe!", dann ist ihm der Wind aus den Segeln genommen. Und wenn sie ihn gar übertrumpft: „Schmeckt scheußlich, nicht? Sollen wir sie den Abort runterspülen?", wird er vielleicht seinerseits abwiegeln: „Na ja, so schlimm ist es auch wieder nicht – ich würge das Zeug schon runter."

Ein ähnliches Beispiel könnte man umgekehrt durchspielen: „Mußt du ausgerechnet immer mit dem guten Anzug und dem neuen Hemd das Fahrrad reparieren? Ich bin ja nur dazu da, deinen Dreck wieder zu beseitigen." In diesem Fall hat er die Wahl zwischen Eskalation: „Man wird doch ... und wenn du schon mal ein Hemd waschen

mußt!" oder abwiegelnd: „Ach so, da hab' ich gar nicht aufgepaßt . . .
entschuldige bitte!"

Verständnis, Überraschung oder Bedauern zu zeigen, ist die beste
Methode, wenn der andere in der Sache recht hat, nicht aber vielleicht
im Ton. Wenn man sich jedoch zu Unrecht angegriffen fühlt, ist es
nicht immer ratsam, nur um des lieben Friedens willen alles zu
schlucken, weil es zum einen den anderen in seiner falschen Selbst-
gerechtigkeit bestärkt, zum anderen doch irgendwann als gesammelte
Empörung hochkommt. Will man trotzdem keinen Streit aufkommen
lassen, sollte man ruhig bleiben und eventuell durch erstaunte Fragen:
„Wirklich? Findest du? Was meinst du denn damit?" dem Partner Gelegenheit geben, entweder die Vorwürfe zu präzisieren und damit zu
versachlichen oder bei der genaueren Erklärung Dampf abzulassen
und auf diese Weise selbst zu merken, daß er nicht richtig liegt.

Die Kurve weg von einem unerfreulichen Reizthema kann man
mitunter am besten kriegen, wenn man höhere Werte oder das gemeinsame Ganze ins Gespräch bringt: „Komm, lassen wir uns doch
davon nicht den schönen Abend (Ausflug) verderben. Hast ja recht,
aber reden wir ein anderes Mal darüber."

Man kann einen beginnenden Streit auch mit Humor herunterspielen, aber diese Methode ist gefährlich; denn – wie man so schön sagt – Humor kann auch nach hinten losgehen. Wenn man den Eindruck hat, dem Partner ist nur das Temperament oder eine Laune durchgegangen, kann man die Situation mit einem Scherz entspannen, und mitunter ist der Partner sogar froh, wenn er mit Hilfe eines lustigen Zuspiels wieder von seinen Barrikaden herunterkommt.

Wehe aber, der eine meint es tatsächlich bitter ernst und der andere reißt auch noch Witze darüber. Dabei ist zu beachten, daß der äußere Anlaß, der mitunter lächerlich sein kann, durchaus noch nichts über den Ernst der Lage aussagt. Entscheidend ist, rechtzeitig zu merken, ob es dem Partner persönlich ernst ist mit dem Streitthema, ob sich vielleicht aus geringfügigem Anlaß bei ihm etwas lang Angestautes Luft macht, eine tiefergehende Verärgerung, die nur noch schlimmer wird, wenn man sie zu leicht vom Tisch wischen will. „Du machst dich ja auch noch über mich lustig", heißt es dann unverstanden.

Erst die Aussprache, dann die Versöhnung!

Damit sind wir bereits mitten im zweiten Punkt: Stellt sich nämlich heraus, daß ein Streit eine ernstere Wurzel hat, soll man ihn besser gar nicht erst herunterspielen oder abwürgen, sondern offen austragen. Das bedeutet: ausreden lassen, hinhören (auch auf Untertöne achten!) und versuchen, sich in die Position des anderen hineinzudenken, also nicht schon gleich verübeln, daß ihm überhaupt etwas nicht paßt. Hat man selbst einiges angesammelt, ist ein Gegenangriff oder eine Gegenrechnung mitunter dazu angetan, die Gleichheit der Diskussion wiederherzustellen. Aber dann soll man auch eine Aussprache über zwei oder mehrere Themen führen, nicht sie einfach gegeneinander aufrechnen, wenn sie nichts miteinander zu tun haben. Mitunter empfiehlt es sich, in der Situation, in der ein Streit plötzlich ausgebrochen ist, nur kurz die Kontroverse festzustellen und sie auf einen für eine Aussprache günstigeren Zeitpunkt zu verschieben: Hektik oder Zuhörer bei einem Streit sind in jedem Fall schädlich. Das Schlimmste sind Dritte, die sich einmischen, Partei ergreifen oder auch nur vermitteln wollen.

Ein sehr beliebter Fehler bei Ehestreitigkeiten ist der Versuch, ohne Diskussion des Themas, ohne Argumente und ohne Bemühen um Verständnis für die Verärgerung des anderen gleich eine Versöhnung anzustreben. Zu diesen Methoden gehören männliche Ablenkungsmanöver wie „Süß schaust du heute aus. Warst du beim Friseur?" Oder: „Du siehst hinreißend aus, wenn du so wütend bist!" Da fühlt sich eine ernsthaft zornige Frau meist nur auf den Arm genommen und für dumm verkauft – was wiederum die Kluft nur vertieft.

Nicht anders verhält es sich umgekehrt, wenn der Mann schimpft, und sie knöpft beispielsweise provozierend ihre Bluse auf, um ihn mit den Waffen einer Frau zur Strecke zu bringen: „Komm, sei lieb! Es gibt doch was Schöneres als Streiten." Auf einen solchen unfairen Angriff „unter der Gürtellinie" dürfte er wohl nur noch saurer reagieren: „Ich will aber jetzt nicht lieb sein, ich will wissen, wo das Geld geblieben ist!" Dann fühlt sie sich meist auch noch mit ihrem zärtlichen Versöhnungsangebot zurückgewiesen und ist völlig gekränkt, wenn auch zu Unrecht. Und wenn sie dann wieder für längere Zeit „zugeknöpft" bleibt, ist er wieder darüber beleidigt, daß sie ihn abseits der Streitsache mit Liebesstreik in die Knie zwingen will.

Wenn ein Streit in der Sache ausdiskutiert ist, kann freilich eine stürmische Versöhnung im Ehebett einen schönen Abschluß bilden (manche sagen sogar, sie freuten sich wegen der Versöhnung auf jeden Streit), aber Versöhnung kann man weder erzwingen noch erschwindeln, es muß vielmehr erst der Wille zur Versöhnung dasein. Dies festzustellen ist wichtig, aber nicht immer leicht. Das Ende eines Streites muß nicht gleich schon die Lösung der besprochenen Fragen bedeuten, es genügt die Erfahrung, daß man das Problem erkannt hat und sich gemeinsam bemühen will, damit fertig zu werden. Ebensowenig muß am Schluß ein Urteil darüber stehen, wer nun recht gehabt und wer alles falsch gemacht hat. Meist genügt es, wenn einer etwas einlenkt, vorsichtig Einsicht zeigt und der andere sich damit zufriedengibt, seinerseits ein paar Zugeständnisse anbietet oder Mißverständnisse einräumt.

Respekt für Verschiedenheiten

Es gibt allerdings auch Streitthemen, die man nicht bis zu einem versöhnlichen Ende ausdiskutieren kann, weil es nicht nur darum geht, ein Mißverständnis zu klären oder ein fehlerhaftes Verhalten aufzuzeigen oder abzustellen. Es wird vielmehr in jeder Ehe auch einige The-

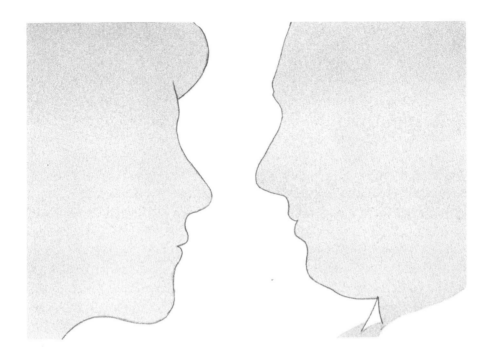

men geben, über die man sich nicht einigen kann. Da hat es keinen Sinn, ewig im Leerlauf weiterzustreiten, Kraft und Nerven abzunützen, sondern da muß man halt lernen, auch mit anhaltend verschiedenen Ansichten respektvoll auszukommen.

Mancher kommt von seinem Temperament und seinem Naturell her nur schwer wieder von einer Streitposition herunter, obwohl er es im Grunde gerne möchte; er verkrampft sich im Ärger. Dem sollte der Partner zur rechten Zeit – nicht zu früh – eine Brücke bauen, eine Hilfestellung geben, daß er einlenken kann, ohne sein Gesicht zu verlieren. Die Rücksicht auf die Selbstachtung des Partners und sein inneres oder äußeres Prestige ist der Angelpunkt für die Entscheidung, ob ein Streit zur Versöhnung und vielleicht von da an zu besserem Verstehen führt oder zu einem anhaltenden Zerwürfnis.

Streiten bis zum bitteren Ende

Darum heißt eine Faustregel für jeden, der seine Ehe kaputtmachen will: die Selbstachtung und das Selbstbewußtsein des anderen zu unterminieren und zu zerstören. Konkret sind dazu einige Tips zu geben:

292

Eine ziemlich verheerende Wirkung beispielsweise hat fast immer die Unterstellung übler Motive, das heißt: eine Lappalie dadurch schlimmer machen, daß man eine böse Absicht dahintersieht. Verspätungen, Schlamperei, Vergeßlichkeit sind zwar für den Partner ärgerlich, aber für sich allein menschlich und kommen immer wieder vor. Zum harten Streit werden sie jedoch, wenn man dem anderen unterstellt, daß dies nur ein Zeichen seiner Geringschätzung, Überheblichkeit und mangelnder Liebe ist. Anheizende Unterstellungen leitet man am besten ein, indem man sich die Gedanken des anderen selbst ausdenkt „Du läßt ja dein Zeug immer nur herumliegen, weil du denkst . . .“

Verallgemeinerungen wie „immer“, „nur“, „dauernd“, „nie“ verfehlen selten ihre verschärfende Wirkung.

Ein weiteres bewährtes Mittel, eine unsachliche Note in den Streit zu bringen, ist das Ausweichen auf die Vergangenheit: „Du brauchst dich hier gar nicht aufzuregen! Du hast damals auch . . .“ Besondere Verbitterung erreicht man, wenn man dabei auf Fehler in der Vergangenheit anspielt, die der Partner längst bereut hat und gerne in Vergessenheit schlummern lassen möchte. Etwa: „Gut, ich hab’ dir’s zwar verziehen, aber du weißt genau, wie du dich damals benommen hast . . .“ Tiefgehende Verhärtung und einen Riß ins eheliche Verhältnis bringt es, wenn man mit einem Streit, in dem man im Recht ist, nicht mehr aufhört und sich mit der Einsicht des anderen in sein Unrecht nicht zufriedengibt. Man muß auf der endgültigen Kapitulation des Partners bestehen: Auf die Knie mit ihm und weiterstreiten, bis er Harakiri macht! Auf diese Weise kann man seinen Partner so demütigen, daß er an dieser Ehe nicht mehr viel Freude findet.

Die Wirkung kann man noch dadurch verstärken, daß man entweder den Streit (mit Belehrung des Partners) vor Dritten austrägt oder – wo sich dies nicht ermöglichen läßt – wenigstens vom Streitablauf sowie den Fehlern, unmöglichen Ansichten und der moralischen Niederlage des Partners anderen ausführlich und genüßlich Bericht erstattet. Als eine zusätzliche Variation der Demütigung des Partners kann man bei einem Thema, das nichts mit Geld oder sozialem Status zu tun hat, die Argumentation des Partners unterlaufen mit Bemerkungen wie: „Schließlich bin ich es ja, der das Geld für die Familie herbringt!“ oder: „Ohne das Geld meines Vaters wärst du ein Niemand, und jetzt blähst du dich auf!“

Ein sicheres Mittel, eine Ehe mit Streit zur Scheidung zu treiben, ist die Praxis, bei jedem Streit gleich direkt mit Scheidung zu drohen. In einer verfahrenen Debatte immer die Lösung anzubieten: „Bitte, dann müssen wir uns eben scheiden lassen!" enthebt einen der Pflicht, sich zu einem vernünftigen Ausweg durchzuringen. Statt dessen kann man auf diese Weise eine Scheidung systematisch herbeireden.

Abschließende Frage: Soll man vor den Kindern streiten oder versuchen, den Streit der Eltern zu verheimlichen? Wer so streitet, daß er den Partner fertigmacht und die Basis für gegenseitiges Verstehen in einer partnerschaftlichen Ehe zerstört, der sollte die Kinder davon möglichst fernhalten. Wer aber Meinungsverschiedenheiten und sachliche Auseinandersetzungen auf eine menschliche Weise ausstreitet, der kann die Kinder – sofern sie nicht vom Thema überfordert sind – ruhig zuhören lassen. Schließlich bekommen sie auch verheimlichten Streit doch irgendwie mit, und außerdem ist es auf die Dauer unglaubwürdig, vor allem aber auch unnatürlich, wenn Eltern so tun, als seien sie sich in allem völlig einig.

Was schadet es den Kindern, wenn sie erfahren, daß man den Sachverhalt so oder auch anders sehen und daß man einen Vorgang so oder anders bewerten kann. Außerdem ist eine heftige Diskussion oder ein anständig geführter Kampf um die möglichst beste Lösung noch lange kein Streit im negativen Sinne. Da ist vielmehr die Familie eine erste Schule für demokratisches Verhalten – sowohl für das notwendige Austragen eines Meinungsstreits als auch für dessen Beendigung durch Entscheidung, Kompromiß oder Nachgeben. So lernen wenigstens die Kinder ganz selbstverständlich, daß Streiten etwas Natürliches und daß der Zweck des Streitens die Klärung der Sache und die Einigung der Partner ist.

Hannes Burger

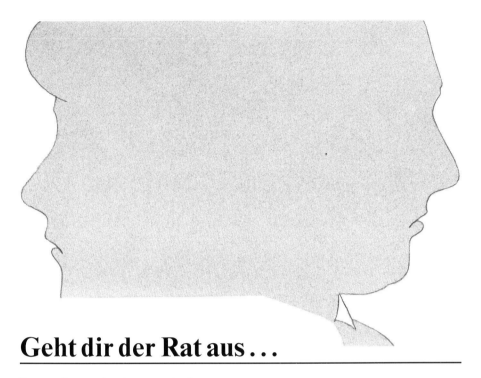

Geht dir der Rat aus ...

Interview mit einem Eheberater

Frage: Kürzlich habe ich die Behauptung gelesen, ungefähr 80 Prozent der Ehen, die heute geschieden werden, brauchten nicht zu scheitern, wenn die Partner mit einer Krise nicht allein gelassen würden, sondern Hilfe erhielten. Würden Sie dem zustimmen?

Antwort: Ich weiß nicht, woher die 80 Prozent kommen. Das ist eine Schätzung, die ich nicht überprüfen kann. Aber es ist sicherlich richtig, daß viele Ehen vor dem Scheitern bewahrt werden könnten, wenn die Partner rechtzeitig von der Möglichkeit der Hilfe erführen und sich auch helfen ließen.

Frage: Sie sagen: Wenn die Partner von der Möglichkeit der Hilfe erführen. Sind die Eheberatungsstellen zuwenig bekannt?

Antwort: Sicherlich auch! Aber es ist nicht nur so, daß die Eheberatungen zuwenig bekannt sind. Es gibt auch andere Hindernisse. Ich habe davon gesprochen, daß die Hilfe „rechtzeitig" erfolgen müsse und die Partner bereit sein müßten, sich helfen zu lassen. Da liegen unsere Schwierigkeiten.

Frage: Das verstehe ich nicht ganz. Wenn ein Ehepaar in Schwierigkeiten steckt, sollte man doch meinen, es sei froh, eine Stelle zu kennen, die bereit ist zu helfen. Warum wird dieses Angebot zur Hilfe denn nicht gern angenommen?

Antwort: Das hängt wohl damit zusammen, daß man die Aufgaben einer Eheberatungsstelle falsch beurteilt. Wahrscheinlich sehen viele in der Eheberatung eine Reparaturwerkstätte für verunglückte Ehen. Das Aufsuchen der Beratungsstelle bedeutet also für manche so etwas wie das Eingeständnis, ihre eigene Ehe sei gescheitert. Und davor scheuen sie aus zwei Gründen zurück: Erstens gibt niemand gern einen Mißerfolg zu, und zweitens wird das eigene Problem dann, wenn eine Hilfe leicht möglich wäre, noch nicht als so schwer empfunden, daß man deswegen die Ehe sehr gefährdet glaubt. Das heißt: viele Menschen kommen erst zu uns, wenn die Schwierigkeiten in der Ehe so groß geworden sind, daß sie allein nicht mehr weiterwissen. Vielleicht ist schon ein Grad der Entfremdung zwischen den Partnern entstanden, der eine einfache Rückkehr zum Ausgangspunkt, zur anfänglichen Harmonie der Ehe, nicht mehr zuläßt. Dann müssen wir versuchen, den Partnern, wenn ihnen beiden noch daran liegt, zu einem neuen Verhältnis zueinander zu verhelfen.

Frage: Es käme also darauf an, den Rat der Eheberatung möglichst früh einzuholen, bevor größere Unstimmigkeiten eingetreten sind?

Antwort: Es ist gut, in diesem Zusammenhang das Wort Rat zu gebrauchen. Am Frankfurter Rathaus ist zu lesen: „Geht dir der Rat aus, geh zum Rathaus!" Auf die Eheberatung angewandt: Hast du das Gefühl, Rat zu brauchen, so hole ihn dir! Das bezieht sich keineswegs nur auf Konflikte und Spannungen zwischen den Ehepartnern. Die Eheberatungsstelle möchte zunächst nicht unglückliche Ehen verhindern, sondern den Ehepartnern helfen, gute Ehen zu führen. Deswegen bezieht sich unser Rat nicht nur darauf, wie man entweder Streit vermeidet oder ihn aus der Welt schafft, sondern vor allem auf notwendige Hinweise, damit eine Ehe gelingt. – Übrigens ist Rat nicht so zu verstehen, als ob wir den Ehepartnern sagen, was sie tun müssen. Ziel unseres Beratens ist es, den Eheleuten zu helfen, für ihre Probleme die ihrer Situation angemessenen Lösungen zu finden.

Frage: Wenn man sich überlegt, was heute – um Ihre Worte zu gebrauchen – alles „notwendig ist, damit eine Ehe gelingt", dann kann Eheberatung wohl nicht die Sache einer Einzelperson sein. Denn die Fragen, mit denen man es da zu tun hat, reichen vermutlich von den hauswirtschaftlichen Problemen über medizinische und rechtliche Aspekte der Ehe bis hin zur Erziehung der Kinder. Wie sollte oder wie könnte das ein einzelner Eheberater schaffen?

Antwort: Ich gebe gern zu, damit wäre der einzelne Eheberater oft überfordert. Ich darf die Liste noch ergänzen: da kommen psychologische Probleme ins Spiel, da tauchen theologische Fragen auf und Aspekte des Kirchenrechts. Deshalb gehört zu jeder Eheberatungsstelle unbedingt ein ganzes Team von fachkundigen Mitarbeitern aus den verschiedensten Bereichen. Häufig ist der Eheberater selbst sozusagen nur die „Anlauf-Adresse". Er vermittelt dann den Kontakt zu jenem Mitarbeiter, auf dessen Hilfe es im besonderen Falle ankommt. In anderen Fällen, in denen die Hilfe mehrerer Fachleute erforderlich ist, wird die Sache im Team gründlich erörtert und diskutiert. Nehmen Sie etwa die Frage der Empfängnisregelung und der verantworteten Elternschaft, die heute in der Eheberatung eine sehr große Rolle spielt: das ist weder nur eine medizinische noch eine nur moraltheologische Frage, sie hat auch ihre sozialen, psychologischen und wirtschaftlichen Aspekte. Nur wenn alle diese Aspekte berücksichtigt werden, ist es möglich, den Partnern zu helfen, die in ihrer Situation richtige Entscheidung zu fällen.

Frage: Welches ist nach Ihrer Meinung der von jungen Eheleuten am häufigsten gemachte Fehler?

Antwort: Zu meinen, in der Ehe komme es darauf an, daß alles möglichst harmonisch zugehe. Man möchte sich durch Meinungsverschiedenheiten, Spannungen oder gar Streit das „Glück der Ehe" nicht trüben lassen. In dem Bestreben, die Harmonie zu sichern, wird am Anfang der Ehe alles Störende verdrängt, sozusagen in eine große Schublade getan. Es ist dann zwar vom Tisch, aber nicht aus der Welt geschafft. Nach einiger Zeit, so nach vier, fünf oder sechs Jahren, ist die Schublade voll, so daß man am Aufräumen nicht mehr vorbeikommt. Dann liegt der Berg der verdrängten Probleme und Schwierigkeiten fast unüberschaubar vor einem. Und dann meinen die Partner meistens, sie säßen vor den Trümmern ihrer Ehe, in Wirklichkeit handelt es sich um nicht rechtzeitig beseitigten „Müll"!

Frage: Sie halten also eine Enttäuschung in der Ehe für unvermeidlich?

Antwort: Für notwendig! Im Anfang sieht jeder ja den Partner nicht so, wie er ist, sondern so, wie er ihn sich wünscht. Vielleicht kann man sagen, die Kunst in einer guten Ehe besteht darin, alles das, was man vor der Hochzeit in den Partner hinein-gehofft hat, nach der Hochzeit aus Erfahrung Stück für Stück abzustreichen – und mit dem Rest glücklich zu werden! – Die Holländer haben übrigens dazu ein gutes Sprichwort: „Niemand kennt den anderen, bevor er nicht vor ihm stand und ihn nicht mehr erkannte!" – Also, bevor er nicht auch die anderen, die unerfreulichen Seiten des anderen kennengelernt hat. Ich halte die Enttäuschung für etwas Positives; denn das Wort sagt ja nichts anderes, als daß man ent-täuscht, von einer Täuschung befreit wird. Ohne diese Enttäuschung würde die Ehe auf falschen Voraussetzungen beruhen.

Frage: Und was tut der Eheberater in einem solchen Fall?

Antwort: Im Gespräch mit den Partnern muß er diesen helfen, selbst zu erkennen, warum sie enttäuscht sind, was sie also erwartet haben vom Partner und warum der Partner diesen Erwartungen nicht entsprechen konnte. Man muß helfen, eine neue Einstellung zum Partner zu finden und ihn so zu akzeptieren, wie er ist. Wenn das wechselseitig geschieht, ist viel gewonnen.

Frage: Und was halten Sie davon, den Partner noch zu erziehen?

Antwort: Erziehen ist bei erwachsenen Menschen nur als Selbsterziehung möglich. Man merkt, womit man dem anderen auf die Nerven geht, und bemüht sich, das abzustellen. – Für eine Ehe ist es unter Umständen leichter, wenn beide keine Tischmanieren haben, als wenn einer sie hat und darunter leidet, daß der andere sie nicht hat. Es kann unerträglich sein, wenn einer die Zähne nicht putzt und glaubt, dem Partner beim Guten-Morgen-Kuß den Mundgeruch zumuten zu können. – Wer heiratet in der Absicht, den oder die biege ich mir schon hin, der offenbart damit nur, daß er den Partner nicht akzeptiert, wie er ist.

Frage: Welche Probleme kommen nach Ihrer Erfahrung heute besonders häufig vor?

Antwort: Es sind vor allem zwei: Zum ersten ist es die noch vorhandene Bindung eines Partners an einen Elternteil. Das heißt, weil der junge Mann oder die junge Frau noch so stark an Vater bzw. Mutter gebunden ist, ist die Freiheit für die eigene Ehe eingeschränkt. Konkret äußert sich das etwa in der Rivalität zwischen der Mutter des Mannes und seiner Frau, besonders, wenn die Mutter den Sohn allein aufgezogen hat.

Frage: Könnte eine scharfe Trennung beim Sohn nicht auch Schuldgefühle der Mutter gegenüber auslösen?

Antwort: Da sehen Sie richtig. Trotzdem muß die Entwicklung der jungen Ehe den Vorrang haben. Hier wird das Gespräch mit allen drei Partnern gesucht werden müssen. Dabei geht es einerseits darum, die beiden jungen Menschen in ihrer Ehe frei zu machen füreinander, andererseits darum, der Mutter eine Neuorientierung ihres Lebens zu ermöglichen, d. h. ihr zu helfen, ihrem Leben ohne das erwachsene Kind einen neuen Inhalt zu geben.

Frage: Und das zweite besonders häufige Problem?

Antwort: Es ist das Problem der Freizeit-Ehe – oder, anders ausgedrückt, das Problem der sozialen Isoliertheit der Frau mit Kleinkind in den modernen und unübersichtlichen Wohngebieten.

Frage: Was verstehen Sie unter Freizeit-Ehe?

Antwort: Daß die Ehepartner häufig nur noch in der Freizeit beisammen sind. Viele Männer sind nämlich mehr Stunden ihres bewußten Daseins mit anderen Frauen zusammen als mit ihren Ehefrauen. Die Ehe spielt sich am Feierabend, am Wochenende und in den Ferien ab.

Frage: Wie äußert sich dieses Problem konkret?

Antwort: Junge Frauen, die ihrer Kinder wegen den Beruf aufgegeben haben, finden die vielen Stunden allein mit den Kindern in der Wohnung ohne die Möglichkeit eines Gesprächs, eines Gedankenaustausches oder einer sonstigen Anregung bedrückend. Die Zeiten, als man im Betrieb mit anderen beisammen war, während der Arbeit mit ihnen sprach, manchmal lachte, an ihrem Ergehen Anteil nahm, diese Zeiten erscheinen in der Einsamkeit der eigenen vier Wände verklärt.

Dazu kommt, daß der Mann sich meistens neben der Ehe gewisse private Reservationen offenhält, wie etwa den Verein oder den Stammtisch, also seine Freizeit auch noch anders aufteilt. Und die Frauen haben Angst, im Beruf den Anschluß zu verlieren.

Frage: Aber sind die Frauen nicht durch das Glück ihrer Mutterschaft entschädigt?

Antwort: Gewiß, Kinder sind lieb, nett. Sie machen zwar Arbeit, sie machen aber auch glücklich! Doch sie sind für eine intelligente, aufgeschlossene Frau keine Gesprächspartner. Und diese sind auch in der anonymen Nachbarschaft einer modernen Vorortsiedlung nur schwer zu finden.

Frage: Raten Sie den Frauen, in den Beruf zurückzukehren?

Antwort: Wir können niemand die eigene Entscheidung abnehmen. Es ist der Frau allerdings auch nicht geholfen, wenn ich oft wiederhole, wie notwendig ihre Kinder sie brauchen. Die Frage ist doch: Wie kann ich das Problem, nämlich die fehlende „Ansprache", lösen helfen? Und: Wie könnte sie Familie und Beruf verbinden? Was mich bedrückt, ist, daß dieses Problem von den Männern bisher so wenig gesehen wird. Bisher wird auch wenig getan, Frauen außerfamiliäre Kontaktangebote zu machen. Das ist eine Aufgabe, meine ich, der Gemeinden, in denen diese Frauen leben.

Frage: Wann geben Sie eine Ehe auf?

Antwort: Nicht, solange bei beiden Partnern – wenn auch unterschiedlich stark – die Hoffnung da ist, es könnte noch einmal gut werden. Vor allem gilt es, momentane Kurzschlußreaktionen aus Enttäuschung oder Verärgerung zu vermeiden, die Auseinandersetzungen in sachliche Bahnen zu lenken und mit beiden Partnern, teils allein, teils gemeinsam, die aufgetretenen Schwierigkeiten aufzuarbeiten und sie so zu einem neuen Anfang zu ermutigen.

Frage: Und wenn ein Ehepaar fast nur noch streitet?

Antwort: Solange sie streiten, ist Hoffnung; denn so lange liegt ihnen noch aneinander. Manchmal kommt es darauf an, die Eheleute das Streiten zu lehren, weil sie es nicht richtig können.

Frage: Ist das ein Scherz, daß man Ehepaaren das richtige Streiten beibringen muß?

Antwort: Das ist durchaus ernst gemeint. Wenn Meinungsverschiedenheiten und Streit sinnvoll sein sollen, dann müssen sie dazu dienen, die Beziehungen zwischen den Partnern zu verbessern, mehr Einmütigkeit herzustellen. Aber die meisten Ehestreitigkeiten werden mit der Absicht geführt, recht zu behalten! Und das ist falsch! Man reagiert verletzt und beleidigt und versucht, den anderen ebenso zu verletzen. Man redet nur, aber man hört nicht hin. Also muß man versuchen, den Eheleuten zu helfen, ihre Meinungsverschiedenheiten sachlich auszutragen und die Meinung des anderen zur Kenntnis zu nehmen. Bis das gelernt ist, braucht es ein regelrechtes Streit-Training!

Frage: Gibt es einen Anlaß, daß Sie zur Scheidung raten? Manchmal hört man von Geschiedenen, sie seien nicht zur Eheberatung gegangen, weil sie befürchtet hätten, dort zum Ausharren verdonnert zu werden. Gerade katholische Eheberatungsstellen stehen manchmal in dem Ruf, sie würden mit allen möglichen Mitteln eine Scheidung zu verhindern suchen. Was sagen Sie dazu?

Antwort: In der Vergangenheit ist es sicherlich vorgekommen, daß selbst dort zum Ausharren ermuntert wurde, wo etwa durch die Schuld eines Partners eine Ehe so sehr zerrüttet war, daß man kaum noch an ihre Wiederherstellung glauben konnte. Und sicherlich hat man manchmal das Wohl der Kinder gesagt und die äußere Aufrechterhaltung der Institution Ehe gemeint – also gesagt, daß des Wohles der Kinder wegen die Ehe aufrechterhalten werden sollte, obwohl den Kindern mit einer Trennung der Eltern besser gedient gewesen wäre. Dabei muß man aber mitberücksichtigen, daß, anders als heute, die finanzielle Abhängigkeit der Frau von ihrem Mann früher sehr groß war, weil viele Frauen keinen qualifizierten Beruf hatten. Wenn manche Frau mit ihren Kindern nicht in schlimmste wirtschaftliche Not geraten wollte, blieb ihr oft keine andere Wahl als auszuhalten. Heute sind die Dinge meistens anders. Und heute wissen wir vor allem, daß eine Atmosphäre von Zank und Streit, von Haß und Feindschaft ein Kind sehr schädigt. Deswegen helfen wir heute den Partnern auch, die Frage einer möglichen Scheidung sachlich zu prüfen und ihr Für und Wider zu überlegen. Übrigens hat die Kirche ja immer die Möglichkeit einer Trennung der Ehepartner vorgesehen, wenn das Zusammenleben nicht mehr zumutbar erschien. Allerdings bleibt das sakramentale Eheband davon unberührt.

Frage: Eine Ehescheidung würden Sie also nur in dem Sinne akzeptieren, daß die Lebensgemeinschaft aufgegeben wird, ohne daß damit das Recht auf Wiederheirat gegeben wäre?

Antwort: Ja! Sie entspräche der kirchenrechtlich vorgesehenen Lösung, der sogenannten Trennung von Tisch und Bett!

Frage: Eine letzte Frage: Können Sie bestätigen, daß, wie man heute oft hört, die meisten Eheschwierigkeiten auf ungelöste Probleme im ehelichen Sexualbereich zurückgehen?

Antwort: Um mit dem letzten Teil der Frage anzufangen, das halte ich in dieser Einseitigkeit für absurd. Natürlich ist es so, daß dort, wo ein Partner mit dem anderen sexuell nicht harmoniert, er auch in anderen Bereichen an ihm etwas auszusetzen finden wird. Aber es gibt selbstverständlich auch den umgekehrten Fall, wo eine Enttäuschung, eine Spannung, eine von dem Partner empfangene Verletzung sich auf das Sexualverhalten auswirkt. Da hört man etwa die Klage: Tagsüber war er lieblos zu mir, und abends meinte er, es genüge, es auf diese Weise wiedergutzumachen. Aber dann kann ich nicht! – Selbstredend spielen sexuelle Probleme häufig mit, wenn es zu Verstimmungen oder Störungen in einer Ehe kommt. Ob diese sexuellen Probleme jedoch Ursache oder Folge der Verstimmungen sind, das läßt sich nie eindeutig sagen. Darum ist aber auch der manchmal gehörte Rat gefährlich: Wenn's in deiner Ehe mal nicht stimmt, dann tu ein bißchen mehr Sex dran! Sicher ist andererseits, daß es aufgrund der früheren Erziehung noch manches Ehepaar gibt, das in diesem Bereich seines Lebens nicht frei von Ängsten ist. Man merkt das dann daran, wie schwer es darüber spricht. Wer darüber zu sprechen gelernt hat, hat auch das Problem schon weitgehend überwunden. Auch das Sprechen über sexuelle Fragen kann man bei uns lernen.

Frage: Jetzt doch noch eine allerletzte Frage: Hat es Zweck, wenn ein Partner allein zur Eheberatung kommt? Oder sollten grundsätzlich beide gemeinsam kommen?

Antwort: Normalerweise wird einer den ersten Schritt tun, also allein kommen. Aber Ehe ist immer eine Sache von zwei Leuten. Und deswegen muß man versuchen, mit beiden Partnern ins Gespräch zu kommen, anfangs vielleicht abwechselnd, später aber auf alle Fälle auch mit beiden gemeinsam! – Wunder gibt's bei uns nicht, aber Hoffnung kann man bei uns gewinnen!

Christian Meinwerk

Wir leben nicht für uns allein

EHE

IM STRECKENNETZ
VEREINT
DU UND ICH
SEIT JENEM
TREUESCHWUR
IN GOLD

VORÜBERZOGEN
MENSCHEN
SCHICKSAL
LANDSCHAFT
SPURENSTARK
UNAUSLÖSCHBAR

SIGNALE ROT
SIGNALE GRÜN
DAZWISCHEN
WARTEZEITEN
DAS BANGEN
AUF DEM FLECK

DIE WASSER
GESTIEGEN
DIE WASSER
GEFALLEN
NIE VERLOREN
DAS GEMEINSAME
ZIEL

MARIA GRÜNWALD

Verpflichtung

Darin liegt auch das Drän-
gende dieser Botschaft:
Überall da, wo Christus
erscheint und wo Men-
schen sich Christen nen-
nen, muß ein Mehr an
Gerechtigkeit und Wahr-
heit Wirklichkeit werden –
nicht in einem schnöden
„Horizontalismus", son-
dern in Zeichen der Liebe,
die wie Lichtblicke sind
in den Dunkelheiten der
Welt, wie Ausblicke auf
eine Zukunft, die in ihrer
Vollendung nur von Gott
gegeben werden kann.

P. Fritz Köster SAC

Umweltschutz:
Eine Aufgabe für junge Leute

Die Zukunft möglich machen

Die Geschichte der Menschheit ist die Geschichte einer Selbstbefreiung aus den Zwängen und Gefahren der Natur. Ständig hat der Mensch daran gearbeitet, seinen Lebenskreis und die Möglichkeiten seines Daseins zu erweitern. Er hat sich immer wirkungsvollere Hilfsmittel geschaffen, um sich den Reichtum und die Kräfte der Natur dienstbar zu machen.

Gegenwärtig aber stößt diese Entwicklung in vielen Bereichen an Grenzen. Sie zu überschreiten, bedeutet für uns keine Verbesserung mehr, sondern eine Schädigung der Umweltbedingungen, an deren Ende schließlich die Zerstörung unserer natürlichen Lebensgrundlagen Boden, Wasser, Luft und Landschaft steht.

Diese Erfahrung hat den optimistischen Fortschrittsglauben ins Wanken gebracht, der seit Beginn der Neuzeit und vor allem seit der Aufklärung das Weltbild und das Selbstverständnis der Menschen in den heutigen Industriestaaten geprägt hat.

Mit dem Verständnis der Natur als Gegenstand menschlicher Forschung und Beherrschung hatte der Siegeszug der modernen Wissenschaften und der technischen Fortschritte des Industriezeitalters begonnen. Die Erfahrung der Belastung und Gefährdung unseres Lebensraumes aber hat uns die Endlichkeit dieser Welt vor Augen geführt. Sie hat den alten Fortschrittsglauben erschüttert und eine tiefe

Ratlosigkeit ausgelöst, die vor allem viele junge Menschen verunsichert.

Zweifelsfrei steht die heutige Generation vor der Aufgabe, das Verhältnis von Mensch und Natur zu überdenken. Hinter den Umweltfragen stehen Sinnfragen, die das Selbstverständnis und das Menschenbild der Industriezivilisation entscheidend berühren.

Die Naturwissenschaften sehen ihre Aufgabe nicht so sehr darin, die Schutzwürdigkeit oder gar den Eigenwert der Lebensfunktionen zu begründen, sondern arbeiten daran, die Bausteine und Prozeßabläufe der belebten und unbelebten Natur zu analysieren und zu beschreiben.

Auch die Ökologie, die sich als moderne, verbindende Wissenschaft versteht, beschreibt das komplexe Zusammenspiel von Gattungen und Lebensräumen innerhalb des gesamten Naturhaushalts nur, ohne daraus ethische Normen abzuleiten.

Die Theologie und die Kirchen sind aufgerufen, die Lücke zu schließen. Seit Jahren setzen sich christliche Theologen und Laien intensiv mit Umweltfragen auseinander. Ihre Aussagen zur Verantwortung für die Schöpfung bieten Orientierung und Rat.

Nach der Lehre des Alten und des Neuen Testaments ist die Schöpfung kein Produkt zufälliger Evolution, sondern Ausdruck des göttlichen Weltplans. Auf der Ausrichtung der Schöpfung auf Gott aber beruhen ihre Würde und ihr Wert. Dieser ganzheitliche Rahmen bezieht ausdrücklich auch den Menschen mit in das gesamte Schöpfungsgeschehen ein.

Natürlich heben seine Fähigkeiten den Menschen aus der übrigen Schöpfung heraus. Er kann und darf sich die Natur dienstbar machen, weil sein Überleben ohne Eingriffe in ihr Gefüge nicht zu sichern wäre. „Macht Euch die Erde untertan", lautet aus diesem Grunde die Vollmacht des Schöpfergottes.

Der Schöpfungsbericht betont aber vor allem auch, daß wir Ebenbilder und damit Partner des Schöpfergottes sein sollen. Die Aussage der Bibel: „Der Herr nahm also den Menschen und setzte ihn in den Garten von Eden, damit er ihn bebaue und hüte", schränkt unsere Befugnis, Herr der Erde zu sein, ein und präzisiert sie zugleich. Unsere Herrschaftsvollmacht ist kein Freibrief zur Ausbeutung und Zerstörung der Natur. Im Gegenteil: Wir haben einen Gestaltungsauftrag erhalten, der uns als Statthalter Gottes Mitverantwortung zuweist für die Zukunft und Vollendung der Schöpfung. Unsere Aufgabe ist dabei in doppeltem Sinne kreativ. Sie umfaßt die Nutzung und Gestaltung ebenso wie das Hegen, Schützen und Bewahren der Schöpfung.

Unter dem Eindruck der Umweltkrise erkennen wir Christen, daß heute die Tugenden Glaube, Hoffnung und Liebe Gültigkeit auch für unser Verhältnis zur Umwelt beanspruchen:

DER GLAUBE
macht aufmerksam, daß es noch andere Ziele gibt als die bloße Machbarkeit und den reinen Nutzen.

DIE HOFFNUNG
verlangt, das Glück nicht allein in der Befriedigung eines ständig steigenden Lebensstandards zu suchen.

DIE LIEBE
verbietet, die Natur eigensüchtig zu plündern.

Die christliche Umwelt-Ethik erinnert uns ferner auch an die überlieferten Kardinaltugenden:

DIE TUGEND DER GERECHTIGKEIT
muß auch das Verhältnis des Christen zur Natur und zu den nachfolgenden Generationen einschließen.

DIE TUGEND DER KLUGHEIT
verlangt, die Wechselwirkung zwischen den ökologischen Gesetzen der Natur, den menschlichen Aktivitäten und deren Langzeitfolgen für den Naturhaushalt zu berücksichtigen.

DIE TUGENDEN STARKMUT UND TAPFERKEIT
braucht man, um das als richtig Erkannte gegen gängige Meinungen, intellektuelle Moden oder Gruppenegoismen mit gegenteiligen Interessen zu behaupten und durchzusetzen.

DIE TUGEND DER ZUCHT UND DES MASSES
verbietet die Vergeudung und Verschwendung natürlicher Güter, unser oft unsinniges Konsumverhalten, unsere Wegwerfmentalität und den Raubbau an der Natur; sie mahnt uns zu mehr Enthaltsamkeit und Bescheidenheit.

Julius Kardinal Döpfner gab auch dem Begriff der christlichen Askese eine neue Deutung:

> *„Christliche Askese muß heute auch dazu bereit sein, solchen*
> *Bedürfnissen nicht nachzugeben, deren Erfüllung das Verhältnis*
> *der Menschen untereinander und das Verhältnis von Mensch*
> *und Umwelt belastet."*

Auch auf wesentliche Inhalte der christlichen Soziallehre könnte sich – so sagte der Kardinal – eine christliche Naturlehre stützen, zum Beispiel auf das Gebot der Solidarität:

> *„Solidarität mit allen Menschen zwingt die Christen,*
> *die Grenzen der Natur und ihres Reichtums besser zu beachten,*
> *mögliche Grenzen des Wachstums zu erkennen und*
> *erforderliche Einschränkungen zu akzeptieren."*

Das Solidaritätsgebot gilt dabei nicht nur gegenüber den heute lebenden Mitmenschen, sondern auch gegenüber zukünftigen Generationen.

Diese Appelle den Gläubigen engagiert und bewußtseinsprägend vorzutragen, ist die Kirche in besonderer Weise berufen. Das gilt für die theologische Wissenschaft genauso wie für die Träger kirchlicher Ämter. Aufgabe der Verkündigung ist es, immer wieder auf diese Zusammenhänge hinzuweisen.

Christlicher Einfluß auf die Gesellschaft entfaltet sich aber heute in erheblichem Maße auch außerhalb der Gotteshäuser. In Umweltfragen besonders bedeutsam ist das Engagement und das persönliche Vorbild aktiver Laien innerhalb der zahlreichen kirchlichen Gruppen, Verbände und Institutionen. Hier wird Umweltschutz nicht nur theoretisch vertreten, sondern konkret vorgelebt. Gezielte Aktionen mobilisieren das vorhandene, aber oft verborgene oder nur passive Umweltbewußtsein der Gesellschaft. Die kirchliche Laienbewegung spricht dabei vor allem Familien und Hausgemeinschaften an, sich für die Erhaltung unserer Umwelt zu engagieren.

In der Tat dürfen wir nicht länger die Schuld an der Zerstörung der Umwelt allein bei der Industrie, den Kraftwerken oder der Landwirtschaft suchen und gleichzeitig die Belastung übersehen, die jeder von uns als einzelner und in seiner engeren Gemeinschaft durch den persönlichen Lebensstil erzeugt. Rund dreißig bis vierzig Prozent der gesamten Umweltbelastung in der Bundesrepublik verursachen Jahr für

Jahr die privaten Haushalte. Durch umweltbewußte Alltagsentscheidungen könnten sie aber auf Dauer einen erheblichen Beitrag zur Entlastung und zum Schutz der Umwelt leisten. Zu verantwortungsvollem Verhalten im Privatleben bzw. im Familienkreis hat jeder von uns Tag für Tag zahlreiche Gelegenheiten.

Wenn eine Familie und ein neuer Hausstand gegründet werden, stehen meist nicht nur ungewöhnlich umfangreiche Anschaffungen an; es muß auch eine Vielzahl neuer, gemeinsamer Verhaltensweisen gefunden werden. Viele Grundentscheidungen, die jetzt fällig werden, wirken sich auf Jahre und zum Teil bis in die nächste Generation hinein aus.

Mit zu den wichtigsten Aufgaben junger Familien gehört die Erziehung ihrer Kinder. Sie zur Freude an ihrer Mitwelt, zum Respekt vor der Würde der Schöpfung und zum Schutz des Lebens und der Umwelt anzuleiten, ist ein großer und erfüllender Auftrag für die Eltern. Ihnen sollte dabei bewußt sein, daß Umwelterziehung nichts anderes ist als vorausschauender Umweltschutz mit zuverlässiger Langzeitwirkung.

Umweltbewußtsein muß sich zum Beispiel an unserem Verhalten im Straßenverkehr zeigen. Jede vermeidbare Fahrt mit einem Kraftfahrzeug, vor allem aber zu hohe Fahrgeschwindigkeiten und unnötiges Laufenlassen des Motors tragen unnötigerweise zur Luftverschmutzung, zur Klimaveränderung und zur Lärmbelastung bei. Beim Autokauf ist das Aufgeld für den KAT wichtiger als eine Sonderlackierung.

Im Urlaub, in der Freizeit und beim Sport kann jeder durch rücksichtsvolles Verhalten Schäden in der Natur vermeiden, die in ihrer Summe ganze Landschaftsteile verändern und zum Artenschwund unserer Tiere und Pflanzen beitragen. Umweltfrevel sind zum Beispiel: das Lagern in wertvollen Biotopen, das Fahren mit Mountain-Bikes in empfindlichem Gelände, das Benutzen von Abkürzungen an erosionsgefährdeten Abhängen.

Auch Lärm ist eine Umweltbelastung. Rücksicht nehmen und Lärm vermeiden aber kann praktisch jeder: im eigenen Haushalt, im Garten, im Verkehr und in der freien Natur.

Besonders wirkungsvoll ist eine umweltbewußte Selbstkontrolle beim Einkauf. Die gezielte Wahl von umweltfreundlichen Produkten ist der sicherste Weg, über kurz oder lang das Angebot der Hersteller zu beeinflussen und dadurch die umweltschädlichen Produkte vom Markt auszuschließen.

Zu aufwendig verpackte Lebensmittel und Getränke sollten im Regal bleiben; denn Verpackungsmüll belastet die Umwelt. Je weniger Chemikalien in Haus und Garten eingesetzt werden, desto besser ist dies für unsere Böden und Gewässer. Einrichtungsgegenstände und Verbrauchsgüter sollten möglichst haltbar und aus natürlichen bzw. umweltfreundlichen Materialien hergestellt sein, die sich wieder problemlos entsorgen lassen, nachdem sie ihren Zweck erfüllt haben.

Beim Kauf von Geräten ist es wichtig, auf umweltschonende Arbeitsweise und besonders auf sparsamen Wasser- und Energieverbrauch Wert zu legen.

Je mehr junge Familien aus dieser Verantwortung heraus mit Überzeugung an der bewahrenden Gestaltung unserer Umwelt mitwirken, um so größer wird auch die Zahl der Menschen in ihrer Umgebung, die sie durch ihr Beispiel und durch ihre Ausstrahlung bestärken: Nachbarn und Bekannte, Berufskollegen und der Freundeskreis der Kinder. Wenn das Umweltbewußtsein zu einem bleibenden Wert der allgemeinen Lebenspraxis wird und unsere Gesellschaft insgesamt erfaßt, dürfen wir optimistisch sein. Dann ist für die Erhaltung unserer Umwelt und für die Lebensqualität der kommenden Generationen vorgesorgt.

Werner Buchner

Bürgerinitiativen oder:
Wie wir die Welt verändern

Ein guter Mensch, wer wär's nicht gerne, doch die Verhältnisse, die sind nicht so ... Diese traurige Weisheit stammt von dem Dichter Bert Brecht. Viele Menschen finden sich damit ab, daß sie nicht so gut, oder auch so froh, zufrieden und gesund leben können, wie sie's eigentlich wollten, weil eben „die Verhältnisse nicht so sind".

In der Tat: Begegnen wir nicht auf Schritt und Tritt beklagenswerten Zuständen, die uns leiden lassen, beeinträchtigen oder ärgern? „Hier müßte dringend etwas geschehen", stellen wir dann fest, bejammern im Chor mit anderen Betroffenen, daß nichts geschieht, und warten, daß irgendeine starke, gerechte Hand von oben alles wieder in Ordnung bringt. Aber ist dieses Warten auf den starken Mann nicht Zeichen von Unmündigkeit? Sind die Verhältnisse wirklich so stark, daß sie nicht verändert und verbessert werden könnten, und zwar von uns?

Immer mehr Menschen in unserem Land werden sich ihrer demokratischen Rechte und Pflichten bewußt, die steigende Anzahl von Bürgerinitiativen wie aktiven Selbsthilfegruppen gibt davon beredtes Zeugnis.

Andere allerdings resignieren. Ihre Argumente lauten etwa so: „Die da oben machen doch, was sie wollen", „Es hat doch alles keinen Zweck mehr, unserer Umwelt ist eh nicht mehr zu helfen", „Was kann schon ein Einzelner ausrichten."

Natürlich kann kein Mensch – weder der Präsident der Vereinigten Staaten noch unser Bundeskanzler – mit einem Schlag alle Wasser-, Luft- und/oder Entsorgungsprobleme lösen. Verantwortlich aber sind wir alle – und zwar jeder da, wo er gerade steht und wo mögliche Aufgaben in sein Blickfeld gelangen. Das biblische Beispiel von den Talenten enthält eine sehr konkrete Botschaft: Wer viel bekommen hat: wer also gut denken, reden, schreiben oder überzeugen kann, von dem wird mehr gefordert als von jemand, der das weniger vermag. Vergraben allerdings darf sein Talent niemand – und wäre es noch so klein, da ist die Bibel sehr rigoros!

Einige – gelungene – Beispiele von Menschen, die ihre Talente nutzten, sollen hier für viele stehen.

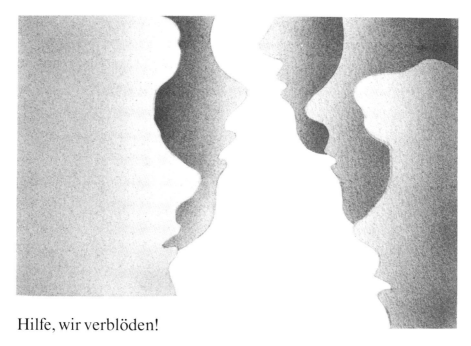

Hilfe, wir verblöden!

In einem Einödstandort der Bundeswehr ist ‚nichts los‘. Ein paar Sol-
datenfrauen setzen sich zusammen und beschließen, einen Diskus-
sionskreis zu gründen. Sie stellen ein Programm auf und laden ‚alle
Interessierten‘, Einheimische wie Bundeswehrangehörige, über den
Lokalteil der Zeitung, Aushänge an Schulen und Kindergärten und in
Gesprächen zu den Abenden ein. Weil zunächst keinerlei Gelder zur
Verfügung stehen, wählen sie die ‚Referenten‘ aus den eigenen Reihen.
Eine Kindergärtnerin spricht über neue Spiele und Bücher für Kinder,
eine Lehrerin orientiert über Schulschwierigkeiten, eine Buchhändle-
rin aus einer benachbarten Stadt kommt kostenlos – weil das zur Werbung gehört – und stellt Neuerscheinungen der Buchmesse vor, gleichfalls ohne Honorar führt eine Kosmetikerin ihre Künste vor, und eine
Mitarbeiterin der Energiezentrale klärt über Rationalisierungsfragen
im Haushalt auf. Inzwischen haben einige öffentliche Stellen Geldmittel angeboten, die für solche Bildungsunternehmen zur Verfügung stehen. Der Diskussionskreis ist zu einer festen Einrichtung geworden.
Von Isolierung und Vereinsamung ist keine Rede mehr; denn auch
über den Rahmen der Abende hinaus treffen sich Gleichgesinnte, um
die behandelten Themen privat weiterzudiskutieren und die gewon-
nenen Kontakte zu vertiefen.

Landschaftsgestaltung – Aufgabe nur für Gemeinderäte?

Innerhalb eines Siedlungsgebietes stünden weitere Bauplätze zur Verfügung, wenn ein gemeindeeigenes Wäldchen aus etwa 30 hundertjährigen Linden abgeholzt würde. Bauplatz-Interessenten sind da, und Gemeinden brauchen immer Geld. Das Schicksal der Bäume wäre besiegelt, hätten sich nicht alle Anlieger zu einer Bürgerinitiative zusammengefunden und so lange schriftlich und mündlich bei der Gemeindeverwaltung protestiert, bis der Plan wieder fallengelassen wurde.

Anstelle des Wäldchens könnte auch ein schönes altes Haus stehen, das einem Großkonzern verkauft werden soll, damit an seiner Statt ein Supermarkt gebaut werden kann.

Wir alle kennen diese und ähnliche Fälle zur Genüge. Manchmal, wenn früh genug einige Leute wach werden und sich wehren, bleiben uns und unseren Nachkommen unwiederbringliche Werte erhalten. Oft genug aber verschlafen wir unsere Möglichkeiten im Vertrauen auf die Einsicht der Verantwortlichen. Diese aber lassen sich ebenso oft blenden von den wortgewandten Argumentierern kapitalkräftiger Interessenten. So wird häufig ein Stück Lebensqualität eines finanziellen Vorteils wegen geopfert.

Frauen orientieren sich neu

„Es muß dringend etwas für Frauen mit ‚entwachsenen Kindern' getan werden!" Nachdem die neugewählte Vorsitzende einer Frauengemeinschaft immer wieder erleben mußte, wie Frauen sich nicht zutrauten, in einer großen Runde den Mund aufzumachen oder sich für ein Ehrenamt mit Öffentlichkeitsarbeit ansprechen zu lassen, entschloß sie sich zum Handeln. Ausgerüstet mit der Zustimmung ihrer Mitarbeiterinnen, wandte sie sich an das nächstgelegene Katholische Bildungswerk und erarbeitete gemeinsam mit dem dortigen Pädagogen ein neues Angebot: An drei Vormittagen in der Woche wird den Frauen seitdem die Möglichkeit geboten, in einer Gruppe einen Rhetorikkurs zu absolvieren, sich in die Geheimnisse der Datenverarbeitung einweihen zu lassen und, nicht zuletzt, sich in Gesprächen über ihre eigenen Situation größere Klarheit zu verschaffen. Völlig offen und den Frauen überlassen bleibt dabei, ob diese mit dem neugewonnen Selbstbewußtsein einen beruflichen Neuanfang anstreben, die Übernahme von Ehrenämtern beabsichtigen oder das Ganze zur persönlichen Bereicherung nutzen wollen.

Deutsche und Ausländer gemeinsam

„Kommt doch einfach mal bei uns vorbei!" Mit dieser lockeren Aufforderung lud das ehemalige Entwicklungshelferehepaar nach der Sonntagsmesse ein paar Afrikaner ein, denen sie beim Friedensgruß die Hand gegeben hatten. Die beiden kamen, brachten Freunde aus ihrem Asylantenheim mit, deutsche Nachbarn zeigten sich interessiert – bis die kleine Wohnung der beiden aus allen Nähten platzte und man beschloß, regelmäßige Kontaktabende im nahegelegenen Pfarrheim einzurichten. Das Interesse – bei Deutschen wie Auslän-

dern – war unerwartet groß. Ein Verein wurde gegründet, damit Spenden entgegengenommen werden konnten, um wenigstens das Geld für eine bescheidene Bewirtung nicht vom schmalen Familienbudget abzweigen zu müssen. Seitdem wird hier regelmäßig nicht nur gemeinsam geredet, gegessen, gekocht (die Ausländer sind stolz, ihre Spezialitäten bekannt machen zu können) und gefeiert, sondern auch immer wieder detailliert informiert: über die Gründe, die Menschen bewogen haben, ihre Heimat ohne Aussicht auf eine gesicherte Zukunft zu verlassen.

Selbsthilfegruppen

Entstanden sind sie alle mehr oder minder auf die gleiche Weise: Der Säugling litt an einem unheilbaren Ekzem, die Tochter war in die Fänge einer Sekte geraten, der Mann zum Alkoholiker geworden, der Sohn drogenabhängig – als alle diese Betroffenen feststellten, daß auch andere vom gleichen Leid heimgesucht waren, begannen sie, miteinander über ihr Schicksal zu sprechen. Dabei stellten sie fest, daß es oft viel mehr Hilfen gab, als sie es sich vorher hätten träumen lassen: veränderte Verhaltensweisen, die einen besseren Umgang mit dem Sorgenkind ebenso ermöglichen wie ganz konkrete Hilfen durch Behörden oder andere Stellen. Außerdem – nach dem Motto, daß Einigkeit stark macht – ermöglichte ihr Zusammenschluß zu festen Selbsthilfegruppen mit Vereinsstatut eine bessere Durchsetzung ihrer Interessen in der Öffentlichkeit, gleich, ob es um bessere Therapieformen, mehr Geld oder mehr Aufklärung ging bzw. geht.

Aber nicht nur, wenn Angehörige betroffen sind, wird der Weg in eine Selbsthilfegruppe eingeschlagen: Übergewichtige, Magersüchtige, Allergiker, Alkoholiker, emotional Gestörte wie Krebskranke – sie alle haben heute mehr oder weniger die Möglichkeit, sich mit Schicksalsgefährten zusammenzutun. Eine Möglichkeit übrigens, die nicht nur der Seele guttut, sondern oft einen meßbaren therapeutischen Erfolg hat. So weisen die Krebsselbsthilfegruppen mit Stolz darauf hin, daß die Neuerkrankungsquote unter ihren Mitgliedern geringer ist als im Bundesdurchschnitt.

Lydia Strzebniok

Auskunft über Selbsthilfegruppen wie über andere gute Adressen gibt im allgemeinen die örtliche Telefonseelsorge.

Was geht uns Politik an?

Von der Kunst, das Notwendige mit dem Nützlichen zu verbinden

Jeder hat das Recht, von Politik im allgemeinen und von Politikern im besonderen nichts zu halten. Jeder hat die Möglichkeit, sein politisches Interesse auf Null zu schrauben, wenn er mit dem „schmutzigen Geschäft" nichts zu tun haben will. Aber: jeder darf sich auch selbst in die Tasche lügen.

Es gibt nämlich Mitmenschen, die halten zwar gar nichts von Politik (und kümmern sich statt dessen lieber um ihre eigenen Sachen), entschließen sich aber eines Tages zum Kauf eines Katalysator-Autos; vielleicht rüsten sie auch ihr vorhandenes Gefährt zusätzlich mit einem Katalysator aus. Man hat nämlich in der Zeitung gelesen, daß der Staat umweltfreundliche Autos bezuschußt oder Vorteile bei der Kraftfahrzeugsteuer einräumt; und bleifreies Benzin ist auch einige Pfennige billiger, was Leute, die rechnen können, mit einkalkulieren. Die Regierungspolitiker fördern umweltgerechtes Fahren, der Bürger kann daraus Nutzen ziehen und macht damit seinerseits Politik. Zumindest leistet er seinen Beitrag zur Umweltpolitik. Zwar hinken alle Beispiele, doch deutet der genannte Vergleich an, daß Politik uns beeinflußt, wir aber auch auf politische Entwicklungen Einfluß ausüben. Das ist etwa so wie mit Essen und Trinken. Um leben zu können, müssen wir beides; überlassen bleibt es uns, ob wir kalorien- und preisbewußt auswählen, ob wir uns schlicht an der Würstchenbude versorgen oder genüßlich im Feinschmeckerrestaurant tafeln. Jeder

Bürger, ob er sich dessen bewußt ist oder nicht, verhält sich politisch – und sei es in diesem Fall „nur" verbraucherpolitisch.

„Die da oben"

Wissenschaftlich betrachtet ist Politik das staatlicher auf den Staat bezogene Handeln, also das, was man auch als „Staatskunst" bezeichnet. Am Stammtisch freilich würde man eine solche hehre Definition gleich „praxisnah" auseinandernehmen: Ach nee, die Politiker sind also Staatskünstler, obwohl „die da oben" mit uns ja doch nur machen, was sie wollen. Na, da braucht man sich doch nur an Wahlkämpfe zu erinnern: Zuerst wird einem alles versprochen und im nachhinein nichts gehalten. Und selbst wenn! Was bleibt schon von Steuersenkungen, wenn einem auf Umwegen das Geld wieder abgeknöpft wird? Einmal sagt man, der Wohnungsmarkt sei im Prinzip gesättigt, aber dann muß in aller Eile ein zusätzliches Wohnungsbauprogramm beschlossen werden; das kommt davon, wenn uns die Ausländer überfremden. Stolz heißt es, wir hätten das beste und sicherste Autobahnnetz der Welt, aber permanent wird über Höchstgeschwindigkeitsbegrenzung geredet. Hin und her – und nichts Gescheites schaut beim Gesetzgeber unten heraus.

Und die Politiker selbst? Denken die nicht nur an die eigene Karriere, ist ihr Machtstreben nicht einzig und allein darauf ausgerichtet, unter dem Vorwand der ausgleichenden Gerechtigkeit, der sozialen Wohlfahrt oder des planvollen Fortschritts sich zu Herrschern über die Geschicke des kleinen Mannes emporzuschwingen, ohne Rücksicht auf Verluste? – Hinzu kommen Parteienstreit, Regierungskrisen, mal belebte, mal eingefrorene internationale Beziehungen, persönliche Feindschaften. – Der kleine Mann auf der Straße, der inzwischen vom „Otto Normalverbraucher" zum „mündigen Bürger" befördert worden ist, schweigt, zahlt, schimpft – und sucht sich aus allem rauszuhalten. Abgesehen von gelegentlichem Dampfablassen am Stammtisch.

Geht uns also Politik, sofern man klug beraten ist, wirklich nichts an? Warum gleich immer an die da oben denken, sich für minderwertig halten und in falscher Bescheidenheit resignieren? Politisches Verhalten beginnt dort, wo man ganz konkret, aber auch wohlüberlegt, Einfluß nehmen kann.

„Unser Dorf muß sauber bleiben"

Zwei Beispiele mögen erläutern, zu welchen Fehlschlüssen einerseits unzureichende Information führen kann und wie andererseits aufgrund sorgfältiger Beobachtung von Vorgängen und dann bei einiger Beherztheit Dinge wirksam geändert werden können. Da gibt es im Rheinischen eine Großgemeinde, die aus mehreren kleinen Dörfern besteht und einen Durchmesser von etwa 25 Kilometern hat. In der Zeitung war zu lesen, daß man höheren Orts erwäge, in dieser Gemeinde eine Mülldeponie einzurichten. In der einzigen Gastwirtschaft in einem der Gemeinde-Dörfer herrschte am Abend beträchtliche Aufgeregtheit. Aus der Mülldeponie war inzwischen eine Giftmülldeponie geworden, und sogleich wurden Protestlisten ausgelegt, in die sich alle Thekensteher und Stammtischfreunde eintrugen: Wir werden eine Bürgerinitiative gründen, wir werden engagiert kämpfen um unserer Kinder und Enkel willen. Unser Dorf muß sauber bleiben!

Am Abend darauf die Wende. Denn einer aus dem Dorf hatte sich im Rathaus informiert: von einer Giftmülldeponie könne keine Rede sein, erfuhr er, und die geplante, kleinere Mülldeponie werde, wenn überhaupt, weit außerhalb eines anderen Dorfes eingerichtet. „Also von unserem Dorf mindestens 15 Kilometer entfernt!" Die Protestlisten verschwanden rasch unter der Theke: „Da muß man doch vernünftig sein. Wir alle produzieren Müll, und irgendwohin muß das Zeug ja."

Das andere Beispiel aus demselben Dorf der Großgemeinde: Dort gibt es einen Lebensmittelladen – ohne Konkurrenz. Als der Besitzer wechselte, zogen die Preise plötzlich merklich an. Ach, was wurde da geklagt und geschimpft; nicht im Laden, sondern draußen auf der Straße: da müßte man doch wegen Wucher klagen, und die Gemeindevertreter sollten sich der Angelegenheit mal annehmen. Bis eine Hausfrau sagte, sie führe jetzt mit ihrem Auto ins drei Kilometer entfernte Nachbardorf einkaufen; drei Plätze seien noch frei – und der Kofferraum groß genug.

Um es kurz zu machen: eine Woche brauchte der neue Ladenbesitzer, um einen empfindlichen Umsatzrückgang festzustellen, und drei weitere Wochen, ehe er über die alten Preise, garniert mit einer Reihe attraktiver Sonderangebote, die Dorfkundschaft zurückgewonnen hatte.

Mitbestimmen oder Opfer sein?

Hier hatten Bürgerinnen und Bürger politisch gehandelt. Denn der einzelne ist so hilflos nicht, daß er nichts mitbewirken könnte. Und Staatskunst ist ja auch nicht nur etwas für einige, die sich nach oben durchgeboxt haben. Wer sich mit seinem Nachbarn über die abwechselnde Reinigung des Treppenhauses einigt, handelt schon politisch. Denn er organisiert das Notwendige und verbindet es mit dem Nützlichen. Und dies auf der Grundlage der geringsten Belastung für jede einzelne Mietpartei und des größten Nutzens für die gesamte Hausgemeinschaft. Solange sich einer nicht auf eine Robinson-Insel zurückzieht, sondern in Gemeinschaft mit anderen lebt, ist er zu politischem Handeln gezwungen. Denn Politik bedeutet letztlich nichts anderes, als Interessengegensätze in einer Gesellschaft auszugleichen, unter Respektierung der individuellen Rechte für die Gemeinschaft notwendige Dinge zu organisieren und unter dem Aspekt des größten Nutzens für alle durchzusetzen.

Wohlgemerkt, wir reden hier nur von Politik in einer demokratisch verfaßten Gesellschaft. Da Demokratie – aus dem Griechischen übersetzt – soviel bedeutet wie „das Volk regiert", ist klar, daß jeder Bürger zum politischen Handeln genauso aufgerufen und verpflichtet ist wie zum Erwerb des täglichen Brotes. Man kann sich nicht für oder gegen Politik entscheiden, sondern nur wählen, ob man über sich und sein Schicksal mitbestimmen will oder dies fahrlässigerweise und in Verkennung der Konsequenzen allein den anderen überläßt.

Kein Zweifel, daß heutzutage die Überschaubarkeit und Durchschaubarkeit politischer Vorgänge schwieriger geworden ist. Der allgemeine Fortschritt löst nicht nur Probleme, er schafft auch kompliziertere, neue (zum Beispiel: Umweltverschmutzung). Politik wird auch durch modernisierte und aktuelle Möglichkeiten der Information (Fernsehen und schnellere Nachrichtenverbindung in alle Welt) mit einer oft verwirrenden Fülle an politischem Stoff angereichert. Die Forderung nach dem „mündigen Bürger" ist demnach weniger eine erstrebenswerte Bildungsaufgabe als vielmehr ein schlichtes Muß. Denn nur der Informierte kann politisch schlußfolgern und – in seinem Interesse – mitbestimmen.

Dabei darf uns der komplizierte Prozeß der politischen Meinungsbildung nicht an der Notwendigkeit hindern, die Last der Mitverantwortung zu tragen. Im Altertum, in den griechischen Stadtstaaten zum Beispiel, war es relativ einfach, alle Bürger vor einer für die Gemeinschaft wichtigen Entscheidung direkt zu hören. Heutzutage wird dies noch in einigen Kantonen der Schweiz praktiziert. Doch im allgemeinen ist diese direkte Form der Demokratie nicht mehr praktizierbar.

Der einzelne wählt einen Abgeordneten, der ihm die eigene politische Interessenlage am besten zu vertreten scheint. Der Abgeordnete muß, in Abstimmung mit den Absichten seiner Partei- oder Koalitionskollegen und auf die Durchsetzbarkeit durch ausreichende Mehrheiten achtend, die Regierungsspitze wählen, sie stützen, kontrollieren und durch eigene Gesetzesinitiativen anreichern. Dieses –

hier grob zusammengefaßte – Verfahren, in dem sich politisches Denken und Handeln vollzieht, entläßt den einzelnen Bürger und Wähler keineswegs aus der Verantwortung.

Nur alle vier oder fünf Jahre politisch zu entscheiden, ist nicht genug. Denn es wäre ein Irrtum, anzunehmen, Wahltage seien nur Quittungstage (obwohl sie das auch sind). Die Partei X ist in allem nicht einfach besser als die Partei Y. Die Partei X kann in ihrer außenpolitischen Konzeption gut sein, in der Bewältigung innenpolitischer Fragen jedoch ein „nicht ausreichend" verdienen. Bei der Partei Y kann es umgekehrt sein. Daß man sich letzten Endes zwischen zwei Möglichkeiten entscheiden muß oder gar für eine dritte plädiert, erfordert politisch kenntnisreiche und bewußte Überlegung.

Nicht auf der Zuschauertribüne leben!

Also muß man permanent am politischen Meinungsbildungsprozeß teilnehmen: Soll zum Beispiel Vermögensbildung in die Verantwortung des einzelnen gelegt werden, indem man zusätzlich etwas in die Lohntüte legt und rät, den Mehrverdienst individuell zu sparen? Oder soll in der Erkenntnis, daß viele keinen Sparsinn haben, für alle Vermögen geschaffen werden, über das der einzelne nicht oder nur begrenzt verfügen kann? Und zeigt die noch immer anhaltende Diskussion um den Paragraphen 218 nicht, wie eng moralische, medizinische, juristische Gesichtspunkte miteinander verquickt sind und bei politischen Entscheidungen berücksichtigt werden müssen? Wo beginnt die moralische Verantwortlichkeit des einzelnen, und wo endet die Pflicht des Staates, den Schutz des Lebens zu garantieren?

Hier soll nur aufgezeigt werden, weshalb jeden einzelnen Politik etwas angeht. Und zwar fortlaufend! Denn man kann eben nicht nur alle vier oder fünf Jahre die Macht des Volkes ausüben wollen, gleichsam als Schiedsrichter beim Endspiel um die deutsche Regierungsmeisterschaft. Die (erbitterten) Wahlkämpfe auf kommunaler, auf Landes- und Bundesebene müssen zwar sein, und sie bringen ja auch in sehr vereinfachender und konzentrierter Form einen Überblick über die wesentlichen Unterschiede zwischen den Parteien. Aber sie sind letzten Endes auch ein lautstarkes Liebeswerben um die politisch Abseitsstehenden und jene, die sich bei Meinungsumfragen so gern in die Spalte „Weiß nicht" flüchten.

Politik ist also keine Sache, die man nur denen da oben überlassen kann, gleichsam wie bei einem Fußballspiel, wo man genüßlich auf der Zuschauertribüne verfolgt, ob die Mannschaft A oder B besser ist. Und zuweilen geschieht es ja auch, daß die Partei A zwar besser spielt, die Partei B aber den Zufallstreffer erzielt – und gewinnt.

Eine letzte Frage wäre noch anzuschneiden: Soll sich politisches Engagement im Eintritt in eine Partei erfüllen? Oder ist dies sogar eine logische Konsequenz? Hier ist zweifellos ein Punkt erreicht, wo der einzelne selbst herausfinden muß, wie er die Mitgliedschaft in einer Partei für sich werten will. Gemeint ist folgendes: Die Zahlung von Kirchensteuer besagt noch nichts über das Selbstverständnis eines Christen ... man spürt hoffentlich, daß Nichtvergleichbares eben auch nicht verglichen werden kann. Mitgliedschaft in einer Partei kann Engagement bedeuten oder eben nur nichtsnützende Mitläuferschaft bzw. nützliche Parteibuch-Strategie. In Bonn zum Beispiel hat man nach Regierungswechseln zu häufig erlebt, wie Ministerialbeamte plötzlich auf die Verkündigung ihres Parteieintritts Wert legten. Es gibt zweifellos ein politisches Engagement, das es einem nur konsequent erscheinen läßt, auch in einer Partei aktiv mitzuarbeiten. Wobei Aktivität auch Last, Freizeitverzicht, Ärger, Ochsentour, Verschleißprozeß, Enttäuschung und Diffamierung bedeutet.

Zu beantworten war die Frage, ob uns Politik etwas angeht. Deutlich geworden ist wohl zumindest, daß der Mensch, ob er sich dessen bewußt werden will oder nicht, als politisches Wesen geboren wird.

Er wird durch Geburt schon Mitglied einer Gesellschaft, mitverantwortlich und zur permanenten Auseinandersetzung mit seiner Umgebung gezwungen. Seine notwendige Beschäftigung mit der Welt um ihn herum ist Politik. Das Ausmaß und den Umfang muß er selbst bestimmen. Es ist dies die in der Demokratie garantierte Freiheit des einzelnen!

Heinz Schweden

Verantwortung
für die eine Welt:

Blick aus dem Nest

Wer kennt sie nicht: die fast schon zur Gewohnheit gewordenen Bilder von Hunger, Armut und Elend in der Dritten Welt? Für den Moment sind wir schockiert und voll Mitleid – dann zucken wir resigniert die Schultern. „Wie schrecklich! Aber wir können ja außer Spenden doch nichts dagegen tun, außerdem ist Afrika (oder auch Asien und Lateinamerika) so weit weg", und damit wenden wir uns wieder dem Naheliegenden zu. – Eine wirklich naheliegende Reaktionsweise?

Oder wir sitzen in geselliger Runde, jemand erzählt anschaulich von seiner letzten Fernostreise, berichtet von traumhaften Stränden, Exotik und Stätten alter Kultur, schwärmt von der bunten Pracht lokaler Märkte, wo man mitgebrachte T-Shirts, Kugelschreiber oder Parfüm gegen Holzfiguren und edle Stoffe eintauschen kann. Er klagt auch über die Bettler an jeder Straßenecke. „Kein Wunder, daß die auf keinen grünen Zweig kommen, kassieren Jahr für Jahr von uns Entwicklungshilfe, und anstatt damit endlich voranzukommen, besitzen sie noch die Unverschämtheit, uns anzubetteln." Wir sitzen stumm dabei, spüren intuitiv, daß vieles nicht stimmt, ärgern uns über die Art und Weise, wie er die Einheimischen abqualifiziert, über seine Anmaßung, wenn er damit prahlt, seinen Wohlstandsmüll gegen Kleinkunst einzuhandeln. – Warum schweigen wir dazu?

Es fehlt uns an Information über die Hintergründe von Hunger und Unterentwicklung, über historische Ursachen und unseren Anteil an der Misere. Und es fehlt uns an Ideen, wie wir uns sinnvoll engagieren können. Dabei gibt es viele Möglichkeiten, auch und gerade für Ehepaare und Familien. Nachfolgend einige Beispiele:

Ein Arbeitskreis „Dritte Welt" entsteht

Brigitte und Dieter haben im Fernsehen eine Dokumentation über die Landbevölkerung in Brasilien gesehen. Sie sind betroffen und beschließen, mehr über die Hintergründe zu erfahren. In der Stadtbibliothek sowie über Misereor und Missio besorgen sie sich Bücher und beginnen zu lesen. Schnell merken sie, wie vielschichtig das Problem ist und daß es viele Antworten und noch mehr Fragen gibt. Es ist schwierig, die Fakten zu ordnen.

Schließlich erzählen sie befreundeten Ehepaaren von ihren Bemühungen und bitten um Hilfe. Von nun an treffen sich die Paare wöchentlich und nehmen sich für jeden Abend ein anderes Thema vor (zum Beispiel Geschichte, Industrie, Problem der Landflucht und Slums, Kinderarbeit, Kirche in Brasilien etc.). Alle bereiten sich vor und sammeln Informationen, sie schneiden Zeitungsartikel aus, lesen in den Schulbüchern der Kinder nach und schreiben an Missionsorden und Hilfswerke. Das ferne Land und seine Menschen kommen ihnen näher. Sie erfahren viel über landlose entrechtete Campesinos, skrupellose Großgrundbesitzer, die hohe Staatsverschuldung, Probleme der Abholzung des tropischen Regenwaldes und den Teufelskreis der Armut. Aber sie lesen auch von dem Mut, mit dem die armen Menschen versuchen, ihren Alltag zu meistern, wie sie selbst unter Gewaltandrohung Genossenschaften aufbauen, wie sich kirchliche Basisgemeinden aus dem Glauben heraus füreinander einsetzen, wie junge Christen ihren Glauben im Alltag leben.

Es bleibt ihnen nicht verborgen, daß die Unterentwicklung dort eng zusammenhängt mit unserer Überentwicklung. Sie wissen, sie können die Weltwirtschaftsordnung und politische Strukturen nicht ändern, aber sie können sich solidarisieren, die Probleme der Armen und Bedrängten zu ihren eigenen machen. Sie schweigen nicht länger, wenn in ihrer Gegenwart über „rückständige Völker, die nur die Hand aufhalten können" geschimpft wird, schreiben Leserbriefe, wenn sie in der Lokalzeitung einseitige Artikel zur „Dritte-Welt"-Thematik finden. Sie denken über ihr eigenes Konsumverhalten nach und kaufen bewußter ein (zum Beispiel Indio-Kaffee in Dritte-Welt-Läden).

Schließlich beginnen sie auch, sich in Gemeinde und Schule in diesem Sinne einzusetzen.

Schulfest „Afrika erfahren"

An einer Grundschule beschließen Eltern und Lehrer, das anstehende Schulfest unter das Thema „Afrika erfahren" zu stellen und den Erlös einem Selbsthilfeprojekt in der Dritten Welt zukommen zu lassen. Sie schreiben an Misereor, lassen sich eine Liste von möglichen Projektpartnerschaften zuschicken und entscheiden sich dafür, ein Brunnenbohrprojekt im westafrikanischen Burkina Faso zu unterstützen. Eine Woche lang dürfen die Schüler den üblichen Stundenplan beiseitelegen. Statt dessen setzen sie sich mit dem Alltag der Menschen in Burkina Faso auseinander. Mit Hilfe der Eltern bereitet jede Klasse einen Aktionsstand vor. Da gibt es u. a. eine Töpferwerkstatt, „afrikanische Küche" und sogar eine Tanzgruppe. Plakate werden gemalt und in Geschäften, Banken, Arztpraxen und im Schaukasten der Kirche ausgehängt.

Der große Tag wird ein voller Erfolg, sogar viele Außenstehende sind gekommen. Zum Schluß ist nicht nur die stolze Summe für Burkina Faso in der Kasse, sondern alle Beteiligten stimmen darin überein, während dieser Woche einiges über die Vielfalt afrikanischen Lebens und afrikanischer Kultur erfahren zu haben.

Sie sehen nicht länger nur die Bedürftigkeit, sondern auch die Würde der afrikanischen Menschen in ihrem täglichen Überlebenskampf. Und auch die Kinder haben begriffen, daß die Frage, wie den Armen zu helfen sei, eng verbunden ist mit der Frage, warum die Armen arm sind.

Dritte-Welt-Arbeit in der Gemeinde

Jeder Pfarrgemeinderat hat einen Ausschuß „Mission, Entwicklung, Frieden". Eine neu zugezogene Familie liest im Mitteilungsblatt der Gemeinde, daß dieser Ausschuß interessierte Mitarbeiter sucht, um die Dritte-Welt-Arbeit auszuweiten. Da sie sowieso Kontakt sucht, gehen sie hin und finden ein weites Betätigungsfeld. Der Weltmissionssonntag und die Misereor-Fastenaktion sollen in diesem Jahr in die verschiedenen Gruppen der Gemeinde hineingetragen werden.

Zum Weltmissionssonntag ist ein Kindergottesdienst mit Bildmeditation, eine Jugendmesse und ein Dia-Vortrag eines Entwicklungshelfers im Jugendheim sowie ein Hochamt mit anschließender Predigtdiskussion geplant.

Die 16jährige Tochter wendet sich an die Lehrer der Grundschule und bittet sie, im Kunst-Unterricht einen Malwettbewerb durchführen zu lassen zum Thema „Kinder in aller Welt haben ein Recht auf . . .". Aus diesen Bildern stellt sie eine Dia-Serie zusammen, die in der Kindermesse als Bild-Meditation vorgestellt wird. Die Fürbitten haben die Kinder im Religionsunterricht selbst erarbeitet. Die Mutter spricht den Kreis junger Frauen an, und ein Basar wird vorbereitet, dessen Erlös an ein Missions-Krankenhaus in Indien geht. Der Sohn wendet sich an die Jugendgruppen, bereitet mit ihnen die Jugend-

messe vor und nimmt Kontakt auf mit einem ehemaligen Entwicklungshelfer, der sich bereit erklärt, anhand von Bildern über seine Arbeit und seine Erfahrungen zu berichten.

Später kümmert sich dann der Vater mit den anderen Gruppenmitgliedern um die Vorbereitung der Misereor-Fastenaktion. Es geht ihnen darum, am Misereor-Sonntag einen Gemeindetag zu organisieren mit gemeinsamem Mittagessen, Informationsveranstaltungen und Diskussionsrunden. Sie aktivieren die verschiedenen Verbände in der Gemeinde, helfen ihnen bei der Beschaffung von Informationsmaterial und der Planung und Durchführung der Aktionen. So erreicht der Pfarrgemeinderats-Sachausschuß, daß nicht nur gespendet, sondern auch über kirchliche Entwicklungszusammenarbeit nachgedacht und geredet wird.

Als Entwicklungshelfer nach Übersee

Zum Schluß möchte ich noch auf eine Möglichkeit des Engagements hinweisen, die mein Mann und ich auch wahrgenommen haben: für einige Jahre als Fachkraft in einem Projekt der Dritten Welt mitzuarbeiten. Mit unseren zwei Kindern – ein drittes wurde in Afrika geboren – lebten wir drei Jahre lang in Kilima Mbogo, einem ländlichen Missionshospital der Erzdiözese Nairobi (Kenia). Trotz der vielen Arbeit, der schwierigen und zum Teil auch gefährlichen Lebensbedingungen waren wir dort sehr glücklich. Von unseren afrikanischen Mitarbeitern und Freunden lernten wir viel über die afrikanische Kultur, durften mit ihnen ihren Alltag erleben und manchmal miterleiden. Im privaten Bereich liefen die ersten Kontakte über unsere Kinder, denn Familie hat in Afrika einen hohen Stellenwert.

Insgesamt müssen wir feststellen, daß wir während dieser drei Jahre viel mehr mitnehmen konnten, als wir selbst gegeben haben. Und ein solcher Einsatz ist keineswegs nach Ablauf der Vertragszeit beendet, sondern Rückkehrer können in ihrer Heimat ihre Erfahrungen weitergeben und so zum Bewußtseinsbildungsprozeß beitragen.

Ein afrikanischer Bischof hat einmal gesagt: „Bevor wir teilen, was wir haben, laßt uns teilen, was wir sind." Ein gutes Motto für alle, die sich für die Eine Welt engagieren wollen!

Hilde Butz

Erbschaft und Testament

Der Vater war gestorben. Am Abend des Begräbnistages nahm die Mutter ein Schriftstück aus der Dokumentenmappe und sagte zu ihren Kindern: „Wir wollten, daß alles zusammenbleiben soll, bis wir beide gestorben sind. Wir haben deshalb ein Testament auf den Längstlebenden gemacht. Herr Schmitz, unser Nachbar, hat es uns auf der Maschine geschrieben, und Vater und ich haben unsere Namen daruntergesetzt." Bruno, der Jüngste, der am Gericht tätig war, warf ein, das Testament sei nach seiner Kenntnis ungültig. Es müsse, wenn es nicht von einem Notar beurkundet sei, eigenhändig geschrieben sein. Die Mutter war bestürzt; denn sie hatten alles ordentlich und richtig machen wollen. Bruno nahm das Testament an sich, um es mit einer Sterbeurkunde des Vaters dem Nachlaßgericht einzureichen, damit es „eröffnet" werde. Und es dauerte nicht lange, da hielten Mutter und Kinder eine Fotokopie des Testamentes in der Hand, auf der am Schluß stand: „Anliegende Fotokopie des offensichtlich ungültigen Testamentes . . ."

Es war hart für die Mutter. Mit den vielen Fragen, die jetzt auf sie einstürmten, wurde sie gar nicht fertig. So beschloß sie, sich beim

Notar Rat zu holen. Dieser machte ein bedenkliches Gesicht, als er das durch die Maschinenschrift ungültige Testament sah. Der Notar erklärte der Mutter, daß die Unterschrift der Zeugen, die bei der Testamentserrichtung zugegen waren, nicht einmal nötig gewesen sei, auch diese Unterschriften könnten jedoch das Testament nicht gültig machen. Weiter sagte der Notar, nun, da kein gültiges Testament vorliege, sei die gesetzliche Erbfolge eingetreten, so daß die Mutter bei gesetzlichem Güterstand nach heutigem Recht ½ und die Kinder zusammen ebenfalls ½ erhalten. Dann wollte die Mutter wissen, wie sie geerbt hätte, wenn nur ein Kind oder gar kein Kind da wäre. Im ersteren Falle hätte das Kind neben der im gesetzlichen Güterstand lebenden Mutter ½ bekommen, und bei kinderloser Ehe wäre auf die Frau kraft Gesetzes Dreiviertel des Nachlasses gefallen, während das restliche Viertel die Verwandten des Mannes, also seine Eltern bzw. seine Geschwister oder deren Abkömmlinge, erhielten. Ob der Notar allen Eheleuten rate, etwas auf den Längstlebenden zu machen, hatte die Mutter weiter gefragt: „Nein", antwortete der Notar, „zum Beispiel bei einer zweiten Ehe, wenn Kinder aus der ersten Ehe da sind, ist es oft nicht angebracht, eine gegenseitige Erbeinsetzung der Ehegatten vorzunehmen. Oder wenn bei einer kinderlosen Ehe alter Familienbesitz eines Ehegatten dessen Familie erhalten bleiben soll. Häufig wird in diesen Fällen eine Nutznießung des anderen Ehegatten vorgesehen. Sehr sorgfältig muß auch bei kinderlosen Ehen, falls die Eheleute einen Vertrag auf den Längstlebenden errichtet haben, geprüft werden, wer als Erbe des Letztversterbenden eingesetzt werden soll, damit nicht mangels einer derartigen Bestimmung alles an die Familie des Längstlebenden kraft Gesetzes fällt; dies ist oft nicht beabsichtigt." Und weiter sprach der Notar von den vielen eigenhändigen gemeinschaftlichen Testamenten von Eheleuten, die außer einer gegenseitigen Erbeinsetzung Bestimmungen für die Zeit nach dem Tod des Letztversterbenden enthielten. Grundsätzlich tritt hier eine Bindung auch hinsichtlich dieser letztgenannten Bestimmungen ein, und der Überlebende ist nicht mehr in der Lage, sie nach dem Tode des einen Ehegatten abzuändern; darüber sind sich die wenigsten Eheleute, die ein solches Testament errichten, im klaren.

Zunächst sei nun beim Amtsgericht der Erbschein zu beantragen, dies sei bei Hausbesitz immer notwendig, damit die Erben im Grundbuch eingetragen werden können. Gut, daß die Mutter das Familienbuch noch hatte, sonst hätte sie auch ihre Heiratsurkunde und sämtliche Geburtsurkunden der Kinder beibringen müssen. Der Notar wollte wissen, ob die Mutter neben dem Vater im Grundbuch als Miteigentümerin des Hauses eingetragen sei. Das war nicht der Fall, obwohl sie das Haus gemeinsam gebaut hätten. Nun mußte der Notar die Mutter belehren, daß das Haus Alleineigentum des Mannes geworden war und somit Gegenstand seines Nachlasses sei.

Ob die Mutter eine Forderung gegen die anderen Miterben, also ihre Kinder, habe, weil sie das Haus mitaufgebaut hätte, sei nicht ohne weiteres zu beantworten. „Das soll meinen Töchtern eine Lehre

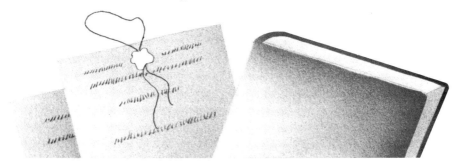

sein", sagte die Mutter. „Wenn sie einmal bauen, sollen sie darauf achten, daß das Haus im Grundbuch auf die Eheleute eingetragen wird." Zum Schluß wollte die Mutter noch folgendes wissen: Wenn das Testament nun rechtsgültig gewesen wäre, hätte dann ein Kind etwas dagegen unternehmen können? Der Notar erklärte, die Kinder könnten ein sogenanntes Pflichtteilsrecht geltend machen, das nur unter ganz schwerwiegenden Voraussetzungen ausgeschlossen werden kann. Dieses sei immer nur ein Geldanspruch und halb so groß wie das gesetzliche Erbrecht. Betrüge der Erbteil eines Kindes ½, so sei sein Pflichtteil ¼. Für die Berechnung des Pflichtteils sei bei Grundbesitz der Verkehrswert maßgebend. Der Pflichtteil müsse binnen drei Jahren ab Testamentseröffnung geltend gemacht werden, sonst sei es verjährt. – Beruhigt war die Mutter, daß sie und ihre Kinder keine Erbschaftsteuer zu zahlen hatten. So hoch war die Erbschaft ja nicht. Der Notar sagte, für jedes Kind seien nach dem heutigen Erbschaftsteuergesetz 90 000,– DM frei und für sie als Ehefrau 250 000,– DM.

Die Zeit verging. Der Erbschein war inzwischen vom Nachlaßgericht ausgestellt worden, und man hatte Mutter und Kinder als Eigentümer im Grundbuch eingetragen. Eines Tages kam Ludger, der

Zweitjüngste, der ans Heiraten dachte, zur Mutter und sagte: „Ich wollte auf meinem Erbteil am Haus eine Hypothek aufnehmen, um ein eigenes Geschäft anzufangen. Aber bei der Sparkasse erfuhr ich, daß das nicht möglich ist. Kannst du mir nicht zehntausend Mark geben? Dann verzichte ich auf das, was ich vom Vater geerbt habe."

In der nächsten Woche gingen beide zum Notar. Denn für das Rechtsgeschäft, das sie vorhatten, ist die noterielle Beurkundung zwingend vorgeschrieben. Ludger verkaufte seinen Erbteil am Nach-

laß seines Vaters für zehntausend Mark an die Mutter. Sein Name wurde im Grundbuch gelöscht und sein Anteil auf die Mutter überschrieben. Das Geld legte er gut an, sein Geschäft brachte Erfolg.

Aber Bernhard, der andere Sohn, hatte geschäftlich viel Pech, und das Unglück wollte es, daß er sich mit seinem Wagen auf der Autobahn überschlug und an der Unfallstelle verstarb. Er hinterließ Frau und zwei kleine Kinder. Sie hatten ein Testament auf den Längstlebenden gemacht; aber was nutzte es? Für die junge Frau blieb nichts anderes übrig, als für sich und die Kinder die Erbschaft auszuschlagen.

Denn wenn sie die Erbschaft annahmen, dann hafteten sie auch für alle Schulden, die Bernhard hinterlassen hatte, und diese waren bedeutend größer als das, was er von seinem Vater geerbt hatte. Das mußte innerhalb von sechs Wochen durch gerichtlich oder notariell beglaubigte Erklärung geschehen. Dadurch fiel die Erbschaft an die Mutter und die Geschwister von Bernhard zurück, und auch diese schlugen sie aus, um nicht mit ihrem eigenen Vermögen für die Schulden Bernhards haften zu müssen.

Bernhards plötzlicher Tod und die Aufregung mit seinen Gläubigern hatte die Mutter sehr angegriffen, und so ging sie abermals zum Notar, um mit ihm ihren Letzten Willen zu besprechen. Ihr schwebte vor, daß Gertrud, die älteste Tochter, die unverheiratet geblieben war und mit der Mutter im Hause wohnte, dieses nach ihrem Tode übernehmen und die Geschwister auszahlen sollte. Dann hätten auch noch alle Geschwister ein Heim, in das sie zurückkehren könnten.

Als sie dies festlegen wollte, erklärte ihr der Notar, daß sie ja nicht Alleinerbin sei und insofern auch keine derartige Verfügung rechtsverbindlich treffen könne.

Das unglückliche ungültige Testament zog sich wie ein roter Faden seit dem Tod ihres Mannes durch ihr Leben. Durch den Tod von Bernhard war noch dazu dessen Teil wegen seiner Überschuldung in fremde Hände geraten. Sie hatten noch Glück gehabt, daß ihnen das Haus nicht über dem Kopf versteigert worden war. So blieb der Mutter nur übrig, Bestimmungen über Seelenämter und Grabpflege zu treffen und eine Verfügung über ihren Anteil und denjenigen, den sie von Ludger hinzuerworben hatte, zugunsten von Gertrud vorzunehmen. Im übrigen konnte sie in ihrem Testament nur ihren Wunsch, daß Gertrud in friedlicher Auseinandersetzung das Haus übernehmen möchte, zum Ausdruck bringen.

Erben und beerbt zu werden – ein Kapitel, um das es sich lohnt, sich Gedanken zu machen.

Maria Krauss-Flatten

Die Krankensalbung:
eine Hilfe zum Heil

Die frühe Kirche lebte ganz aus dem Geist ihres Herrn; seine Worte und Taten waren ihr stets gegenwärtig. Die Kirche vergaß nicht, daß Jesus sich besonders um die Kranken und Notleidenden gekümmert hatte, daß er sich ihnen zuwandte, sich mit ihnen identifizierte, sie an Leib und Seele heilte und sie so Gottes Nähe in besonderer Weise erfahren ließ. Sie wußte auch darum, daß er seine Jünger beauftragt und bevollmächtigt hatte, den Kranken die Hände aufzulegen, sie mit Öl zu salben und sie zu heilen. Die Apostelgeschichte berichtet, daß die Jünger nach Jesu Tod und Auferstehung diesen Dienst in seinem Namen weiterführten. Der Jakobusbrief (5, 14 f.) spricht schon von einer festen Einrichtung in der Gemeinde: „Ist einer von euch krank? Dann rufe er die Ältesten der Gemeinde zu sich; sie sollen Gebete über ihn sprechen und ihn im Namen des Herrn mit Öl salben. Das gläubige Gebet wird den Kranken retten, und der Herr wird ihn aufrichten; wenn er Sünden begangen hat, werden sie ihm vergeben." Es ging der frühen Kirche offenbar um einen echten Heils- und Heilungsdienst an den Kranken, um Hilfe in einer schwierigen Phase des menschlichen Lebens, um einen Dienst am Leben – und nicht um eine Art „Todesweihe".

343

Leider hat sich bald eine andere Praxis eingeschlichen. Seit dem frühen Mittelalter haben die Christen den Empfang des Bußsakramentes soweit wie möglich hinausgezögert, am liebsten bis in die Todesstunde. Das war verständlich, waren doch damals mit dem Beichtsakrament harte Bußwerke verbunden. Und davor schreckten die Menschen zurück. Weil es aber üblich war, das Sakrament der Buße vor der Krankensalbung zu spenden, schoben die Gläubigen auch den Empfang der Krankensalbung möglichst weit hinaus. So geriet dieses Sakrament immer mehr in die Nähe des Todes. Deswegen empfanden die Christen die Krankensalbung und den Priester, der sie spenden wollte, als Vorboten des Todes.

Diese Vorstellung ist heute noch weit verbreitet. So sagten die Töchter eines Herrn, den ich im Krankenhaus betreute: „Warten Sie doch, bis Vater nicht mehr bei Bewußtsein ist." Eine junge Krankenschwester: „Ich dachte, ich müßte Sie erst rufen, wenn der Patient tot ist." Und der Enkel einer alten Frau am Telefon etwas hilflos in breitem Ruhrgebietsdeutsch: „Unser Oma is' grade gestorben, gleich kommt dat Beerdigungsinstetut und holt se ab. Wenn Se noch wat dran tun wolln, müssen Se kommen, Herr Kaplan."

Einbruch ins Leben

Ich weiß, es ist nicht einfach, unter diesen Voraussetzungen, bei solchen Mißverständnissen den Sinn und die Bedeutung der Krankensalbung zu vermitteln. Aber ich muß es tun, und ich stoße immer wieder auf offene Ohren und Herzen. Jeder ahnt ja, wie tief eine Krankheit ins Leben einbrechen, es verändern, es fragwürdig und sinnlos erscheinen lassen kann. Jeder fühlt, wie niedergeschlagen, mutlos, einsam, verängstigt Menschen in einer solchen Situation sein können. Jeder spürt, wie schwierig dann das Leben wird und wie Menschen nach Hilfe suchen und sie oft nicht finden. Jeder merkt, wie gut es ist, wenn Kranke in dieser Lage Menschen finden, die Zeit für sie haben, die mit ihnen über alles reden, was sie bedrängt, und die alles ein wenig mittragen und mitleben und so den Kranken helfen, ihre Situation zu bewältigen.

Wenn ich dann sage: „Hier will auch die Krankensalbung helfen", sind die Menschen zwar offen, aber doch skeptisch. Wie soll die Hilfe aussehen? Der Kranke wird ja doch nicht gesund, der Krebs frißt weiter, die Folgen des Schlaganfalls bestehen fort, die Schmerzen bleiben! Ja, das alles ist nicht zu leugnen. Die Krankensalbung ist ja kein Zaubermittel, das die natürlichen Vorgänge aufhebt. Sie hat ihre Bedeutung auf einer anderen Ebene. Wie heißt es doch im erwähnten Jakobusbrief? „Das Gebet aus dem Glauben wird den Menschen retten, der Herr wird ihn aufrichten; und wenn er Sünden begangen hat, werden sie ihm vergeben." Diese Aussagen verdeutlichen: Die Krankensalbung soll eine Hilfe sein zum Heil, das heißt eine Hilfe zum letztendlichen Gelingen des Lebens vor Gott. Diese Hilfe aber hat auch Auswirkungen auf der Ebene des „Heilens".

Es geht ja dabei nicht nur um einen körperlichen Prozeß. Der Mensch ist, das lernen wir heute wieder ganz neu zu sehen, eine leibseelische (psychosomatische) Einheit. Wenn er durch mitmenschliche Zuwendung und vor allem durch die Zuwendung Gottes im Sakrament erfährt: ich bin nicht allein, ich bin auch in dieser Krankheit, die mich so hilflos, nutzlos und unwert scheinen läßt, geliebt und angenommen, kann er sich auch mit seinem Schicksal versöhnen. Er kann lernen, sich auch in dieser Situation anzunehmen und zu bejahen. Und das kann ungeahnte Kräfte im Menschen wecken, die es ihm ermöglichen, seine Krankheit zu tragen und auch dagegen anzukämpfen, um so seine Gesundheit wiederzuerlangen. In ihrem „Einführungswort zur Feier der Krankensakramente" schreiben die Bischöfe des deutschen Sprachraums: „Wir sollen daher in den Kranken den natürlichen Willen, wieder gesund zu werden, erhalten und in der rechten Weise neu zu wecken versuchen. Mit einer rein passiven Hinnahme der Krankheit, die sich fälschlich unter dem Mantel der frommen Ergebenheit verstecken kann, entsprechen wir nicht dem Willen Gottes . . ."

Natürlich gibt es im menschlichen Sinne „aussichtlose Situationen", Krankheiten, die zum Tode führen. Auch sie wollen bestanden sein. Gott bietet dabei seine Nähe und Zuwendung an: „Wenn der Tod in die Nähe gerückt ist, verdichtet sich noch einmal der Zuspruch Gottes zur Verheißung des ewigen Lebens. Der Tod bleibt eine Katastrophe, aber er wird aufgehoben in der Zusage, daß Gott bei dem Menschen bleibt – über den Tod hinaus." So die Theologin Jutta Johannwerner.

Auf diese Weise versuche ich, den Sinn der Krankensalbung zu verdeutlichen. Meist spüren die Gläubigen dann von selbst, daß es richtig ist, was die Bischöfe schreiben: „Das Sakrament der Krankensalbung soll daher in jeder ernsthaften Erkrankung, die eine Erschütterung des gesamtmenschlichen Befindens darstellt, empfangen werden." Sie sehen dann auch ein, daß man bei der Beurteilung der Schwere der Krankheit sich nicht von der Ängstlichkeit leiten lassen soll. Das Sakrament kann ja aufs neue gespendet werden, wenn sich der Gesundheitszustand gebessert hat und dann wieder eine Verschlechterung eintritt. Gott will dem Kranken und Geschwächten nahe sein und ihn stärken. So gewinnen die Menschen Verständnis dafür, daß die Krankensalbung gespendet werden soll vor einem chirurgischen Eingriff, bei einer gefahrbringenden Krankheit – oder alten Menschen, deren Lebenskraft nachläßt, obwohl sie nicht eigentlich krank sind, und kranken Kindern, sofern sie schon verstehen können, worum es dabei geht. Auch Bewußtlosen kann die Krankensalbung gespendet werden, wenn sie als gläubige Menschen bei Bewußtsein mit Sicherheit nach dem Sakrament verlangt hätten.

Gemeinschaft

Wie geht die Spendung des Sakramentes vor sich? Nach der Begrüßung besprengt der Priester alle Anwesenden mit Weihwasser. Es folgen Einführung in die Feier, Schuldbekenntnis, Schriftlesung; auch Fürbitten für den Kranken gehören dazu. Dann legt der Priester dem Kranken schweigend die Hände auf. Diese Geste: Wir gehören zusammen, du bist bejaht, angenommen und geborgen in menschlicher Gemeinschaft; aber auch: dir soll Kraft zuteil werden, Hilfe, Heilung, Vergebung, Zuwendung Gottes und seine Liebe durch den Heiligen Geist. Mit geweihtem Öl als Zeichen des Segens, der Hoffnung, der Schmerzlinderung und der Stärkung der Lebenskraft salbt der Priester nun Hände und Stirn des Kranken – stellvertretend für den ganzen Körper. Bei der Salbung der Stirn spricht der Priester: „Durch diese heilige Salbung helfe Dir der Herr in seinem reichen Erbarmen, er stehe Dir bei mit der Kraft des Heiligen Geistes." Bei der Salbung der Hände: „Der Herr, der Dich von Sünden befreit, rette Dich, in seiner Gnade richte er Dich auf." Am Schluß stehen das gemeinsame Gebet aller Anwesenden und der Segen des Priesters.

Wer den Ablauf auf sich wirken läßt, spürt sofort, daß es sich hier um eine gemeinschaftliche Feier handelt. Deswegen ist es sinnvoll,

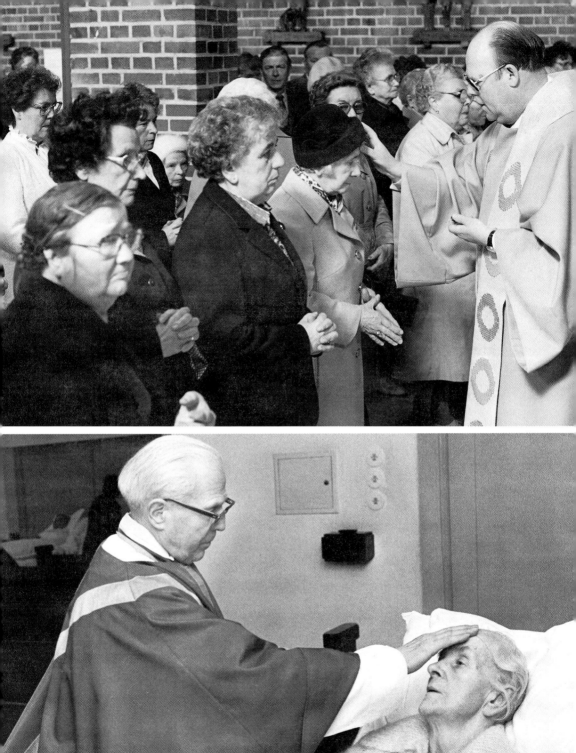
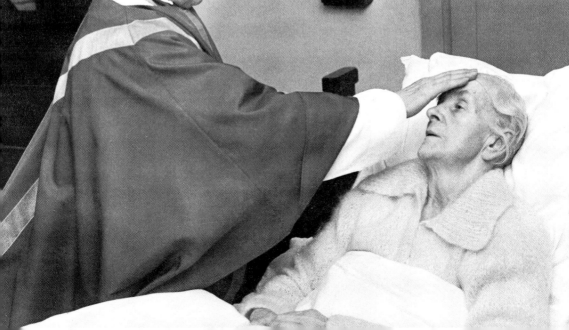

daß möglichst viele, die dem Kranken nahestehen, daran teilnehmen. Sie können sich „aktiv" daran beteiligen durch Gebete, Fürbitten, Vortragen der Lesung; das gemeinsame Gebet ist ein wesentlicher Bestandteil des Sakramentes. Der Gemeinschaftscharakter und der Bezug zur Gemeinde wird noch deutlicher, wenn die Krankensalbung innerhalb einer Eucharistiefeier – nach dem Evangelium – gespendet wird, zum Beispiel im Krankenzimmer. Am besten aber können die Gläubigen ihn erleben, wenn die Spendung während der Eucharistiefeier an mehreren oder einer ganzen Gruppe von Kranken vollzogen wird. Diese Form bietet sich an in Krankenhäusern, Altenheimen, bei Krankentagen in einer Pfarrei oder bei Krankenwallfahrten; Kirchen, Kapellen oder entsprechend hergerichtete Räume sind dafür geeignet.

Es liegt auf der Hand, daß gerade diese Form der Krankensalbung sorgfältig vorbereitet werden muß. Hier liegt eine große Aufgabe für Predigt, Katechese und religiöse Weiterbildung. Werden die einzelnen Kranken individuell auf das Sakrament vorbereitet, kann die Krankensalbung für sie zu einem beglückenden Erlebnis werden.

So erzählt Gertrud H.: „Ich kann nicht mehr gut zur Kirche gehen. Der Pfarrer bringt mir jeden Monat am Herz-Jesu-Freitag die heilige Kommunion. Einmal fragte er, ob ich nicht an unserer gemeinsamen Krankensalbung teilnehmen wolle. Ich wollte schon, hatte aber Bedenken. Kann ich das überhaupt durchhalten? Krank bin ich ja eigentlich nicht, aber schwach. Und dann die vielen Menschen! Was werden die sagen, wenn ich so hilflos bin? Dann meine Angst: Früher hieß es ja, wenn du die Letzte Ölung empfängst, mußt du bald sterben. Ich habe es mir dann überlegt: Ja, ich will's versuchen. Ich war ja nicht allein, der Pfarrer hatte auch noch andere eingeladen. Ich muß sagen: Es war wunderbar. Ich spürte ganz neu: du bist nicht allein. Anderen ging es noch schlechter, und die waren auch da. Und da waren auch junge Leute, die mich mit dem Auto abholten, die waren so nett. Auch im Gottesdienst waren sie dabei. Und der Pfarrer hat so gut gesprochen und mir die Hände aufgelegt. Ich hab' gespürt: du bist nicht abgeschrieben. Irgendwie hab' ich das ja gewußt, aber nun habe ich es wirklich erfahren. Und ich hab' auch ganz tief gefühlt: Gott ist bei mir, er hält mich fest, er läßt mich nicht fallen, auch jetzt nicht in dieser schweren Zeit. Nachher saßen wir noch etwas beisammen, wir haben erzählt, Tee getrunken und etwas Gebäck gegessen. Ich bin froh, daß ich das mitgemacht habe. Gott sei Dank." Das glückliche Gesicht dieser Frau habe ich nicht vergessen.

Ich finde es gut, daß der Pfarrer von Gertrud H. jeden einzelnen persönlich angesprochen und eingeladen hat. So konnten sie ihre Ängste, Vorbehalte oder Bedenken äußern, über alles sprechen. Er konnte ihnen Mut machen, konnte sehen, wo es wirklich nicht ging, und den kranken und alten Menschen dann im Kreis ihrer Familien die Krankensalbung spenden.

Die Krankensalbung soll wieder als Sakrament erkannt werden, das dazu dient, das durch Krankheit gefährdete Leben gelingen zu lassen.

Franz-Josef Janicki

Von Krankheit und Tod

Es ist seltsam mit uns Menschen: Auch wer gern etwas von interessanten Unglücks- oder Krankheitsfällen hört und liest, möchte in der Regel von Krankheit und Tod in bezug auf das eigene Leben, die eigene Familie, nichts wissen. Und doch sollte man schon früh die ernste Wahrheit erkennen und anerkennen, daß Krankheit und Tod auch jedem von uns einmal begegnen, aber nicht als interessantes Ereignis, nicht als unangenehmer und lästiger Zwischenfall und erst recht nicht als „unverdiente Strafe", sondern als eine Aufgabe, die wir zu erfüllen haben und als eine Möglichkeit, unser Leben zu überdenken. Dazu bedarf es aber nicht nur des guten Willens, sondern der richtigen und rechtzeitigen Vorbereitung, die vielerlei umfassen, aber in einem gegründet sein muß, nämlich in der inneren Bereitschaft des Christen, Krankheit und Tod für sich wie für die Seinen als die gerade ihm persönlich bestimmte Form der „Nachfolge Christi" anzunehmen, als sein ureigenstes „Kreuz".

Auf diesem festen Grund baut alles auf, was wir zur Bewältigung der Aufgabe brauchen, die Krankheit und Tod unserer Familie stellen. Mancherlei Kenntnisse und Erfahrungen sind nötig, und es ist jungen Leuten dringend zu raten, sich frühzeitig das nötige Rüstzeug durch einen Kursus in „Erster Hilfe" und einige Monate praktischer Krankenpflege zu verschaffen. Ein „Ratgeber" in Erster Hilfe und Krankenpflege (preiswert beim Roten Kreuz oder in den Buchhandlungen erhältlich) kann ebenfalls gute Dienste tun und viele nützliche Ratschläge erteilen, für die hier der Raum fehlt.

Die Hausapotheke

gehört selbstverständlich zum Inventar des jungen Hausstandes, ein Kasten mit gut schließendem Deckel, den man kühl und trocken und außerhalb der Reichweite von Kindern aufbewahrt. Er soll alles enthalten, was man bei leichteren Beschwerden und Verletzungen im Haus braucht: eingepackte Mullbinden, Brandsalben und Brandbinden, Verbandmull und Watte, Leukoplast und Traumaplast, eine flache Pinzette, eine gerade Schere, Sepsotinktur, Baldriantropfen, Kölnisch Wasser oder Melissengeist und Fieberthermometer. Verschiedene Heiltees (Pfefferminz und Kamille, Salbei und Fenchel) werden am besten in verschlossenen Blechdosen im Küchenschrank aufbewahrt. Erst auf Anordnung des Arztes sollen Medikamente ins Haus kommen.

Die Wahl des Arztes

soll man vorher genau überlegen. Hat man Vertrauen zu seinem ärztlichen Können? Gefällt einem seine menschliche Eigenart? Ist aber die Wahl getroffen, so soll man sich willig dem Verantwortungsbewußtsein und dem Pflichtgefühl dieses Arztes anvertrauen, und die Umgebung wie die Besucher des Kranken tun unrecht, wenn sie durch unbedachtes Gerede das Vertrauensverhältnis zwischen Arzt und Patient stören. In dieser Hinsicht wird durch Besserwisserei und Laienratschläge viel gesündigt. Es gibt nicht zwei ganz gleiche Krankheitsfälle, und was dem einen nützt, kann dem andern schaden. Auch ist nicht alles, was sensationell berichtet wird, schon erprobt oder gerade für diesen Kranken das Richtige. Darum: Über die Behandlung verantwortlich zu entscheiden, ist Aufgabe des Arztes!

Er ist unser sachverständiger Berater in allen Fragen der Gesundheit. Ihn suchen wir bei Beschwerden rechtzeitig auf. Kann der Patient nicht aufstehen, bitten wir Arzt oder Ärztin zum Besuch am Krankenbett. Damit sollte man nicht unbedingt bis Freitagabend warten, wenn nur noch der ärztliche Notdienst erreichbar ist. Und man holt den Arzt auch nicht ohne zwingenden Grund am Sonntagnachmittag, nur weil man da gerade Zeit für die Grippe hat.

Den Arztbesuch bestellt man möglichst früh am Vormittag und nicht mit allgemeinen Redensarten, sondern mit klaren und sachlichen Angaben, damit der Arzt die Dringlichkeit des Falles richtig beurteilen kann. Man gibt also an, wie hoch die Temperatur des Kranken ist, ob er Schmerzen hat und wo (zum Beispiel bei Bauchschmerzen: ob in der Magengrube oder um den Nabel herum oder im rechten Unterbauch usw.), ob – vor allem bei Kindern – Hals und Mandeln gerötet, geschwollen oder gar weißlich belegt sind, ob Ausschläge vorhanden sind und wie sie aussehen und so weiter.

Was für Aufgaben hat der Kranke selbst?

Was von ihm erwartet werden muß, klingt zunächst wie ein innerer Widerspruch: Einerseits soll er gegen die Krankheit ankämpfen mit seinem ganzen Willen zum Gesundwerden. Um dieses Zieles willen muß er sich den Anordnungen des Arztes unterziehen, auch wenn sie schmerzhaft und unangenehm sind und seine bisherigen Gewohnhei-

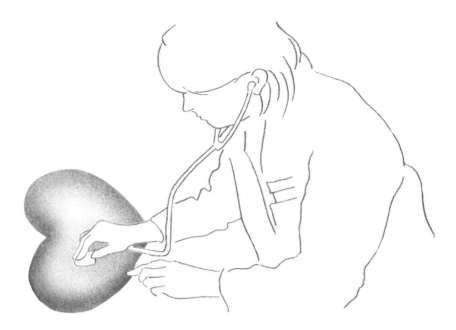

ten empfindlich stören. Neben dieser aktiven Mithilfe wird aber vom Kranken noch etwas anderes, scheinbar Entgegengesetztes gefordert: die geduldige Ergebung in seine Krankheit, seine Schmerzen, seine Hilflosigkeit. Richtig betrachtet, trägt jedoch auch die Ergebung zur Überwindung der Krankheit bei. Denn ob der Mensch seinem Leiden gefaßt und gelassen gegenübersteht oder in stumpfer, hoffnungsloser Gleichgültigkeit oder in wilder Auflehnung, ob er Verworrenheit und Unordnung in und um sich hat oder „Frieden" – das alles ist ja nicht ohne Einfluß auf die Entwicklung des Krankheitsprozesses. Aus der „Ordnung" erwachsen heilende Kräfte. Auch aus diesem Grunde ist ein stärkerer Ausbau der Krankenseelsorge mit der Möglichkeit früh-zeitiger, intensiver und individueller Betreuung ein dringendes Anlie-gen. Noch ein Drittes ist vom Kranken zwar nicht zu fordern, aber zu wünschen: daß er den Blick offen behält für seine Umgebung, ihre Be-dürfnisse und Notwendigkeiten. Vielleicht wird er dann entdecken, daß er zwar seine körperlichen Schmerzen allein tragen muß, daß es aber kaum weniger schwer ist, die Leiden eines geliebten Menschen anzusehen, ohne helfen zu können. Wer einmal dieses „Mit-Leid" seiner Umgebung recht gespürt hat, gerät nicht mehr so leicht in die Gefahr – selber von seiner Krankheit tyrannisiert – zum Tyrannen des Hauses zu werden!

Was erwarten wir von der Pflegerin, vom Pfleger des Kranken?

Als erstes natürlich, daß sie die zur Krankenpflege erforderlichen Handgriffe und Fertigkeiten beherrschen. Aber ebenso wichtig ist das immer freundliche Gesicht, aus dem ein Herz spricht, das um so mehr Liebe verschenken, um so mehr innere Ruhe auf den unruhigen, geängstigten Kranken überfließen lassen kann, je selbstloser es bereits geworden ist, je fester es im Glauben sich gegründet und geborgen weiß.

Geduld ist nötig, auch den unberechenbaren Launen des Kranken gegenüber, *Einfühlungsvermögen* in seine besondere Wesensart wie in die durch sein Kranksein bedingten Wesensänderungen; *Erfindungsgabe,* die noch die eintönige Krankenkost schmackhaft macht (evtl. Diät-Kochbücher zu Rate ziehen!), vor allem ist nötig ein großes Maß von jener besonderen Form der *Liebe,* die wir auch als Klugheit des

Herzens benennen können, die keinen Dank erwartet, nichts übelnimmt und die Kunst versteht, zur rechten Zeit „etwas zu überhören"; jene Klugheit, die bei aller Sorge um den Kranken noch darauf bedacht ist, daß auch die gesunden Familienmitglieder zu ihrem Recht kommen. Wir wissen ja alle, welch ungeheuer schwere Aufgabe damit oft besonders der Mutter und Hausfrau gestellt ist!

Diese Klugheit des Herzens wird auch von ihr verlangt bei der Behandlung des *kranken Kindes,* wenn sie – besonders in langer Krankheit – richtig unterscheiden will zwischen „Liebhaben" und „Verwöhnen". Gewiß, man kann Kinder gar nicht lieb genug haben, aber trotzdem kann und muß man handeln und entscheiden nach *Einsicht, Ver-*

nunft und *Pflicht;* verwöhnen aber heißt: entscheiden nach *Wunsch* und *Laune* des *Kindes.* Wie oft könnte man das Endresultat dann später in die Worte fassen: körperlich gesundet, charakterlich verdorben!

Klugheit in Verbindung mit der Kunst des *Maßhaltens* ist auch nötig, um eine gleichmäßige und ausdauernde Betreuung des Kranken wie des Rekonvaleszenten zu erreichen; auch der letztere bedarf oft stark der menschlichen Hilfe und Nähe. Wichtig ist – auch im Interesse des Kranken – ein selbst auf lange Sicht hin durchführbares, gleichbleibendes Ausmaß an Fürsorge und Pflege, ein „Haushalten" mit den Kräften! Leider muß freilich häufig genug die Mahnung anders lauten, nämlich nicht allzusehr mit seinen Kräften und seiner Liebe zu geizen! Egoismus macht nicht erst zur Krankenpflege, sondern schon zur Ehe *untauglich,* und manche Ehe besteht die Belastungs-, ja Zerreißprobe einer langen Krankheit nicht. Zwar wird es bei langem Kranksein auch bei „tapferen" Kranken, bei selbstlosen und opferwilligen Pflegern selten ganz ohne jede Schwierigkeit, ohne „Pannen und Schlappen" abgehen, dafür sind wir Menschen. Wo man aber immer neu versucht, einander zu tragen und zu ertragen, da kann gerade eine *Krankheit* die Eheleute, ja die gesamte Familie enger zusammenbinden, als alle gemeinsam erlebten Freuden es vermögen.

Jedenfalls wäre es nützlich, sowohl bei schwerer Krankheit wie bei den oft noch zermürbenderen kleinen „Wehwehchen", den Bagatellfällen (bei Zahnweh oder eiterndem Finger, Hexenschuß oder Migräne oder den Monatsbeschwerden der Frau), recht oft zwei kleine Sätzchen anzuwenden. Das eine sagt der *Leidende* sich selber vor: „Nimm dich zusammen!", mit dem anderen mahnt die *Umgebung* sich: „Hab Geduld!" Aus dem Gesagten wird ohne weiteres klar, weshalb man einen Kranken erst dann ins Krankenhaus legen wird, wenn die häuslichen Verhältnisse (Mangel an Wohnraum oder Pflege) oder die Art und Schwere der Erkrankung es erfordern. Darüber wird der Arzt am besten Rat erteilen können. Für den Kranken im Krankenhaus hat die Familie meist nur noch

die seelische Betreuung

zu leisten, die zu Hause neben der körperlichen Pflege einhergeht. Über diese seelische Betreuung ist über das bisher Gesagte hinaus noch einiges zu bedenken:

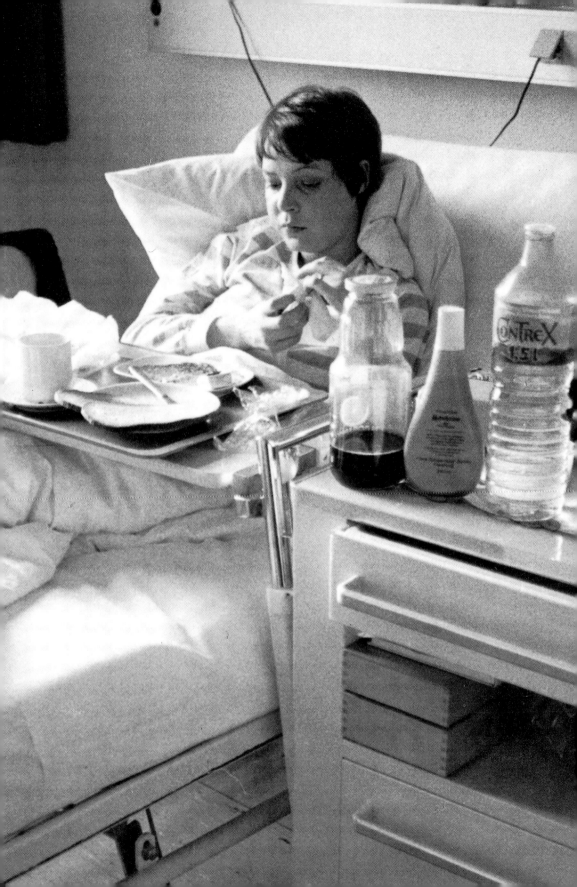

Nicht nur seine Schmerzen, seine Schwäche, seine gestörte Gesundheit unterscheiden den Kranken vom Gesunden. Etwas anderes kommt hinzu, eine Folge aus dem Erstgenannten: Der Kranke ist *herausgeholt* aus dem Gleichmaß, dem Zwang seiner täglichen Pflichten und Arbeiten. Er hat *Zeit,* er hat also das, was dem heutigen Menschen meistens abgeht, und es ist sehr wichtig, was er damit macht. Es kann die *kostbarste Zeit* seines Lebens werden. Wie er sie anfüllt, das wird verschieden sein bei jung und alt, bei Mann und Frau, je nach der Veranlagung des einzelnen, nach seinen Interessen, aber auch nach dem Stadium, in dem seine Krankheit sich befindet. Der Schwerkranke, überhaupt der Kranke mit stark gestörtem Allgemeinbefinden, ist in einer anderen *seelischen Lage* als der Rekonvaleszent oder der chronisch Kranke oder der Patient, der mit einem Beinbruch oder wegen einer Kur (z. B. Magengeschwür oder Tuberkulose) Wochen und Monate hindurch liegen muß; jeder hat andere seelische Bedürfnisse.

Was sie alle brauchen, nur ganz verschieden dosiert, das ist zunächst *Ruhe,* Ruhe zum Schlafen und Ruhe zum Nachdenken, zur Besinnung. Der Kranke soll „zu sich selber kommen", aber er soll nicht in unnützes und schädliches Grübeln verfallen. Er braucht daher Gelegenheit, sich über seine Krankheit, seine Sorgen auszusprechen; auch der chronisch Kranke mit den immer gleichen Klagen verlangt nach dem Zuhörer, dem er sein Herz ausschütten kann. Nun bringt aber jede länger dauernde Erkrankung den Kranken in die Gefahr, sich übermäßig mit sich selbst zu beschäftigen, das eigene Schicksal zu überbewerten, die richtigen Maßstäbe zu verlieren. Dagegen hilft nur eins: die Welt ins Krankenzimmer hereinzuholen, ihre Schönheit, aber auch ihren Ernst. Doch auch hier ist wiederum Klugheit und Maß nötig. Was die Umgebung, was der Besucher dem Kranken erzählt, sollte ihn nicht ärgern oder niederdrücken, nicht ängstigen, nicht aufregen, aber es sollte ihm doch ermöglichen, an den Ereignissen in der Welt teilzunehmen und seine persönlichen Leiden und Schmerzen in den Zusammenhang des allgemeinen Menschheitsgeschehens einzuordnen.

Sorgen wir also im richtigen Wechsel und Ausmaß für Besinnung und Zerstreuung wie für Aufmunterung und Beschäftigung. Radio und Fernsehen können gut sein, aber nicht als Dauerunterhaltung; Besuche sind gut, aber nicht am laufenden Band und nicht gleich herdenmäßig, und nur mit den richtigen Mitbringseln, die nicht gerade das einschmuggeln, was der Arzt verboten hat. Führt den Kranken nicht immerfort in Versuchung! Fragt lieber, was erlaubt ist! Gebt dem Kind, dem Jugendlichen, dem Erwachsenen Spiele, Stoff zum Basteln, zur schönen Handarbeit oder nützlichen Näherei, aber sorgt für das Maßhalten, damit Augen und Nerven nicht überlastet werden! Bringt Lektüre mit, Zeitungen, gute Bildzeitschriften, Bücher, interessante und spannende sowohl wie belehrende, die den Kranken allgemein und beruflich weiterbilden. Es liegt oft nur am Kranken (und seiner Umgebung), ob er aus langer Rekonvaleszenz aufgrund beruflicher Fachlektüre als Spezialist auf einem Sondergebiet seines Faches hervorgeht. Allerdings gehört dazu etwas mehr Willenskraft als zum bloßen Vertrödeln und Vertändeln der Zeit. Eines muß sehr ernst gesagt werden: Nur sensationelle oder seichte Lektüre ist als Begleiter durch lange Krankheit oder gar durch die letzten Monate oder Wochen eines Menschen nicht geeignet. Nicht, daß wir den Kranken in seiner letzten Lebenszeit ausschließlich auf eine bestimmte „geistige Diät", auf erbauliche Lektüre beschränken wollten! Gerade er soll alles bekommen, was ihn freut, was ihn interessiert, aber auch, was ihn zum Nachdenken über das bringt, wohin unser aller Weg geht. Dazu kann schon eine halbe Stunde kräftiger geistiger Kost, ja schon ein einziger wahrhaft lebendiger Gedanke am Tag vollauf genügen, es sei denn, daß ein Kranker sich bewußt ganz auf die Vorbereitung zum Sterben einstellt. Ein bitterernstes Wort ist damit gesagt. Was bedeutet es?

Vorbereitung zum Sterben

heißt *Abschiednehmen,* aber es heißt noch mehr: nämlich *Ordnung machen,* „Frieden", im Inneren sowohl wie in den äußeren Angelegenheiten. Für den Christen heißt das erstere, daß er seine Stellung zu Gott, zu seiner Kirche und zu seinem Nächsten überprüft, ob die richtig ist – wie das Ordnungmachen in den äußeren Dingen in der Regelung der bürgerlich-sozialen, der rechtlichen, häuslichen, familiären Verhältnisse und Beziehungen besteht.

Damit ist gesagt, was grundsätzlich die Vorbereitung auf den Tod ausmacht und worin das Sterben des Menschen sich grundlegend vom Verenden des Tieres unterscheidet. Je *früher* dieses Ordnungmachen geschieht, um so besser. Gut, wenn es schon in gesunden Tagen oder doch im Frühstadium einer Krankheit getan ist; daß davon der Krankheitsverlauf günstig beeinflußt werden kann, ist ja schon erwähnt.

Aber so einfach und klar sie sich in der Theorie ausmacht, so schwer ist die *Vorbereitung auf den Tod* in der oft grausamen *Wirklichkeit* des Lebens. Kann man denn in Ordnung kommen, ohne sich mit der Wahrheit auseinanderzusetzen, also ohne irgendwann einmal die Frage nach dem Ausgang der Krankheit, nach Leben oder Tod zu stellen?

Grundsätzlich hat der Kranke ein Recht auf die *Wahrheit*, und Arzt und Umgebung tun unrecht, wenn sie auf eine ernstgemeinte Frage mit leeren Redensarten und bewußter Irreführung, mit verlogenen Trostworten antworten. Einer wahrheitsgemäßen Antwort stehen jedoch bisweilen Schwierigkeiten entgegen. Es gibt Krankheiten, deren Verlauf nicht vorauszusehen und vorauszusagen ist, wobei die Gründe sowohl in der Natur der Erkrankung als auch im Menschen selber liegen können. Bei einer Maschine kann man voraussagen, wie sie normalerweise funktionieren wird, beim menschlichen Organismus nicht. Viel größer ist eine andere Schwierigkeit, die aus der Zwiespältigkeit des heutigen Menschen hervorgeht. Gewiß, er fragt nach der Wahrheit, aber ist das immer eine echte *Wahrheitsfrage*? Will er wirklich die nackte, ungeschminkte Wahrheit hören oder im Grunde etwas ganz anderes: Trost, Beschwichtigung, Bestätigung dessen, was er tief im Herzen verborgen so sehnlich wünscht? Eine ehrliche Antwort kann in einem solchen Falle furchtbare *Verzweiflung* auslösen, nicht so sehr im fortgeschrittenen Stadium der Krankheit, wo der Kranke oftmals apathisch, gleichgültig, „todbereit" ist, aber vorher. Wenn der Mensch „in Ordnung" ist, können wir ihm vielleicht die bewußte Auseinandersetzung mit dem Tod in der letzten Lebenszeit ersparen. Und dem andern? Eine ungeheuer schwere Aufgabe wird hier gestellt. Es kann kein Zweifel daran bestehen:

Ein *gefaßtes, bewußtes Abschiednehmen,* ein *ergebenes* und *bereites* Hinnehmen des Todes ist die dem Menschen als geistbegabtem, denkendem, beseeltem Wesen angemessene Form des Sterbens, und man möchte allen Menschen die Gnade eines solchen Todes wünschen. Soll man jedoch aus dieser Erkenntnis eine allgemeingültige, rigorose Forderung ableiten? In der Theorie, vielleicht fernab von der Angst und Qual eines Todgeweihten und erst recht noch weitab von der Not der eigenen Sterbestunde, ist das nicht allzuschwer. Aber es ist doch

nicht zu leugnen: Der heutige Mensch ist in der Regel durch seine Erziehung von Kindheit an, durch seine Erlebnisse und Erfahrungen, auch durch die vielerorts gängige religiöse Praxis nicht auf ein solches *bewußtes* Sterben vorbereitet, und dieses Versäumnis eines ganzen Lebens läßt sich in der letzten Spanne Zeit vor dem Tod nicht so leicht nachholen. Es gibt zwar auch heute noch das bewußte Sterben, wie es früher geschah, aber es ist die Ausnahme, und die Regel ist der Wunsch nach dem friedlichen „Hinüberschlafen", ein Verlangen, dem die Möglichkeiten der modernen Medizin zur Linderung der Schmerzen und Unruhe noch entgegenkommen. Sollen wir nicht auch in dieser Form des Sterbens einen Sinn sehen? Entspricht sie nicht zutiefst unserer menschlichen *Armseligkeit*, so wie die bewußte Form des Sterbens der anderen im Menschen angelegten Möglichkeit, seiner *Größe* und *Würde* entspricht?

Jedenfalls ist eins zu sagen: Wer dem Kranken die Wahrheit sagt, hat die Verpflichtung, ihm bei der Bewältigung dieser Wahrheit zu helfen, soweit Menschenhilfe in der schrecklichen seelischen Einsamkeit dieser Stunden überhaupt helfen kann.

Die richtige seelsorgliche Betreuung

gewinnt in diesem Zusammenhang besondere Bedeutung. Man sollte endlich mit der Gepflogenheit Schluß machen, den Priester erst zu benachrichtigen, wenn es zu Ende geht; die *Krankenölung* – immer noch im Bewußtsein vieler die „letzte Ölung" – sollte dem Kranken *rechtzeitig* erteilt werden, nicht erst dem Bewußtlosen, und sie sollte von den Angehörigen – genau wie die anderen Sakramente – würdig und schön vorbereitet werden. Viel öfter als jetzt werden dann alle Beteiligten nicht bestürzt und geängstigt, sondern *gestärkt* und *getröstet* zurückbleiben.

Häufig sucht der Kranke im Priester mehr als bloß den Spender der Sakramente: den menschlichen Stellvertreter Jesu Christi, von dem er um so stärker *Trost* und *Zuspruch* erhofft, je mehr er noch in Ordnung zu bringen hat, je schmerzlicher er mit dem Abschiedsweh zugleich die Unmöglichkeit empfindet, Versäumtes nachzuholen, Verfehltes gutzumachen – und wem bliebe bei der letzten Rückschau diese Trauer und Bitterkeit ganz erspart! Gewiß gibt es auch Kranke, die allein fertig werden wollen und können, aber sie sind selten.

Besonders schwer erscheint den meisten ein einsames Sterben

Tief in der Seele ist das Verlangen nach Wahrheit und Klarheit in den letzten Menschheitsfragen eng verwurzelt und verflochten mit einem anderen Verlangen: nach Heimat, Geborgenheit, Trost – es findet seinen Ausdruck in dem häufigen Ruf des Sterbenden, auch in vorgerücktem Alter, nach der Mutter – er verlangt nach „Beistand", nach dem Menschen, der in seiner Ölbergsstunde bei ihm steht, der sich mit ihm unter die Last stellt. Dann muß das *Erbarmen* größer sein als alles Todesgrauen und dem Sterbenden in seiner letzten Stunde noch ein wenig von jener Liebe geben, die Welt und Umwelt ihm so oft vorenthalten haben; vielleicht, daß diese menschliche Liebe es ihm leichter macht, durch das Dunkel des Todes hindurch auf die große Liebe Gottes zu vertrauen, von der sie nur ein blasses Abbild ist.

Alles, was wir tun, muß darum von Güte und Selbstlosigkeit getragen, aber auch seinen jeweiligen Bedürfnissen angepaßt sein: ob wir seine Hand fassen oder ihn im Arm halten, ob wir still bei ihm sitzen oder ihm langsam und ruhig die Gebete vorsprechen, die er kennt und liebt. Dabei werden wir das eigentlich Wesentliche oftmals und deutlich wiederholen, weil er ein Vielerlei an Gedanken und Vorstellungen nicht mehr aufnehmen kann.

Vom Zustand des Kranken,

nicht von der Rücksicht auf die größere Bequemlichkeit für die Angehörigen, soll es auch abhängen, ob er seine letzten Tage im Krankenhaus oder daheim zubringt. Wenn wir dem armen Leib noch Hilfe und Erleichterung verschaffen können, werden wir es mit besonderer Liebe und Rücksicht tun. Sorgsamer noch als sonst werden wir uns an alles in der Krankenpflege Erlernte erinnern: ihn betten und pflegen, damit er sich nicht durchliegt, ihn reinlich halten, Stirn und Schläfen erfrischen, ihm zu trinken geben oder bei schon entschwundenem Bewußtsein immer wieder die trockenen Lippen, Zunge und Gaumen benetzen. Wir versuchen, sein Lallen zu verstehen, das vielleicht noch einen letzten Wunsch ausdrücken möchte, wir wecken ihn aus Angstträumen, stören aber nicht den ruhig vor sich hin Schlummernden wieder und wieder, um immer noch ein letztes und allerletztes Abschiedswort von ihm zu erhalten. Wir sorgen dafür, daß *Ruhe* um ihn ist; es darf weder Türenschlagen noch lautes Jammern und Klagen, aber ebensowenig Alltagsgeschwätz oder gar – noch vor dem letzten Seufzer – Erörterungen über Erbschaftsfragen im Sterbezimmer geben, auch kein halb gelangweiltes und verdrossenes Herumsitzen, bis es „endlich vorbei" ist.

Oft versteht der anscheinend Bewußtlose noch jedes Wort, auch wenn er selbst keiner Lebensäußerung mehr fähig ist, während andererseits (ein Trost für die Angehörigen!) das qualvolle Ringen des Todeskampfes häufig nur noch das letzte körperliche Sich-Aufbäumen gegen den Tod ist, ohne daß der Sterbende diese Qual noch empfindet.

Ist der letzte Seufzer getan, bleibt uns die Sorge für den toten *Leib,* die leere Hülle, die wir in Ehrfurcht für ihre letzte irdische Ruhestätte zurechtmachen. Jetzt darf auch der laute Schmerz sich äußern. Über alle Maßen groß kann dieser Abschiedsschmerz sein, darüber ist kein Wort mehr zu sagen – es sei denn der Hinweis auf ein geheimnisvolles, still waltendes Gesetz, das uns so oft begegnet: Daß mit der Schickung auch die Kraft, *sie zu tragen,* mitgegeben wird.

Damit sind einige von den vielen ernsten Gedanken gesagt, die uns beim Nachdenken über Krankheit und Tod in den Sinn kommen. Vieles ist uns nicht ins Blickfeld gekommen: Nicht das helle Bild jenes Kranken, der – geläutert und still geworden – seiner Umwelt zum Segen wird, nicht das dunkle Bild des seelisch und geistig Kranken oder des anormalen Kindes. – Nimmt uns solches Nachdenken die Lebensfreude? Es sollte es nicht.

„Das Leben liebt nur, wer den Tod gesehen",

sagt ein altes Wort. Angesichts solcher Überlegungen verschieben sich die Maßstäbe von Wichtigem und Unwichtigem, Wertvollem und Wertlosem. Dankbarer und froher genießen wir, was uns umgibt: Familie und Freunde, Haus und Garten, unsere Liebhabereien, unsere Berufsarbeit. Je tiefer wir wissen, daß uns alles nur *vorübergehend* gehört, nur für die Spanne unseres Lebens „geliehen" ist, desto lieber, desto kostbarer wird es uns sein; es wird uns – solange es unser ist – zehnfach gehören.

Josef und Elisabeth Gussone

VIELFALT

TAUSEND
NAMEN
HAT EURE
LIEBE

TAUSEND
LIEDER
SINGT EURE
LIEBE

TAUSEND
GESICHTER
ZEIGT EURE
LIEBE

AUF DER
BÜHNE
DES LEBENS
BIS AM
ENDE DER
VORHANG
FÄLLT

MARIA GRÜNWALD

Inhalt

WIR WOLLEN HEIRATEN

Beflügelung / Maria Grünwald 9
Aussteuer – ist das noch ein Thema? / Lotti Fesser 10
Die erste gemeinsame Wohnung / Jörg Hammann 14
Christliche Zeichen / Heide Sondermaier 20
Gottes Segen für das neue Heim / Manfred Hörhammer 26
Auf gute Nachbarschaft! / Margret Huda 29
Richtige Ernährung / Erni Sandtner 33
Auch religiöses Leben braucht Nahrung / Silvia Becker 47

WIR FEIERN HOCHZEIT

Vor der Hochzeit / Maria Grünwald 58
Ist die Ehe ersetzbar? / Christa Meves 59
Lieben, weil Gott uns liebt / Josef Homeyer 64
Die kathogelische Trauung / Joachim Burghardt 67
Vom Sakrament der Ehe / Erich Strick 75
Die Feier der Trauung 81
Die Ehe im Kirchenrecht / Peter Krämer 87
Das Gespräch mit dem Arzt / Josef Rötzer 93
Ehe ohne Illusionen / Reinhold Ortner 106
Das Ja-Wort verwirklichen / Johannes Paul II. 114

WIR WERDEN FAMILIE

Wagnis / Maria Grünwald 116
Mutterschutz / Ursula Hansen 117
Geburt und Pflege des Säuglings / Johanna Heidemann und Susanne Rupp ... 124
Die Taufe: ein neues Programm / Gerd Birk 138
Mutter sein / Gerda Röder 142
Vater werden ist nicht schwer / Hermann J. Kreitmeir 150
Der Beruf: Bróterwerb, Tretmühle oder bezahltes Hobby? / Hansjosef Theyßen . 156
– Und IHR Beruf? / Gerda Röder 164

UNSERE FAMILIE WÄCHST

Auf den Weg gegeben / Maria Grünwald 174
Was Kinder brauchen / Gusti Gebhardt 175
Geschwister / Gerda Röder 177
Der Kindergarten / Pamela Oberhuemer 183
Unsere schulpflichtigen Kinder / Franz Pöggeler 188
Kinder christlich erziehen? / Barthold Strätling 196
Die Beichte: Sakrament der Versöhnung / Gerd Birk 202
Die Erstkommunion: Fest der Gemeinschaft / Gerd Birk 207
Die Firmung: Mut machen zum Christsein / Gerd Birk 210
Was Kinder wissen wollen / Barthold Strätling 214
Wenn Kinder Kummer machen . . . / Barthold Strätling 224
Skizzen aus dem Leben einer Familienfrau / Sigrid Blomen-Radermacher 231

WIR HABEN ZEIT FÜREINANDER

Trotzen / Maria Grünwald 236
Als wir ein trautes Paar waren / Joachim Burghardt 237
Ein Familienmitglied zum Abschalten / Michaela Pilters 241
Befreiende Gespräche / Heinz Loduchowski 245
Geselligkeit bei uns zu Hause / Hannes Burger 251
Über Körperpflege und Kosmetik / Rosemarie Harbert 263
Mach doch mit – Trimm dich fit! / Heinz-Kurt Weskamp 268
10 Regeln zum vernünftigen Trimmen 273
Das Sportabzeichen 274
Ferien – nichts für Leute mit Kindern? / Lydia Strzebniok 277
Streiten mit Gebrauchsanweisung / Hannes Burger 284
Geht dir der Rat aus . . . / Christian Meinwerk 295

WIR LEBEN NICHT FÜR UNS ALLEIN

Ehe / Maria Grünwald 306
Verpflichtung / Fritz Köster 307
Umweltschutz: Aufgabe für junge Leute / Werner Buchner 309
Bürgerinitiativen oder: Wie wir die Welt verändern / Lydia Strzebniok 315
Was geht uns Politik an? / Heinz Schweden 322
Verantwortung für die eine Welt: Blick aus dem Nest / Hilde Butz 329
Erbschaft und Testament / Maria Krauss-Flatten 337
Die Krankensalbung: eine Hilfe zum Heil / Franz-Josef Janicki 343
Von Krankheit und Tod / Josef und Elisabeth Gussone 350
Vielfalt / Maria Grünwald 365

Mitarbeiterinnen und Mitarbeiter dieses Buches

Becker, Dr. Silvia, Bildungsreferentin	Planegg
Birk, Professor Dr. P. Gerd SVD	Mödling bei Wien
Blomen-Radermacher, Sigrid,	
Kunsthistorikerin/Familienfrau	Viersen
Bottländer-Harbert, Rosemarie, Schriftstellerin	Odenthal-Glöbusch
Buchner, Professor Dr. Werner, Ministerialdirektor	München
Burger, Hannes, Schriftsteller	Ottobrunn
Burghardt, Joachim, Redakteur	Nettetal-Kaldenkirchen
Butz, Hilde, Bildungsreferentin	Georgsmarienhütte
Fesser, Liselotte, Sekretärin	München
Gebhard, Dr. Gusti	Frankfurt
Grünwald, Maria, Hausfrau und Mutter,	
Lyrikerin und Bildweberin	Menden, Sauerland
Gussone, Dr. med. Josef und Elisabeth	Köln
Hammann, Jörg, Journalist	München
Hansen, Dr. med. Ursula, Staatsministerin a. D.	Prüm
Heidemann, Dr. Johanna	Neustadt
Homeyer, Dr. Josef, Bischof	Hildesheim
Hörhammer, P. Manfred	München
Huda, Margret, Journalistin	Koblenz
Janicki, P. Franz-Josef SVD	Steyl, NL
Krämer, Professor Dr. Peter	Eichstätt
Krauss-Flatten, Dr. Maria, Notarin	Köln
Kreitmeir, Hermann-Josef, Redakteur	Eichstätt
Loduchowski, Professor Dr. Heinz	Koblenz
Meinwerk, Christian, Psychologe	Rottendorf
Meves, Christa, Psychagogin	Uelzen
Oberhuemer, Pamela, Pädagogin	München
Ortner, Professor Dr. Reinhold	Memmelsdorf
Pilters, Michaela, Redakteurin	Mainz-Marienborn
Pöggeler, Professor Dr. Dr. h.c., Franz	Aachen
Röder, Dr. Gerda, Redakteurin	München
Rötzer, Professor Dr. med. Josef	Vöcklabruck
Rupp, Susanne, Hebamme	München
Sandtner, Erni, Diätassistentin	Markt Schwaben
Schweden, Heinz, Redakteur	Wachtberg-Liessem
Sondermaier, Heide, Referentin	Mühldorf
Strätling, Barthold, Akademiedozent	Bonn
Strick, Prälat Erich, Domkapitular	Aachen
Strzebniok, Lydia, Journalistin	Troisdorf
Theyßen, Hansjosef, Journalist	Aachen
Weskamp, Heinz-Kurt, Oberstudienrat	Zweibrücken